Katryn Berlinger

*Die
Champagner-
fürstin*

Roman

Knaur Taschenbuch Verlag

Besuchen Sie uns im Internet:
www.knaur.de

Originalausgabe März 2005
Copyright © 2005 by Knaur Taschenbuch.
Ein Unternehmen der Droemerschen Verlagsanstalt
Th. Knaur Nachf. GmbH & Co. KG, München
Alle Rechte vorbehalten. Das Werk darf – auch teilweise –
nur mit Genehmigung des Verlags wiedergegeben werden.
Umschlaggestaltung: ZERO Werbeagentur, München
Umschlagabbildung: Bridgeman Giraudon
Satz: Ventura Publisher im Verlag
Druck und Bindung: Clausen & Bosse, Leck
Printed in Germany
ISBN 3-426-62764-7

5 4 3 2 1

*»Ich trinke ihn, wenn ich froh bin
und wenn ich traurig bin.
Manchmal trinke ich davon,
wenn ich allein bin;
und wenn ich Gesellschaft habe,
dann darf er nicht fehlen.
Wenn ich keinen Hunger habe,
mache ich mir mit ihm Appetit,
und wenn ich hungrig bin,
lasse ich ihn mir schmecken.
Sonst aber rühre ich ihn nicht an,
außer wenn ich Durst habe.«*

Lily Bollinger, Champenoise

Die Abendsonne überschwemmte die Weinberge der Champagne mit strahlend kupfergoldenem Licht. Sanft wellten sich Hügel aneinander, deren grüne Kordelreihen bis zum Horizont ein eintöniges, doch gleichzeitig friedvolles Muster bildeten. Amélie Suzanne Duharnais rief sich ins Bewusstsein, welcher Reichtum gerade in dem Unscheinbaren der Landschaft ruhte, doch schien es ihr, als wollte es ihr heute nicht recht gelingen, über diesen Gedanken froh zu werden.

Die Flügel der alten Windmühle von Verzenay, zu der Amélie hinüberschaute, standen still. Prüfend folgte ihr Blick den wenigen Frauen und Männern, die an diesem letzten Tag der Weinlese des Jahres 1896 die Rebstöcke noch einmal gewissenhaft nach übergangenen Trauben durchsuchten. Ein Eselskarren harrte ihrer auf der schmalen Landstraße, die Verzenay und Verzy miteinander verband. Ob der Pächter aus Mailly-Champagne bereits seinen Anteil pünktlich geliefert hatte? Ohne dass, wie im letzten Jahr, wieder Beeren aufgeplatzt waren und kostbarer Rebsaft verloren gegangen war? Großvater Jérôme würde ihn mit der Axt spalten wie einen Holzscheit. Jede Beere war wertvoll, beinahe so wertvoll wie das eigene Blut.

Amélie sog die kühler werdende Abendluft ein. Sie glaubte Pilze unter feuchtkaltem Laub, Trüffel und frisch geschlagenes Eichenholz zu riechen und den üppigen, erdigen Geschmack eines tiefroten Burgunders zu schmecken. Warum ließ sie nicht den Dunst der Reben, das süßfruchtige Aroma ihrer kostbaren Chardonnay-Trauben zu? Sie schloss kurz die Augen vor der Kraft einer Septembersonne, die ihr zu befehlen schien, sich an das Geschehen der letzten Nacht zu erinnern. César hatte sie geküsst, César, der junge Lesehelfer aus dem Burgund. Gestern Nacht waren sie nach dem gemeinschaftlichen Abendessen und ausgelassenen Tänzen über den Rand der Duharnais'schen Weinberge hinausgewandert in die schrankenlose Dunkelheit des Waldes der Montagne de Reims.

Beinahe schien es Amélie, als ob sie sich vor dem starr hinüberschauenden Antlitz der alten Windmühle von Verzenay schämen müsste. Schließlich war diese das Wahrzeichen ihrer Heimat – und sie Amélie Suzanne Duharnais, Tochter eines kleinen, doch angesehenen Champagnerhauses, das 1802 gegründet und seitdem mit unermüdlichem Fleiß erhalten wurde. Das Winzergewerbe glich einem Vabanquespiel, es gab Jahre des Überflusses, des Mangels, Verbitterung und Hoffnung wechselten einander ab wie Sonne und Mond. Wie oft hatte sie schon er-

lebt, mit welcher Wut ihr Großvater die Faust gen Himmel gereckt und Frost im Mai, Hagelschauer im Sommer und Dauerregen im Herbst verflucht hatte.
César kümmerte das alles nicht mehr, denn seine Familie hatte ihren Besitz verloren. Amélie wusste, warum.
Sie legte die Hand über die Augen, um zu schauen, ob sie ihn inmitten der langsam fortstrebenden Lesehelfer erkennen konnte. Doch statt seiner stieg schwerfällig ein leicht gebeugter Mann mit breiten Schultern und beinahe quadratischem Kopf unter einem flachen Hut den Hang zu ihr hinauf.
»Amélie!«, rief er. »Sie lügen alle!« Wieder hörte Amélie in der Erinnerung Cesár erzählen, wie es zu dem Untergang seiner Familie gekommen war. »Amélie! Eine gute Ernte!« Amélie ergriff ein Gefühl bitterer Ohnmacht, weil sie wusste, dass ihr Großvater log. Die Ernte war mittelmäßig, die Trauben schwächer ausgebildet als in den Jahren zuvor. Er ist halsstarrig und unbelehrbar, dachte sie bekümmert. Jetzt war Jérôme Patrique Duharnais auf gut dreißig Schritte herangekommen und blieb stehen, um Luft zu holen. Er breitete die Arme aus und berührte mit jeder Hand eine Rebreihe. »Der Sommerschnitt hat den Trauben gut getan. Fabien, deinem heißblütigen Bruder, habe ich immer wieder eingeschärft: Je weniger Reben am Rebstock hängen, desto besser ist ihre Qualität. Nichts wird uns daran hindern, weiterzumachen wie bisher. Auch wenn ich daran zweifle, dass dieser faule Lump ohne Prügel behält, was man ihm sagt.« Jérôme Duharnais keuchte und begann zu husten. Er sah aus wie ein überalterter verwachsener Rebstock, den man seit Jahren beim Zurückschneiden übersehen hatte. Amélie wusste, dass der Sommerschnitt nur ein selbstbetrügerischer Versuch gewesen

war zu retten, was nicht zu leugnen war: Die Reben hatten in diesem Jahr weniger und kleinere Trauben hervorgebracht.
Sie erhob sich und strich sich über den Hals. Die Berührung ihrer Hände löste das beklemmende Gefühl, das ihr das Atmen schwer gemacht hatte. Schweigend betrachtete sie ihren Großvater, der nun in ein Taschentuch spuckte. Sie ging ihm mit ausgebreiteten Armen entgegen, doch als sie an ihn herangetreten war, packte er in einer ungestümen Bewegung ihre Handgelenke und legte ihre Hände auf seine Brust.
»Sag, was fühlst du? Sag die Wahrheit, Amélie. Die Rebstöcke hier rechts und links sind so alt wie du – siebzehn Jahre. Ich habe sie im Jahr deiner Geburt 1879 eigenhändig gepflanzt. Sie sind Zeugen deiner Antwort.«
»Lass dir die Freude über die Ernte nicht verderben«, wich Amélie aus. Doch er schüttelte ärgerlich den Kopf und warf einen kurzen Blick gen Himmel.
»Du sollst mich nicht auch noch belügen, Kind. Nicht du.« Herausfordernd schaute er ihr ins Gesicht. »Nun sag schon, was fühlen deine Hände?«
Einen Moment zögerte Amélie, ihm mitzuteilen, was ihre Hände, die noch immer auf seiner Brust lagen, lasen. Es fiel ihr ebenso schwer wie Minuten zuvor die Erinnerung an César zu verdrängen.
»Es fühlt sich an, als ob mich …«, sie schaute unwillkürlich in Richtung des Waldes, »… als ob mich die Stacheln der Kastanien stächen.«
Seine kräftigen Augenbrauen hoben sich überrascht – war es wegen ihrer Formulierung, war es, weil sie ausgesprochen hatte, was er längst schon wusste? Amélie bemerkte nur, dass sein Herz etwas schneller schlug. Einen

kurzen Moment lang legte sich eine leichte Röte auf sein wettergegerbtes Gesicht.
»Du meinst also, ich bin dem Tode geweiht«, murmelte er. »So wie diese Rebstöcke ...«
Ächzend stützte er sich auf ihre Schulter. Amélie schwieg. Wieder kam ihr César in den Sinn. Sie wäre am liebsten zu ihm, in die fröhliche Welt des Verliebtseins, des Tanzes geflüchtet, in seine Arme, die sie die Kraft seines lebenslustigen Körpers fühlen ließen.
Jérôme Duharnais hustete wieder. Dann plötzlich sagte er: »Berühr sie. Fass sie an, die Reben. Sag, dass sie gesund sind. Sag, dass alles, was die anderen behaupten, Lüge ist. Nichts als Lüge.« Er stampfte mit einem Fuß auf und beschrieb einen Halbkreis. »Es ist mein Boden, hörst du, Amélie? Dein Vater ist ein noch größerer Dummkopf als dein Bruder. Er glaubt wie alle diese Hornochsen und Vaterlandsverräter diesem Abbé, diesem ...«
»... Abbé Dervin«, beendete Amélie leise seinen Satz.
»Du weißt davon?« Er schüttelte sie heftig. »Du?«
»Die Reblaus hat bereits fast das ganze Burgund vernichtet, Großvater«, flüsterte sie und senkte errötend den Kopf. »Man sagt, sie wird bald die Marne überspringen.«
»Dieser Pfaffe lügt!«, schrie Jérôme Duharnais. »Wir werden unsere Rebstöcke nicht herausreißen, als wären es Brennnesseln! Wir werden sie nicht verbrennen wie die heilige Jungfrau von Orléans! Ich werde es nicht zulassen, meine Weinberge aufs Schafott zu führen, um vor den Teufeln einen Kniefall zu machen, die uns dieses verfluchte Ungeziefer in den Pelz gesetzt haben!«
Er bebte vor Wut.
»Es stimmt, die Reblaus kommt aus Amerika. Händler führten sie auf ihren Schiffen mit, ohne es zu wissen. Ver-

sehentlich, verstehst du? Niemand hat sie absichtlich nach Europa gebracht.« Amélie bemühte sich um einen ruhigen Ton, der nichts bewirkte, denn Jérôme Duharnais ballte die Faust.

»Wir wollen sie nicht!«, brüllte er. »Und sie ist nicht hier!« Er packte ihre Hände und drückte sie an einen der armdicken Rebstämme. »Nun sag, was fühlst du? Wie? Spürst du sie krabbeln? Nagen? Fressen?«

»Du führst dich auf wie ein Narr!«, rief Amélie. »Alle sagen es. César hat mir erst gestern erzählt, wie furchtbar das Sterben der Winzer im Burgund war. Und die wenigen, die sich noch dagegen wehren, die alten Rebstöcke gegen widerstandsfähige amerikanische auszutauschen, werden ebenso untergehen wie alle anderen.«

»Du Kindskopf glaubst das?«

»Ich glaube das, was ich verstehe«, entgegnete Amélie kühl. »Du willst nicht wahrhaben, dass die Reblaus schon seit Jahren Weinberge in unserem Land vernichtet. Sie begann in den Departements Rhône und Gironde. Jetzt ist sie bald bei uns, so wie sie sich schon in die Weinberge im Elsass und in Deutschland gefressen hat. Ihr schmecken nun einmal die Wurzeln unserer Rebstöcke. Sie saugt an ihnen und tötet den Weinstock. Wir werden nur überleben können, wenn wir das tun, was Abbé Dervin seit Monaten predigt: Vernichtet eure Rebstöcke, reinigt die Böden und pfropft auf eure eigenen Sorten die fremden Stöcke.«

Dem alten Duharnais stockte der Atem. Seine Augäpfel traten hervor, mit dem Handrücken wischte er sich Speichel vom Mund.

»Du willst also die Saat deiner Geburt vernichten«, stieß er hervor. Amélie schüttelte schweigend den Kopf, hielt aber seinem forschenden Blick stand. Er bückte sich und

zupfte eine Beere ab, auf der eine Wespe saß. Von unten blickte er sie an und fragte heiser: »Wer ist dieser César?«
Amélie schaute in die Ferne. Weiter nördlich floss die Vesle und schickte in seichten Wogen abendliche Nebel in die Weinberge. Schon schimmerte wallendes Weiß zwischen den grünen Kordelschnüren der Rebreihen. Aus einer plötzlichen Eingebung heraus raffte sie ihren Rock, sprang an ihrem Großvater vorbei, drehte, abwärts laufend, Pirouetten und winkte ihm, der immer kleiner wurde, zu. Doch die Gewalt seiner Stimme sprach der größer werdenden Distanz zwischen ihnen Hohn.
»Antworte mir!«
»Mon ami! Mon amour!«, rief sie ihm über die Schulter zu. Aus dem Augenwinkel sah sie, dass er wohl gehört hatte, dass sie ihm geantwortet hatte, doch er legte die Hand hinters Ohr und schüttelte den Kopf. Amélie frohlockte, ihm entkommen zu sein. Sie lief in großen Sprüngen den Weg entlang, als sie, atemlos geworden, innehielt, weil sie glaubte, an Waden und Nacken von etwas Feuchtem getroffen worden zu sein. Sie schaute sich um, sah aber außer den Weiten der Hügellandschaft mit ihren Rebzeilen nur einen halb verrotteten Holzschuppen und eine Reihe Espen mit zittrigen Blättern. Wieder traf sie etwas. Es fiel zu Boden und entpuppte sich als aufgeplatzte Weintraube. Sie drehte sich um. Aus einer kleinen Mulde am Rande des Weinbergs zeigte sich erst eine Lesewanne, dann Césars lachendes Gesicht.
»Kätzchen! Kätzchen!«, rief er fröhlich und lief auf sie zu.
»Es sind unsere Trauben! Verschwende sie nicht!«, herrschte ihn Amélie ungeachtet seines Charmes an.
»Du meinst, ich sollte sie lieber zwischen den Rebzeilen liegen und von anderen zertreten lassen, als sie aufzu-

sammeln und dich mit ihnen anzulocken?« Er schüttelte sich vor Lachen. »Ach Kätzchen, es sind doch nur eine Hand voll. Du bist stehen geblieben, also haben sie ihren Zweck erfüllt.« Er beugte sich vor und küsste sie, bevor sie etwas entgegnen konnte, voller Überschwang auf den Mund.
»Nenn mich nicht Kätzchen, César, sonst ...«
Sie bückte sich, nahm eine Hand voll Sand vom Weg und bewarf ihn. Er wich geschmeidig aus, griff nach ihrer Taille und zog sie an sich. Da sie sich über ihn ärgerte, wand sie sich und beugte sich zurück, doch César hielt sie fest, und sie merkte, wie sehr sie die sehnige Härte seiner Arme genoss.
»Weißt du nicht, dass man bei uns in Burgund sagt, dass, wenn der Wein gärt, die Keller sich mit Gasen füllen, ein munteres Kätzchen in den Fässern an den Eichenwänden kratzt? Wenn aus den Fässern der rosa Schaum emporsteigt und aus dem Spundloch kriecht, dann ist die Zeit des Kätzchens gekommen, das drinnen im Fass wild gärt.« Er küsste sie. Er schmeckte nach Trauben, frischer Luft und unbändiger Lebensfreude. »Es macht mich trunken, dieses wilde Gärkätzchen«, flüsterte er und presste ihren Leib an sich. Amélie schwindelte vor Verliebtsein.
»Und du ... du bist gefährlicher als eine ganze Armee Rebläuse.« Sie zauste sein dichtes lockiges Haar, dann schob sie ihn von sich. »Man könnte uns sehen. Großvater ist noch oben am Berg.«
César ergriff ihre Hände und sah ihr tief in die Augen.
»Treffen wir uns heute Abend wieder? Gib mir ein Zeichen, ja?«
Dann lief er zu der leeren Lesewanne zurück, hob sie über

seine Schultern und rannte Staub aufwirbelnd an Amélie vorbei, dem Weingut entgegen.

Über den Hof des Weinguts Jérôme Patrique Duharnais et Fils wurden gerade die letzten Lesekörbe und Bütten voller Chardonnay-Trauben zum Kelterraum getragen. An der Längsseite, im Schutz der Hofmauer, standen lange Tische mit Holzbänken. Schon hatten sich einige der Lesehelfer auf ihnen niedergelassen, schauten Amélie neugierig entgegen, rauchten oder drehten durstig Gläser in den Händen. César lag pfeifend im Schatten der Hofkastanie und wippte mit dem Fuß. Amélie tat, als sähe sie ihn nicht, und folgte der letzten Bütte, die zur Kelter getragen wurde. Es war eigenartig, doch mit jedem Schritt in die Tiefe des Gewölbekellers schien sie sich auch mit ihrer Seele von César zu entfernen.
Im halbdunklen kühlen Keller beugten sich ihr Vater und ihr Bruder über die alte Korbpresse, die Marmonnier. Amélie war mit ihrer ächzenden Drehmelodie aufgewachsen. Sie erinnerte sich wieder daran, dass sie als kleines Mädchen statt Marmonnier Marman gesagt hatte. Ihren Großvater hatten ihre stolpernden Sprechversuche so begeistert, dass er sie oft auf den Arm genommen und in die riesige Kelter hatte schauen lassen, in der den reifen Trauben kostbarer Most abgepresst wurde. »Sie ist deine Marman und ich dein Parpan«, hatte er gescherzt – ein Wortspiel, das sie damals immer wieder hören wollte. Erst als sie älter geworden war, hatte sie gespürt, wie sehr sich ihre Eltern darüber ärgerten, dass sie derart vom Großvater vereinnahmt wurde und er die Wahrheit mit diesen Worten schlichtweg umrührte wie die Trauben in der Presse.

Es schien Amélie jetzt, als ob er schon damals die Absicht gehabt hätte, ihr mit seinen Worten einen Most einzutrichtern, der im Laufe der Jahre gären sollte, denn ihr war, als hätte sie nie zuvor eine so starke Verbundenheit zu diesem alten Gerät empfunden. Die Marmonnier ächzte und seufzte ihr altes Lied, dass auf sie Verlass sei und alles gut werde. Doch ihr Gesang tröstete Amélie nur für einen kurzen Moment, denn sie war gerade einmal halb voll, und zudem floss der Most nur in dünnen Rinnsalen unter dem Stempel hervor. Nachdenklich betrachtete sie diese wenig ergiebige erste Pressung. Sie würde die beste Weinqualität, die Cuvée, ergeben und war jetzt kostbar wie selten zuvor. War es der letzte Most jener Rebstöcke, durch deren Reihen sie soeben verliebt gelaufen war?

»Heute Abend werde ich mir den Alten vorknöpfen«, sagte ihr Vater Hippolyte und wischte sich die Schweißperlen von der Stirn.

»Ja, tu das. Vorknöpfen ... eine gute Sache ist das«, knurrte Fabien und warf Amélie einen bösen Blick zu.

»Die Trauben geben kaum Saft. Ihr werdet sehen, im nächsten Frühjahr bleiben die Augen geschlossen.«

Hippolyte lehnte sich erschöpft gegen einen Wandpfeiler und starrte vor sich hin, denn das hieß nichts anderes, als dass die Pflanzen keine Kraft haben würden, Knospen zu bilden. Ohne Knospen keine Blüte, ohne Blüte keine Fruchtknoten, ohne Fruchtknoten keine Beeren – ohne Beeren leere Fässer und leere Kassen.

Mit einem Korb voller Herbstastern, Sonnenhut und Dahlien betrat Amélies Mutter Marthe Duharnais den Kelterraum. »Es wäre besser gewesen, du hättest damals, als wir heirateten, die Winzerei aufgegeben, Hippolyte. Was ha-

ben wir bisher von unserem Leben anderes gehabt als Mühsal und Angst ums tägliche Brot?«
»Ich weiß. Mein ganzes Leben steht unter einem Unstern«, zischte Hippolyte wütend.
»Wärst du damals nur in unser Tuchgeschäft eingestiegen«, sagte sie. »So bist du der Büttel deines Vaters geblieben. Sprichst du mit ihm, demütigt er dich. Ich habe ihm mein ganzes Erbe gegeben – für Weinberge, die nun dahinsiechen. Wo bleibt mein Zins, wo mein Gewinn?«
»Hast du dich nicht lang genug mit meinem Namen geschmückt?«, meinte Hippolyte aufgebracht. »Zins, Gewinn! Du hast eine Krämerseele, Marthe Chevillon, Elle für Elle.« Er schwieg abrupt und schien unter ihrem strafenden Blick nach anderen Worten zu suchen. Versöhnlich fuhr er fort: »Eines Tages wird dir Fabien deinen Einsatz schon lohnen. Glaub nur fest daran. Noch kann ich für ihn kämpfen. Ich muss nur mit dem Alten reden.«
»Du wirst es tun, und er wird dich verhöhnen. Er schlägt dich mit Worten, so wie der Ochsenziemer Kinder erzieht.«
»Schweig!«
»Und dann greifst du zur Flinte und gehst in den Wald«, redete sie unbeeindruckt weiter.
»Schweig endlich!«
Hippolyte wandte sich ab. Der gebrochene Klang seiner Stimme berührte Amélie. Sie kannte ihren Vater, der zeit seines Lebens versuchte, mit der Härte anderer mitzuhalten und doch im Innersten weich und nachgiebig war. Sie fing den Blick ihrer Mutter auf, der wie ein Wink war: »Geh nach Reims, bevor es zu spät ist«, sagte sie leise, kehrte allen den Rücken und verließ den Kelterraum.
Erleichtert nahm Amélie wahr, dass sich mit ihrem Weg-

gang wieder die vertraute heimelige Atmosphäre im Dunstkreis der Korbpresse herstellte. Hier fühlte sie sich wohl. Nie würde sie nach Reims zu den reichen Händlern, Geschäftsleuten und Immobilienbesitzern gehen. In den Büroetagen Korrespondenz in fremdem Namen schreiben, Stoffballen vor Kunden vorführen wie im Tuchgeschäft ihres Onkels Jean-Noël oder gar einen jener reichen jungen Söhne heiraten, die die Tapetenmuster im Moulin Rouge besser kannten als die Lebensgeschichte ihrer Ehefrau.

Wenn Mutter das Winzergewerbe nicht aus dem gleichen vollen Herzen liebte wie Großvater, dann hätte sie eben einen wohlhabenden Rentier, Bankvorsteher oder Drogisten heiraten sollen, dachte sie verärgert. Reims, die Krönungsstadt der französischen Könige, war für sie nur als Lagerstätte und Handelszentrum für ihren Champagner wichtig – sonst nicht.

Das provozierend laute Klappern von Holzpantinen unterbrach Amélies Gedanken. Es war Jeanne, die alte Waschfrau, die sich mit der Putzbürste in der schwieligen Hand näherte. Sie kniff ihre Augen zusammen und witterte genüsslich die angespannte Atmosphäre.

»Es riecht nach Essig«, meinte sie lauernd.

»Geh an deine Arbeit, Jeanne«, sagte Amélie, griff nach zwei ausgeleerten Lesekörben und drückte ihr diese in die Hand. Selbst wenn sie sich entblößen müsste, sie würde jetzt alles tun, um ihren Vater vor weiterer Selbstanklage und Schwermut zu schützen und von seinem Aberglauben, unter einem Unstern geboren zu sein, abzulenken.

»Monsieur soll sich beeilen, sagt Madame«, zischte Jeanne. »Die Leute draußen haben Hunger.«

»Jaja, jetzt mach dich an die Arbeit«, wiederholte Amélie und füllte das Becken, in dem Körbe, Wannen und Bütten nach jeder Lese sorgfältig gereinigt wurden, mit Wasser. Sie schob die Alte, die Hippolyte noch immer mit bösen Blicken bedachte, weiter, doch bockig wie ein kleines Kind blieb diese nach ein paar Schritten stehen.
»Ich will auch erst essen«, zeterte sie. »Denn so jung und kräftig wie der junge Trieb da draußen bin ich nicht mehr.« Sie zeigte auf César, der soeben den Hof überquerte, um sich einen Platz an den Tischen zu suchen. »Der wäre recht für ein junges Früchtchen wie dich.« Sie kicherte, stieß Amélie in die Seite und sagte dann zu ihrem Vater: »Und fürs Haus, Monsieur. Neuer Wind käm dann in die Stube. Ich seh's doch. Der brodelt wie junger Wein. Kraft hat er. Glauben Sie mir, der stampft schneller Trauben, als Sie in die Hände spucken können.«
Ihr Lachen klang wie raschelndes Stroh.
»Du glaubst, wir schaffen es nicht allein, wie? Was maßt du dir an!«, rief Fabien wütend.
Auch Hippolyte Duharnais zischte, Jeanne solle den Mund halten, und wandte sich wieder der Marmonnier zu, unter deren wuchtigem Holzstempel den Trauben von Minute zu Minute mehr Most abgetrotzt wurde.
»César!«, rief Amélie laut. »Sei so gut und schenk dieser Schwärmerin ein Glas Wein ein!«
Alle Köpfe wandten sich ihr zu. Das Gesicht ihres Vaters hellte sich auf, und er warf seiner Tochter einen anerkennenden Blick zu. Die Alte kreischte und schüttelte sich widerstrebend, doch Amélie entging nicht, dass sie dabei César unablässig im Auge behielt, so als hätte dieser sie hypnotisiert. Der kam denn auch schnell mit einem Glas Wein in der Hand in den Kelterraum, zwinkerte Amélie

zu und machte vor der Alten einen übertriebenen Kratzfuß.
»Auf Euer Wohl, holde Dame. Seid mir geneigt und nehmt meinen Trunk an.«
Er bot ihr das Glas. Die Alte trippelte unruhig von einem Fuß auf den anderen, so als wüsste sie nicht, ob sie sich geschmeichelt fühlen oder sich ärgern sollte.
»Trink, trink!«, riefen die Umstehenden und jene, die vom Hof aus zuschauten. Da man sah, wie sehr sie mit sich kämpfte, nach dem Glas zu greifen, begann Hippolyte Duharnais ein altes Trinklied zu singen, zunächst noch mit tonloser, von Schwermut belegter Stimme, doch mit jedem Takt freier und spöttischer.
»Oho, wie gemein ihr seid!«, heulte die Alte. Noch einmal verbeugte sich César mit breitem Lächeln, fasste dann nach ihren abgearbeiteten Fingern, legte sie ums Glas und schloss seine Hände um sie. Die Alte wurde rot, als hätte er unter ihre Röcke geschaut. Willig ließ sie es sich gefallen, dass er das Glas an ihren fast zahnlosen Mund führte.
»Trink, trink nur, es wird dir gut tun«, murmelte César mit gespielt ernster Miene. Zur allgemeinen Überraschung leerte die Alte den Wein zur Hälfte und spuckte ihn aus.
»Verfluchte Hexe!«, schrie Hippolyte auf. »Hast du den Rest deines verschrumpelten Verstandes verloren?«
»Warum? Der erste Schluck gilt dem Haus!«, kreischte Jeanne übermütig und trank den Rest in einem Zug. »Gib mir noch etwas, junger Hahn.« Sie hakte sich bei César unter und ließ sich von ihm in den Hof hinausführen, in das Johlen, Klatschen und Lachen der Lesehelfer.
»Bist eine Brave«, sagte Marthe Duharnais.
»Wen meinst du? Mich?«, fragte Amélie.

Doch ihre Mutter, die der alten Jeanne entgegenschaute, winkte nur mit den Händen ab. Schließlich aber sah sie ihre Tochter an und lachte gequält auf. Amélie schlug die Augen nieder. Doch sie war nicht gewillt, sich die Stimmung verderben zu lassen. In diesem Moment war allein César wichtig.

Spät am Abend, als der tiefblaue Himmel von einem glitzernden Sternennetz überzogen war, die Duharnais und ihre Helfer Schinken, Blätterteigpasteten, Eintöpfe mit Wurst, Gemüse, Puddinge, Windbeutel mit Schlagsahne, Kuchen, Äpfel, Birnen und Trauben gegessen, der Rotwein der Coteaux und etliche Flaschen Champagner für Frohsinn und Unbekümmertheit gesorgt hatten, erhob sich der alte Duharnais von seinem Platz.
»Hört zu! Hört mir zu.« Überrascht schwiegen alle. »Und du, Jeanne, wach gefälligst auf, wenn ich spreche.« Man stieß der schlafenden Waschfrau in die Seite, woraufhin diese ihre Augen aufriss, sie wieder zukniff und zu schmatzen begann. »Still!« Erschrocken blieb ihr der Mund offen stehen. »Nun denn«, fuhr der Alte fort, »hebt eure Gläser. Seht ihr, wie der Wein funkelt? Schmeckt ihr seine Reife? Bemerkt ihr den vollen, runden Abgang nach jedem Schluck? Fühlt ihr, wie er eurem Herzen Kraft zuführt?« Er hielt inne und schnupperte am Glas. »Er ist aus unserer Pinot-Noir-Rebe gewonnen. Hat all ihre Süße, ihr fruchtiges Aroma, doch wir haben ihm Eleganz und sinnliche Grazie gegeben. Wir haben zwei Kaiserreiche, zwei Republiken überlebt, Dürre, Fröste, Mehltau, sogar die Pechsträhne von 1847 bis 1856. Und doch schauen wir voller Stolz auf die großen Jahrgänge '11, '34, '46, '57, '58, '61, '62.«

Bei jeder Jahreszahl hob er prostend sein Glas in die Höhe wie ein alter Feldherr, der die siegreichen Schlachten seines Lebens rühmt.
Hippolyte unterbrach den Alten mit lakonischer Stimme. »Und natürlich die Jahrgänge '74, '78, '80, '84, '92. Lass gut sein, Vater. Die Zukunft wird düster.«
»Lasst mich mit der Reblaus und diesem schwarzen Teufel, diesem Abbé, in Ruhe«, wies ihn der Alte zurecht, wobei feine Schweißperlen sein gerötetes Gesicht benetzten. Er schaute Amélie an. »Steh auf, mein Kind.« Amélie löste ihre Hand aus der Césars und erhob sich. »Vor all diesen Mündern und Ohren, die hier versammelt sind, gelobe mit mir, dass dieses Haus seine besten Jahre noch erleben wird. Stoßt mit mir an – auf den Segen unserer Arbeit, auf die Tradition unseres Hauses, auf unseren Wein, auf unseren Champagner. Vivat!«
Murmelnd erhoben sich alle, prosteten einander zu und tranken. Selbst die alte Jeanne hatte sich von ihrem Stuhl erhoben, doch es war Hippolyte Duharnais, der als Erster auf seinen Platz zurücksank und in einen unangemessenen Schluckauf verfiel.

»Du liebst mich, Kätzchen?« Ein Tropfen Burgunderwein rollte von Césars Fingerspitze auf Amélies Lippen.
Sie gurrte zustimmend, und er küsste sie innig.
»Du liebst nur mich?« Das gleiche Spiel. »Mich ganz allein? Für immer?«, fragte er, und Amélie zog ihn an den Ohren zu sich hinab. »Ich liebe dich, Kätzchen«, flüsterte er. »Bis in alle Ewigkeit, bis es keinen Tropfen Wein mehr auf Erden gibt.« Und mit jedem Wort netzte er ihren Mund bis hinunter zu ihren Brüsten mit Burgundertropfen. Hingebungsvoll umspielte er diese mit seiner

Zunge, schlürfte sie auf, liebkoste ihre Haut. Plötzlich setzte sie sich auf.

»Weißt du, was du da gesagt hast, César? Bis es keinen Tropfen Wein mehr gibt ...«

»Es wird ihn immer geben, und immer und ewig werde ich dich lieben.«

»Immer?«, wiederholte Amélie gedankenvoll und rückte ihr Mieder zurecht. »Immer? Eure Weinberge sind bereits tot. Die Wurzeln abgefressen von der Reblaus. Ich spüre geradezu, wie sie auf uns, unsere Rebstöcke zuwandert.«

»Sie ist gierig so wie ich«, murmelte César, zog mit einem festen Handgriff ihr Mieder auseinander und umfasste ihre Brüste. »Sie sind schön, deine Brüste, Amélie, so schwer wie eine einzige eurer Champagnertrauben. Doch die sind dem Tod geweiht, du aber lebst.« Er schmiegte sich an sie. »Komm, überlass die Weinberge Sauerwurm, Reblaus, Graufäule und Mehltau. Lass uns auswandern, Kätzchen. Hier gibt es keine Zukunft mehr. Und dein Großvater ist ein sturer alter Narr. Dein Gelöbnis ist so viel wert wie ein graues Haar auf seinem Rücken.«

Er hat stachlige Kastanien in seiner Brust, dachte Amélie im Stillen. Die Erinnerung kehrte in ihre Handflächen zurück. Das, was sie gefühlt hatten, war Besorgnis erregend. Ihr Großvater war Knecht einer Krankheit, gegen die nur sein Wille und sein Herz auftrumpften. Solange er atmete, würde er sich vom Schicksal nicht brechen lassen. Doch so wie er sich verhielt, würde auch sie Opfer seiner Uneinsichtigkeit werden, mittellos wie César.

Sie griff nach der Burgunderflasche, hielt sie gegen das Mondlicht und sagte: »Sie ist leer, deine Flasche, César. Es gibt keinen Burgunder mehr.«

»Diese letzte ist leer, Kätzchen.« Er kitzelte sie. »Die köstlichsten Tropfen ruhen noch in Kellern, von denen nur die Winzer wissen. Komm mit mir an die Côte d'Or, das Herzstück von Burgund. Ich habe viele Freunde, jeder kennt Winzerkeller, die ihre Schätze verschlossen halten – bis wir in sie eindringen. Dann ziehen wir weiter zu den Weinen an der Loire und Rhône, über den Midi bis zur Provence, bis Korsika. Mit meinen Küssen folge ich dir, wohin du auch gehst. Ich liebe dich, Kätzchen, ich bin Winzersohn und weiß deine Süße zu schätzen.«

Amélie lächelte. Wie treuherzig, wie vor Liebe vernarrt er ausschaut, dachte sie, wie süß er ist. Ihr Blick streifte die leere Burgunderflasche, und sie hatte das Gefühl, dass ihr mondbleiches Schimmern sie an eine Wahrheit ermahnte, die tief in ihrem Herzen saß. Sie stützte sich mit den Armen nach hinten auf, legte den Kopf in den Nacken und betrachtete eine Weile das Himmelszelt.

»Oder schmecken dir meine Küsse nicht?«, fragte César schließlich im Ton gespielter Besorgnis.

»O doch, César.« Sie überlegte einen Moment. »Aber könnte es sein, dass ich unter deinen Küssen verdurste, ausdörre?«

Überrascht betrachtete er sie, breitete dann seine Arme aus und kniete vor ihr nieder. Er sieht aus wie ein orientalischer Prinz, dachte Amélie, blass vor Anmut, dunkel vor Glut.

»Ich werde dir einen Teppich aus silbernen Taufäden weben. Er wird von Spindeln der Liebe rollen und deinen Durst löschen. Blüten aus Nektar, so nahrhaft wie Honigkuchen, werden deinen Hunger stillen. Dieser Teppich wird uns von Morgenröte zu Morgenröte tragen.«

»Du bist ein trunkener Bacchus!«, sagte Amélie und lachte ihn aus.

Gekränkt hielt er inne. »Warum willst du mich nicht ernst nehmen, Kätzchen?«

»Nenn mich nicht Kätzchen, César«, erwiderte sie. »Dein Burgunderwein hat einen feinen, festen Geschmack. Er ist sehr männlich.«

»Gut erkannt, Mademoiselle Duharnais. Man sagt, er vereint die muskulöse Art von Gevrey und die Eleganz von Chambolle. Gefällt er dir nicht?«

»O mein Prinz, Euer Trunk ist Labsal für mein Leiden.« Amélie beugte sich vor und nahm sein Gesicht in ihre Hände. »Doch in Wahrheit sehne ich mich nach dem edelsten aller Weine – nach Champagner. Hier, jetzt, morgens, abends, zu jeder Stunde. Ich bin süchtig nach den Sternen, so sagt man bei uns, weil ich sie am liebsten trinke. Die Sterne, das sind die Perlen im Champagner.« Sie tippte ihm auf die Nasenspitze. »Könnte mich dein Traumteppich aus Nektar und Taufäden zu diesen Sternen bringen?«

»Du kannst deine Sterne überall auf der Welt trinken«, erwiderte César heiser. »Komm mit mir, Amélie.«

Er zog sie an sich und küsste sie so leidenschaftlich, dass all ihre Gedanken fortgespült wurden und es ihr vorkam, als ob sich mit diesem Kuss in ihr die Süße der Liebe sammeln würde wie der Zucker in einer überreifen Traube.

Betäubt von Césars drängenden Küssen, hatte sich Amélie angezogen auf ihr Bett geworfen und war kurz darauf eingeschlafen. Fontänen von gleißenden Lichtsprenkseln schleuderten sie in die Höhe, trugen sie fort und tauchten sie unter, bis sie um Luft zu ringen begann. Dann krochen Wogen schwarzer Erde auf sie zu, die nach Humus und welkem Laub duftete. Sie sah sich mit

César in einer Pfütze aus rotem Wein wälzen und vermeinte weingetränkten Schlamm im Mund zu schmecken. Als sie zu sprechen versuchte, blähten sich ihre Wangen und sie spie aus, schlug Purzelbäume den Weinhang hinunter und landete auf einem uralten, abgeschlagenen Rebstamm. Wirbelnd schoss er mit ihr in die Höhe, von wo aus sie auf das Land hinuntersehen konnte. Sie fror, fühlte sich unendlich einsam, und als ihr schwindlig wurde, bog sich der Stamm, und sie stürzte in die Tiefe.

Eines Morgens hörte sie, wie ihr Vater und ihr Großvater miteinander stritten. In den vergangenen Tagen hatte sich der trübe gelbgrüne Most geklärt, Fruchtfleischstückchen, Schalenfetzen, Stielreste und Erdkrumen waren auf den Boden des Eichenfasses niedergesunken. Angesichts des duftenden Mostes hoffte jeder in der Familie, die wenigen geernteten Trauben würden zum Ausgleich gute Qualität bringen, aber dennoch konnte niemand die Tatsache leugnen, dass daraus letzten Endes nur wenig Champagnerwein zu gewinnen war.
Amélie schlich die Treppe in die Wohnküche hinab und lauschte ein wenig an der Tür. Jemand schlug auf die Tischplatte. Geschirr klirrte. Dann war es einen Moment still. Sie trat im selben Augenblick ins Zimmer, als ihr Großvater zornig rief: »Und ich sage dir, in gut zehn Jahren werden die Reben ihr Bestes geben.«
»Nein! Sie werden nicht so alt. Sie sterben schon jetzt«, erwiderte ihr Vater aufgebracht. »Du setzt leichtfertig den Wert der Arbeit unserer Vorväter aufs Spiel, tust, als würdest du ihren Einsatz nicht mehr schätzen, indem du die Augen verschließt.«

»Noch schließe ich sie nicht.«
»Vor der Wahrheit, meine ich.« Hippolytes Stimme wurde noch lauter.
Daraufhin stampfte Fabien, der ebenfalls zugegen war, mit dem Fuß auf und rief: »Vater hat Recht! Du versündigst dich an uns, deinen Enkeln, Großvater.«
»Und an dem Schatz, der noch immer in unseren Kalkstollen lagert«, fügte Amélie hinzu.
Überrascht sahen alle sie an. Einen Moment lang herrschte Stille.
»Aber diesen Schatz haben eure Vorfahren in Zeiten viel größerer Not erarbeitet«, sagte der Alte und schlug mit der Faust auf die Tischplatte.
»Glaub mir, es ist alles vergebens, wenn du mir jetzt nicht zuhörst, Vater«, entgegnete Hippolyte. »Und du wirst mich nicht unterbrechen, weil ich die Wahrheit sage. So höre also. Mein bisheriges Leben steht unter dem Unstern meines Geburtsjahres, dieses unglückseligen Jahres 1847 mit seinem verfluchten Mehltau. Ganze Ernten hat er damals in unserem Land vernichtet. Und jetzt wird die Reblaus mein Leben vollends zerstören. Mein Unstern heißt Misserfolg. Misserfolg, hörst du? Alles bei mir ist so armselig wie die 48er Revolution oder die Zweite Republik. Drei Jahre später kam ihr Untergang, so wie jetzt meiner. Du weißt doch selbst, dieser Halunke von Napoleon betrog alle. War es nicht Heimtücke, dass er durch einen Staatsstreich das Zweite Kaiserreich gründete? Die Republik ging unter, wie jetzt unser Besitz untergehen wird, wenn wir nicht die Rebstöcke austauschen. Dies soll mein letzter Versuch sein, gegen meinen Unstern aufzubegehren. Also, Vater, höre auf mich.«
»Wie denn! Die Reben sind gesund. Stark wie ich. Außer-

dem ist diese verfluchte Laus nicht bei uns!«, brüllte der Alte. »Merkt euch ein für alle Mal, unsere Reben haben Charakter und Seele. Sie sind klug und wissen selbst am besten, wie viel Frucht sie hervorbringen wollen. Sie fühlen das Wetter und richten sich nach der Lage. Ja, sie sind wie ich. Also lasst sie in Ruhe!«
Ein Rasseln aus der Tiefe seiner Brust begleitete seine Worte. Und wäre nicht der schwere Hustenanfall gekommen, er hätte noch weitergesprochen.
»Wenn du meinst, deine Reben richten sich nach der Lage, dann mach es ihnen nach. Noch haben wir Zeit, das zu tun, was nötig ist«, sagte Hippolyte mit fester Stimme.
»Nein! Noch bin ich der Patron.«
Der Alte schüttelte den Kopf und sah in die Runde wie ein Feldherr, der den Befehl zum Angriff gegeben hatte. Amélie bemerkte den Blick zwischen ihren Eltern, der besagte, dass das Schicksal des Hauses damit besiegelt war.
Ihre Mutter erhob sich und zog eine Gans aus einem Eimer, aus deren kopflosem Hals noch Blut tropfte. Sie setzte sich schweigend auf einen Schemel, das Tier zwischen ihren Knien. Mit jedem Tropfen Blut erzitterte die rote Lache in der weißen Emailleschüssel, die zwischen ihren Füßen stand. Verbissen riss sie dem Tier die Federn aus, während die beiden Männer Brotkanten brachen und mit der Messerspitze Schinkenstreifen zum Mund führten.
Wie sehr sie sich hassen, dachte Amélie bekümmert, und doch bewegen sie sich gleich. Sie stemmen ihre Arme im gleichen Winkel auf. Ihre Hände führen das Messer, als hätten sie die Bewegung in der Schule gelernt. Sie versteifen ihre Nacken wie knurrende Hunde. Es ist eine Farce.
Amélie trat hinter ihren Vater und legte ihm ihre Hände

auf den Kopf. »Du stehst unter keinem Unstern, Vater. Vergiss, was du gesagt hast.«
»Nein, ich weiß es besser. Aber nun ist es gleich, denn es ist zu spät.«
Der Alte spie aus und sah Amélie an. »Du hast dein Gelöbnis nicht vergessen, hoffe ich?«
»Nein, Großvater«, antwortete sie einsilbig, weil ihre Hände etwas wahrnahmen, das sie wie einen mäandernden Strom empfand, der seine Richtung nicht finden konnte. Sie hielt die Luft an und versuchte, sich von Fabiens bösem Blick nicht aus der Ruhe bringen zu lassen. Ihr Bruder war eifersüchtig, weil sie ihrem Vater so nahe war. Jetzt suchte er nach etwas, womit er sie kränken konnte.
»Sie treibt es mit einem Burgundischen«, sagte er schließlich voller Heimtücke.
Ihr Vater jedoch entgegnete: »Lass sie verliebt sein. Du bist nur eifersüchtig, Fabien.«
Marthe hielt abrupt im Federrupfen inne und sah auf. Amélie hielt dem Blick ihres Großvaters stand. Sie spürte, wie sehr er mit sich kämpfte, nicht sofort aufzuspringen und sie zu schütteln.
»Ja, César stammt aus dem Burgund. Die Reblaus hat die Güter seiner Familie vernichtet. Er verdient sich seinen Lohn überall dort, wo es für ihn Arbeit gibt.«
»Er ist ein Schmarotzer, der sich über deinen Körper in unser Haus hineinbohrt«, fuhr Fabien fort. Er schob seinen Stuhl ein Stück zurück und stemmte die Fäuste in die Seiten. »Ich werde ihn mir wohl einmal vorknöpfen müssen. Als Hüter deiner Jungfernschaft. Oder ist es schon zu spät?«
»Amélie?«
»Nein, Mutter, nein«, seufzte Amélie.

Marthe Duharnais senkte den Kopf und rupfte weiter. Von Zeit zu Zeit jedoch warf sie ihrer Tochter anklagende Blicke zu.

»Ein Burgundischer«, ergriff der Alte wieder das Wort, so als hätte er das Vorherige nicht gehört. »Wie heißt er?«

»César Mallinguot«, antwortete Amélie und strich ihrem Vater über den Rücken, wobei ihr nicht bewusst war, ob sie ihn wegen dem trösten wollte, was sie gespürt hatte, oder ob sie für ihre Gefühle Schutz bei ihm suchte.

Der Alte aber warf das Messer quer durch die Küche, sodass es den Hund, der in einer Ecke schlief, am Hinterbein traf. Er jaulte auf und begann die Wunde zu lecken.

Amélies Großvater erhob sich drohend und schrie: »Ein Mallinguot, ein Mallinguot! Ja, wollt ihr mich endgültig ins Grab bringen?«

Er zuckte, bebte, schnappte pfeifend nach Luft. Fabien drohte Amélie mit der Faust, ging zu seinem Großvater und reichte ihm ein Glas Schnaps. Unwillig stieß dieser die Hand fort.

»Was soll er getan haben, Großvater?«, fragte Amélie empört.

»Du bist dumm wie das tote Federvieh«, herrschte dieser sie an. »Ich scheine der Einzige zu sein, der Bescheid weiß. Hundert Jahre haben wir uns bekämpft. Einhundert Jahre Streit zwischen dem Burgund und der Champagne, zwischen unseren Vorfahren und diesen blasierten Rotweinpanschern. Spottverse haben sie auf uns gedichtet ...«

»... und die Champenois wohl auch auf sie«, warf Amélie belustigt ein.

»Was verstehst du davon, he? Was ist besser, Rotwein oder

Weißwein, wie? Unsere stillen Weißweine hatten schon vor dem Champagnerverfahren einen großen Ruf, und diese Rotschaumköpfe da unten waren nur neidisch. Bauern sind sie! Kleben Etiketten auf Grand Crus, die wie dürrer Landwein schmecken.«

»Das stimmt doch nicht«, entgegnete Amélie. »Sag die Wahrheit, Großvater. Wie ging der Streit aus, der heute längst niemanden mehr interessiert?«

»Niemanden mehr interessiert?«, erboste sich der Alte. »Unsere Ehre müssen wir erhalten. Unsere Würde.« Er hielt erschöpft inne.

»Da bin ich ganz deiner Meinung, Großvater«, sagte Fabien.

Amélie ging über seinen provozierenden Blick hinweg. »Das Ende des Streits, ich möchte es wissen.«

Der Alte schwieg und hustete. »Die Ehre ... es geht um die Ehre«, murmelte er schließlich, starrte Hippolyte und Amélie an und wischte sich mit dem Ärmel über die Stirn, ohne sie aus den Augen zu lassen. »Diese Dummköpfe irgendeiner Pariser Fakultät behaupteten, so wie der Mensch auf zwei Füßen stehe, so brauche er beides, den Roten wie den Weißen.«

Es klopfte an der Küchentür, die sich auf Marthes Zuruf öffnete. Mit Herzklopfen sah Amélie César über die Schwelle schreiten.

Der Alte guckte grimmig und fuhr unbeeindruckt fort: »Schon seit 496 sind die Weine der Champagne hoffähig. Seit dem Tag, an dem Chlodwig, unser erster französischer König, hier in der Nähe von Saint Rémi, dem Bischof von Reims, getauft wurde. Wir können stolz auf unser Land sein. Und wir sind stolz darauf, es geschafft zu haben, unseren Schaumwein, den es bei uns schon im

17. Jahrhundert gab, zu feinstem Champagner zu veredeln. Wir sind etwas Besonderes. Die anderen sind nur mediokre Kreaturen.«

»Damit meinen Sie doch wohl nicht mich, oder?« César deutete eine leichte Verbeugung an.

»Mallinguot, lassen Sie die Hände von meiner Enkelin. Sie trägt meinen Namen!«, blaffte der Alte.

»Ich liebe sie, Monsieur Duharnais. Das ist alles.«

»Ha, spielen Sie mir nichts vor. Ihre Existenz ist vernichtet, und nun glauben Sie sich über ein süßes Spundlöchlein in kostbare Gefilde zu bohren, wie?«, griff der Alte Fabiens Anspielung auf.

Amélie trat zu César, der sich mühsam beherrschte. »Mein Vater hat sich wegen der Reblausplage in unserem Keller vergiftet, Monsieur Duharnais«, sagte er. »Meine beiden Brüder sind wie viele andere auch nach Amerika ausgewandert. Sie sind nicht der Allmächtige. Wenn Sie glauben, mich gering schätzen zu können, dann schauen Sie sich lieber das hier an, denn es scheint hier noch weit niedrigere Wesen als mich zu geben.«

Er warf ein Bündel zwischen Schinken und Brotreste auf den Tisch und sah Amélie einen kurzen Moment tief in die Augen. Marthe sprang auf und ließ die Gans in die Emailleschüssel fallen, die ein Stück weit scharrend über den Steinfußboden rutschte.

»Ich tue es für dich, Amélie«, fuhr César fort. »Ich bringe dir deine Rettung.« Er knüpfte das Bündel auf. Es enthielt eine Rebwurzel, an der für alle deutlich sichtbar einen Millimeter große, gelb-rot gestreifte Insekten hingen. »Sie ist bereits hier.«

»Du Teufel!«, brüllte der Alte.

Und auch Fabien rief: »Halunke! Er betrügt uns.«

»Herrgott im Himmel, steh uns bei«, murmelte Hippolyte.
»Nein, ich beuge mich nicht. Niemals«, brüllte der Alte.
»Hinaus, Bursche! Du hast dich an meiner Erde vergriffen, du burgundischer Teufel!«
Amélies Mutter dagegen bekreuzigte sich und rief: »Du bist wahnsinnig, Jérôme Duharnais. Der junge Mann will uns doch nur helfen. Er zeigt, was wir alle längst befürchtet haben.«
»Eben! Jetzt müssen wir umpflanzen, Großvater«, sagte Amélie und hielt César zurück, der sich entfernen wollte.
Pfeifend zog der Atem des Alten durch den Raum. Hippolyte nickte. »Amélie hat Recht, Vater, wir müssen umpflanzen.«
»Aber allein, ohne diesen Burgundischen«, fügte Fabien hinzu.
»Ja, denn er hat sich an meiner Erde, meinem eigenen Fleisch und Blut vergriffen. Ein Burgundischer, der dies wagt, betritt meine Erde kein zweites Mal.«
»Großvater, ich liebe César«, rief Amélie. »Ich verlasse euch, wenn du ihn nicht wertschätzt.«
Der Alte ballte die Fäuste. »Verlassen willst du uns?«
»So wie dich deine Reben verlassen«, schrie Amélie zurück und wies auf das Tuch mit dem Wurzelstock.
»Du starrsinniger Alter! Du zerstörst mir meine Familie!« schrie nun auch Marthe, die vor Aufregung rote Flecken am Hals hatte. »Du hast meine Mitgift aufgefressen, hältst meinen Mann wie einen Knecht, und nun tust du alles, damit mich meine Tochter verlässt! Erst hast du sie mir entfremdet, jetzt will sie wegen dir fortgehen. Du bist wahnsinnig, du solltest ins Irrenhaus nach Reims.«
»Mein Unstern, Marthe, ich fühl ihn deutlich«, flüsterte Hippolyte.

Sie schlang ihre Arme um ihn und begann zu weinen. »Der Alte ist schuld, er allein«, schluchzte sie.
»Und ich werde Recht behalten«, tobte dieser und warf den Tisch samt reblausbenagtem Wurzelstock, Gläsern, Messern, Brot und Schinken um. Heulend sprang der verletzte Hund auf. »Der Herrgott weiß, dass ich Recht habe. Nur unsere wurzelechten Vinifera-Reben schenken uns einen Wein, wie er unvergleichlich in der Welt ist. Die Pfropfrebe ist nichts als eine neumodische Krücke, die angeberisch verspricht, was sie nie halten kann. Nie! Mit ihr geht eine Tradition unserer Weinbaukultur unter. Wartet ab.«
»Es geht ums Überleben, Großvater, nicht um Ehre oder Tradition«, warf Fabien ein. »Lass uns vernünftig handeln. Bitte.«
Einen Moment lang starrte der Alte einen nach dem anderen an. Schließlich blieb sein Blick an Marthe hängen.
»Du wirst deinen Bruder um Geld bitten müssen.«
»Nein«, wimmerte diese, als hätte er sie geschlagen.
»O doch, Marthe Chevillon. Bezwinge deinen Stolz – und rette dieses Haus.«
»Warum nur? Warum ich? Warum immer ich?« Weinend wiegte sie sich vor und zurück, die Hände vors Gesicht geschlagen.
»Weil der 92er unser letzter wirklich guter Jahrgang war«, sagte der Alte lauernd und senkte die Stimme. »Unsere Kasse ist leer. Dein Bruder muss also das Geld für die neuen Wurzelstöcke aufbringen, an denen euch so viel liegt. Doch ich willige nur ein, wenn nur einzelne Parzellen bearbeitet werden und nicht der ganze Besitz.«
»Komm«, sagte Amélie leise, nahm César an die Hand und

ging aus der Küche. »Zeig mir die Stelle, an der du gegraben hast.«

Am späten Nachmittag wurde der geklärte Most in ein anderes Fass umgefüllt, in dem er in den kommenden Wochen gären sollte. Jeanne spülte gerade mit viel Wasser die Schmutz- und Pflanzenreste aus dem Absetzfass aus, als sich Hippolyte Duharnais an einen Gewölbepfeiler lehnte. »Es ist zu wenig«, murmelte er immer wieder, wobei er dem Gärungsfass Blicke zuwarf, als könnte er nicht glauben, wie gering die Menge des Mostes war. »Es wird immer weniger. Der Unstern, mein Unstern.« Kurz darauf knickten seine Beine ein, und er rutschte den Pfeiler hinab auf den Boden.
Die alte Waschfrau bemerkte es nicht sofort, da Hippolyte lautlos zusammengebrochen und sie selbst mit Bürsten, Ausspülen und Schrubben des Fasses beschäftigt war. So lag Amélies Vater eine ganze Weile auf dem kalten Steinboden seines Weinkellers. Erst als über den Hof des Gutes ein kleines Fuhrwerk ratterte und Marthe Duharnais nach ihrem Mann rief, weil der Pächter Aubert Morot eine Fuhrladung Pinot-Noir-Trauben aus Mailly-Champagne brachte, machte die alte Jeanne mit wimmerndem Geheul auf sich aufmerksam. Statt eines launigen Schwätzchens musste Morot nun mithelfen, Hippolyte aus der Kälte seines Kelterraums zu tragen. Man setzte ihn in einen Korbstuhl. Das Gesicht wollte sich jedoch nicht entspannen. Sein Mund, offen und schief, wirkte in dem bleichen Gesicht wie eine traubenförmige Ausstanzung. Auch sein linker Arm, der wie ein Schal über der Korblehne hing, reagierte nicht. Entsetzt folgte Marthes Blick dem Körper in Richtung Füße. Die nassen Schuhspitzen, einan-

der zugewandt, strahlten eine hilflose Weichheit aus, als hätten sie noch nie den schweren Männerkörper über die Erde getragen.
So glaubte zunächst auch Amélie, vom Weinberg zurückkehrend, jemand habe eine Strohpuppe in Anzug und Stiefeln in dem Korbsessel abgelegt. Doch das laute Weinen ihrer Mutter erinnerte sie an die unruhigen Strömungen, die sie vor kurzem an ihres Vaters Kopf wahrgenommen hatte. Es musste ein Gehirnschlag sein, der ihn, den Sohn des herrischen Winzers Jérôme Patrique Duharnais, gefällt hatte. Hippolyte Duharnais' Augäpfel rollten wie blind nach links, nach oben und schwammen weg. Speichel rann ihm aus dem Mundwinkel. Seinem willenlosen Körper entwich ein gurgelndes Stöhnen.
Amélie spürte ein seltsames Ziehen in ihrem Mund, so als hätte sie auf nackte saure Traubenkerne gebissen.
»Kannst du nicht etwas tun, Kind?«, schluchzte Marthe.
Amélie, die den Kopf ihres Vaters umfasste, hörte sich wie von ferne antworten: »Du weißt doch, ich bin keine Heilerin. Meine Hände können nur lesen.«
Aubert Morot sah Amélie neugierig an. »Dann sehen Sie also, was mit ihm ist.«
»Ja.« Amélie erholte sich von dem anfänglichen Schrecken und fuhr fort: »Sein Gehirn ist verwundet. Es blutet. Wir dürfen keine Zeit verlieren. Monsieur Morot, laden Sie die Bütten und Lesewannen ab. Schnell. Wir fahren meinen Vater nach Reims. Willst du mitkommen, Mutter?«
Diese nickte nur, lief konfus hin und her und griff dann wie Aubert Morot nach den vollen Wannen und pflasterte mit ihnen den Hofplatz vor dem Eingang zum Kelterraum. Derweil streichelte Amélie unablässig Kopf, Schul-

tern und Brust ihres Vaters. Sie hoffte, dass er ihre Wärme wahrnehmen und spüren würde, hoffte, dass er begriff, dass sie ihn nicht verloren gab.
»Wo ist Fabien?«, fragte ihre Mutter schließlich atemlos.
»Bei Großvater im Weinberg.«
So schnell wie möglich luden sie einen langen Waschtrog auf das mit Erdkrumen und Weinblättern bedeckte Fuhrwerk. Decken und Kissen bildeten eine weiche Unterlage, auf die man nun den halb gelähmten Hippolyte bettete.
Amélie hockte sich ans Kopfende und wärmte und tröstete ihn. Ihre Hände ruhten sanft auf seinem Kopf. Es tat ihnen beinahe weh, das disharmonische Energiefeld zu ertragen, doch schlimmer noch war es für Amélie, ihrem Vater ins Gesicht zu sehen. Seine verzerrte Miene spiegelte wider, dass sein Selbst zerstört war. Mit den Tränen ringend, wandte sie den Blick ab.
Der Pächter wendete hektisch und schlug die Richtung nach Reims ein. Amélie schaute verbissen auf Monsieur Morots Rücken, auf die auf und ab wippenden Köpfe der Pferde, Rebzeilen, Straßen, fernen Dächer und Kirchturmspitzen. Die Pferde schnaubten und schüttelten ihre Mähne.
Amélie versuchte ihren Gedanken eine andere Richtung zu geben, eine Richtung, die sie von dem ablenkte, was ihre Hände ihr mitteilten. Sie dachte daran, wie wenig es den Tieren behagen musste, wieder nach Reims zu traben, selbst wenn sie schon unzählige Male Fässer zu den Duharnais'schen Kalkstollen unter der Stadt transportiert hatten, denn genau wie für sie war für die Pferde Reims ein unangenehmes Ziel. Morot hatte sie vor ein paar Tagen vom alten Duharnais ausgeliehen und sie in der Nähe einer Abdeckerei warten lassen, weil er einen Bekannten in

einem Bistro entdeckt hatte. Wohl gut eine Stunde war ihnen der Geruch gemarterter, enthäuteter Artgenossen um die Nüstern gestrichen. Dazu hatten sie angstvolles Wiehern aushalten müssen und das scharfe Zischen von Peitschenhieben. Als Morot zurückgekehrt war, waren, wie er ihr erzählt hatte, ihre Pferde in eine Angststarre verfallen, hatten schweißnasses Fell und Schaum vor dem Maul gehabt. Er hatte ihnen daraufhin seinen alkoholgeschwängerten Atem in die Nüstern geblasen und lange auf sie einreden müssen, um sie von ihrer Todesangst zu befreien. Ob die Pferde jetzt wieder Angst hatten?
Amélie wandte sich erneut ihrem Vater zu. Seine Augen waren geschlossen. Er sah aus wie tot, nur ihre Hände sagten ihr, dass er noch lebte.
Hätte sie ihn nicht besser warnen sollen, als sie ihn vor einigen Tagen berührt hatte?
Wie ein Strom übler Galle stieg in ihr unvermittelt das Gefühl eigenen Versagens, mehr noch, von Schuld auf. Sie gestand sich ein, dass der Kampf um das Weingut, der Streit mit dem Großvater alles andere hatte nebensächlich werden lassen. Allein Césars Liebe war dagegen angekommen. War sie egoistisch?
Du bist jung, du bist verliebt, und du willst leben, schrie eine Stimme in ihr. Doch sogleich verstummte sie, als würde sie fürchten, für ihre Unbekümmertheit bestraft zu werden.
Je näher sie Reims kamen, desto stärker litt Amélie darunter, ihren Vater nicht heilen zu können. Zunehmend ängstigte sie, was ihre Hände ihr verrieten. Es war wie ein Entströmen, Pochen und Pressen von Energie in seinem Kopf zu spüren, der seine ureigensten Funktionen zunehmend einzubüßen schien.

Ihre Gedanken begannen sich im Kreis zu drehen. Was würde aus ihr werden, wenn sie ihre Eltern und ihr geliebtes Weingut verlöre, jenes vertraute, stützende Wurzelwerk? Wäre sie der Aufgabe gewachsen, ihren Vater bis ans Ende seiner Tage zu pflegen? Blutige Tücher, Spucknäpfe und Bettpfannen zu reinigen? Ihn dahinsiechen zu sehen? Zu ertragen, dass ihre Mutter noch mehr verbitterte, sie beide in Selbstmitleid versanken? Und dann ihr Großvater – würde sie seine cholerischen Anfälle, Beschimpfungen und Einbildungen aushalten können, wenn er mit dem Verlust des Gutes auch seine Würde verlor? Würden sie alle unter das Dach einer Landarbeiterhütte kriechen? Sich von Speck, Kohl, Pilzen, Schnecken und Rübeneintopf ernähren? Spott und Hohn ertragen, bis sie alle am eigenen Gram krepiert waren? All dem könnte sie entfliehen, wenn sie mit César auswanderte. Doch der Gedanke an Liebe, Jugend und Schönheit schmerzte, als stächen ihr spitze Weinsteinkristalle ins Herz.

Als sie schließlich das Krankenhaus erreichten, hatte Amélie die Hoffnung fast aufgegeben. Pfleger nahmen ihr den Kranken ab, und sie griff nach dem Arm ihrer Mutter und fragte: »Wenn sie Vater heilen können ... sprichst du dann mit Onkel Jean-Noël?«

Marthe erbebte, und wieder überzogen Flecken ihren Hals. »Niemals gebe ich diesem Menschen, deinem Großvater, wieder einen einzigen Sou – selbst wenn Jean-Noël ihn mir auf einem Samtkissen nachtrüge. Dieser Starrkopf hat deinen Vater, meinen Mann, auf dem Gewissen. Nein, Amélie, ich lasse mich nicht mehr demütigen. Es ist vorbei.«

Stumm senkte Amélie den Kopf.

»Mein Lohn, Madame Duharnais. Wir haben die Lese

noch nicht abgerechnet ...«, begann Monsieur Morot unbeholfen. Er rieb sich mit dem Handrücken mehrmals über die Stirn. »Verzeihen Sie, es tut mir Leid, Ihr Gatte war stets zuvorkommend.«
Zornig schlug Marthe Duharnais ihm ins Gesicht. »Er war? Er lebt noch. Er lebt. Für mich, meine Tochter und meinen Sohn.« Daraufhin drehte sie sich um und lief der Krankentrage hinterher.
Amélie riss sich vom Anblick ihrer Eltern los, die in dem stollenartigen Gang des Krankenhausflurs zusammenschrumpften. Sehnlichst wünschte sie sich, dass ihr Vater ihr beim nächsten Besuch mit vollem Bewusstsein in die Augen sehen würde.
Sie begab sich zurück ins Freie, fing Monsieur Morots fragenden Blick auf, sah die erhobenen Köpfe der Pferde, hörte ihr ungeduldiges Scharren und wusste, sie hatte eine Pflicht. Und wenn es die letzte sein sollte.
»Die Trauben ... Kommen Sie, Monsieur Morot, wir fahren zurück.«

Die kleinen, dünnschaligen Pinot-Noir- und Pinot-Meunier-Beeren vom Stielgerüst zu pflücken, sich auf die Sorgfalt zu konzentrieren, mit der dies geschehen musste, damit die kostbaren Früchte nicht zerplatzten, glich einem besinnlichen Innehalten nach den aufwühlenden letzten Stunden. Lesehelferinnen standen Amélie bei der Arbeit des Entrappens bei, während Fabien die Marmonnier für die neue Ladung Beeren herrichtete. Der Alte hingegen, so erzählte Fabien, stochere noch immer misstrauisch in der wertvollen Erde seiner Grand-Cru-Lagen in Mailly-Champagne, Verzenay und Verzy. Er lasse sich erst in zwei Tagen wieder blicken.

Fabien, so schien es Amélie, hatte der Schock über den Zusammenbruch seines Vaters noch mehr verhärtet. Er lief mit eckigen Bewegungen umher, kaum fähig zu sprechen oder den Kopf anders als geradeaus zu halten. Amélie war es recht. Selbst wenn nun alles verloren schien, die Verarbeitung dieser duftenden Trauben wollte sie mit ihm, so gut es eben ging, noch vollenden.
Langsam setzten die Männer das schwere Drehkreuz der Marmonnier in Gang. Der wuchtige Stempel senkte sich auf die rotblaue Masse der Beeren. Ihre Schalen platzten auf, ihr heller Saft sickerte heraus und ergoss sich in die Wanne. In dieser Stunde war Amélies sentimentale Kindheitserinnerung an die heimelige Atmosphäre der Marmonnier-Arbeit vergessen. Kühl konzentrierte sie sich nun darauf, nur ja an alles zu denken, was nach alter Tradition notwendig war. Da Fabien ihr aber mit einem Wink seines Kinns bedeutete, dass sie an dieser Stelle überflüssig sei, gab sie in der Küche Anweisungen zum Abendessen und suchte danach den Gärkeller auf, um auch dort nach dem Rechten zu sehen.
Die alte Jeanne hatte im Zustand hektischer Verwirrung Pfützen auf dem Steinfußboden hinterlassen, die Amélie nun aufwischte. Selbst Fabien hatte vergessen, einige Kerzen vor den Gärfässern auszuwechseln, die abgebrannt waren. Amélie ersetzte sie durch neue, deren Flammen über die ausströmenden giftigen Gase wachen würden. Sie beleuchteten den Gang zwischen den Fässern wie bei einer feierlichen Prozession. Schatten züngelten über die Gewölbedecke.
Amélie lehnte sich an eines der Eichenfässer, spreizte ihre Finger gegen das Holz und sog seinen herbsüßen, gerbhaltigen Duft ein. Sie dachte an ihren Vater im Kranken-

haus und an die Worte ihrer Mutter, die ein Band zerschnitten hatten. Nach einer Weile in dieser stillen steinernen Kühle kam es ihr vor, als wäre die bauchige Wölbung des Fasses wie eine begütigende Rebmutter, nährend und unerschütterlich. Amélie fühlte sich geborgen wie in jenem Moment, als sie das erste Mal in der Kathedrale zu Reims den Geruch würzigen Weihrauchs eingeatmet und im Kerzenschimmer unter dem Kirchengewölbe den Motetten des Chors gelauscht hatte. Sie faltete die Hände und begann zu beten. Eine Weile noch ruhte sie am Fass, versunken in ihre innere Welt. Erst als sie das dumpfe Knarzen der alten Marmonnier wieder bewusst wahrnahm, stellte sie sich auf den Holzschemel, zog den Holzstöpsel aus dem Spundloch und schnupperte vorsichtig.

Was außer schlechtem Essig würde aus dem gärenden Saft dieser Chardonnay-Trauben werden, wenn er sich selbst überlassen bliebe wie ein vernachlässigtes Kind? Mit Liebe und Fürsorge würde aus ihm ein Blanc-de-Blancs-Champagner oder wenigstens ein kostbarer Teil einer Cuvée werden.

Im hoffnungsvollen Glauben, etwas Magisches zu tun, holte Amélie nasse Weinblätter, legte sie kranzförmig um die Öffnung und stöpselte diese wieder zu. Erst danach griff sie erneut nach Eimer, Lappen und Bürsten, hängte sie im Vorraum des Kellers an die Haken und begab sich vor das Hoftor, um Ausschau zu halten. Doch außer einigen Erntehelfern, die nach Hause gingen, streiften nur niedrig fliegende Krähen oder wilde Katzen die Landstraße.

Im Gatter neben dem Hof schnatterten Gänse. Einige von ihnen standen nur auf einem Fuß, was Amélie als Zeichen wertete, dass es bald regnen würde. In der Ferne umhüllte Nebel den Kirchturm von Verzenay. Unter schwa-

chem weißlichem Herbstlicht kroch er über die Landstraße, schlich sich in die Weinberge – ganz so, als ob er das Leben zwischen den Rebzeilen verscheuchen wollte. Die Hauptlese war beendet, für die Reben begann nun bis zum März die Ruhezeit.
Würde es für sie noch einmal Arbeit im Weinberg geben? Oder war es damit wirklich ein für alle Male vorbei?
Sie sah zurück zum Weingut und stellte sich vor, wie sich in dessen Kellern der frische Most aus der Pinot-Traube klärte, der Chardonnay-Most der vergangenen Tage seiner ersten Reife entgegengärte. Das Haus schien ihr behäbig wie eine fette Erdscholle über diesem unsichtbaren Schatz zu ruhen. Wie zur Tarnung lieblich eingerahmt von Kastanien und Espen, deren Blätter bereits zu gilben begonnen hatten. Dem Fremden aus der Ferne mochte das Haus mit seinem warmen Licht aus den Küchenfenstern wie eine rettende Herberge erscheinen, doch Amélie fühlte sich plötzlich von den Wänden dieses Gemäuers abgewiesen, fühlte sich heimatlos und voller Angst vor ihrem Schicksal und der Laune Fabiens.
Ihre Mutter kehrte an diesem Abend nicht heim, und Amélie grübelte lange darüber nach, ob sie am Krankenbett oder im Betstuhl ausharrte.
Am nächsten Morgen erzählte ihr die Bäuerin Marie-Hermine Poiret, Pächter Aubert Morot habe den Alten beim Graben in seiner Weinparzelle entdeckt und ihm erzählt, welches Unglück seinem Sohn Hippolyte widerfahren sei. Fabien hatte daraufhin grußlos das Weingut verlassen und war nach Reims gefahren.
Amélie war allein.
Gegen Mittag suchte sie in der Montagne de Reims den Ort auf, an sie dem sich so oft heimlich mit César getrof-

fen hatte. Und als hätte der gewusst, dass sie kommen würde, wartete er auf sie, einen Sack voller Habseligkeiten neben sich.

»Amélie, komm mit mir. Lass uns heute zusammen weiterziehen.«

Wie Wolkengebilde, die ihn wie im Sturm mitrissen, zuckten die Schatten der Bäume über sein hübsches Gesicht. Amélies Herz zog sich zusammen. Rasch erzählte sie ihm, was sich ereignet hatte.

»Ich kann nicht mit dir gehen, César. Meine Eltern ...«

»... sind sich selbst genug, du wirst sehen«, sagte er ungeduldig. »Sie brauchen dich nicht, sie haben kein Geld und können nichts für dich tun. Dein Bruder wird seines Weges ziehen, und ich sage dir, dein Großvater steht dem Grabe noch näher als dein Vater. Doch so wenige Jahre er auch noch atmen wird, er wird gegen die Zeit verlieren, weil er keine neuen Rebwurzeln anpflanzen will, so wie es die anderen Winzer tun. Er würde selbst dann verlieren, wenn er es wollte, denn ihm fehlen die Mittel. Also bist du frei. Komm mit mir.«

»Woher willst du das so sicher wissen?«

»Hustet er nicht wie einer, dem der Sensenmann Scharten über die Lungenflügel gezogen hat?«

»Wer weiß ...«, meinte Amélie nachdenklich.

»Liebst du mich denn nicht?« Er zog sie an sich. »Amélie, du musst mit mir gehen. Ich weiß, dass du mich liebst. Komm.« Seine Lippen pressten sich auf ihren Mund.

»Wenn Fabien dich bei mir sieht, wird er uns beide umbringen«, murmelte sie atemlos.

»Dann wird sich der Alte an ihm rächen, weil er dich mehr liebt als ihn«, entgegnete César trocken. »Er liebt dich so wie ich.«

»Nein, das ist nicht wahr. Er ist mein Großvater, er ist nur ein alter, kranker Mann.«

»Aber er ist vernarrt in dich wie ich. Und er weiß, dass ich ihn durchschaut habe. Er glaubt, du seist wie er. Er sieht nicht, wie du wirklich bist. Also rette dich, komm mit mir.«

Amélie lächelte gequält. »Es ist alles verloren, du hast Recht, César. Doch warte noch. Mutter wird bald wieder hier sein und berichten. Ich kann nicht flüchten, ohne zu wissen, wie es meinem Vater geht.«

»Du bist so schön, Amélie. Und doch wendest du dein schönes Gesicht dem Tode zu.« Er umfasste ihre Taille.

»Ich werde nach Reims gehen«, sagte Amélie unvermittelt. Sie straffte sich und wandte sich von ihm ab. »Ich will wissen, wie es um meinen Vater steht. Dann komme ich zu dir zurück.«

»Du willst nicht warten, bis sie zurückkommen, gut. Aber ich warte. Bis morgen Mittag, Kätzchen.« Er küsste sie kurz. »Vergiss nicht, bis morgen um dieselbe Zeit.«

»Alkohol ist streng verboten.« Die Krankenschwester des Reimser Krankenhauses sah Amélie strafend an.

»Dies ist Champagner, kein Alkohol«, belehrte sie Amélie selbstbewusst. »Mein Vater ist Hippolyte Duharnais. Er ist Winzer, und sein eigener Champagner ist die beste Medizin. Er wird ihm gut tun.«

Doch die Schwester, die Amélie nun genauer betrachtete, schüttelte wieder den Kopf. »Erfüllen Sie ihm jeden Wunsch«, sagte sie, »nur diesen einen nicht.«

Energisch öffnete sie die Tür zum großen Saal, in dem in zwei langen Reihen Betten mit Kranken standen. Wenige schauten auf, manche röchelten im Schlaf, andere ließen sich von Angehörigen aufmuntern. Schnell fand Amélie

das Gesicht ihres Vaters – nicht zuletzt deshalb, weil sein waches Auge sie zuerst erfasst hatte. Es war ihr ein wenig unangenehm, derart von einem Halbgelähmten, auch wenn es ihr eigener Vater war, eingefangen zu werden.
»Sprechen Sie mit ihm wie mit einem Kind«, raunte ihr die Schwester zu. »Seien Sie lieb zu ihm – und schlagen Sie ihm keine Bitte ab, es würde ihm schaden.« Erst jetzt erkannte Amélie am Fenster ihre Mutter, Fabien und ihren Großvater, mit den Rücken zu ihr gewandt. »Sehen Sie Ihre Verwandten? Sie warten auf den Arzt.«
Die Schwester nickte Amélie zu und begab sich dann zu einem Kranken, der an seinem Bruchverband kratzte. Amélie überlegte kurz, ob sie sich bei ihrer Familie bemerkbar machen sollte, doch der Blick ihres Vaters, der sie unverwandt zu bannen suchte, zog sie ans Krankenbett. Sie nahm sein schiefes Gesicht zwischen ihre Hände.
»Vater! Du erkennst mich, das ist schön.«
»Kind ...« Seine Stimme war brüchig und sehr leise. Amélie sah, dass sein Auge zu tränen begann. »Kind ... heirate.« Er stöhnte leicht. Dann entwich seinem Mund ein kehliger Wehlaut, wie ihn Amélie noch nie gehört hatte. Er erinnerte sie an das Schaf, das sie vor Jahren einmal in den Händen eines Schächters hatte sterben sehen. Und während ihr Verstand hektisch den Sinn dessen, was gesagt worden war, zu verdrängen suchte, sah sie sich immer mehr in den Klauen einer Gewalt, die ihr Leben ins Unglück zu stürzen gedachte.
Etwas Dunkles fiel auf sie – die Schatten von Marthe, Fabien und ihrem Großvater, die sich vom Fenster gelöst hatten und nun ans Bett getreten waren.
»Er ist wirr geworden«, flüsterte Amélie entsetzt. »Wirr, nicht wahr?«

Bevor jemand antworten konnte, hörte sie hinter sich die Stimme des Arztes. »Ganz und gar nicht. Er ist gut bei Sinnen, Mademoiselle. Ihr Herr Vater kann noch lange leben, so er denn keine neuen Belastungen ertragen muss.«
Amélie schaute auf und sah, wie ihr Großvater die Augen niederschlug und seine groben Hände knetete. Ihre Mutter musterte sie ängstlich, als würde sie überlegen, ob ihre Tochter das Opfer, das von ihr verlangt wurde, mit Fassung und Einsicht zu tragen in der Lage war. Fabien schürzte erwartungsvoll die Lippen.
Heirate, klang es in Amélies Ohren. Heirate.
»Ja, natürlich«, murmelte sie, wobei sie sich des temperamentvollen Leuchtens von Césars Augen entsann und den Druck seiner heißen Hände zu spüren glaubte.
Aber ich bin doch sein Kätzchen, dachte sie, und plötzlich begann ihr so stark zu schwindeln, dass sie sich an dem gelähmten Arm ihres Vaters festkrallte.
Fabien schnalzte mit der Zunge, und ihre Mutter flüsterte etwas, das sie nicht verstand. Doch da bewegten sich wieder die Lippen ihres Vaters, und sie vernahm, wie er mühsam nuschelte: »Monsieur Papillon.«
Ein Rauschen bemächtigte sich ihrer Ohren, als ob tausende von Vögeln mit aufgebrachtem Flügelschlag versuchten, ihr Gehör und Verstand zu rauben.
»Contenance, Mademoiselle. Denken Sie an Ihren Vater.«
Es war, als ob die fremde Stimme des Arztes sie mit hypnotischer Gewalt aufrichten würden. Amélie hob den Kopf und suchte das Gesicht ihres Großvaters. »Was sagst du dazu, Großvater?«, flüsterte sie.
Der Alte hielt seinen Kopf tief auf die Brust gesenkt und tat, als ob er in sich hineinlauschen würde. Er schien hin und her gerissen und knetete wieder seine Hände. Amélie

begann zu ahnen, dass er litt – wegen des Opfers, das sie, die er liebte, gezwungen wurde auf sich zu nehmen. Denn Monsieur Papillon, wohlhabender Advokat in Reims und der Familie Chevillon seit Jahren verbunden, war alt.
»Großvater, antworte mir.«
Amélie hörte ihren Vater unruhig schmatzen und schlucken.
»Keine Aufregung für Ihren Vater, Mademoiselle. Echauffieren Sie sich nicht.« Der Arzt fasste sie beinahe grob an der Schulter und tat, als wollte er sie festhalten. Amélie drehte sich wütend zu ihm um, krallte ihre Finger um sein Handgelenk und schob die Hand von sich weg, als wäre sie ein Pechklumpen.
»Antworte mir, Großvater.«
Der Alte hüstelte. »Später, Kind, später.«
Einen Moment lang blieb es still im großen Krankensaal, nur das Plätschern eines Kranken war zu hören, der seinen Urin in die Bettpfanne abließ. Da holte Amélie vor Entrüstung tief Luft und schrie: »Ist das wahr? Du erlaubst, dass ich mit einem alten Mann, der mein Großvater sein könnte, zwangsverheiratet werde?«
Statt zu antworten, wandte ihr Großvater sich zum Fenster um. Er suchte nach Halt, indem er seine Fäuste auf die Fensterbank stemmte, doch stattdessen zitterten die Knöchel auf dem Holz. Verzweifelt, aber auch nicht ohne Hoffnung schaute Amelie ihren Großvater an, der sich schließlich umwandte, den Kopf vorstreckte und mühsam hervorpresste: »Liebe und achte das Erbe deiner Väter, Amélie. Das ist alles, was ich dir zu sagen habe.«
Seine Stimme klang wie berstendes Holz. Amélie glaubte im nächsten Moment ohnmächtig zu werden, doch nichts und niemand erbarmte sich ihrer. Es blieb still, und

keiner sagte ein Wort. Schließlich räusperte sich Fabien und meinte: »Übrigens haben wir den Handel schon abgemacht.«

»Den Handel?«, rief Amélie entsetzt. »Handel? Ihr wollt mich verpachten wie eine Kuh?«

»Ich meine die neuen Rebstöcke«, sagte Fabien. »Wir haben sie uns bereits angesehen und ...«

»Bestellt, nicht wahr? Bestellt auf Kredit, in Erwartung des Geldes, das mein Körper euch erst noch einbringen soll. Ich hasse euch! Ich hasse euch alle!«, schrie Amélie und bebte vor Ekel und Wut.

»Was denn, du hast es doch selbst gewollt«, entgegnete Fabien boshaft. »Du bist Großvaters Liebling. Für mich sind die Weinberge Äcker wie andere auch. Du aber liebst sie, nicht anders als er. Dann steh auch zu dieser Liebe, und tu ihr besser keinen Abbruch.«

»Warum ich? Heirate du doch, um unser Gut zu erhalten. Eine Winzerstochter mit reicher Mitgift wird dein charmantes Temperament doch wohl einfangen, oder?«

Auf Fabiens Gesicht zeigte sich ein schiefes Grinsen. »Der Preis für das, was du zu bieten hast, ist konkurrenzlos«, sagte er mit ironischer Stimme. Ein kurzes höhnisches Lachen schloss sich an, das Marthe Duharnais ihm aber mit einer schallenden Ohrfeige vergalt.

Amélie entging nicht, wie sich der Arzt hinter vorgehaltener Hand das Lachen verkniff. »Sie sollten Ihre Angelegenheit besser außerhalb dieses Raums fortsetzen«, meinte er und wies zur Tür. Doch da bemerkte Amélie, dass auch das andere Auge ihres Vaters offen war. Sie folgte Hippolytes Finger und legte ihr Ohr an seinen Mund.

»Er ist ... alt«, hauchte er. »Heirate ihn ... Witwe.« Und es schien, als ob das belustigte Blitzen in seinen Augen ihr Mut zusprechen wollte.

»Mademoiselle, Ihr Vater scheint rasch zu genesen«, meinte der Arzt. »Schon sind beide Augen offen. Überlegen Sie also gut, was Sie zukünftig zu tun gedenken.« Er trat ans Bett, stieß versehentlich mit dem Fuß gegen den Korb mit der Champagnerflasche, bückte sich und hob die Flasche hoch. »Oh, zum Feiern ist es zwar noch ein bisschen früh, aber, Monsieur Duharnais, sollten sich Ihre Familienverhältnisse wirklich zum Guten wenden, verspreche ich Ihnen den sofortigen Umzug in ein bequemes Einzelzimmer, wo Sie Ihren Wünschen gemäß genesen können.«

Amélie glaubte ihren Ohren nicht zu trauen. Wütend entriss sie dem Arzt die Flasche und suchte Worte gegen diese Demütigung.

»Sag nichts. Sag lieber nichts«, wimmerte ihre Mutter ängstlich, doch Amélie hörte nicht auf sie.

»Sie sollten sich schämen, Monsieur – als Arzt und als Mann. Sie tun, als sähen Sie nur zwei Körper, die Ihnen Geld einbringen, ob es nun meiner oder der meines Vaters ist.«

Leises Gemurmel bezeugte die Empörung etlicher Patienten. Der Arzt wurde rot vor Ärger.

»Monsieur Duharnais, ich sehe, Ihre Tochter hat sich mit dem Bazillus des aufmüpfigen, die sittlichen Normen der Gesellschaft verachtenden Blaustrumpfs infiziert. Schade um diese außergewöhnliche Schönheit. Vielleicht aber können wir noch hoffen. Warten wir erst ab. Wir werden schon sehen.«

Amélie küsste ihren Vater flüchtig auf die Stirn und warf dem Arzt einen Blick zu, in den sie all ihre Verachtung für ihn zu legen versuchte. Halb ohnmächtig vor Wut lief sie dann auf die Tür des Krankensaales zu – hinter sich die triumphierende Stimme ihres Bruders, der ihr nachrief: »Genau, wir werden schon sehen!« Kurz darauf ertönte das ihr so vertraute Quietschen eines aus einer Flasche gedrehten Champagnerkorkens, was Fabien mit den Worten begleitete: »Auf dein Wohl, Vater! Monsieur le Docteur?«

Wie in den meisten anderen Jahren setzte nun, Anfang Oktober, die Regenzeit ein. Von heftigen Sturmböen aufgepeitscht, verdunkelte die kalte Nässe das Licht des Tages und erschwerte Menschen und Tieren gleichermaßen den Gang ins Freie. In den Nächten heulte es im Kamin, klapperten die hölzernen Fensterläden, knarrten Äste, rauschten die Kronen der Hofkastanien. Und doch war Eile geboten. Während in den Weinbergen vorübergehend die Arbeit ruhte, mussten die Fässer mit dem geklärten roten Traubensaft geleert und der Most zum Gären in andere Fässer umgefüllt werden.
Eines frühen Morgens brach der Alte sein Frühstück ab, als der Händler aus Reims mit mehreren hundert reblausresistenten Unterlagsreben eintraf. Sofort schickte er Fabien in jene Parzellen, in denen die Reblaus bereits die Wurzelstöcke befallen hatte, um diese zu entfernen. Gut ein Dutzend Lesearbeiter konnten sich über den verlängerten Arbeitseinsatz freuen, denn es galt nun, alte Wurzelstöcke aus den Kalkböden der Champagne zu graben, die Erde zu belüften und mit kräftigen Humusgaben anzureichern. Trotz des Regens fuhr Amélie mit Fabien und den Hilfskräften nach Verzy, um die dort vom Alten markierten Rebstöcke aus der Erde zu reißen. Nur langsam

wich die Wut über das ihr aufgezwungene Schicksal der Genugtuung, dass sie es war, die diese Aktion letztendlich durchgesetzt hatte.

Und dennoch litt Amélie. Sie fühlte sich vom Schicksal grausam verhöhnt. Wieder verhielt sich Fabien wie ein Teufel, indem er ihr gegenüber ein paar Mal in spöttischem Ton bemerkte, dass ihr zukünftiger Ehemann, der Witwer und Advokat Christian Henri Papillon, ihrem Großvater doch tatsächlich nur um sieben Jahre an Jugend voraus sei. Allerdings seien die beiden Alten einander enger verbunden als sie als Geschwister, obwohl bei ihnen nur drei Jahre dazwischenlägen. Mit derartigen Bemerkungen gelang es Fabien, Amélies seelischen und physischen Widerstand zu untergraben, was zur Folge hatte, dass sie eines Tages in ein heftiges Fieber fiel.

Während sie im Bett lag, mit den Zähnen klapperte und schwitzte, kam es ihr vor, als läge sie mit zermartertem Leib in einem Sarg, der sich nicht über ihr schließen wollte. Ständig schwankte sie zwischen Erbrechen und delirierenden Anfällen. Als das Fieber sie endlich nach einer Woche verließ, waren ihre Wangen schmal geworden, ihre Schultern spitz, und wenn sie sich im Spiegel betrachtete, scheute sie vor dem Anblick ihrer mager gewordenen Schenkel zurück, die ihre verführerischen Rundungen verloren hatten. Stattdessen konnte sie durch den Spalt, der sich zwischen ihnen gebildet hatte, ein Stück Dielenboden und einen Streifen Tapete sehen. Deutlicher, fand Amélie, konnte ihre Auflösung nicht sein.

Während der Rest der neu erworbenen, reblausresistenten Unterlagsreben noch in feuchten Bündeln im Keller darauf wartete, gepfropft zu werden, wollten sich Marthe und Jérôme Patrique mit Monsieur Papillon im Hause von Jean-Noël Chevillon treffen, um den Ehevertrag auszuhandeln.

Marthe war dem Alten vorausgeeilt, um sich, wie sie es oft getan hatte, in ihrem Elternhaus in ihr altes Mädchenzimmer zurückzuziehen, in der Hoffnung, ihrer inneren Aufruhr Herr zu werden. Ihr war alles andere als wohl bei dem, was sie ihrer Tochter antat, antun musste. Doch vor den Augen der Reimser Gesellschaft den wirtschaftlichen und familiären Ruin zugeben zu müssen, und das als Tochter des angesehenen Tuchhändlers Chevillon, dessen Geschäft seit dem Ende des 18. Jahrhunderts mit Erfolg tätig war – dies war undenkbar und unakzeptabel und musste mit allen Mitteln verhindert werden, selbst um den Preis, dass das Seelenheil ihrer Tochter daran Schaden nahm.

Sie liebt doch die Weinberge, tröstete sich Marthe, während sie auf ihrer mit lila Samt bezogenen Récamiere lag. Niemals, hatte Amélie ihr gesagt, würde sie in einer Stadt wie Reims leben wollen, was daran liege, dass das Erbteil des Großvaters in ihrem Blut eben eine Spur kräftiger auftrumpfe als das der Chevillons.

Marthe versuchte sich mit derartigen Gedanken zu entlasten und flüchtete sich in Träume, die sie in ihre unbeschwerte Jugendzeit zurückführten – Jahre, in denen sie als wohlbehütete Tochter schöne Kleider trug, um die sie all ihre Freundinnen beneidet hatten. Ach, Hippolyte, seufzte sie im Stillen, wie schön waren einst die Stunden, als ich in meinem ersten Chiffonkleid mit dir, dem freundlichen Erben eines Champagnerhauses, ein paar Bälle besuchte. Ach, Hippolyte! Ja, sie liebte ihn immer noch – heute beinahe noch mehr als in den vergangenen Jahren. Lag es vielleicht daran, dass er jetzt seine Rolle als Winzer

verloren hatte und sie davon würde ausgehen können, dass die Last des Guts zukünftig von anderen Schultern getragen werde? Ja, jetzt würde sie ihn endlich für sich allein haben, selbst wenn er es ihr nach dem Schlaganfall bestimmt oft schwer machen würde ...
An der Tür ihres Bruders läutete es. Der Alte traf ein und bald darauf Christian Henri Papillon, ihr zukünftiger Schwiegersohn, der ihr Vater hätte sein können. Der Alte wirkte wie ein Komtur, und Marthe dachte daran, wie er, um seine Eifersucht und sein schlechtes Gewissen zu beruhigen, am frühen Morgen umständlich lange die fremden Rebstöcke beäugt, sie Bündel für Bündel untersucht, befingert und berochen hatte. Sie hatte ihn gleichzeitig fluchen und weinen hören, und irgendwann war er sogar so wütend geworden, dass er Werkzeug gegen die Wand geschleudert hatte. Aber es nützte nichts, die Entscheidung war längst gefallen.
Marthe ging hinab in den Salon.

Voller Vorfreude angesichts des unverhofften Glücks, das ihm noch im fortgeschrittenen Alter zuteil wurde, zeigte sich Christian Henri Papillon überraschend großzügig und damit willens, die Tradition des Hauses Duharnais zu sichern. Marthes Bruder, der an jedem Centime hing, als wäre er ihm mit Nadel und Faden an den Leib geheftet, überraschte ihn mit einem Medaillon, das Amélies Antlitz zeigte. Es lehnte an einem kleinen goldenen Dreifuß vor Monsieur Papillons Kaffeegedeck – zart, süß und unschuldig.
Der Alte hatte sich im kleinen Salon noch vor dem Einschenken des Kaffees einen Absinth geben lassen, was ihm ein verständnisvolles Schmunzeln von Monsieur Pa-

pillon, beim Abschied jedoch Schelte von Marthes Bruder eingebracht hatte. »Wie kann er sich bloß so gehen lassen. Absinth! Weiß er nicht, dass dieses Zeug nur von Künstlern, Fabrikarbeitern, Huren und Clochards getrunken wird, die an der Welt verzweifeln? Absinth schädigt Hirn und Leber. Wenn sich das herumspricht.«
»Ach ja? Warum hast du solch einen Fusel dann überhaupt im Haus?«
Jean-Noël war nichts anderes übrig geblieben, als zu schweigen. Er fühlte sich ertappt, mehr noch, glaubte sich selbst verraten zu haben.
Papillon dagegen hatte nichts am Absinth auszusetzen. Er hatte den Arm des Alten getätschelt und gesagt, es sei nicht ehrenrührig, dem Ansehen des Champagnerhauses Duharnais auf diese Weise zu neuem Höhenflug zu verhelfen. Da könne man sich ruhig mal ein Gläschen Schnaps drauf gönnen.
Höflich hatte er zum Abschied um das Medaillon gebeten und es in seine Westentasche gleiten lassen. Sein Lächeln war fein und stolz, als er Marthe einen Handkuss gab und sie beauftragte, der verehrten Tochter seine Grüße auszurichten.
»Er leuchtet wie ein Bub zu Weihnachten«, grollte daraufhin der Alte und brach auf, ohne auf Marthe Rücksicht zu nehmen, die sich zunächst noch von ihrem Bruder Anschuldigungen anhören musste, sich vor Jahren den unpassenden Mann ausgesucht zu haben und darum nun in eine äußerst peinliche Situation geraten zu sein. Allzu deutlich offenbare nämlich die Zwangsverheiratung der einzigen, zudem noch schönen Tochter des Hauses Duharnais mit einem Greis die Misere der Duharnais'schen Finanzen. Auch wenn ein Advokat in der Fami-

lie künftig von Nutzen sei, hätte eine Eheschließung Amélies mit einem wohlhabenden Bürgersohn der Stadt mehr Ansehen eingebracht als diese überstürzte Verheiratung mit einem Mann, der Gesetzestexten und nicht Ackerbau verschrieben war. Um Marthe noch weiter zu verletzen, fügte er schließlich beim Abschied hinzu, dass ihm Amélie aufrichtig Leid tue.

Aufgeschreckt von Amélies Rufen nach César, stob ein Schwarm Tauben mit schwerem Flügelschlag aus dem dichten Geäst eines Eichenhains. Keine Stimme außer der des Eichelhähers, der den Wald vor ihr warnte, antwortete ihr.
»César! César!«
Es war still. Ab und zu fielen Eicheln raschelnd ins welke Laub, das zu ihren Füßen einen Teppich von stumpfem Braun gebildet hatte. Noch trotzten die hohen Eichen dem Gang der Jahreszeit, hielten ihr Blattwerk in changierenden Gelb- und Ockertönen fest, dazwischen dunkles Orange und Kronen mit noch immer sattem Grün. Ein Windstoß blies dutzende bräunlicher Blätter von den Bäumen. Amélie sah zu, wie sie ohne Eile, schwankend die einen, umeinander wirbelnd die anderen, zur Erde segelten. Tiefe Sehnsucht, die Zeit anhalten zu können, erfasste sie, der Wunsch, diesen Herbst gegen die Wärme und Unbeschwertheit eines Sommers zurückzutauschen, der ihr das Glück im Kleinen geschenkt hatte – den Duft von Rosen, von Moos und Kamille, den betörenden Geruch sonnenwarmen Harzes, frisch gesägten Holzes, den Anblick von Tautropfen, die an den Spitzen der Grashalme hingen und vorgaukelten, dass nicht sie, sondern die farbig schillernde Sonne in ihnen das Gewicht ausmache, das die

Halme zur Erde bog. Die selbstvergessene Leichtgläubigkeit, alles sei gut, und Harmonie und Schönheit der Natur seien unzerstörbar, ewig und allmächtig. Dazu das köstliche Gefühl der Freiheit, wenn sie mit nackten Füßen zu den Weinbergen hinaufwanderte, zwischen den Rebzeilen umherstreifte, der Anblick der reifenden Trauben Süße versprach und das Hoffen auf eine reiche Ernte.
Vorbei, vorbei. Dieser Herbst hatte nichts als Bitternis gebracht. Wie war es nur möglich, dachte sie verzweifelt, dass ihre Eltern und ihr Großvater ihr Mitgefühl mit ihr, einer Siebzehnjährigen, verdrängten und sie um den Erhalt des Weinguts wegen wie einen Gegenstand verkauften? Was tröstete es sie, wenn ihr Zwangsgatte, wie Vater meinte, angesichts seines fortgeschrittenen Alters vor ihr stürbe und sie zur Witwe machte? Was tröstete es sie, ging diesem Ereignis doch längst ihr eigener seelischer Tod voraus.
Amélie versuchte zu weinen, doch ihre Augen waren von den vielen vergossenen Tränen stumpf und trocken geworden. So krallte sie ihre Finger in den Waldboden, ballte die Fäuste, schlug sich auf die Knie und rief wieder nach César. Der weite Raum des Waldes verschluckte ihre Stimme und antwortete ihr mit leisem Rauschen. Sie erhob sich und trat an den Waldrand, um Ausschau zu halten. Würde César jetzt erscheinen, würde sie nach seiner Hand greifen, um mit ihm zu ... fliehen?
Tief verunsichert und verwirrt stellte sie sich auf die Zehenspitzen, um besser in die Ferne schauen zu können. Doch außer einem Reiter, der auf der Landstraße entlanggaloppierte, war niemand zu sehen. Einen Moment lang bildete sie sich ein, es wäre César, und sie hob den Arm. Der Reiter, der ihrer gewahr geworden war, bog auf

einen Weg zwischen Weinparzelle und einem Kartoffelacker ein und preschte auf sie zu.

Amélie kniff die Augen zusammen. Das Pferd, hellbraun, mit breitem Rücken, näherte sich mit stampfenden Bewegungen. Es war der Duharnais'sche Gaul, dem Großvater den Namen Hannibal gegeben hatte. Amélie stockte der Atem, als der Reiter ihr zuwinkte und etwas Unverständliches schrie. Gleich darauf geschah etwas Ungewöhnliches. Der Reiter, in dem sie Fabien erkannte, zog seine Füße auf den Rücken des Pferdes, das zu traben begonnen hatte.

War Fabien betrunken? Was war der Grund für diesen Übermut?

Amélie sah zu, wie Fabien die Beine auf den Sattel stellte und sich schwankend erhob, die Zügel in der Rechten, mit der Linken balancierend. Wieder schrie er, und nun verstand sie seine Worte. »Hab den Vertrag gesehen! Hurra! Vive la patrie!« Seine Beine knickten ein, um wieder in den Sattel zu rutschen. Da wieherte und scheute Hannibal. Mit angehaltenem Atem verfolgte Amélie, wie Fabien, noch in halber Beuge, über den Kopf des Pferdes flog und aufschlug. Und nochmals erschrak Hannibal. Voller Angst stellte er sich auf die Hinterbeine, sprang mit einem weiten Satz über den Körper hinweg und galoppierte, sich mehrmals schüttelnd und ausschlagend, davon.

Als Amélie die Unglücksstelle erreichte, wedelte ihr das Schwanzende einer Kreuzotter entgegen, die der Körper ihres Bruders unter sich begraben hatte. Der Anblick schockierte sie so sehr, dass sie wie gelähmt stehen blieb. Dicht neben Fabiens Kopf ragte ein Stück Kalkstein aus der Erde, darauf ein Blutfleck mit Hautfetzen und Haaren. Vor ihrem inneren Auge erschien ein Bild aus der Vergan-

genheit, das sie und Fabien als Kinder zeigte, wie sie an der scharfen Kante eines ähnlichen Steins die Rinde junger Zweige abgeschabt hatten, um daraus kleine Hütten und Palisadenzäune zu bauen. Und wie damals, wenn Fabien kurz davor war, einen seiner Wutausbrüche zu bekommen, lag auch jetzt in seinem Gesichtsausdruck unverhohlene Empörung.
Erst allmählich wurde Amélie diese Bilder los, die sie an die gemeinsame Vergangenheit erinnerten. Schließlich wagte sie es und strich ihrem Bruder über das Gesicht. Unabsichtlich berührten ihre Fingerspitzen dabei jene Gesichtshälfte, die auf den Kalkstein geschlagen war. Doch anstelle der Stirn- und Wangenknochen nahmen ihre Finger nun eine befremdliche Masse wahr, die weich wie verkochter Kohl war.
Entsetzt hielt sie den Atem an.
Ihr schien, als bräche bröckelnder Fels unter ihren Füßen ab und sie würde hinab in einen tiefen, engen Abgrund stürzen.
Fabien war tot.
Erst jetzt entdeckte sie die kleine Ausschabung, die das Schwanzende der Kreuzotter in Form eines Fächers in den trockenen Sand gewedelt hatte.

Wie lange sie neben ihrem toten Bruder und der langsam krepierenden Schlange ausgeharrt hatte, wusste sie später nicht mehr zu sagen. Regen hatte eingesetzt, und sie fror. Als der Schwanz der Schlange reglos im fächerförmigen Sandmuster lag, schien es ihr, als ob erst jetzt der Tod endgültig geworden wäre.
»Amélie!«
Es war César.

Sie drehte sich nach ihm um. »Du kommst zu spät«, flüsterte sie kraftlos. »César ...«, begann sie wieder, doch sie schwieg sofort, als sie das von Schlägen blutige Gesicht wahrnahm.
»Er hat mir aufgelauert, um mir eine Lektion zu erteilen«, sagte er rau. Das Schwanzende zuckte wieder. »Eine Schlange. Und sie lebt noch. Er ist tot, nicht wahr? Selbst wenn sie zubeißt, wird er kein zweites Mal sterben.«
»Du bist mitleidlos, César.«
»Er hätte mich am liebsten getötet. Wie sollte ich da Mitleid haben? Der Anblick ist nicht übel für mich.«
Sie sahen sich in die Augen.
»Gott wird dich dafür strafen«, entfuhr es ihr.
»Gäbe es Gott, würde mein Vater noch leben«, erwiderte er heftig. »Ich fürchte seine Rache nicht.« Er sah zu dem Toten hinab. »Wenn ich sie hervorziehe, könnte sie einen von uns beißen. Willst du das?«
Amélie überlief ein eisiger Schauer. Sie schüttelte den Kopf und sagte: »Es ist nicht gut, dass wir hier stehen. Wir müssen Hilfe holen.« Sie gingen den Weg zur Landstraße hinab. »Ich werde heiraten«, meinte sie unvermittelt.
»Er hat es mir gesagt.«
Abrupt blieben sie stehen. Er musterte sie mit hartem Blick. »Du bist eben ein Mädchen. Als Junge wärst du ausgewandert, nach Amerika oder Brasilien. Komm mit mir.«
Amélie hatte das Gefühl, plötzlich zusammenzubrechen. Hinter Césars Lockenkopf lagen in nicht enden wollenden Reihen hügelauf, hügelab die noch immer grünen Rebzeilen ihrer Heimat.
»Ich bin eine Duharnais«, flüsterte sie tonlos.
Er beugte sich vor, küsste sie jedoch nur auf die Stirn und sagte: »Für mich bleibst du immer das Kätzchen, ob es dir

gefällt oder nicht. Vergiss mich nicht, so wie auch ich dich nicht vergessen werde. Nie wird der Wein zur Neige gehen. Nie, hörst du?«
Schon hob sie die Hände, um sein Gesicht zu umfassen, hielt aber mitten in der Bewegung inne, weil die Blessuren sie an Fabien erinnerten. Stattdessen kreuzte sie sie über der Brust. Sie küsste César flüchtig auf den Mund, wandte sich um und lief so schnell sie konnte ihrem Elternhaus entgegen.
»Ich warte hier!«, schrie er hinter ihr her. »Totenwache! Bis ...«
Die restlichen Worte verschluckte ihr Keuchen.

Um Hippolytes fortschreitende Genesung nicht zu gefährden, verschwieg man ihm zunächst den Tod seines Sohnes. Marthe jedoch erlitt einen schweren Nervenzusammenbruch, der sie zurück in ihr Elternhaus brachte. Dort wurde sie täglich vom selben Arzt besucht, der schon ihrer Mutter in den letzten Lebensjahren beigestanden hatte, als diese an Darmblutungen dahingesiecht war. Gegen ihr Leid aber konnte er nur mit Opium angehen, das er Marthe in Form des altbewährten Laudanums verabreichte. Eine Kur in einem der Ardennen-Bäder oder an der Riviera würde ihr gut tun, hatte er gemeint, doch Marthe beharrte darauf, dass sie sich nirgends so geborgen fühle wie in ihrem Elternhaus.
Das Einzige, was ihr am Herzen lag, war, dass das angrenzende Zimmer für Hippolyte hergerichtet wurde. Der Arzt stimmte ihr zu, dass es, zumindest für eine gewisse Zeit, gut sei, sich fern des Weinbetriebs in trauter Zweisamkeit unter Obhut des Bruders und seiner Wenigkeit von den Schicksalsschlägen zu erholen. Zumal die Tochter ja in

doppelter Hinsicht von der Weisheit des Alters beschützt und mit der gewohnten Arbeit genügend abgelenkt sei.
So waren sich Marthe, ihr Bruder und Monsieur le Docteur einig – und die Reimser Gesellschaft um eine tragische Familiengeschichte reicher.

Einen Tag vor Fabiens Beerdigung kurz vor der Mittagszeit suchte Amélie das Tuchgeschäft ihres Onkels auf. Da ein schwarzer Spitzenschleier ihr Gesicht bedeckte, sah dieser in ihr zunächst nur eine schlanke junge Frau, die Trauer trug. Er verbeugte sich in gewohnter Höflichkeit und erschrak umso mehr, als er Amélies Stimme erkannte.
»Ich komme in einer geschäftlichen Angelegenheit, Onkel«, sagte sie kühl, »und bitte dich um ein kurzes Gespräch.« Sie schlug ihren Spitzenschleier zurück.
»Du willst gar nicht deine Mutter besuchen?«, stammelte er und hastete zur Tür, um diese zu schließen und die Vorhänge zuzuziehen.
»Nein. Das, was mir wichtig ist, geht nur uns beide an.«
Er musterte sie verlegen, hochrot im Gesicht.
Amélie sah sich um und entdeckte im ovalen Spiegel, der neben den Hochregalen mit Stoffballen stand, ihr schmales blasses Gesicht, das der Schleier melancholisch elegant einrahmte. Große dunkle Augen, die größer schienen als sonst, schauten sie unter ausdrucksvoll geschwungenen Augenbrauen an. Und sie meinte, dass der Trotz, den sie in ihrer Miene erkannte, die sinnliche Schönheit ihrer vollen Lippen noch betonte.
»Wie schön du geworden bist«, murmelte Jean-Noël Che-

villon anerkennend. »Dieses Bildnis im Medaillon, das ich Monsieur Papillon gab, verblasst dagegen.«
»Es ist alt«, entgegnete Amélie. »Ich war fünfzehn, als es von mir angefertigt wurde.«
»Du bist noch so jung«, entfuhr es ihm. Er schaute kurz zu Boden und nestelte verlegen an der silbernen Kette seiner Taschenuhr. »Wenn du mir in den Salon folgen willst ...«
»Ich bin in Eile, wie du dir vorstellen kannst, Onkel. Ich würde es vorziehen, hier sachlich und kurz mit dir das zu besprechen, was ich von dir erbitten möchte.«
Sie setzte sich in einen der Sessel, die in Fensternähe für wartende Kunden um ein Tischchen standen. Da die Vorhänge geschlossen waren, würde niemand sie von draußen beobachten können.
Jean-Noël Chevillon hob erstaunt und nicht ohne Zeichen wachsender Beunruhigung die Augenbrauen: »Und du bist sicher, dass deine Mutter nicht hinzukommen soll?«
»Ja.«
»Nun gut.« Er setzte sich ebenfalls und schlug die Beine übereinander. »Was hast du mir zu sagen?«
»Ich gehe davon aus«, begann Amélie so ruhig wie möglich, »dass dir bewusst ist, welches Opfer ich für den Erhalt unseres Weinguts erbringe.« Sie machte eine kleine Pause, da sie spürte, wie ihre Stimme zu zittern begann. Ihr Onkel setzte die Füße nebeneinander und beugte sich angespannt vor. Amélie holte tief Luft, dann sagte sie: »Du weißt, dass dir durch meine Verheiratung ein finanzieller Verlust abgenommen wurde. Die Unterstützung, die Großvater von dir erwartet hätte, brauchst du nun nicht zu leisten.« Nochmals drohte ihre Stimme zu zittern, und so fuhr Amélie, die bemerkte, dass ihr Onkel die Lip-

pen immer fester aufeinander presste, rasch fort: »Ich möchte, dass du mir daher eine angemessene Mitgift mit in die Ehe gibst. Einen Teil dessen, den du im anderen Fall Mutter hättest geben müssen, um das Weingut zu erhalten. Ich bin ihre Tochter, du ihr Bruder. Deshalb bitte ich dich, setz einen Betrag in den Ehevertrag, der mein Ansehen vor den Augen dieses Monsieur Papillon hebt und die Familienehre für mich wiederherstellt. Der Gedanke, mich als bettelndes, verarmtes Mädchen auf dem erzwungenen Ehelaken zu opfern, ist mir zuwider. Zehntausend Franc würden genügen, Onkel Noël. Das wärst du der Ehre der Chevillons schuldig, meine ich.«
Er lehnte sich, bleich geworden, in den Sessel zurück und atmete heftig. »Du verlangst viel, Amélie.«
»Ich verspreche dir, die Summe zurückzuzahlen, wenn ...«
»Wann?«
»Wenn ... das Weingut wieder Gewinne abwirft, spätestens aber, wenn ...«
»Wenn?«
»Wenn ich Witwe geworden bin.«
Eine lange Pause entstand, in der sich beide musterten. Jean-Noël nagte an seiner Unterlippe, seine Brust hob und senkte sich, so als würde sie ein Gewicht stemmen, das seine Finger nicht zu berühren wagten. Schließlich sagte er: »Du bist eine Chevillon, Amélie. Diesen Geschäftssinn könntest du von mir haben. Wenn das dein Großvater erfährt.«
»Er wird die Klausel lesen und schweigen.«
»Und Marthe? Hippolyte?«
»Sie sollten es nicht erfahren.«
»Ich werde darüber nachdenken.«

Amélie stand auf, ging zu ihm und legte ihre Hände auf seine Schultern.

»Mit den Zinsen, die ich dir zurückzahlen werde, meinem kostbaren Champagner, wirst du deine Kundinnen noch fester an dein Tuchgeschäft binden können. Verstehst du?«

Amélie fühlte, wie sich eine seltsame Erregung in ihm ausbreitete, die gleichermaßen lustvoll und bitter war. Ich umschmeichle beides, seinen Geiz und seine Eitelkeit, dachte sie. Sie bemerkte, wie er seine Hand hob und sie auf ihren Arm legte. Etwas Bittendes und zugleich Abwehrendes lag in dieser Bewegung, und so hörte sie auch nicht ohne Verwunderung, als er sagte: »Amélie, ich erkenne dein Opfer an, doch eine so große Summe kann ich nicht beisteuern.«

»Onkel, du bist allein«, entgegnete sie. »Du bist Junggeselle. Für wen sparst du deinen Gewinn?« Er riss die Augen auf. »Bin ich nicht jung genug, dir eines Tages die Gewissheit schenken zu können, dass das, was dir dein Geschäftssinn, dein Fleiß, einbringt, für alle Zukunft erhalten bleibt?«

Entgeistert starrte er sie an. Dann blies er plötzlich die Wangen auf und begann zu lachen. »Du sprichst von Kindern? Aber doch wohl nicht mit diesem alten, welken Greis, wie?«

Amélie lächelte. »Du weißt doch, Onkel, welch wunderbare Wirkung Champagner hat.«

»Also gut, gib mir dein Versprechen schriftlich.«

»Nur das erste, Onkel, das geschäftliche, dieses nicht, es wäre nicht schicklich.«

»Nicht schicklich.« Unter ständigen Lachsalven wiederholte er keuchend die Worte. »Nicht schicklich ...« Plötz-

lich hielt er inne und zog sie auf seinen Schoß. »Wärst du ein Junge ... Mein Gott, ich könnte dir nicht widerstehen.« Einen Atemzug später erschrak er vor dem, was er gesagt hatte, denn Amélies Gesichtsausdruck brachte ihm ins Bewusstsein, wie leichtfertig er sich verraten hatte.
»Was meinst du damit?«, fragte sie gespielt ahnungslos, doch sie wusste, dass er ihr nun erst recht willfahren musste.
»Nichts«, beeilte er sich zu sagen. »Nur dass du Recht hast, mir fehlt wohl eine eigene Familie. Nun gut, ich ändere den Vertrag. Ich werde meinen Beitrag leisten, das verspreche ich dir.«
»Ich danke dir.«
Jean-Noël deutete eine Verbeugung an. Dass er von ihr fasziniert war, sah sie ihm an, doch sie merkte auch die Unsicherheit, die er zu beherrschen suchte.
»Bestell meiner Mutter einen lieben Gruß. Sag ihr, ich sei bei dir gewesen, um nach einem Stoff für mein Brautkleid zu suchen.« Sie ging auf die Tür zu, drehte sich noch einmal langsam um und fügte bedeutungsvoll hinzu: »Sag ihr, ich hätte keinen passenderen gefunden als den, den ich bereits trage.«
»Ein Trauerkleid als Brautkleid?«, stieß Jean-Noël entsetzt hervor.
Amélie nickte. »Wenn du jetzt bitte so freundlich wärst, mir die Tür aufzuschließen ...«
»Gewiss, gewiss«, murmelte er. Als er den Schlüssel umdrehte, hörte sie ihn sehr leise fragen: »Ich kann mich auf deinen Teil des Vertrags verlassen, Amélie?«
»Aber natürlich, wie abgesprochen.«
»Nein, nein. Ich meine, du wirst ...«, er errötete und machte eine kleine peinliche Pause, »du wirst ... schweigen?«

Sie legte ihre Hand auf seine, die den Schüssel umfasst hielt.
»Wir sind der Ehre des Hauses Chevillon verpflichtet, nicht wahr, Onkel?«
Mit einer aufreizend eleganten Bewegung zog sie ihren schwarzen Spitzenschleier über das Gesicht und schlüpfte durch die geöffnete Ladentür.

Als würden die beiden Türme aufstrebenden Engelsflügeln gleichen, in deren Mitte sie sich würde flüchten können, eilte Amélie der Kathedrale Notre-Dame de Reims entgegen. Dunkelgraue Wolken jagten vor dem Hintergrund eines blauschwarzen Regenhimmels an den Turmspitzen vorüber. Je weiter sie sich der einstigen Krönungskirche der französischen Könige näherte, desto mehr spürte sie ihre irdische Armseligkeit und Hilfsbedürftigkeit. Sie schaute zum Rosenfenster empor, das groß und eindrucksvoll über den Portalen thronte. Klein und schmächtig fühlte sie sich darunter, strauchelte beinahe und hastete in die steinerne Flucht des langen, hohen gotischen Kirchenschiffes hinein. Einen Moment lang blieb sie an der Stelle stehen, von der man annahm, dass hier 496 die Taufe des ersten Frankenkönigs Chlodwig durch den heiligen Remi, den Bischof von Reims, stattgefunden habe. Von hier aus wirkten Erzbischofsstuhl und Hauptaltar in mystische Weite gerückt. Zögerlich schritt Amélie ihnen entgegen. Doch als nähme ihr das Hinaufstrebende der Säulen den Atem, hielt sie in der Nähe zwischen Choruhr linker Hand und Taufbecken rechter Hand inne, kniete in einer der vorderen Kirchenbänke nieder und begann zu beten.
Es war kalt und düster. Das herbstliche Grau stahl den

kostbaren Mosaikfenstern Ausdruck und farbenfrohen Glanz. Von einer unsichtbaren Quelle her beunruhigte ein Luftzug die normalerweise in ruhiger Flamme stehenden Kerzen. Heute flackerten sie und schwenkten rauchige Fahnen.
Amélie beugte sich wieder über ihre gefalteten Hände, fand jedoch in den Worten ihres Gebets weder Trost noch Ablenkung. Stattdessen ließ sie sich von der Grandiosität der steinernen Hülle ablenken, die sie umschloss. Zweiunddreißig Könige hatten hier in dieser Kathedrale im Laufe von mehr als anderthalbtausend Jahren ihre Weihe empfangen. Jeanne d'Arc hatte 1429, in der Zeit des Hundertjährigen Krieges, König Karl VII. trotz aller Gefahren hierher und nicht in die Hauptstadt Paris geführt. Und einundsiebzig Jahre war es her, dass der letzte König Frankreichs, Karl X., an ihrer Bank vorbeigeschritten war, um hier seine Krone zu empfangen. Die Liebe Frau von Reims hatte sie alle aufgenommen, ihnen ihren Segen gegeben – würde sie einer schlichten Winzerstochter, die an ihrem Lebensweg zweifelte, die Dornenkrone abnehmen können?
Angesichts der Heiligkeit und Größe des geweihten Raumes versank Amélie in das Gefühl tiefer Scham. Immer hartnäckiger bohrte sich ihr der Gedanke ins Bewusstsein, sie selbst sei es, die gesündigt habe, auch wenn es aus ihrer hilflosen Verzweiflung heraus geschehen war. Sie gestand sich ein, um des eigenen Vorteils willen die Schwäche ihres Onkels ausgenutzt zu haben. Zu sehr graute ihr vor dem, was ihr bevorstand. Nie zuvor in ihrem Leben hatte sie eine so zornige Ohnmacht in sich gespürt wie jetzt. War es denn nicht auch eine Sünde, gegen den eigenen Willen Leib und Seele einem Greis zu opfern, die

echte Liebe hingegen in sich abzutöten? Hatte sie sich vielleicht deswegen ihren Onkel ausgesucht, um jemandem stellvertretend für die wahren Schuldigen wehzutun? War es ihre Art, sich so zu rächen? An jemandem, von dem sie wusste, dass ihr Großvater ihn verachtete?

Jean-Noël war nämlich ein bewiesener Sünder, denn er vergnügte sich mit Jünglingen. Es war ein Geheimnis, über das ihre Familie nie offen sprach und vor jedem verleugnet hätte, der es wagte, einen Verdacht anzudeuten. Jean-Noël konnte im Bewusstsein, Nachfahre eines alteingesessenen Tuchhandelsgeschäfts zu sein, mit großer Überzeugung die Lust seines anderen Ichs unter augenscheinlicher Tüchtigkeit verbergen. Die Reimser Bürger hielten ihn für einen jener seltenen unvirilen Söhne eines Geschlechts, das sich seit langen Zeiten nichts anderem als dem Handel und der Auswahl und Pflege feiner Stoffqualitäten verschrieben hatte. Trotz Wohlstand und Ansehen Junggeselle zu bleiben, verlieh diesem Bürger der Stadt Reims im Laufe der Jahre ein ehrenhaftes, staubfreies Ansehen.

Doch Amélie wusste es dank der Anzüglichkeiten ihres Großvaters besser. Seit Jahren fuhr Jean-Noël regelmäßig zum Monatsende nach Paris, blieb von Freitagabend bis Sonntagnachmittag und kehrte im Laufe der Jahre immer gepflegter, mit noch feinerem Haarschnitt, manikürten Fingernägeln, kunstvoll gestutztem Backenbart, Manschettenknöpfen und Krawattennadeln aus Gold oder Opal, Seidenstrümpfen und den neuesten Schweizer Uhrwerken zurück. Als er das Ende der Dreißig erreicht hatte, brachte er parfümierte weiße Lederhandschuhe mit, mit denen er in Reims allerdings nur in den nasskalten Wintermonaten zu sehen war, wenn er ins

Theater, zu Konzerten oder ausgewählten Gesellschaftsabenden ging. Ansonsten ruhten sie in einer mit tintenblauer Seide ausgeschlagenen Schatulle, an die sich Amélie noch gut erinnerte. Sie hatte sie als kleines Mädchen beim Spielen entdeckt und sich die duftenden Handschuhe übergestreift. Es war ein herrliches Gefühl gewesen, sich innerhalb weniger Atemzüge in eine Prinzessin zu verwandeln, groß zu werden, schön wie eine Märchenbraut, deren Hände nur noch sanft zu klatschen brauchten, damit der Prinz und Millionen von Sterne sie forttrügen.
Kinderträume.
Ihr Großvater, erinnerte sich Amélie, hatte eines Tages spöttisch den Verdacht geäußert, Jean-Noël begebe sich mit mannhaften grauen Haaren eines Vierzigjährigen in Pariser Lasterhöhlen und kehre als Mittzwanziger mit teerschwarz geöltem Bewuchs nach Reims zurück. Die Jauche des Jungbrunnens, in den der ehrenwerte Bruder seiner Schwiegertochter hinabsteige, könne er noch hier in seinen Weinbergen trotz Rebfäulnis und Pferdemist riechen. Je schmutziger der Sündenpfuhl, desto kostbarer das Geschmeide danach, hatte sie ihn lästern hören, doch er war wie immer von ihrer Mutter zum Schweigen gebracht worden, indem sie ihn an das Geld erinnerte, das er, der ewig schmutzige Weinbauer, ihrer Familie zu verdanken habe.
Jetzt war alles anders geworden. Amélie begann ihr Gebet von vorne, hielt jedoch inne, als sie Schritte auf dem Steinfußboden und dann auf der Treppe zur Orgel hinauf hörte, die schließlich auf knarrenden Holzdielen Halt machten. Sekunden später zerrissen schnelle Tonleitern die Stille der Kathedrale.

Amélie knetete ihre gefalteten Finger, bis sich in den Kuppen das Blut staute. Dabei hätte sie am liebsten jenes eiserne Netz, das sie gefangen hielt, auf der Stelle zerrissen, um durch die entstandene Lücke auf die freie Straße des Lebens zu flüchten. Der Organist begann nun eine Fuge zu spielen, brach kurz darauf mitten in einer komplizierten mehrstimmigen Stelle ab, setzte wieder an und versagte an derselben Stelle. Er wiederholte langsam und leise, steigerte sich, lauter und vehementer werdend. Im dritten Anlauf rauschten seine Finger über die Tasten, rasten an den Noten der schwierigen Fuge entlang, ohne Pause, ohne Zittern.
Amélies Kopf dröhnte, das gewaltige steinerne Gewölbe der Kathedrale schien sich zusammenzuziehen, zu senken. Die Fliesen unter ihrer Bank dehnten sich wie unter Hitze aus und hoben sich. Und als wäre das alles nicht genug, raunte es plötzlich im rhythmisch wummernden Pulsschlag ihrer Ohren: Kätzchen, Kätzchen, Kätzchen. Ohne ihr Gebet zu vollenden, erhob sie sich von ihrer Bank und wollte schon das Gotteshaus verlassen, als ein Priester sie ansprach und fragte, ob sie seinen Beistand benötige. Amélie hörte sich nein, nein stammeln, sah sich jedoch dem Beichtstuhl nähern, sank auf das Kissen und lauschte ihrer Stimme.
Ja, meinte der Priester schließlich, sie trage Schuld am Tod ihres Bruders, weil sie einen Burgundischen begehrt habe. Ja, sie trage Schuld am Elend ihres Vaters, dessen Leid sie mit dieser von Gott ungewollten Liebe zusätzlich belastet habe. Ja, sie trage Schuld, weil sie der Einbildung ihrer sündigen Hände Glauben schenke. Ja, sie trage Schuld, weil sie sich von Rache und hässlicher Habgier zur Sünde habe verleiten lassen. Mit Demut müsse sie nun

die ihr auferlegte Strafe annehmen und büßen. Der köstliche Trost für sie liege in der süßen Gewissheit, dass Gott der Herr ihr vergeben werde, wenn sie ihre Prüfung ohne Klage ertrage.
Als Amélie im Begriff war, wieder in die Welt hinauszutreten, grüßte sie an der Seite des Kirchenportals mit heiterer Miene die steinerne Skulptur des berühmten Lächelnden Engels – doch obwohl sie bereits fror, erschauerte sie vor ihm, da er ihr lebendiger und wärmer schien, als sie sich selbst fühlte. Eiskalte Regenschauer peitschten über den freien Platz vor der Kathedrale und schlugen ihr ins Gesicht. Wenn der Priester Recht hatte, dachte sie erschüttert, dann hatte Gott dieses Wetter einzig für sie, die Sünderin, bestellt.

Marthe war aufs Gut zurückgekommen. Halb betäubt vom Laudanum, saß sie neben Amélie. Wachend und betend wollten sie als Einzige die Totenwache am Sarg von Fabien halten. Dieser stand inmitten der kalten Diele des Weinguts auf einem mit Tannenzweigen geschmückten Podest. Aus dem Dunkel einer Ecke strömte Weihrauchduft in die kühle Luft.
Immer wenn Amélie von ihrem Rosenkranz aufsah, schmerzte sie der grelle Schein der vier Kerzen, die an den Ecken des Sarges standen. Ihr Großvater hatte bereits am frühen Abend ein stummes Gebet gesprochen und war, als er sich über seinen Enkel beugen wollte, um ihm ein letztes Mal über das Haar zu streichen, von einem Hustenanfall in die Knie gezwungen worden. Er hatte sich abwenden und in sein Zimmer zurückziehen müssen. Eine

gute Stunde begleitete sein Husten und Stöhnen Amélies laute Gebete, was dazu führte, dass sie sich immer mehr in sich selbst versenkte. Während sie betete, schlief ihre Mutter ein. Als es ruhig geworden war und es Amélie so vorkam, als würden die Zeiger der Dielenuhr schwermütig weiterrücken, hob sich vor der Dunkelheit der helle Sarg mit Fabien desto plastischer ab – wie befreit von Raum und Zeit.

Die Totenwäscherin hatte zwar sein Gesicht von Blut und Schmutz gereinigt, doch nichts daran ändern können, dass er sein letztes Gefühl mit ins Grab nehmen würde. Der Ausdruck der unverhohlenen Empörung, die er empfunden hatte, als er stürzte, prägte noch immer seine Miene. Auf diese Weise wirkte er lebensecht und unverfälscht.

Man hätte glauben können, dachte Amélie, er sei voller Worte, voller Aufruhr, die er jetzt einer anderen Welt mitteilen musste. Bestimmt ärgerte er sich darüber, dass er seiner Empörung ihr gegenüber nicht Luft machen konnte. Er war ihr so fern, wie er es immer gewesen war. Sie erinnerte sich, dass es ihr oft so vorgekommen war, als wären sie zwei Äste, die zwar einem Stamm entsprangen, doch weit auseinander strebten, bemüht, auch ja nur kein noch so kleines Zweiglein auszubilden, mit dem sie sich hätten berühren können.

Schon von klein auf waren sie einander unsympathisch, wesensfremd. Fabien hatte, so meinten ihre Eltern, den Jähzorn des Alten, jedoch nicht seine Willenskraft und Tüchtigkeit geerbt. Er war stolz gewesen, mehr auf den schönen Schein bedacht, als sich unbequemen Aufgaben zu stellen. Zwang man ihn, das zu tun, was man von ihm forderte, hatte er geschrien und getobt. Doch er war nun einmal der Erstgeborene, der traditionelle Erbe. Man klagte über ihn, ließ ihn aber gewähren. Selbst die Prügel, die er einstecken musste, wenn er Grenzen überschritten hatte, änderten ihn nicht. Stattdessen nahm im Laufe der Jahre sein Fanatismus, Amélie zu beherrschen, zu, das, was sie tat, zu behindern, sie zu verletzen. Schon als kleiner Junge neidete er ihr, dass sie schneller und klüger war als er. Vor allem aber erboste es ihn, dass ihr Großvater sie insgeheim anbetete und bewunderte. Neben und trotz ihm zu bestehen, sich nach eigenen Kräften zu entfalten, hatte ihr Festigkeit und Durchhaltevermögen abverlangt.

Noch einmal fühlte sie die eisige Kälte der Schneemassen in ihren Körper kriechen, die er um sie aufgehäuft hatte, als sie fünf Jahre alt gewesen war. Er hatte sie an einen Birkenstamm gebunden, und sie hatte stillgehalten, weil er ihr doch versprochen hatte, sie in einen wunderschönen Schneemann zu verwandeln. Bis zum Hals ließ sie ihn gewähren, trotz der furchtbaren Kälte. Schließlich hoffte sie doch auf die verheißungsvolle Verwandlung. Als er aber ihre Mütze runterriss, ihr eine Haube aus Schnee aufs Haar setzte, die in ihre Kopfhaut zu beißen schien, sie herabrollende Tropfen über Schläfen und im Nacken folterten, hatte sie zu weinen und schreien begonnen. Sie hatte am Strick gezerrt, woraufhin die glatt geklopfte Schneehaut aufplatzte. Wütend hatte Fabien sie daraufhin mit kleinen, harten Schneebällen malträtiert, bis er kalte Finger bekam, fortlief und sie allein zurückließ.

Amélie dachte an das Pferd im Stall und die brennende Kerze in Fabiens Hand, die er immer dichter an das Fell des Tieres hielt, bis es zu stinken begann. Sie hörte noch einmal das grauenhafte Jaulen des Jagdhundes, dem er

mit gezielter Wucht ein Brett gegen die Schnauze geschlagen hatte. Sie erinnerte sich an seine Begeisterung, mit der er kleine Katzenkinder am Schwanz an eine Leine band und ihnen beim Sterben zuschaute. Sie sah ihn, wie er mit dem Jagdmesser in der Faust Rehleiber aufbrach, ihre Köpfe abtrennte und in Essigwasser auskochte. Und noch ein letztes Mal ergriff sie das Entsetzen, als sie sich eines Abends im Dunkeln ins Bett gelegt hatte und unter ihr bebrütete Hühnereier zerbarsten.
Wie oft hatte sie ihn verwünscht, ihn verprügeln mögen, doch je älter sie wurde, desto mehr fürchtete und bemitleidete sie ihn. Ihn zu hassen wäre ihr nie in den Sinn gekommen, schließlich war er ihr Bruder, und sie genoss Schutz und Zuneigung ihres allmächtigen Großvaters. Dieser war es auch, der Fabiens fehlgeleitete Art zu erklären suchte. Er habe das Erbteil von Maurice Duharnais, der im Sommer 1812 den blauen Rock angezogen hatte und voller Begeisterung Napoleons Grande Armée beigetreten war, um Russland zu erobern. Skrupellos sei er gewesen, ohne Furcht und bereit zum Töten. Wie andere Kinder auch waren sie in der Schule um ihre Vorfahren sowohl beneidet als auch gehasst worden. Hatte Fabien wieder einmal einen seiner Gegner zusammengeschlagen, meinte ihr Großvater, das schulde er seinen Eigenschaften, die für das Soldatenleben taugten, doch nicht für die Winzerei. Fabien müsse seinen Erbteil klüger zum Wohle des Weinguts umzusetzen lernen. Was dessen Hass auf Amélie nur noch schürte. Nun nahm er sein gewalttätiges Erbteil mit ins Grab.
Zuckten seine Lippen? Flackerten seine Augenlider?
Amélie hätte sich einen Moment lang einbilden können, dass Fabien noch lebte. Gleich wird er sich aus dem Sarg

stemmen und rufen, dass der Alte in diesem von ihm vorgewärmtem Bett schneller von seinem Husten befreit wäre, wenn er nur endlich hineinspränge. Wo er sei, dieser Feigling vor dem Tod? Und warum sie hier säßen und Trauer um ihn vortäuschen würden? Wo sie doch alle froh seien, dass er seiner Schwester den ersten Platz frei mache. Dankbar solle man ihm sein, ihm ein Ehrendenkmal setzen, denn sie opfere nur ihre blödsinnige Liebe zu einem burgundischen Heißsporn, er aber opfere ihr sein Leben, sein kostbares Leben dafür, dass sie mit einem angesehenen Bürger der Stadt Reims die Betten im alten Elternhaus durchwälzen könne, was allein sein Vorrecht gewesen wäre. Sein Tod erlaube es ihr, dort zu bleiben, wo sie schon als Säugling gekräht habe. Er erspare es ihr, einem Mann in die Ferne zu folgen, wo sie Spielball seiner Launen hätte werden können. Für ihr Wohl also sei er gestorben und sinke nun in das kalte Grab, hinab zu den Würmern.

Amélie hörte ihn fluchen, dann besann sie sich. War es nicht Zeit, ihm seine Grausamkeiten zu vergeben? Und sich selbst, da sie ihm so manches Mal eine gerechte Bestrafung gewünscht hatte? Noch einmal lauschte sie in Gedanken den Worten des Priesters und überlegte, ob er die Wahrheit gesagt hatte. Doch im Laufe der Stunden, im Anblick des Toten, suchte sie Gott selbst anzurufen, damit er ihr helfe, das Entsetzen über den Tod und den Schmerz des Lebens zu ertragen.

Es war nach Mitternacht, als ihre Mutter sich vornüberbeugte und mit dem Oberkörper auf den Leib ihres Sohnes sank. Sanft bewegten sich ihre Schultern unter dem schwarzen Wolltuch im Rhythmus ihres Atems auf und nieder.

Amélie rührte sich nicht. Plötzlich fühlte sie sich von einer seltsamen inneren Leichtigkeit erfasst. Kaum dass sie ihren von der Kälte steif gewordenen Körper noch wahrnahm.

Die Nacht ging vorüber, doch noch immer hielt der eintönige Regen an. Hinter den Fenstern hing das fahle Grau des Morgenhimmels. Meisen baumelten an den dünnen, tropfnassen Zweigen einer jungen Birke, pickten, flatterten auf, schüttelten das Gefieder. Der Hahn krähte, begleitet vom ungeduldigen Gackern seiner Hühner, denen die alte Jeanne wie immer um diese Zeit die Stalltür öffnete. Ihr Stimmengewirr erschien Amélie misstöniger und lauter als sonst, so als ob sich das Federvieh darüber empören würde, dass der Regen ihnen behagliches Umherstreifen im Freien verdarb.

Sie erhob sich und zog die Vorhänge zurück.

Fahles Licht fiel auf Sarg und Leiche. Fabien schien jetzt stumm und wahrhaft leblos. Sie konnte sich kaum noch an die Selbstgespräche und Gedanken der durchwachten Nacht erinnern. Mechanisch griff sie ihrer Mutter unter die Arme, die erschrocken aufwachte und etwas Unverständliches murmelte. Vom Hof her waren Pferdehufe und das Herannahen einer Kutsche zu hören. Amélie ließ ihre Mutter zurück auf den Stuhl sinken, von wo diese ihren Blick starr auf den toten Sohn richtete.

»Fabien«, flüsterte sie. »Fabien, wo bist du?«

Jemand pochte an die Tür. Amélie öffnete. Vor ihr stand ein älterer mittelgroßer Herr mit schwarzem Zylinder in der einen und einem Paket in der anderen Hand. Er verbeugte sich förmlich.

»Gestatten Sie, Christian Henri Papillon, Mademoiselle.«

Papillon musterte sie aus tief liegenden dunklen Augen,

die dichte Wimpern einfassten. Er war von kräftiger Statur, wenn sich auch die Schultern in Folge des fortgeschrittenen Alters nach unten neigten. Sein dichtes weißes Haar über einer hohen, gewölbten Stirn machte auf Amélie den Eindruck, als wäre es gepudert. Er hatte dichte Augenbrauen, eine große Nase mit schmalem Rücken und einen kleinen festen Mund. Das Kinn trat eher zurück.
Amélie reichte Papillon die Hand. »Ich erinnere mich an Sie, Monsieur Papillon.«
Er deutete einen Handkuss an. »Verzeihen Sie, Mademoiselle, ich weiß um Ihr Leid. Gestatten Sie mir, Ihnen meinen Trost und meine Unterstützung anzutragen – für den heutigen und alle weiteren Tage.«
Seiner Stimme war unauffällig männlich, von hellen Einsprengseln abgesehen. Eine seltsame Spannung war ihr eigen, die Amélie nicht deuten konnte. Sie erinnerte sie jedoch an ein schweres straffes Tau, aus dem immer wieder hauchfeine Fasern heraussprangen und sich lösten.
»Bitte treten Sie ein, Monsieur Papillon.«
Er dankte, reichte ihr das Paket und trat gemessenen Schrittes an den Sarg heran, um die Haltung eines Betenden einzunehmen.
Marthe wandte ihm ihren ausdruckslosen Blick zu. Jetzt, im Morgengrauen, war ihr Gesicht graubleich wie das ihres toten Sohnes. Nach einigen Atemzügen trat Papillon einen Schritt vom Sarg zurück, ließ die Arme hängen und legte die Fingerspitzen an die Seitennaht seines dunklen Wollmantels. Amélie hatte das Gefühl, dass er meinte, ausschließlich er sei es, von dem eine besonders vornehme Haltung erwartet würde.
Marthe rang um Worte. Schließlich sagte sie: »Stehen Sie

meiner Tochter bei, Monsieur Papillon. Tun Sie alles für sie.«

»Das verspreche ich Ihnen, Madame Duharnais, hier im Beisein Ihres Sohnes.«

Er reichte ihr beide Hände. Marthe zog sie an ihre Wangen und begann lautlos zu weinen.

Amélie brachte rasch das Paket in die angrenzende Küche, öffnete es und nahm ein tannengrünes, gewachstes Lodencape aus britischer Fabrikation heraus. Es wird dir in dieser herbstlichen Regenzeit sicher gute Dienste leisten, dachte sie und bemühte sich zu verdrängen, damit am heutigen Tag an Fabiens offenem Grab bei strömendem Regen zu stehen. Stattdessen sah sie sich mit dem Cape im nebelverhangenen Weinberg arbeiten. Wenigstens schien dieser Papillon ein Mann von gutem Geschmack und praktischem Verstand zu sein.

Nicht ohne Anspannung kehrte Amélie in die Diele zurück.

Papillon wandte ihr den Kopf zu, während Marthe noch immer seine Hände beweinte. Plötzlich wurde Amélie neugierig, trat auf ihn zu und legte ihre Hand auf seinen Arm. Er senkte seinen Blick auf die Stelle, wo sie ihn berührte, und sah ihr dann in die Augen. Sein Blick war dunkel, undurchschaubar und von eigenartigem Glanz. Seine Gedanken konnte Amélie nicht erraten, doch ihre Hand fühlte das von Ekel erfüllte Unbehagen und die Selbstbeherrschung eines Mannes, der sich besudelt und gepeinigt vorkam.

Er gehört nur sich selbst, erkannte sie. Die Gefühle anderer Menschen sind Fremdkörper für ihn. Sein Körper, seine Gefühle sind Festungen, die er mit niemandem teilt. Sie sah zum Sarg hinüber. Und plötzlich schoss ihr der Gedanke durch den Kopf, dass Christian Henri Papillon als Lebender bereits sein letztes Kleid trug – das Kleid der Eitelkeit.

Fabien ruhte in der Erde. Auf Marthes Wunsch hin hatte man ihn im engsten Familienkreis beerdigt. Kränze und Beileidsbezeugungen trafen bis zur letzten Minute ein, schließlich war das Champagnerhaus Duharnais in weiten Kreisen angesehen. Doch Bekannte und Freunde hatten Rücksicht auf Marthes Bitte genommen und waren ferngeblieben.
Amélie wusste, dass die meisten, die sie kannten, weniger an Fabiens Tod als vielmehr daran interessiert waren, wie es mit ihr und den beiden alten Männern weiterging. Ein Toter war rasch vergessen, die Lebenden, die das Schicksal prüfte, würde man jedoch nur allzu genüsslich beobachten. Die Neugierde der Leute, ob sie, Amélie Suzanne Duharnais, sich des ersten Platzes der Erbfolge würdig erweisen würde, schob schon jetzt den Schrecken über seinen Tod beiseite. Als Alleinerbin eines Champagnerhauses, versuchte sie sich zu beruhigen, befand sie sich allerdings in guter Gesellschaft, denn nicht wenige namhafte Häuser wurden von Frauen geleitet. Nur waren es deren Ehemänner, die ihnen durch ihr frühzeitiges Ableben den Weg in die Selbstständigkeit ermöglicht hatten. Und das Schönste: Die Witwen blieben Witwen, genossen ihre Stellung, ihren Erfolg.
Auf dem Weg zum Restaurant La Flûte d'Or, wo alles für den Leichenschmaus vorbereitet war, ließ Amélies Trauer nach. Immer wieder schaute sie Papillon von der Seite an. Wie lange, wie lange noch? Vaters am Krankenbett geflüsterte Worte ... Berufsziel: Witwe! Wie lange noch? Sie

presste ihr Taschentuch auf den Mund und täuschte Husten vor. Ihr traten Tränen in die Augen, man umarmte und tröstete sie. Sie hielt den Blick gesenkt, damit niemand, auch Großvater nicht, in ihrer Seele lesen konnte. Schon taten ihr von der Anstrengung, das Lachen zu unterdrücken, Wangen und Hals weh, doch schließlich hatte sie sich wieder in der Gewalt, nachdem sie in ein Schlagloch voller Regenwasser getreten und ihr Fuß umgeknickt war. Papillon bot ihr seinen Arm, sie hakte sich ein und spann den Gedanken von vorhin weiter – Witwen. Tüchtige und besonders ehrgeizige Witwen waren es nämlich, die den Kern großer Namen bildeten – Witwen wie Madame Pommery und Madame Clicquot-Ponsardin. Die Clicquot hatte ihren Mann schon im zweiten Ehejahr durch ein bösartiges Fieber verloren. Allen Gerüchten zum Trotz hatte sie das Zepter geführt und den pflichtversessenen Deutschen Ludwig Bohne als Teilhaber eingestellt, und damit er nicht auf dumme Gedanken kam, sondern ihrem Geschäft diente, als Handelsvertreter in die weite Welt geschickt – nicht geheiratet. Als berühmte Veuve Clicquot-Ponsardin weihte sie stattdessen ihr Leben der Entwicklung besserer Methoden, um Champagner zu klären. Amélie hatte ihr Bildnis mit den Korkenzieherlocken vor Augen. Sie stellte sich vor, wie die Clicquot schlaflose Nächte damit verbrachte, herauszufinden, wie man den Hefesatz aus dem Champagner bekam. Wie sie mit flackernder Kerze durch die Keller lief, schließlich ihren Küchentisch durchbohren ließ und die verkorkten Flaschen mit dem Hals nach unten in die Löcher steckte. Wie sie voller Ungeduld beobachtete, ob sich die trübe Hefe vollends im Flaschenhals absetzte. Darauf wartete, dass der Champagner endlich klar wurde, sternenklar, und nicht mehr aussah wie Spülwasser. Wie sie ausprobierte, wie oft und in welchem Winkel die Flaschen gedreht und gleichzeitig immer stärker geneigt werden mussten, damit die Hefe sich lockerte, sich von den Wandungen der Flasche löste und zum Korken wanderte. Dieses Leuchten in ihren Augen, als nach langem Probieren und sorgfältigem Rütteln der Flaschen endlich das Sediment am Korken ruhte, die Flaschen vorsichtig geöffnet wurden, der Hefesatz durch den Druck hinausschoss. Wie stolz muss sie gewesen sein.

In Gedanken versunken, trottete Amélie neben Papillon her, der sich nie hätte vorstellen können, was in ihrem Kopf vorging. Es war wie ein stures Begehren weiterzuleben, erfolgreich weiterzuleben. Sie hörte ihren Großvater erzählen, wie die gewitzte Clicquot im Jahre 1816 dafür sorgte, dass Napoleon im Hotel Ponsardin, das ihrem Bruder gehörte, Quartier und ihren Champagner nahm. Ein Geschäftsglück, das ihr bis über den Tod 1866 hinaus den Beinamen »Königin von Reims« einbrachte. Doch auch die Witwe Pommery hatte es verstanden, ein Champagnerreich aufzubauen. Mit Geschick und kühlem Verstand hatte sie noch aus dem Deutsch-Französischen Krieg 1870/71 ihren Vorteil herausgeschlagen, indem sie den Kreidehügel St.-Niçaise, in der Nähe von Reims, gekauft hatte. Welches Gerede das heraufbeschworen hatte, welchen Neid, welche Wut darüber, dass alle anderen sich vom Krieg das Gemüt hatten verwirren lassen! Nur diese Pommery hatte gehandelt wie ein Mann, ein Marschall auf dem Feld des Champagnerhandels. Überlegt, verstandesmäßig, berechnend. Hundertzwanzig Kalkschächte aus der Römerzeit hatte sie ausbauen lassen, hundertzwanzig Stollen von fast zwanzig Kilome-

ter Länge. Prachtvolle Keller entstanden, um die sie jeder Winzer beneidete.
Beide, Pommery wie Clicquot, besaßen handwerkliches Können, Feingefühl, Gespür für höchste Qualität und Geschäftssinn. Sie hatten den perfekten Instinkt für Märkte und Gewinne. Fabien hätte es wohl kaum mit der Witwen-Kunst, Champagner in Goldbarren zu verwandeln, aufnehmen können. Sie aber würde sich an ihren Konkurrentinnen messen lassen müssen. Als jüngste Frau, mit einem Greis an der Seite. Wie pikant. Wie spannend. Welchen Klatsch es geben würde. Und doch war ihr bang und mulmig zumute. Sie war doch noch so unerfahren.
Kalt und rau fegten starke Regenschauer durch die Gassen. Ihr Cape bauschte sich auf und schlug ihr um die Beine.
Paarweise kehrte man nun zum Leichenschmaus in das Restaurant La flûte d'or ein – Marthe und ihr Bruder Jean-Noël, Amélie und Christian Henri Papillon, der Senior Jérôme Patrique Duharnais und die Bäuerin Marie-Hermine Poiret, Jeanne, die alte Waschfrau, und der Pächter Aubert Morot.
Hippolyte, der noch immer im Krankenhaus lag, blieb weiterhin von der Nachricht vom Tod seines Sohnes verschont.
Als Jüngste im Kreise dieser Alten kam es Amélie besonders widernatürlich vor, gerade eben ihren jungen Bruder zu Grabe getragen zu haben und selbst an das Alter, das neben ihr schritt, gekettet zu sein. Und dieses Gefühl wäre noch belastender gewesen, wenn sich Christian Henri Papillon nicht wenigstens als nützlicher Kavalier erwiesen hätte. Er hatte sie und ihre vom Laudanum beruhigte Mut-

ter am Grab gestützt, schweigsam und von gelassener Festigkeit. Dass Amélie ihm dafür und für den Schutz des wärmenden Lodencapes dankbar war, hatte sie ihm längst mit Blicken zu verstehen gegeben. Diese hatte allerdings der alte Duharnais wahrgenommen, und sie hatten ihn mit Grimm erfüllt. Amélie kannte ihren Großvater zu gut, um nicht zu bemerken, mit welcher Willenskraft er seine Eifersucht zu verdrängen suchte. Lange Zeit hatte er es vermieden, Papillon direkt anzusehen. Man hätte meinen können, er sei neidisch auf diesen Mittsechziger, dessen blasse Haut in dem grauen Tageslicht feinste Fältchen offenbarte, die zerknittertem Pergament ähnelten, doch kein einziges fühlerähnlich abstehendes Härchen an den Schläfen, in den Ohren oder aus den Nasenlöchern sehen ließ. Selbst seine Augenbrauen waren sorgfältig geschnitten und gebürstet. Der alte Weinbauer fühlte sich ihm verständlicherweise an Eleganz unterlegen. Doch nun, da nach dem Leichenschmaus dumpfe Stille eingetreten war, ergriff er das Wort, wobei er Papillon fest ins Auge fasste. So als hätte nie zuvor ein Gespräch im Hause Chevillon stattgefunden und er selbst nie seinen Ehrgeiz als Champagnerwinzer betont, fragte er: »Sie gedenken doch Ihre Geschäfte hier in Reims weiterzuführen?«

Nicht ohne Stolz entgegnete Papillon: »Wie ich Ihnen bereits versichert habe, Monsieur Duharnais, bin ich überrascht und beglückt zugleich, dass mich das Schicksal mit einer nie erwarteten neuen Verantwortung betraut. Sie werden verstehen, dass ich mich unter den gegebenen Umständen keinesfalls zur Ruhe setzen werde, zumal ich mit Genugtuung behaupten kann, dass es mir an Aufträgen nicht mangelt.« Er hob ein wenig das Kinn und musterte Jérôme Duharnais.

»Vergessen Sie nie, wie viel mir an meiner Enkelin liegt. Sie ist meine einzige Stütze. Das, was ihr an Erfahrung noch fehlt, wird sie von mir lernen.«
Amélie hörte, wie er das Wörtchen »mir« betonte. Ihr Großvater machte eine Pause, als würde er auf ein Gegenwort lauern.
Doch Papillon spitzte die Lippen und murmelte: »Natürlich, natürlich.«
»Die Weinberge haben vor allem anderen Vorrang, so wie es im Ehevertrag festgehalten wurde«, fügte der Alte hinzu.
»Ich bin mir der Situation vollends bewusst, Monsieur Duharnais. Sie können versichert sein, dass ich Ihnen Mademoiselle Amélie nicht entfremden werde.«
Hier stehen sich, dachte Amélie, zwei alt gewordene Raufbolde gegenüber, die nur darauf warten, dem anderen endlich, in den letzten Stunden des Lebens, zu zeigen, wer der Stärkere ist. Sie fing den wachen Blick ihres Onkels auf.
»Vielleicht sollte man noch einmal besondere Einzelheiten im Ehevertrag festhalten«, sagte dieser ruhig.
Papillon wandte sich Amélie zu: »Selbstverständlich nur in Ihrem Beisein, Mademoiselle. Wir sollten nichts überstürzen.« Er kniff ein wenig die dunklen Augen zusammen, sodass seine dichten Wimpern die einzigen Farbtupfer im blassen Gesicht bildeten. »Nichts«, wiederholte er bedeutungsvoll.
Der alte Duharnais senkte den Kopf und schwieg.

Das regnerische Herbstwetter hielt bis weit in den Oktober hinein an. Regenschauer und das alltägliche Einerlei der Weinbaupflege glichen sich so sehr, dass Amélie die

Wochentage vergaß. Längst hatte sie sich daran gewöhnt, sich nach dem Frühstück das gewachste Lodencape umzuhängen und mit einem Ledergürtel festzuschnüren, sodass sie sich bücken und drehen konnte, ohne dass die Weite des Stoffes sie bei der Arbeit behinderte.

Tag für Tag ging sie mit ihrem Großvater, Pächter Morot und zahlreichen Hilfskräften in die Weinberge. Bis auf einige Hektar, die nachweislich von der herangerückten Reblaus verschont geblieben waren, wurden nun die alten Rebstöcke aus der Erde gegraben. Man arbeitete in Eile und Anspannung. Noch regnete es, doch mit dem nahenden Winter drohte Frost der Arbeit ein Ende zu setzen.

Ein einziges Mal nur wurde die Eintönigkeit der grauen Tage unterbrochen. Amélie überließ die Arbeit in den Weinbergen ihrem Großvater und den Arbeitern, die Mahlzeiten der altgedienten Küchenhilfe Marie-Hermine Poiret und suchte noch einmal ihren Onkel auf, der mit ihr in Anwesenheit von Monsieur Papillon Einzelheiten des Ehevertrags aushandelte.

Da Papillon noch immer betonte, dass Eile in keinem Fall geboten sei, einigte man sich darauf, dass der Vertrag zwar jetzt unterschrieben, die kirchliche Vermählung aber erst nach Ablauf eines Trauerjahrs stattfinde. Außerdem würde Papillon weiterhin in Reims leben, wo sein Haus renoviert und Wohnräume nach Amélies Geschmack eingerichtet werden sollten. Unumstößlich galt, dass die Wochentage der Arbeit, die Wochenenden der Pflege des ehelichen Glücks vorbehalten sein sollten. Letzteres bedeutete für Amélie, dass freitags eine Kutsche kommen würde, um sie nach Reims zu holen. Bei diesem Gespräch kämpfte Amélie um ein Höchstmaß an eigener Freiheit.

Vor allem weiteren graute ihr wie vor einem schwarzen Grab.

So lag es nahe, dass sie sich nach dem Gespräch rasch von beiden Männern verabschiedete und das Familiengrab der Chevillons aufsuchte, um ein wenig Ruhe zu finden.

Eine Schicht nasser schwarzer Espenblätter bedeckte die Grabstätte ihres Bruders. Kein Kiesel, keine Blume, kein Kranz lugte hervor. Das Einzige, was sich von diesem dunklen Totentuch abhob, war ein blassrosa Regenwurm. Lang und dick bohrte er sich aus der weichen Erdumwallung der Grabplatte. Das tiefe Rot seines Kopfes, das ziehharmonikagleiche Winden seines rosa Leibes erregten sofort ihren Widerwillen. Seltsamerweise erinnerte sie dieses Tier aber an das Leben und die Arbeit. Sicher war, hier und jetzt würde sie keinen Frieden finden. Sie sprach noch ein stilles Gebet, verweilte ein wenig und bückte sich dann kurz entschlossen nach dem Wurm und steckte ihn mit welkem Blatt und Erdkrumen in eine Papiertüte. Noch am selben Tag setzte sie ihn in die Erde des Weinberges, das dem Gut am nächsten lag.

In der Ferne, zwischen den Rebzeilen, entdeckte sie die Arbeiter und ihren Großvater. Wie an den Tagen zuvor zog er auch heute mit Hannibal, dem Ackergaul, durch die Reihen und pflügte mit widerwilligem Grimm. Hilfskräfte verstreuten Humus und Pferdedung. Amélie sah kurz dem Regenwurm zu, wie er in die Erde hinabglitt. Hier würde er sinnvollere Arbeit leisten als an Fabiens Grab, dachte sie nicht ohne Zynismus. Sie kehrte zum Weingut zurück.

Im Weinkeller war nach mehrmaligem Umfüllen ein reintöniger weißer Stillwein herangereift. Ihr Großvater aber hatte entschieden, ihn angesichts der Schicksalsschläge in diesem Jahr länger ruhen zu lassen. Jeden Tag war er mit ihr ins Gewölbe gegangen, um Fass für Fass zu probieren. »Der Wein braucht unsere Liebe. Er ist noch zu aufgewühlt. Lassen wir ihn noch etwas länger ausheilen. Umso edler wird sein Charakter«, war sein Urteil.

Sie ging durch den Kelterraum, in dem sie tagelang bis in die späte Nacht hinein mit ihrem Großvater in düsterer Schweigsamkeit Pinot-Noir- und Chardonnay-Trauben auf die amerikanischen Unterlagsreben gepfropft hatten. Längst hatte die alte Jeanne Gerätschaften und Boden gesäubert, sodass nichts mehr an das erinnerte, was sich hier in den Wochen zuvor abgespielt hatte.

Noch einmal dachte Amélie an César, an die Stunde, in der er wie ein werbender Romeo der alten Jeanne den Wein gereicht hatte. Die Erinnerung tat ihr weh. Das Einzige, was sie hoffte, war, dass der Regen sein Übriges tat, um die Böden aufzulockern, damit im nächsten Jahr die jungen Stecklinge anwuchsen und gediehen – sonst war ihr Opfer vergebens.

Bedrückt stieg Amélie die Treppe zum Haupteingang empor und half Marie-Hermine Poiret in der Küche beim Einlegen von Kürbissen.

Die Bäuerin freute sich, Gesellschaft zu haben, und schwatzte vom nachbarschaftlichen Geschehen. Wie beim Bauern Bouley die Schweine bestes Fallobst und Stampfkartoffeln mit gemahlenem Hafer bekämen, und das nicht nur, damit sie besseres Fleisch für Schinken, Braten oder Sülzen ergäben, sondern auch deswegen, weil Bauer Bouley Spaß daran hätte, seine zweiundachtzigjährige Schwiegermutter zu ärgern, die noch immer den Schlüssel für die Speisekammer besaß und für ihren

Geiz und ihre knappe Küche berüchtigt war. Er mache sich einen besonderen Spaß daraus, die Alte aufzuregen, bis sie mit brüchiger Stimme zu kreischen anfange und in die Ställe hinauslaufe, um mit der Forke auf die Tiere einzustechen. Jedes Mal hole man sie rechtzeitig zurück, damit die Schweine keinen Schaden erlitten. Doch über ihre Wutausbrüche amüsiere sich Bouley umso mehr, da die Alte noch viele Stunden mit vor Hass gelben Augen und zitternd vor Wut im Lehnstuhl sitze und jede gereichte Nahrung fluchend von sich weise. Es sei aber kein Geheimnis, fügte Marie-Hermine hinzu, dass die Alte, die ja nur noch wenige Stunden schlafe, in der Früh, gegen vier Uhr, aufstehe und sich in der Speisekammer über winzige Brot- oder Fleischreste hermache, ja, selbst Schimmel esse sie mit.

Dann berichtete sie von Rodolphe, dem vierten Sohn des Winzers Roulard, der in einer Dachkammer hause, weil er glaube, der Herrgott würde ihn eines Tages durch einen besonderen Lichtstrahl zu sich hinaufziehen. Längst sei die Ehe der Roulards darüber zerbrochen, Vater Roulard treibe es heimlich mit seiner Stiefschwester, deren Mann bei einem Schlagfluss in die Maische gefallen und erstickt sei. Oder jene Eloïse Blanchemot, die ein Reimser Arzt zur Ehefrau genommen habe und von der das Gerücht gehe, sie könne keine andere Farbe als Rosé ertragen und lebe seit Wochen hinter zugezogenen Fenstern. Ihrer Köchin habe sie befohlen, Speisen zu Hause vorzukochen, damit die Gerüche bei ihr, Eloïse, nicht zu Kopfschmerz und Ohrgeräuschen führten. Wie man munkelte, sei alles nur raffinierter Vorwand, um die sexuelle Gier des vermögenden Ehemannes anzustacheln. Tatsächlich aber sei es so, dass sein Verlangen durch die Qualen, die er durch Eloï-

ses Kapriziosität erleiden müsse, gesteigert würde. Nie wisse er, wann sie ihm huldigen würde. Nie könne er sich sicher sein, wie sie gestimmt sein würde. Die Spannung, in der sie ihn unablässig halte, habe ihn, den erfahrenen Arzt, selbst schon an den Rand des Wahnsinns getrieben, meinte die Poiret. Manche Patienten hätten berichtet, wie er ihnen geistesabwesend Fragen gestellt habe, die wohl dem vorigen Patienten, nicht ihnen, gegolten haben mochten. Was sollte man davon halten, wenn er einem Mann, der an Magenbluten leide, Senfpflaster empfohlen habe, einer Schwangeren jedoch, von Übelkeit und Schwindel geplagt, rohe Leber und kalte Güsse?
Wie der Regen rauschte das Geschwätz der Poiret an Amélies Ohren vorbei. Würde ihr Schicksal eines Tages auch Stoff für Klatsch geben? Was würde man in einem Jahr über sie und ihre seltsame Eheverbindung erzählen? Gutes? Schlechtes? Falsches oder Wahres? Würde sie diesen einfachen Leuten ins Gesicht schauen können? Würde sie, was die Witwen Clicquot und Pommery betraf, der Konkurrenz standhalten können? Amélie wischte den Tisch von Kernen und kleinen Schnipseln sauber, um Platz für den letzten Kürbis zu machen.
Stunden später, es war bereits dunkel geworden, kam ihr Großvater. Seine Wollmütze tropfte, die Lederjacke war vor Nässe schwarz geworden, und an seinen Stiefeln klebten Wulste von Erde und Mist. Er wusch sich die Hände und ließ sich dann auf seinen Platz fallen. Marie-Hermine war bereits gegangen, und so setzte ihm Amélie das Abendbrot vor.
Nachdem er gegessen hatte, lehnte er sich zurück, schwieg eine Weile und sagte dann: »Du hast deinen Willen bekommen, Amélie, das weißt du. Die neuen Rebstö-

cke werden wohl mit Gottes Hilfe anwachsen. Was ich dir jetzt sage, solltest du dir merken, ganz gleich, was geschieht. Es ist eine alte Winzerweisheit. Wenn eine junge Rebe zwischen zwei, merke dir wohl, zwei alte Reben gesetzt wird, liefert sie oftmals eine besonders gute Frucht. Weißt du auch, warum? Es ist ganz einfach so: Die alten Stöcke breiten sich natürlich aus und nehmen der jungen Pflanze Licht weg, das sie so nötig braucht. Die Jungpflanze muss sich nun also ihre Nahrung selbst erkämpfen. Sie treibt ihre Wurzeln in die benachbarte Erde. Von den Nachbarstöcken befallen sie Fadenwürmer. Du weißt, wie schädlich die sind. Die junge Pflanze verliert zunächst an Wuchskraft, doch ihren Früchten wird eine Tiefe und Konzentration aufgezwungen, die sie wertvoll macht. Große Mengen Zucker zu bilden ist ihre Stärke. Vergiss nie, Amélie, keine Obstpflanze der Welt ist so stark, so zäh, genügsam und anpassungsfähig wie die Weinrebe.«
»Ich weiß, was du sagen willst, Großvater.«
»Es ist wahr.«
»Das glaube ich dir. Geh jetzt schlafen.«
»Das kann ich immer noch.«
Trotz Müdigkeit strahlte ihr Großvater verbissenen Kampfgeist aus. Und jetzt, da sie sich für den Erhalt seines Weinguts geopfert hatte, fragte sie: »Weiß du etwas über César, Großvater?« Er schob sein Kinn vor und schwieg. »Du hast doch auch gesiegt, Großvater. Du bist mir eine Antwort schuldig.«
»Manche sagen, er sei nach Le Creusot zurückgegangen. Soll das Weiß unserer Kalkböden gegen das Schwarz der Kohle getauscht haben. Da siehst du, in was für einen wetterwendischen Lump du dich verguckt hast.«

»Warst du nie verliebt?«
»Im Leben zählt anderes.«
»Ich kann es nicht mehr hören. Gute Nacht.«
»Bleib mir ja dem Alten treu, hörst du?«
Er kicherte, und Amélie schloss die Tür hinter sich.

In dieser Nacht träumte sie von César, seinem lockigem Haar, das der Wind über seine Wangen wehte. Sie spürte den Druck seiner heißen Lippen auf ihrem Mund. Sie hörte ihn lachen und sah seinen nach hinten gebogenen Hals, wurde seiner Faust gewahr, mit der er auf etwas Unsichtbares schlug, das das Bild, das sie sah, zerstörte. Riesige Wasserwellen strömten herbei. Es rauschte und wogte in ihren Ohren, und Amélie hörte sich rufen. Fabien tanzte mit einer Sense in den Armen um die eigene Achse. Sie hatte Angst, von ihm zerschnitten zu werden, und sprang, sprang immerzu, das Ritschen des Sägeblatts in den Ohren, das an einen zischenden Wind erinnerte. Sie beugte sich zur Erde nieder, roch Gras, Dung stieg ihr in die Nase. Rote Trauben zerplatzen unter ihren Knien, ihr Saft verklebte ihre Hände. Es fiel ihr schwer zu fliehen. Es war kalt um sie herum. Katzen, abgemagert und aggressiv, kreischten. Manche von ihnen zogen blutige, pulsierende Nabelschnüre hinter sich her, in die sich Fabiens Sensenspitze bohrte und die daraufhin mit lautem Knall explodierten. Amélie fühlte sich von einem gewaltigen Luftdruck fortgeschleudert. Plötzlich war sie in einem Raum voller Spiegel, die tausende von goldenen Lichtern reflektierten. Ihr war warm, und sie ging barfuß über heiße Steine. Riesige rote Beeren flogen ihr zu. Sie schmeckte Süßes und verlor sich in Mündern, die sie küssten, bis sie erwachte und ihren Mund minutenlang streichelte, ehe ihr bewusst wurde, dass es ihre Fingerspitzen waren und nicht fremde Lippen.

In der Nacht, als Christian Henri Papillon neben ihr lag und klagte, ein Hexenschuss vom frühen Morgen mache es ihm unmöglich, die Stellung einzunehmen, die einem Mann gebühre, schlug Amélie das Plumeau zurück, erleichtert darüber, dass sie von dem verschont blieb, vor dem sie sich so fürchtete.
Sie erhob sich vom weichen Doppelbett, das ein Baldachin aus dunkelblauem Damast mit Seidenkordeln und handgestickten Chinoiserien überdachte, und öffnete eine Flasche Champagner. Der alte Papillon rollte sich auf den Rücken, stopfte sich die Kissen in den Nacken und beobachtete sie. Amélie trank ihren Champagner allein. Sie löste ihr langes Haar, zog die Fenstervorhänge zurück und genoss jene Chardonnay- und Pinot-Noir-Trauben, die ihr Großvater und Vater vor Jahren zu diesem köstlichen Getränk hatten heranreifen lassen. Der Champagner duftete blumig, war frisch und süffig.
Sie betrachtete den zunehmenden Mond. Kugelige Wolken zogen einer Schafherde gleich an ihm vorüber. Sterne glänzten wie die Perlen in ihrem Champagner. Sie füllte ihr Glas nach und dachte an César und die Stunden mit ihm im Wald, als er ihr Tropfen seines Burgunders von den Brüsten geküsst hatte.
Fledermäuse flatterten in zackigen Bahnen durch die Nacht. Aus einem nahe gelegenen Lokal ertönten Gesang und Akkordeonspiel. Irgendwo heulte ein Hund.
Amélie spürte, dass sie zu schwitzen begann. Papillon hatte das Hauspersonal angewiesen, frühzeitig zu heizen, und die Öfen waren bis spät in den Abend mit Holz

und Kohle gefüttert worden. Jetzt war die Luft warm und trocken.
Es raschelte hinter ihr. Papillon war aufgestanden und näherte sich ihr. Sie drehte sich erschrocken um. Er lächelte. Der hohe Rüschenkragen seines Nachthemds bedeckte ein wenig sein Kinn, was ihm einen weihevollen Ausdruck verlieh. Und so wirkte er keusch und züchtig. Nur seine Altherrenhände flößten ihr Angst ein. Was, schoss es ihr durch den Kopf, würden sie mit ihrem Körper machen? Was würden sie von ihr fordern?
Papillon beugte sich ein wenig vor und küsste sie auf die Wange. Er roch nach Seife und Eau de Cologne. Dann füllte er ihr leeres Glas nach. »Trink nur, trink«, murmelte er kaum vernehmlich und fügte ein wenig unsicher hinzu: »Vielleicht sollte ich mir auch einen Schluck gönnen.«
Sie hielt das frisch gefüllte Glas gegen das Mondlicht, fast so, als ob sie ihn necken wollte. Im Geheimen jedoch prostete sie César in der Ferne zu. Aber als Papillon nach dem Glas griff, schrie er leise auf und taumelte mit den Händen auf dem Rücken auf das weiche Bett zurück. »Komm zu mir, Amélie«, bat er. »Sei so gut und massier mir den Rücken.«
Sie setzte sich auf die Bettkante und knetete, kreiste und strich über seinen Rücken. Sie durchschaute sein Spiel. Er war zwar alt und etwas steif, doch gesund. Sie spürte, wie sich kleine Verspannungen lösten, dann wandte sie sich der Stelle zu, von der Papillon vorgab, sie würde schmerzen, bis er wohlig zu brummen begann. Es war seltsam, doch in diesem über sechzig Jahre alten Körper glomm eine zurückgehaltene Lust auf das Leben, die sie ihm nie zugetraut hätte. Und plötzlich überfiel sie wieder die Angst vor dem, was er von ihr fordern würde.

Noch einmal erhob sie sich vom Bett, sank jedoch auf die Kante zurück, als Papillon, erleichtert darüber, dass sein Rückenschmerz nachließ, sich umdrehte und auf die Seite rollte.

Der Mond leuchtete nun gleißend hell in das Zimmer hinein.

Amélie schloss die Augen und spürte plötzlich Papillons Hände, die ihr das dünne Seidennachthemd über die Schultern zogen. Seine Lippen krochen wispernd über ihren Nacken, seine Finger ertasteten ihre Arme, umschlossen ihre Brüste. Er zog sie zu sich, kniete sich neben sie, küsste ihre Knie, die Schenkel, ihren Bauch. »Schön, schön bist du«, hörte sie ihn flüstern. Amélie hielt die Augen geschlossen und zwang sich, sich vorzustellen, wie sie nach überflüssigen oder faulen Trauben griff, diese abschnitt und wegwarf. Greifen, schneiden, wegwerfen. Greifen, schneiden, wegwerfen.

Papillon drang in sie ein.

Sie fühlte ihren Widerstand und zuckte zusammen.

Greifen, schneiden, wegwerfen.

Papillon wich zurück. Seine Finger strichen sanft über ihre Lippen, und er flüsterte: »Beruhige dich. Ich tue dir nicht weh.« Amelie fühlte, wie schwach er geworden war, atmete tief durch und konzentrierte sich darauf, sich zu entspannen. »Siehst du«, säuselte er, »es ist gar nichts. Alles wird gut, vertrau mir.«

Er umfasste ihre Brüste und begann an ihnen zu saugen. Unwillkürlich erregte es Amélie, und für Sekunden bildete sie sich ein, Papillons Zärtlichkeiten zu genießen. Dabei dachte sie an César, an seine sehnigen Arme, sein Lachen, seine Locken.

Irgendwann brummte Papillon, sie möge ihm helfen.

Sie fühlte, dass er seine Kraft verlor, sein Verlangen aber, sie zu erobern, anhielt. »Du bist Jungfrau, eine wunderschöne Jungfrau«, stöhnte er, während er ihre Hand festhielt, die in seinem Leib las wie in einem Buch. Er streichelte ihre Scham, schmatzte an ihren Brüsten wie ein Säugling, doch Amélie erkannte, dass es ihre Jungfräulichkeit war, die ihn reizte. Und doch belastete sie mehr und mehr die Vorstellung, dass einer Nacht wie dieser weitere folgen würden.

Kaum konnte sie die Hitze seines Körpers ertragen. Sollte sie sich ihm nicht einfach wie leblos hingeben und an César denken? Wenn sie ihre Jungfernschaft verloren hatte, konnte die Routine folgen: ausziehen, aufnehmen, waschen. Ausziehen, aufnehmen, waschen. Sie hörte Papillon stolz wispern: »Er kommt, er kommt zu dir.« Wieder drang er in sie ein. Sie verkrampfte und zwang sich, an César zu denken. »Amélie, ja, oh, du hast Zauberkräfte.« Papillon spannte sich vor Lust.

Noch widerstand ihr Häutchen seinem Drängen. Doch er gab nicht auf. Er hielt inne, bis der erste Schmerz abklang, nahm einen neuen Anlauf, knirschte vor Anspannung sogar mit den Zähnen und bezwang ihre Unversehrtheit. Es tat so weh, dass Amélie sich in den Handrücken biss. Keuchend setzte Papillon ihrem Körper zu. Auf seinem Höhepunkt entzog sie ihm ihren Unterleib, in dem es rau und spröde war. Papillon sank in die Kissen.

Amélie ging ins Bad, in dem eine Wanne mit heißem Wasser vorbereitet war. Sie stieg hinein, tauchte Rücken und Kopf unter, wusch sich mit dem Schwamm das Gesicht, spülte ihren Leib aus. Nach einer Weile öffnete sich die Tür, und sie bemerkte einen hellroten Lichtstrahl, der aus dem Schlafzimmer zu ihr herüberfiel. Sie stieg aus der

Wanne und ging auf ihn zu. Auf ihrem Toilettentischchen lag ein offen stehendes Etui, auf das Mondlicht fiel. An einer goldenen Kette hingen traubenförmig geschliffene Rubine. Im fahlen Licht der Nacht wirkte ihr Rot schwermütig und wie von Fragen beladen, auf die es keine Antworten gab.

Amélie schlug den Deckel zu.

»Du bist meine Frau«, sagte Papillon mit leisem Vorwurf. »Dies ist mein Geschenk an dich. An unsere erste Nacht.« Er saß, in einen Hausmantel gewickelt, in einem Sessel und trank Cognac.

»Sie können gewiss sein, dass ich sie nie vergesse, Monsieur«, erwiderte sie und erschrak selbst darüber, wie spöttisch ihre Stimme klang.

Papillon schwieg, kniff die Augen zusammen und sah ihr zu, wie sie sich nackt im Spiegel betrachtete. Wassertropfen rannen an ihr herab, glitzerten, zogen stumpfe Rinnsale. Amélie aber schien es, als ob ihr ganzer Körper Tränen vergösse. Herb und bitter fand sie ihre Miene. Sie hatte das Opfer gebracht.

Marthe und Hippolyte sehnten sich zurück in die Zeit, in der sie jung gewesen waren. Die Nachricht, dass sein Sohn verunglückt und bereits beerdigt worden war, hatte Hippolyte in tiefe Schwermut fallen lassen, die Marthes ganze Kraft kostete. Als könnten sie nicht anders überleben, schmiegten sie sich nun wie zwei vernachlässigte Kinder aneinander und betäubten so den Schmerz, den das Schicksal ihnen zugefügt hatte. Manchmal weinten sie miteinander, doch stets versicherten sie sich, ohne den

anderen nicht mehr leben zu können. Immer mehr zogen sie sich in die gemeinsamen Erinnerungen zurück, jene Zeit, als sie einander genug gewesen waren.
Amélie erkannte ihre Eltern kaum wieder.
Um ihrer Veränderung gerecht zu werden, ließ sie auf dem Weingut die Räume, in die die beiden bald zurückkehren würden, neu tapezieren und streichen. Sitzmöbel wurden aufgepolstert, Kommoden und Schränke ausgebessert, knarrende Dielen ausgewechselt, Scharniere geölt, Gardinen gewaschen. Sie kaufte Wolldecken und Lammfelle für die Betten, einen neuen Waschtisch, Wickeltücher und Waschzeug für ihren Vater, einen Schaukelstuhl und sogar eine Bettpfanne. Warm und behaglich sollten sie es haben, denn ihre, Amélies, freie Stunden waren gezählt.
Ihr Großvater hatte zwar einen Kellermeister eingestellt, doch mit dem wichtigsten Arbeitsgang, der Assemblage, bis zum heutigen Tag gewartet. Sie war froh, das Erniedrigendste ihrer Ehe bereits überstanden zu haben. Das Gefühl, verletzt und missbraucht zu sein, versuchte sie niederzukämpfen, indem sie sich ermahnte, dass sie dem Leben nicht ausweichen dürfe, einem Leben, von dem sie hoffte, dass es mehr von ihr forderte, als mit Christian Henri Papillon verheiratet zu sein.

Ich werde dem Leben nicht ausweichen, sprach Amélie sich Mut zu, als sie eines frühen Vormittags zu ihrem Großvater ins Kellergewölbe hinabstieg, um Weine zu probieren. Kelterkeller, Weinberge, Rechnungsbücher – das war ihre zukünftige Welt. Nur diese Welt würde ihre Verwundung wettmachen – wenn sie denn Früchte trüge.
Amélie nahm es als ein gutes Omen, dass bis in die vori-

gen Abende hinein die letzten Rebstöcke veredelt worden waren. Mit viel Glück würden sie Wurzeln ausbilden und eines Tages anwachsen. Hier im Schutz des Gewölbekellers war es leicht, zu hoffen und sich das Schönste, was man sich wünschte, vorzustellen.

Ihr Großvater hatte bereits mehrere Fässer probiert und Überlegungen angestellt, in welchem Verhältnis die drei Rebsorten – Chardonnay, Pinot Noir und Pinot Meunier – miteinander vermählt werden könnten. Doch das Urteil musste von anderen überprüft und mitgetragen werden. Bei diesem Vorgang, der Assemblage, dabei zu sein war also äußerst wichtig für sie. Und nicht ohne Stolz hing sie dem Gedanken nach, dass sie hier arbeitete, um für ihre Zukunft zu sorgen.

Ihnen zur Seite stand Gilbert Rabelais, ein erfahrener Kellermeister, dessen letzter Arbeitgeber von der Reblaus vernichtet worden war. Er war von untersetzter Gestalt, Anfang vierzig, rothaarig und wendig. Als Junge hatte er bereits das Küferhandwerk gelernt, später im Weinberg gearbeitet und schließlich eine Lehre in zwei Champagnerhäusern absolviert. Er war froh, im Duharnais'schen Familienbetrieb eine neue Aufgabe gefunden zu haben. Über ein gutes Dutzend Weine aus unterschiedlichen Lagen und Jahren musste probiert werden. Schließlich galt es herauszufinden, wie zu mischen sei, damit in der zweiten Gärung ein charakterstarker Champagner mit feinem, ausgewogenem Geschmack entstehen konnte.

»Dieser 1896er ergibt keinen Millésimé«, sagte er, nachdem man den neuen Wein verkostet hatte.

Der Alte nickte. »Das Weinjahr war ja auch nicht gut genug.«

Wie oft hast du dir und uns eingeredet, die Ernte sei gut gewesen, und die Tatsachen verdreht, dachte Amélie verärgert. Doch sie schwieg, denn seit jenem Morgen, an dem ein Bote aus Reims das erste Blumenbukett gebracht hatte, wirkte ihr Großvater mürrisch und verquer. Als am nächsten Morgen der zweite Strauß eintraf, hatte er diesen dem Boten aus der Hand gerissen und ins Hühnergehege geworfen. Papillons beharrlicher Bote jedoch siegte. Es ist, sagte sie sich, das kindische Privileg des Alters, zu murren, wenn die Welt sich anders dreht, als einem behagt, und genauso zu vergessen, was man nicht mehr wissen will.

»Ja, einen Jahrgangschampagner ergibt der Wein nicht, das ist auch meine Meinung«, sagte Amélie und sah ihrem Großvater zu, wie der noch einmal seine Nase ins Glas hielt und schnupperte.

Sie wusste nur zu gut, dass der Wein des neuen Jahrgangs den größten Teil dieser Cuvée ausmachte. Doch gehörten in den allermeisten Fällen noch ältere Weine, die so genannten Reserveweine, dazu, um den jungen Wein zu ergänzen und Feinheit und Moussiervermögen der Cuvée zu erhöhen. Daher würden sie in den nächsten Wochen eine Mischung zusammenstellen, eine kleine Menge Hefe und in altem Wein aufgelösten Rohrzucker beigeben, schließlich diese Fülldosage gleichmäßig verteilen und im Frühjahr den Wein auf Flaschen abziehen.

Amélie griff nach einem Glas eines 92er Jahrgangs und hielt es gegen das Kerzenlicht. Er hatte eine helle Farbe, duftete frisch, erinnerte ein wenig an frisch gemähtes Gras, wie oft, wenn große Mengen Chardonnay-Trauben verwendet wurden. Sie nahm einen kleinen Schluck.

»Sauber und klar«, urteilte sie, »und schmeckt ein wenig nach Aprikose.« Sie schnalzte mit der Zunge.

Der Alte brummte einsilbig: »Gut, man wird sehen«.

Gilbert Rabelais spitzte die Lippen, hob die Augenbrauen, senkte noch einmal seine Nase tief ins Glas, roch, wendete das Glas, schluckte, roch ein weiteres Mal im leeren Kelch und meinte leise: »Geringe Spannweite.«
Der Alte widersprach: »Doch er hat Stil.«
In dieser Weise vergingen die Stunden. Sprach der Alte von einer fruchtigen Note, ergänzte Rabelais, der Wein erinnere ihn an den Geschmack von Quitten und Honig. Probierte der Alte einen Grand Brut aus vorwiegend dunklen Trauben und pries dessen pikantes Aroma, folgte ihm Rabelais mit dem Hinweis auf reifen Weizen und Geräuchertes. Bei einem Blanc de Blancs einigten sich beide erst nach langem Abwägen auf das Urteil, er dufte leicht nach Zitrone, sei frisch, von belebender Säure, doch geringem Charme.
Dem Alten gefiel es, sich die Zustimmung abringen zu lassen. Nur durch Blickkontakt gelang es Amélie dabei, den ungeduldigen Rabelais zu besänftigen. Bei einem Wein, in dem Meunier-Trauben dominierten, lobten alle drei seinen delikaten Duft und weichen Geschmack. Sanft, verführerisch und vollmundig zugleich sei er, und Amélie hielt dem durchdringenden Blick ihres Großvaters stand.

Anfang November kehrte Marthe endlich mit Hippolyte aus Reims zurück. Amélie hatte Fabiens Zimmer als zweiten Schlafraum für ihren Vater herrichten lassen, weil es der Galerie im ersten Stock am nächsten lag, sodass die Pflegerin ihn rasch mit Wäsche und Speisen versorgen konnte.

So gut sie es vermochte, versuchte Amélie ihrem Vater Hoffnung zu geben, damit ihn das, was er als Unstern seines Schicksals empfand, nicht erdrückte. Ihr war aufgefallen, dass er seinen linken Unterarm von Tag zu Tag stärker ans Herz presste, was dazu führte, dass er bald über unablässige Herzschmerzen klagte.

Amélie glaubte dem Arzt nicht, der meinte, die Armmuskulatur erwache, rege sich bereits. Ihr schien es vielmehr, als ob ihr Vater auf körperlichem Weg seinem Seelenschmerz Ausdruck verleihen wollte. So setzte sie sich jeden Morgen und jeden Abend zu ihm, berichtete von der Arbeit und gab ihm Hoffnung auf bessere Zeiten. Während sie sprach, streichelte sie den Teil seines Körpers, der ihm fremd geworden war. Manchmal hatte sie den Eindruck, als ob es ihm längst gleichgültig wäre, in welchem Körper er steckte. Die Sprachlosigkeit seines halb gelähmten Körpers kümmerte ihn, wie es schien, nicht mehr. Doch mit seinen Augen, die aufleuchteten, wenn sie zu ihm kam, gab er ihr zu verstehen, dass er allein dafür atmete, ihr Leben zu verfolgen.

Mit den Nächten in Papillons Haus in Reims verblasste die Erinnerung an Césars frische jungenhafte Sinnlichkeit. Das, was so wunderbar leicht gewesen war, verliebt und voller Sehnsucht nach dem anderen zu sein, war verschwunden, als hätte es Stimmungen wie jene im sonnigen Herbst nie gegeben.

Beschwor sich Amélie noch zuweilen Césars Gesicht herauf, so sah sie es klein, unbewegt und von einem grauen Schleier überzogen vor sich – als hätte das Grauen, das sie in den ehelichen Stunden erlebte, ihre Jugend ausgelöscht. Dabei stellte sich im Laufe der Wochen heraus,

dass Christian Henri Papillon nicht nur keine Nachfahren zeugen konnte, sondern dass seine Männlichkeit nach dem Reiz der ersten Eroberung nach neuer Bestätigung suchte. Dies hatte zur Folge, dass er zeitweilig unter Anfällen von Impotenz litt, was ihm panische Schrecken bescherte.
Monsieur Papillons bester Freund war ein angesehener Apotheker, der es verstand, ihn mit Mittelchen aller Art zu versorgen. Doch bereits zweimal hatte Amélie es erlebt, dass Papillon in einem Wutausbruch dessen Döschen, Fläschchen und Salben fortgeschleudert und sie angefleht hatte, ihm auf ihre Art zur Liebe zu verhelfen. Er bildete sich ein, nur ein engelgleiches Wesen, eine Jungfrau reinen Wesens, könne dies. Da sie nun keine mehr sei, müsse sie ihm wenigstens die Freude gewähren, so zu tun, als ob eine solche ihn verführe.
Amélie war verwirrt und entsetzt zugleich, als sie ihn so sprechen hörte. Sie wusste, dass niemand ihr würde helfen können, denn sie war seine Frau. Papillon schenkte ihr daraufhin schneeweiße Pantöffelchen aus Damast, besetzt mit weißem Pelz. Dazu bat er sie ein glattes Kleid derselben Farbe anzuziehen, das jedoch vorne wie ein Mantel in zwei Hälften fiel, wenn man die Bänder löste. Papillon verfiel in fantasievolle Erregung, als er sich die Einzelheiten der Ehezeremonie auszumalen begann. Sauber solle sie sein, sauber und rein wie die heilige Jungfrau.
Ob es ihr möglich sein würde, seinen Gedanken zu folgen? Ihm zu helfen, indem sie seinen Leib dort berührte, wo sie Stockungen und Verhärtungen fand?
Er wisse, sagte er, dass sie keine Heilerin sei, doch er sei sich sicher, dass sich seine Verkrampfungen von alleine lösen würden, wenn sie ihm nur nahe sei.

Amélie erkannte bald, dass Papillon einer jener Männer war, die nur mittels Maskerade lieben konnten. Sie versuchte das Absurde zu verdrängen und trug wie zum eigenen Schutz ein weißes Batistunterkleid unter dem mantelähnlichen, sodass sie sich, wenn dieses aufklappte, nicht so entsetzlich entblößt und gedemütigt fühlte. Papillon war damit nicht einverstanden, aber Amélie gab nicht nach. Doch es zeigte sich, dass Papillon durch die Aussicht auf die festgelegte Zeremonie bereits so stark erregt war, dass er zum Höhepunkt kam, wenn er das Mantelkleid zurückschlug, Amélie ihre Beine anwinkelte und er ihre dunkle Scham im hellen Weiß entdeckte.

Papillons Wunsch nach Erektion war damit erfüllt, und das schien die Hauptsache. Mit der Zeit, in der sich die ehelichen Begegnungen häuften, wurde Amélie jedoch bewusst, wie sehr sie ihr eigentliches Ich vor Papillon verkapselte. Sie lieh ihm ihren Körper, doch wenn sie nach der sorgfältigen Vorbereitung durch Baden, Cremen, Bürsten und dergleichen schließlich das weiße Kleid überstreifte, die Bänder glatt strich, um den Körper legte und sich ihm zuwandte, kam es ihr vor, als ob nicht sie es wäre, die Papillons Wünsche erfüllte, sondern jemand anders.

Je mehr Zeit verging, desto stärker fühlte sie, wie sehr sie in diesen Stunden außerhalb ihrer selbst stand. Sie merkte, dass sie wie von ferne das, was geschah, beobachtete, wie sie auf Papillons Atem lauschte, der sie abschätzen ließ, wie lange es noch dauern würde, bis das Ende der Zeremonie erreicht war. Erst wenn Papillon ihr Stirn, Mund und Fingerspitzen geküsst und ihr versichert hatte, dass er sie liebe, und anschließend das Zimmer verlassen hatte, sie das weiße Kleid ausgezogen hatte und im Bad im warmen Wasser untergetaucht war, erst dann kam sie wieder zu sich. Manchmal hatte sie das Empfinden, als würde sie von den Toten auferstehen.

Der Winter schickte frühzeitig Frost, Mitte November fiel der erste Schnee. Marthe begann Fabiens kindlichen Adventsschmuck, Holzfiguren und bemalte Tannenzapfen, hervorzukramen und das Haus zu schmücken. Sie versenkte sich zurück in die Zeit, in der die Kinder noch klein gewesen waren und sie Kekse, Engel mit Zuckerguss und Weihnachtsmänner mit Mandeln und Rosinen gebacken hatte. Tagelang stand sie nun in der Küche, summte Kinder- und Weihnachtslieder vor sich hin und bereitete Lebkuchen- und Mürbeteige, rollte, knetete, formte, pinselte. Fabiens Bildnis immer vor Augen, nahm sie kaum noch anderes wahr.
Es war am Abend nach dem gemeinsamen Weihnachtsessen, als Papillon, erschöpft vom schweren Gansessen und sanft ermattet vom Champagner, frühzeitig zu Bett gegangen war und der Rest der Familie wie früher noch gemeinsam in der Küche am Tisch saß. Marthe schnitt das übrige Fleisch von den beiden Gänsen und räumte das Geschirr zusammen. Als der Großvater nach einer langen Weile der Ruhe plötzlich fauchte: »Der Alte blüht bei dir auf, Amélie!«, zuckte sie vor Schreck so zusammen, dass ihr das Messer abglitt, ihre Hand abrutschte und die fettigen Reste der Gans auf den Boden fielen. Amélie half ihrer Mutter, Knochen, Haut und Soßenreste vom Boden zu wischen, während ihr Großvater fortfuhr: »Will er immer noch nicht sterben? Was tust du mit ihm, eh? Warum kre-

piert er nicht, dein Zweckgatte? Er soll mich wohl noch überleben, wie?«
Amélie hob den Kopf. Zu einem anderen Zeitpunkt hätte sie aufgelacht – er war eifersüchtig wie immer –, doch heute kniff sie die Augen zusammen, so als müsste sie vermeiden, dass ihr Großvater durch ihre Augen in sie hineinsehen konnte.
»Komm, erzähl«, flüsterte ihr Vater, der in einem Rollstuhl am Tisch saß.
Doch Amélie konnte plötzlich nicht mehr sprechen. Selbst wenn sie hätte erzählen wollen, wie es ihr mit Papillon erging – es war, als ob ihr Kraft fehlen würde, durchzuatmen und den Mund zu öffnen. Sie dachte an den Vergleich des Alten, dass zwei alte Rebstöcke der Jungpflanze Licht und Nahrung nähmen. Ihr wurde beinahe schwarz vor Augen. Aber nach einer Weile hatte sie sich wieder in der Gewalt und sagte, es gebe nichts zu erzählen.
»Und doch blüht er auf, dieser Knochen«, knirschte der Alte.
Gedankenverloren strich Marthe über Amélies Rücken. »Du bist dünn geworden, Kind. Er behandelt dich doch gut, oder?«
»Sie ist es, die ihn behandelt und Zucker ins Blut schießt!«, rief der Alte.
Lautlos formten seine Lippen weitere Worte, während sein Atem röchelnd und pfeifend ging. Amélie stellte sich die stachligen Kastanien vor, wie sie sich in seinem Brustkorb drehten, ihn blutig ritzten. Und plötzlich bekam sie Angst, dass ihr Großvater vor Papillon sterben könnte.
Als hätte der Alte ihre Gedanken gelesen, hob er den Kopf, spuckte ins Tuch und hielt sie mit einem Blick fest, den sie nie vergessen würde. Beinahe kam es ihr so vor,

als würde er sie mit seinem Willen hypnotisieren, leben, überleben zu wollen. Sie trat auf ihn zu und fühlte seine Verbissenheit, seine Wut, die alles übertraf, was sie jemals an ihm wahrgenommen hatte. Er war krank. Ohne Zweifel waren jetzt beide Bronchien infiziert. Der Alte packte ihre Handgelenke.
»Was verlangt er von dir, eh? Sag schon.«
»Es ist nichts. Nichts.«
»Deine Hände.« Er drehte ihre Gelenke nach oben und starrte auf ihre Handflächen. »Deine Hände ...« Plötzlich senkte er den Kopf, legte sein Gesicht in ihre Handflächen, schluchzte und hustete. Nach einer Weile ertrug es Amélie nicht mehr.
»Du bist genauso pervers wie er!«, rief sie.
»Pervers?«, wiederholte ihre Mutter entsetzt. »Amélie, was tut er dir an?«
Und wie um ihren Großvater zu quälen, sich an ihm zu rächen, doch auch um sich zu erleichtern, berichtete Amélie kühl und distanziert vom Szenario ihres ehelichen Beischlafs. Aber sie sah dabei nicht ihren Großvater, sondern abwechselnd ihre Mutter und ihren Vater an, lächelte sogar, als sie geendet hatte, und sank zu dessen Füßen nieder, umschlang seine Beine und lauschte, ob er es ertragen konnte oder nicht.
Hippolyte krallte sich mit der gesunden Hand in ihrem Nacken fest und keuchte: »Witwe. Aber bald bist du Witwe.«
Noch in der Nacht fuhr der Alte nach Reims. Lieber schlafe er bei zehn Grad in seinem Stollen als mit diesem eitlen Lustgreis, diesem liebestollen Zweckgatten unter einem Dach. Er habe gehofft, sagte er, während er sich in der Diele seinen schweren Mantel überwarf, dass dieser Advokat es wie jener berühmte Mann in Paris halten würde,

an dessen Namen er sich nicht mehr erinnern könne. Dieser habe es nämlich bei dem erotischen Triumph der ersten Nacht belassen. Auch wenn er seine höchste Lust daraus gewonnen habe, die Jungfernschaft seiner jungen Ehefrau zu besiegen, so sei ihm doch zur gleichen Zeit daran gelegen gewesen, mit seinem »goldenen Nagel« den Samen einer platonischen Verbindung in sein Weib zu pflanzen. Einer Verbindung, die heiter sei und gelassen. Geschont habe er sie danach. Geschont! Er wisse, wovon er spreche, schließlich sei er länger Witwer als dieser doppelgesichtige Paragrafenreiter, der nach dem Schenkelaufschlag junger Mädchen dürste, auf dass einem speiübel würde.

Kurz nach Weihnachten traf für ihn ein Paket vom Apotheker in Reims ein, über das die Familie sich wunderte, denn es enthielt Heilmittel gegen die schwere Bronchitis. Nie hatte er etwas anderes dagegen unternommen, als tagsüber ein Katzenfell auf der Brust zu tragen und sich ab und zu, wenn es denn gar zu schlimm wurde, einen Umschlag mit heißen, zerstampften Pellkartoffeln aufzulegen.

Nun jedoch, befahl er, solle man ihm jeden Morgen und jeden Abend zwei große Zwiebeln klein schneiden, kochen und mit Honig vermischen. Zusätzlich begann er mit Eukalyptusöl zu inhalieren, woraus Amélie schloss, dass ihr Großvater die Pflege der eigenen Gesundheit jetzt wirklich ernst nahm. Selbst gelegentliche Absude von Meerrettich und Echtem Lungenkraut flößte er sich ein. In seinem Zimmer roch es seit neuestem nach Kiefernnadelöl und geräucherten Wacholderbeeren. Und bald stellte er fest, dass er sich besonders wohl fühlte, wenn er sich den Brei von Echtem Leinsamenmehl, mit Senfmehl bestreut,

auf die Brust legen ließ. Das dicke Leibchen aus Lammfell und eine neue gefütterte Weste taten ihr Übriges – die Hustenanfälle klangen langsam ab. Als eine Woche nach Silvester ein Fuhrwerk mit Kohlensäcken kam, schwang sich der Alte die Säcke auf den Rücken, berauscht davon, wie leicht es ihm fiel. Er war überzeugt, dass die Stacheln in seinen Bronchien schrumpften.
Amélie zog einen Sack nach dem anderen über die Ladefläche, hob mit an, half ihn auf den Rücken ihres Großvaters zu hieven. Es war ihr Glück, dass dieser sich gerade entfernte, als sie nach einem weiteren griff, hinter dem ein schwarz bestaubter Weidenkorb sichtbar wurde. Ihr Herz klopfte aufgeregt, ihre Gedanken überschlugen sich. Während ihr Großvater den Sack durch die Kellerluke schob und nun doch zu husten begann, weil es staubte, brachte sie schnell den Korb in den Kelterkeller und öffnete ihn. Das Strohpolster barg zwei Rotweinflaschen aus dem burgundischen Morey im Herzen der Côte d'Or.
Auf der Innenseite des Kuverts las sie: »Nimm mich mit zu deinen Sternen. Jeder Tropfen soll dich an mich erinnern. Ich liebe dich, Kätzchen. A bientôt. Du findest mich sonntags im Haus der Schneiderin Babette. César.«

Es war Nacht geworden. Amélie saß in eine Decke gehüllt in einem Lehnstuhl vor dem Fenster ihres Zimmers. Sie hatte die Gardinen weit zurückgezogen, sodass im fahlen Blau die weiße Scheibe des Mondes zu ihr hereinschaute, als wäre es das Auge eines himmlischen Zyklopen. Sie griff zur Flûte, sog den sauberen, blumigen Duft des Champagners ein, benetzte ihre Lippen und atmete die zarte, an Apfelblüten erinnernde Eleganz ein.

Césars blutroter Burgunder hätte ihre Seele zerrissen, doch ihr Champagner tat ihr gut. Mit jedem Schluck wich die Beschwernis aus ihr, Atemzug für Atemzug fand ihre Seele bald wieder Raum für sich selbst. Eine Weile schaute Amélie der jungen Katze zu, die seit geraumer Zeit mit dem Korkenstück der Flasche spielte, es von der linken Pfote zur rechten stupste und zurück. Dann wieder haschte sie hinter ihm her, streckte sich nach ihm aus, packte es mit einer Kralle, rollte rücklings über den Boden, warf es ein Stückchen weit fort und sprang ihm mit hochgezogenem Buckel hinterher.
Nein, Amélie verspürte kein Verlangen, sich selbst zu quälen, indem sie die Erinnerung an die süße Sinnlichkeit Césars wieder aufleben ließ. Nein, sie würde nicht an Césars feste Hände denken, seine heißen Lippen. Nein, sie würde ihn nicht im Haus der Schneiderin Babette aufsuchen, um sich an seine Schultern zu lehnen.
Alles musste so bleiben, wie es war.
Allein sich vorzustellen, wie Monsieur Papillon erschrecken würde, wenn er sie in ihrer jugendlichen Leidenschaftlichkeit sähe. Sie würde es nicht zulassen, dass er sie so sah, wie sie war, unverfälscht und maskenlos. Die künstliche Larve, in die er sie beim Liebesspiel gezwungen hatte, war ihr bereits zur Schutzhülle geworden, einer Hülle allerdings, die eng und erstickend wie ein Sack war. Nein, niemals würde sie Papillon zeigen, dass sie eine Frau voller Temperament und Lebenslust war, eine Frau, die aufleuchten würde, könnte sie so lieben, wie es ihr gefiel.
Amélie blinzelte dem himmlischen Zyklopenauge zu und legte den Kopf in den Nacken. Es war besser, sich auf die Kühle und vornehme Raffinesse ihres Champagners zu

konzentrieren. Nur er war in der Lage, die verkapselte Glut ihres Körpers einzudämmen.
Und doch schien es ihr, als ob das große helle Auge des himmlischen Zyklopen sie fest im Blick behalten würde. Nach einer Weile, als die Flasche bereits mehr als zur Hälfte geleert war, fragte sie sich, ob ihr Schicksal Gefahr lief, einem der unzähligen Meerestierchen zu gleichen, die hier noch vor Millionen von Jahren im urzeitlichen Meer geschwommen und schließlich im Laufe der Gezeiten versteinert waren.

Mehr als je zuvor richtete Amélie ihr Leben nach dem Rhythmus der Weinrebe aus. Noch schützten Frost und Schneegestöber die winterliche Ruhezeit der Weinberge. Doch als der Februar anbrach, begann für sie und ihren Großvater die Arbeit. Jene Rebzeilen, die die Reblaus unversehrt gelassen hatte, wurden wie gewöhnlich beschnitten. Ihr Großvater befahl: sechs Augen an der baguette, dem Hauptfruchttrieb, zwei Augen am courson, dem kurzen Trieb, der das Fruchtholz für das folgende Jahr hervorbringen würde. Ein ums andere Mal schärfte er Amélie ein: »Der Weinberg will jeden Tag seinen Herrn sehen« – Worte, die ihr längst in Fleisch und Blut übergegangen waren.
Währenddessen bildeten die jungen Stecklinge in der Wärme des Gutskellers zarte Wurzeln. Ein halbes Jahr wollte der Alte ihnen geben, bis er sie dem Weinberg anvertrauen würde, doch bis dahin war viel zu tun.
Im zeitigen Frühjahr, als die Assemblage endgültig abgeschlossen war, wurde der Wein auf Flaschen gezogen und die zweite so wichtige Gärung konnte beginnen. Gilbert Rabelais, der talentierte und äußerst erfahrene Kel-

lermeister, hatte ein Höchstmaß an Feingefühl aufgebracht, um seine und Amélies Vorstellung davon, wie der zukünftige Champagner schmecken sollte, beim Alten durchzusetzen. Je länger die höchst anspruchsvolle Zusammenstellung der Cuvée dauerte, desto häufiger hatte andächtiges Schweigen ihre kleine Runde geprägt. Zuweilen mischten sich unterdrückte Jubelschreie zwischen die einzelnen kritischen Bemerkungen.
Nun, Ende Februar, ruhten die Flaschen im kühlen Kellergewölbe. Der Prozess der zweiten Gärung hatte begonnen. Die liqueur de tirage, das Gemisch aus Zucker, Hefe und Wein, würde nun dafür sorgen, dass sich der Zucker in Alkohol verwandelte, Kohlensäure freisetzte und damit dem Champagner seine einzigartigen Bläschen verlieh. Außerdem würden während dieses Reifevorgangs die Reserve- und Grundweine intensiv miteinander vereinigt. Und nicht zuletzt würde sich im Laufe der kommenden Monate die Hefe sammeln, um schließlich nach gewissenhaftem Drehen und Wenden der Flaschen, der Remuage, als Pfropfen entfernt werden zu können. Amélie ließ beinahe täglich, wenn sie in den Keller zum Nachschauen ging, vor ihrem inneren Auge die Handgriffe dieser anspruchsvollen Arbeit vorüberziehen. Die Vorstellung, dass sie eines Tages die ganze Verantwortung für das Duharnais'sche Champagnerhaus allein tragen würde, erfüllte sie mehr und mehr mit Vorfreude und Stolz.
Auch wenn der Alte noch immer seiner Überzeugung nachhing, mit den neuen Stecklingen sterbe eine jahrhundertealte Weintradition, so hatte ihn nun doch ein Ehrgeiz gepackt, der seiner Gesundheit förderlich war. Er hustete nur noch wenig, und wenn, dann längst nicht mehr so kräftig wie zuvor.

»Du hast diesen Windbeutel vergessen, das ist gut«, lobte er Amélie an einem sonnigen Märztag, als sie dabei waren, in den Rebzeilen Unkraut zu beseitigen. »Du siehst, die Zeit ändert alles, die Gefühle, die Gedanken, selbst den ganzen Menschen.« Amélie hatte sich über die übrig gelassenen Reben gebeugt und so getan, als würde sie seinen Worten keine Bedeutung beimessen. Doch den Alten hatte eine Idee gepackt, und so sprach er unbeeindruckt von ihrem Desinteresse weiter. »Die kennst doch die Boncourts, nicht? Wenige Jahre vor der Revolution wurde Louis Charles Adelaïde Chamisso de Boncourt hier in der Champagne geboren. Die Jakobiner knüpften zwar seine Familie während der Unruhen nicht an der Laterne auf, doch sie musste 1792 ihre Heimat aufgeben. Sie flüchtete zu unserem heutigen Erzfeind jenseits des Rheins. Und dieser Sohn, den die Mutter in Knabenjahren immer Adelaïde rief, vergaß alles, während er heranwuchs, seine Familie, sein Schloss, seine Vergangenheit. Stell dir vor, er diente stattdessen in der preußischen Armee im Kampf gegen Napoleon. So als flösse rotes statt blaues Blut in seinen Adern. Aus einem französischen Aristokraten wurde ein deutscher Republikaner. Statt das Gut zu verwalten, mischte er sich unter die Wissenschaftler. Gedichtet hat er und wurde sogar zum deutschen Romantiker. Mit seinem Schlehmihl-Roman erlangte er Ruhm, sagt man. Orden klatschten sie ihm an die Brust. Außerdem soll er als einer der Ersten auf einer russischen Brigg namens Rurik um die Welt gesegelt sein. Um wahrscheinlich vollends die Vergangenheit zu vergessen, jagte dieser Mensch ruhelos durch die Weltgeschichte, während sein Familienschloss hier in der Champagne abgerissen wurde. Die Bauern schleppten Stein für

Stein davon. Dann nahmen sie ihren Pflug und zogen Furchen an der Stelle, wo die Boncourts mit ihren Ahnen seit Jahrzehnten gespeist, getanzt, geknickst hatten. So rasch es ging, säten sie aus, bestellten ihre Äcker. Siehst du, so ist das Leben – ein ewiges Gebären, Wachsen, Sterben, Vergehen.« Er hüstelte und fuhr wie im Selbstgespräch fort: »Und doch war er ein treuloser Hund. Hier, wo seine Wurzeln sind, hätte er die Stellung halten und das Erbe der Vorfahren bewahren sollen. Ja, genau so ist es.«
Er redete noch eine Weile weiter, doch Amélie konnte nicht mehr verstehen, was er sagte, da sein Sprechen zu einem Grummeln geworden war und sie sich bereits von ihm entfernt hatte. Sie streckte sich und schaute über die sanft geschwungene Hügellandschaft mit den kahl gewordenen Flächen. Immer wieder suchte ihr Blick Rebzeilen, die einsam dem kalten Wind trotzten.
Plötzlich rief ihr Großvater: »Wir werden gleich nachsehen, ob ein paar der neuen Stecklinge schon für unsere Erde bereit sind, Amélie! Die Zeit drängt. Ich will schließlich noch erleben, wie sie Frucht tragen.«
So wagte es der Alte, die ersten neuen Jungpflanzen, die bereits zartes Wurzelwerk gebildet hatten, in die Parzellen bei Verzenay und Verzy zu setzen.

Kurz nach Abschluss der Arbeiten Ende März, in der Frühe eines Montags, machte sich die alte Jeanne zum Dentisten nach Reims auf. Sie hatte das Wochenende mit quälenden Schmerzen verbracht. Erbost darüber, dass ihr einer der letzten Zähne solch einen Ärger bereitete, hatte sie kaum geschlafen und, wenn sie nicht stöhnend auf dem Sessel hin und her gescheuert hatte, wütend vor sich hin geschimpft.

Man bat die Nachbarin Poiret, die jeden Montagmorgen Besorgungen in der Stadt machte, die alte Frau in ihrer Kutsche mitzunehmen. Als die Poiret allerdings gegen Mittag ohne sie zurückkehrte, wunderte man sich. Jeanne, erzählte sie, habe nun zwar einen Zahn weniger, fühle sich jedoch von der Behandlung durch den jungen Dentisten, dem sie ihr erstes betäubendes Mittelchen zu verdanken habe, dermaßen euphorisiert, dass sie, als sie eine alte Bekannte auf der Straße gesehen habe, die Kutsche habe anhalten lassen und ausgestiegen sei. Sie habe gemeint, Monsieur Courbin, der Kohlenhändler, der in dieser Woche ein letztes Mal seine Runde durch die Dörfer machen wolle, würde sie wohl nicht von der Kutschbank stoßen. Gegen Abend traf dieser dann auch mit ihr ein. Sie lutschte an einer Zuckerstange, kicherte dabei ein ums andere Mal und trippelte, so schnell ihre hageren Sichelbeinchen sie trugen, auf Amélie zu.
»Das junge Triebchen lässt dich grüßen«, sagte sie mit hoher Stimme und schmatzte mit den Lippen. »Hier, das soll ich der jungen Frau geben.«
Amélie fasste nach dem schmutzigen Zettel in Jeannes Hand, der mit einem Zwirnsfaden umwickelt und einem flüchtigen Siegelklecks versehrt war.
»Soll keiner wissen«, flüsterte sie und riss dabei die Augen so weit auf, dass Amélie lachen musste, denn neugieriger als Jeanne in diesem Moment konnte kein Mensch aussehen. »Nun mach schon auf, Kindchen«, drängelte sie, als wäre die Nachricht für sie geschrieben. »Wüsste doch gern, ob er dich noch lieb hat, der Feuerkopf.« Sie wischte sich über den Mund.
»Wo ist dein Zahn?«, versuchte Amélie abzulenken, doch die alte Jeanne zog verärgert die Augenbrauen zusammen.

»Wenn du dich nicht beeilst, bist du bald so alt und hübsch wie ich«, sagte sie und riss zum Beweis ihren zahnlosen Mund weit auf, sodass Amélie die schwarzrote Wunde entgegenglänzte. Sie schüttelte sich und wandte sich zum Gehen.

»Gut sind nur die Jungen!«, rief Jeanne ihr nach. »Monsieur Courbin sagt, dieser Burgundische sitze nicht lange auf seinen heißen Kohlen. Er heize kräftig all den jungen Weibern ein, die's nötig hätten. Wär ich noch jung wie du, wäre ich mit ihm längst über alle Berge.« Sie lachte heiser. Amélie grauste vor ihrem faltigen Gesicht und ihrem Blick, in dessen Glanz wirre Gedanken umeinander zu tanzen schienen. Alte Jeanne, dachte sie, du hast in jungen Jahren deinen Mann verloren, hast aber deine Sehnsucht nie auslöschen können. Nun glaubst du noch immer das, was dir deine Gefühle vorgaukeln. Und bist doch nur verbittert.

»Geh, Jeanne, geh und trink ein Glas Wein, damit du wieder nüchtern wirst!«, rief sie ihr nach. Die Alte trollte sich, vor sich hin brabbelnd.

Amélie aber faltete das Zettelchen auf und las: »Ich muss dich sehen, Kätzchen. Ein letztes Mal noch. Komm am nächsten Sonntag zu Babette. César.«

Atelier und Schneiderwerkstatt von Mademoiselle Babette befanden sich in einem dreistöckigen Wohnhaus am Rande der Stadt in der Nähe eines kleinen Parks.

Mademoiselle Babette galt, wie Amélie wusste, als geschickte Schneiderin. Sie hatte nie geheiratet, sondern es vorgezogen, mit ihrer kaum ein Jahr jüngeren Schwester Marguerite die Werkstatt ihrer längst verstorbenen Eltern fortzuführen. In der Stadt kursierten allerdings Gerüchte, dass sich die Schwestern, die so gekonnt die Nadel führten, vor Jahren in einen Uhrmacher verliebt hatten, den keine der anderen wegnehmen wollte. Der Meister jedoch, der beide in dem gleichen Maß mochte, wie es ihm gleichgültig war, welche er ehelichen sollte, verlor eines Tages die Geduld. Am liebsten, so erzählten die Leute, hätte er mit beiden unter einem Dach gelebt – womöglich beiden abwechselnd seine Gunst erwiesen, wie böse Zungen meinten – und in diesem respektablen Wohnhaus seine Werkstatt eingerichtet. Doch sein Wunsch ging nicht in Erfüllung, denn die Schwestern hielten zusammen und verzichteten auf die Liebe.

Im Laufe der Jahre hatte Marguerite die Idee entwickelt, für Frauen aller Altersstufen eine Nähschule im ersten Stock einzurichten. Nach einiger Zeit klagten allerdings einige Mädchen darüber, dass Babette sie mit Stricknadeln traktiere und sie, wenn sie mit ihrer Leistung nicht zufrieden sei, stundenlang in vom Licht abgelegenen Winkeln langwierige Heft- und Flickarbeiten an derben Stoffen machen lasse. Ja, selbst mit Pausen- und Nahrungsentzug quäle sie sie, wenn sie meinte, ihre Stiche seien zittrig und schräg, ihre Nähte unsauber oder Falten ungleichmäßig. Um den Gerüchten ein Ende zu setzen und wohl auch aus Liebe zu ihrer Schwester Marguerite verzichtete Babette fortan auf die Lehrtätigkeit. Sie übernahm es, Personal und Bücher zu führen und Wünsche einzelner Kundinnen mit Stoff und Faden umzusetzen. Eines Tages kam sie auf den Gedanken, im Keller des Hauses zwei größere Räume samt Waschstelle herzurichten, in denen je vier schlichte Holzbetten standen. Handwerksburschen, Wandergesellen, Pilger und Reisende, die keine Unterkunft oder zu wenig Geld für eine Pension hatten, konnten hier ohne weitere Umstände auf sich nehmen zu müssen eine kurzfristige Bleibe finden.

Amélie blieb auf dem Trottoir stehen und zögerte einen Augenblick, ob sie die Eisenpforte öffnen sollte, die auf einen kurzen, mit Granitsteinen befestigten Weg zum Haus führte. Er war mit fünfeckigen Kalksteinplatten gesäumt, hinter denen sich beiderseits Rasenstücke erstreckten, auf denen kein Blatt, kein Kiefernbüschel lag oder gar Moos wuchs.

Einen Moment lang betrachtete sie die Furchen, die erst vor kurzem eine Harke durch das matte Wintergrün des Grases gezogen hatte. Die dunkle Erde duftete nach Frühling, Aufbruch und Neuanfang.

Amélie griff zur Glocke. Auf ihr Läuten hin öffnete ein Dienstmädchen, das augenscheinlich erkältet war, denn es schniefte und begann zu niesen, als die kalte Märzluft ihm ins Gesicht wehte. Amélie, froh, dass das Mädchen sie nicht kannte, fragte nach Monsieur Mallinguot. Noch während sie sie anstarrte, als würde sie überlegen, ob sie eine schöne Frau wie diese hier zu dem umschwärmten Tausendsassa lassen sollte, hörte Amélie, wie kräftige Schritte die Kellertreppe hinaufhasteten. Es war César – breiter, männlicher, kräftiger als zuvor.

Sie sah ihm an, dass er den verspielten jungenhaften Hauch vom letzten Herbst verloren hatte und reifer geworden war. Und sie zitterte, als er ihre Hand drückte. Es war etwas Brennendes, Zupackendes in seiner Berührung, ganz so, als ob er ihre Hand mit einem Feuerring umschließen wollte.

Wenig später, als sie den Park durchstreift und den Weg zwischen die Felder hinaus genommen hatten, sagte César ernst: »Ich werde Frankreich verlassen, Amélie. Ich

hatte geglaubt, in Le Creuzot im Bergbau mein Auskommen zu finden, doch es liegt mir nicht. Ich brauche die freie Luft zum Atmen.« Er hielt kurz inne.
»Du hast mich dort in den düsteren Kohlestollen vergessen wollen, nicht wahr?«
César nickte. »So war es wohl. Aber je tiefer ich in die Stollen stieg, desto mehr sehnte ich mich nach dem Himmel und nach dir. Lange Zeit dachte ich, mein Schicksal sei längst besiegelt – Besitz verloren, Familie verloren, die Liebe verloren. Doch eines Tages brachte mir die Arbeit mit der Kohle einen Hoffnungsschimmer, als ich den Cousin eines ehemaligen Dorfnachbarn traf. Ich hatte mit meinem Liebeskummer wohl sein Mitleid erregt, denn er erzählte mir von seinem Patenonkel, der bereits in die Jahre gekommen sei und froh wäre, wenn die Kontakte, die er für seinen kleinen Handelsladen aufgebaut hatte, weitergeführt würden. Dies brachte mich auf eine Idee, eine Idee, die mich wieder zu dir, zur Welt in Freiheit und Wohlstand führen soll. Hörst du mir auch zu, Amélie?«
»Natürlich, erzähl nur weiter.« Sie schob ihre Hände tiefer in den Muff aus Kaninchenfell. Die Märzsonne versah die Eistropfen auf Blättern, Halmen und Zweigen mit funkelnden Lichtblitzen. Ihre Augen begannen zu tränen. Sie besann sich auf den Weg und fand bald ihr Vergnügen darin, vereiste Pfützen zu zertreten, die nun nichts als Luft unter ihrer kalten Haube hatten. Es knackte herrlich, und für kurze Momente genoss sie das berstende Geräusch unter ihren Stiefeln. Stirnrunzelnd sah ihr César zu.
»Hör zu, Amélie. Ich hatte dir erzählt, dass in meiner Heimat noch unzählige Flaschen Wein in Kellern ruhen, deren Winzer aufgegeben haben. Schon wurden einige Vorräte von Händlern und größeren Kellereien aufgekauft,

doch ich habe genau aufgepasst und mir, wenn auch auf Kredit, meinen Anteil gesichert. Zusammen mit dem berühmten Senf aus Dijon, mit Schinken, Würsten und Trüffeln und was es sonst noch an Spezialitäten gibt, möchte ich irgendwo weit weg von hier ein kleines Geschäft gründen. Kontakte habe ich reichlich. Ich werde nur dorthin gehen, wo unser Wein geschätzt und gut bezahlt wird. Vielleicht nach Amsterdam, Warschau, Bern oder sogar St. Petersburg. Heute ist der letzte Tag, an dem ich dich frage, ob du mit mir gehen willst?«

Er war stehen geblieben und schaute sie fragend und sehnsüchtig zugleich an. Doch bevor sie antworten konnte, umarmte er sie und küsste sie so innig, dass ihr der Atem stockte.

»Ich ... ich kann nicht, César«, stammelte sie, schnappte nach Luft und zog ihre heißen Hände aus dem Muff. »Es geht nicht.«

César musterte sie. »Bis es keinen Tropfen Wein mehr auf Erden gibt. Hast du das vergessen? Komm mit mir, Amélie. Bitte.«

Sie schüttelte schweigend den Kopf, ohne seinem Blick auszuweichen. Plötzlich hob er die Augenbrauen und sagte: »Du musst unbedingt nachsehen, was es mit diesem Schmerz auf sich hat.« Im Nu hatte er Jacke, Weste und Hemd hochgezogen und wies auf die Bauchgegend unterhalb des linken Rippenbogens. Da Amélie lächelte, fügte er schnell hinzu: »Glaub nicht, dass ich lüge. Es schmerzt seit Wochen schon. Sag, was ist es?« Er griff nach ihrer Hand und presste sie auf die Stelle, die sich für Amélie glatt und warm anfühlte. »Hier, etwas tiefer, zum Hüftknochen hin, glaube ich«, meinte er aufgeregt. »Merkst du was?«

»Du musst schon meine Hand loslassen, César.« Sie legte ihre Hand erneut auf die Stelle. Er ist gesund, eindeutig gesund, dachte sie bei sich, auch wenn sein Temperament manchmal mit ihm durchgeht. Sie spürte den Wölbungen nach und neckte ihn: »Luft, mein Lieber, du hast Luftblasen im Bauch, die stehen bleiben und dich zwacken.«
»O nein. Das ist es nicht ...«, begann er, doch als er Amélies spöttische Miene sah, senkte er den Kopf. Er umfasste ihr Handgelenk, führte ihre Hand hinauf zu seinem Herzen und fragte leise: »Und hier? Spürst du das? Wie es hier wehtut?«
Amélie kräuselte die Lippen. »Du bist ein Charmeur, César. Wer könnte dir widerstehen?«
»Siehst du! Wer schon – außer dir! Und du bist die Einzige, für die dieses Organ hier schlägt.« Er umarmte sie, den Mund dicht an ihrem. »Ich liebe dich, Kätzchen. Und wenn ich tausend andere umknicke, als wären es Strohhalme, du bist die einzige kostbare Blume.« Er küsste sie lange, und Amélie dachte nicht einen Moment daran, diesen Kuss zu beenden. Lange hatte sie sich nicht so wohl in ihrem Körper gefühlt wie jetzt.
»Ach übrigens, wie ist er denn so, der Alte?«, fragte César nach einer Weile. »Feurig wie ich?« Er lachte. »Oder kennt er sich in der Technik des Liebemachens besonders gut aus? Wie konntest du ihm nur nachgeben! Deine erste Liebesnacht, Amélie, wie schön hätte ...«
Ihr stockte der Atem. Plötzlich war es, als wäre gerade heißes Blei in ihre Knochen gegossen worden. Ohne dass ihr gewahr wurde, was sie tat, gab sie César eine Ohrfeige.
»Nein! Küss mich! Küss mich!«, schrie er und riss sie an sich. »Liebe mich. Liebe mich, Amélie, und komm mit mir. Jetzt. Sofort.« Er schlang seine Arme um sie, sein Mund

suchte ihre Lippen, und er küsste sie über das ganze Gesicht, bis Amélie es schaffte, sich von ihm zu befreien.
»Ich gehöre hierher. Hier sind meine Wurzeln!«, entgegnete sie aufgebracht und begann zu laufen.
»Ich gehe nach Russland, wenn du willst, weit weg von hier!«, rief er ihr hinterher. Schnell holte er sie ein. »Du wirst nicht glücklich mit einem Greis, der Kalk in den Adern hat, oder mit Weinbergen, die dir deine Jugend nehmen. Amélie, du gehörst zu mir. Sei vernünftig, bedenke, wie jung, wie schön du bist. Du musst nicht bis zum Lebensende Patronesse sein.« Schwer atmend standen sie einander gegenüber und sahen sich so ernst wie nie zuvor an. »Das Alte zählt nicht mehr, Amélie. Eines Tages sind dein Großvater und dieser Greis tot. Tot! Und was wird dann aus dir? Willst du dann allein bleiben oder deinen Kellermeister heiraten?«
Sie lief davon. Wie gut, dass César ihre Tränen nicht sehen konnte.
»Ich werde reich, Amélie!«, hörte sie seine Stimme hinter sich. »Komm! Zusammen ...«
Doch sie hielt sich die Ohren zu und rannte, bis Kehle und Brust von der kalten Luft zu schmerzen begannen.
Kurz vor dem Park hatte César sie eingeholt. Jetzt blitzte Wut in seinen Augen. »Du wirst es bereuen, mich zurückgewiesen zu haben. Noch liebe ich dich, Amélie. Vergiss es nicht.« Und nach einer Pause: »Bis Donnerstag sieben Uhr in der Früh. Au revoir, ma chère.«
Er küsste sie auf die Stirn und ging mit großen Schritten auf das Haus der Schneiderin Babette zu. Dort hielt gerade ein Einspänner, mit dem die beiden Schwestern von ihren sonntäglichen Besuchen zurückkehrten. Eine von ihnen begann umständlich Münze für Münze dem Kut-

scher in die Hand zu zählen, der sich angesichts der langatmigen Prozedur des Mit- und Nachzählens die lederne Mütze in den Nacken schob. César grüßte mit überlauter Stimme, was die beiden aus dem Zählrhythmus brachte und zur Folge hatte, dass sie verärgert von neuem begannen.

Amélie lief auf das Gefährt zu und sprang ohne zu zögern hinein.

»Wenden Sie! Rasch!«, rief sie dem verdutzten Kutscher zu. »Fahren Sie! Ich zahle, was fehlt.«

Die Schwestern traten erschrocken zurück, als der Kutscher die Faust mit den Münzen in die Jackentasche schob, laut mit der Zunge schnalzte und die Zügel anzog. Als sie außer Hörweite waren, rief Amélie ihm zu: »Zum Weingut Duharnais! Schnell!«

»Machen wir, machen wir, Mademoiselle. Für 'ne Flasche von Ihnen galoppieren wir sogar für Sie!«

Im Sommer 1897 waren die Rodungsarbeiten endgültig abgeschlossen. Die von der Reblaus befallenen Wurzelgeflechte wurden zu Haufen aufgeschichtet, die alten abgesägten Rebstämme säuberlich in Reihen im Holzschuppen gelagert.

Im Herbst pflanzte man dann die restlichen Stecklinge in die bereinigten Weinberge. Knurrig, um seine Zufriedenheit zu verbergen, hatte der Alte festgestellt, dass bis auf wenige Ausnahmen alle amerikanischen Unterlagsreben ausgeschlagen hatten. Die Ausgaben sowie die Arbeit des Aufpfropfens waren also nicht vergebens gewesen.

Als die Arbeit auf den verpachteten Parzellen in Mailly-

Champagne beendet war, geriet der Alte allerdings in einen kurzen Streit mit seinem Pächter Aubert Morot, weil dieser ihn bat, ihm ein halbes Dutzend besonders knorriger Stämme zu überlassen. Als Amélie Monsieur Morot später fragte, warum sich ihr Großvater zunächst geweigert habe, seiner Bitte nachzukommen, hatte Morot ihr geantwortet, dieser habe gemeint, er könne die Vorstellung nicht ertragen, dass ein Messer aus Stahl sich am Fleisch jahrzehntealten Rebholzes wetze, einzig um seelenloses Schnitzwerk wie Flöten, Holzfiguren oder Rahmen daraus zu fertigen. Heilig, unantastbar seien ihrem Großvater die alten Weinreben, mehr wert als die eigenen Knochen, hatte Morot gesagt und verschmitzt gelächelt, denn schließlich bekam er seinen Wunsch doch noch erfüllt. Allerdings seien ihm nur drei Stämme zugebilligt worden.

Aber wie dem auch sei, er sei's zufrieden und hoffe auf anderweitigen Gewinn, denn er habe Monsieur Duharnais ja wunderbares, feinstes Fassholz aus einer besonderen Steineiche versprochen, die aus der Gegend von Allier stamme, wo sein Schwager wohne. Es sei das beste Holz, was man sich denken könne, feinporig, süß, nach Vanille schmeckend, uralt und von kerngesunden Bäumen. Sein Schwager habe guten Kontakt zu einem Forstbesitzer, dem eines der besten Waldgebiete in Dreville gehöre. Kurzum, die Aussicht auf einen solchen Zugewinn habe den Alten nachgiebig gestimmt.

Amélie hatte gelacht und Morot kräftig die Hand gedrückt. Schließlich käme die Qualität solcher Steineichenfässer dem Ruhm des Duharnais'schen Champagners zugute. Und damit ihrer eigenen Zukunft.

Und während nun die Wochen in Sorge und Anspannung

um das Gedeihen der jungen Pflanzen vergingen, die ja die Grundlage für die Zukunft des Champagnerhauses Duharnais bilden sollten, traf überraschend Anfang November Monsieur Papillon in Begleitung zweier Jungen von acht und zwölf Jahren auf dem Weingut ein.

Es war ein Mittwochnachmittag, und die blasse Sonne schien sich angesichts einer frühen Winterfrostnacht bereits rot zu färben. Die letzten Lesehelfer waren gerade gegangen, und vor einem der Fenster im oberen Stockwerk war Hippolyte Duharnais, müde vom stundenlangen Hinausschauen, eingeschlafen.

Papillon fand Amélie im Kelterkeller vor, wo sie gerade damit beschäftigt war, die Reste eines längst verlassenen Schwalbennestes abzuschlagen und Kotspuren von den Wänden abzuwaschen. Sie erschrak heftig, als sich Papillons weißer Haarschopf in ihr Blickfeld schob. Die beiden Jungen standen neben ihm und schauten zu ihr hoch.

»Ich störe dich ungern bei der Arbeit, Amélie«, hörte sie Papillon sagen und stieg von dem Schemel, vermied es aber, ihm die Hand zu reichen. Stattdessen hielt sie den Putzlappen fest, als könnte dieser die Aura ihres Gatten abwehren. »Ich bin mir deines hohen Einsatzes bewusst, meine Liebe, doch verspürte ich gerade heute große Neigung, dich zu sehen.« Er räusperte sich. Unter seinem dunklen Wollmantel trug er einen schwarzen Kaschmirschal, der die vornehme Blässe seines Gesichts noch stärker zur Geltung brachte. »Diese beiden jungen Herren hier, die Söhne unserer Nachbarin, waren allzu neugierig auf das, was auf einem Weingut geschieht. Ich habe mir erlaubt, sie mitzubringen. Ich hoffe, du hast nichts dagegen, wenn sie dir ein wenig zusehen.«

»Nein, natürlich nicht. Geht nur in die Küche und lasst

euch etwas Most und Kuchen geben«, erwiderte Amélie freundlich. »Dann zeige ich euch gern das Weingut.«
Die beiden Jungen nickten erfreut und liefen nach draußen. Aufgeregt miteinander redend, rannten sie die Steintreppe zum Eingang hinauf.
Amélie stieg wieder auf den Schemel, um in ihrer Arbeit fortzufahren. »Du hast doch nichts dagegen?«, murmelte sie selbstvergessen, denn in ihrem Bauch breitete sich die Erinnerung an das Unbehagen des letzten ehelichen Beisammenseins aus. Papillon nuschelte ein kaum verständliches »Aber ich bitte dich«, während sie daran dachte, mit welcher Langmut sie vor gut vier Tagen seine Anstrengung, mannhafte Standfestigkeit zu behalten, ertragen hatte.
Während sie wieder und wieder mit dem nassen Lappen über die weiß gekalkte Wand strich, um die Schmutzflecken zu beseitigen, die die Schwalben hinterlassen hatten, kamen ihr ihre Handbewegungen erneut in den Sinn, mit welchen sie Papillon über Nieren, Becken und Scham gestrichen hatte. Sie erinnerte sich an die Versteifungen, ja, künstlichen Stockungen in seinem Gewebe und auch daran, wie er irgendwann gemeint hatte, der jungfräuliche Reiz, den sie noch in den Monaten nach der Hochzeitsnacht auf ihn ausgeübt habe, sei verflogen. Er könne das Kleid, das sie anhabe, nicht mehr ertragen. Sie sei für ihn reizlos geworden.
Seitdem war etwas in ihr zerbrochen. Und in dem Moment, in dem sie ihren Lappen mit einer Essigtinktur anfeuchtete, um die Flecken an den Wänden zu desinfizieren, hörte sie Papillon ganz leise flüstern: »Ich werde dich überraschen, meine Liebe. Ich habe ein süßes, bezauberndes Spielpüppchen für uns gefunden. Es ist die jüngste

Schwester von Madame Blanchemot. Du weißt, dieser Arztgattin, die die Farbe Rosé präferiert. Beide Schwestern sind extravagante und zugleich außergewöhnlich distinguierte junge Damen. Ich hatte bereits das Vergnügen, ihnen vorgestellt zu werden. Ich bin sicher, Mademoiselle Péquart wäre entzückt, sich von dir in die Kunst der Liebe einweihen ...«

Entsetzt drehte sich Amélie zu ihm um. »Sie haben was vor?!«, schrie sie.

Papillon trat zurück und sah sie ernst an. »Vergiss dich nicht, meine Liebe. Bedenke, wer du bist. Du weißt, in welch besonderer Verquickung unser beider Leben zueinander gefunden haben, nicht wahr?«

Amélie schleuderte Lappen und Eimer in hohem Bogen auf den Boden und sprang vom Schemel. Schmutzwasser spritzte auf. Angewidert tupfte Papillon Tropfen von seinem Mantel. Amélie trat dicht vor ihn, nahm ihm das Taschentuch aus der Hand und warf es fort. Ein leichtes Rot zog über sein Gesicht, doch das kümmerte sie nicht.

»Sie werden mich zu nichts zwingen können, Monsieur. Zu nichts. Niemals. Sie sind pervers.«

Papillon lächelte fein. »Wir werden sehen.« Er verbeugte sich leicht und wandte sich zum Kellerausgang. »Ich erwarte dich wie gewohnt am Freitagabend. Ich habe einen Koch beauftragt, ein besonderes Menü zuzubereiten. Du wirst mich nicht enttäuschen, davon gehe ich aus.«

Amélie lief an ihm vorbei ins Freie, um ihrer Wut Herr zu werden. Doch in dem Moment, als sie gerade dabei war, wieder einen klaren Gedanken zu fassen, roch sie den Rauch.

»Amélie, ich liebe Sie doch«, begann Papillon erneut, dieses Mal sogar überhöhte er die Anrede, indem er auf das

gewöhnliche Du verzichtete. »Ich meine es ernst mit Ihrem Glück und unserem gemeinsamen Schicksal.«
Er kniff seine dunklen Augen ein wenig zusammen und starrte sie an, so als wollte er ihr seine Überlegenheit ins Bewusstsein rufen. Einen Moment lang überwog in Amélie das Gefühl, diesem ihrem Zwangsgatten hilflos ausgeliefert zu sein, doch da nahm sie noch stärker als zuvor den scharfen Geruch von Rauch wahr. In die matte Helligkeit des Tages mischten sich zwei Rauchsäulen, die, da es windstill war, lotrecht aufstiegen. Ein besonderes Aroma war diesem Rauch beigemengt. Es war kein gewöhnliches Feuer, es roch weder nach Harz noch nach Tanne oder Kiefer oder gar Kohle. In dem Moment, in dem sie zu wissen glaubte, was den Rauch verursachte, stieß sie Papillon vor die Brust, woraufhin dieser taumelte und am Treppengeländer Halt suchte.
Er warf ihr einen wütenden Blick zu und zischte: »Bauerntrampel!«
»Mindestens mit dieser Beleidigung sind wir quitt, Monsieur. Erleichtern Sie sich, wie und mit wem Sie wollen!«, entgegnete Amélie nur.
So schnell sie konnte, rannte sie über den Hof, am Geflügelstall entlang in Richtung Holzschuppen. Und dort sprangen die beiden Jungen gerade feixend zur Seite, weil es ihnen gelungen war, aus dem saftlos gewordenen Wurzelwerk der alten Weinstöcke ein drittes Feuerchen zu entfachen. Schon griffen die Flammen um sich, als der Alte herbeigerannt kam. Er brüllte, raufte sich das Haar und schlug mit einer Schaufel auf die Flammen ein, als würde er Ratten totschlagen.
Als das Feuer gelöscht war, wies er Papillon stumm die Richtung nach Reims. Den Jungen befahl er trotz der Käl-

te, die Hosen runterzulassen und sich über ein leeres Fass zu legen. Dann schlug er mit einem Strick zu, bis ihre Hinterteile von blutigen Striemen überzogen waren. Er hatte sie gewarnt. Würden sie schreien, würde er die Anzahl der Schläge verdoppeln, und so erduldeten sie die Strafe schweigend.

Von diesem Tag an teilte Amélie nur noch einmal im Monat die eheliche Bettstatt mit Papillon. Ihre Hände fühlten, wie gierig er war auf die besondere Ekstase erotischer Maskeraden und damit verbundener Lust, die sie ihm verweigerte und unerschütterlich auf dem weißen Mantelkleid bestand, das er ihr zu Beginn ihrer Ehe aufgezwungen hatte. Doch in ihrem Inneren legte sich Schicht für Schicht um einen Kern von Wut und unterdrückter Sehnsucht nach Erlösung. Sie besorgte sich einen Kalender und wartete darauf, dass die Zeit voranschritt, die ihr mit dem Gelingen der Neupflanzungen neue Einkünfte und damit die Chance bringen würde, sich von Papillon loszusagen. Die Zeit schlich jedoch dahin, als würden Lehmgewichte am ewigen Zeitenpendel hängen.

An César zu denken verbat sie sich Tag für Tag, Monat für Monat, bis die Erinnerung an ihn farblos geworden war. Wie sehr sie das alles auszehrte, war ihr lange Zeit nicht klar. Das ständige Bewusstsein, immer ihre Pflicht tun zu müssen, sog ihr so viel vitale Energie, so viel Lebensfreude aus der Seele, dass sie sich immer häufiger mit einem Rebstock verglich, an dessen Wurzeln gierige Rebläuse hingen, die sie leiden und ihre Gefühle absterben ließen.

1898, im dritten Winter, lieferte der Küfer Fabrice aus Allier die überaus wertvollen Steineichenfässer. Er hatte sie, wie es üblich war, nach dem traditionellen Maß der so genannten pièces gefertigt. Sie fassten nach altem Brauch zweihundertfünf Liter und waren von ihm mit großer Sorgfalt geschnitzt, geflämmt und bereift worden. Der Anblick des hellen Holzes in seiner schön geschwungenen Form, sein vanilleartiger Duft, der der Besonderheit von Maserung und Fleischigkeit des Holzes entsprach, wirkte von einem Moment auf den anderen so belebend auf Amélie, dass sie spontan eine Flasche Champagner öffnete und mit den Männern teilte.

»Wohlgemerkt, drei Jahre lagerten die Dauben unter freiem Himmel, drei Jahre, so wie es die Tradition fordert«, sagte Fabrice stolz. »Bei Regen, Schnee und Sonnenschein. Und keine Säge kam ans Holz. Nur gespalten haben wir es, damit seine Struktur unverletzt bleibt. Der Wein ist es wert.« Er hob das Glas, schnupperte anerkennend und nahm einen großen Schluck.

Am nächsten Tag stieg Amélie voller Freude über den neuen Besitz hinaus in die Weinberge. Noch herrschte leichter Frost, doch die Sonne wärmte bereits. Sie schlang ihre Arme um sich und gestand sich ein, dass sie im Laufe der letzten Monate mager, viel zu mager geworden war. Dieses Leiden muss endlich ein Ende finden, dachte sie seufzend und hoffte, etwas Besonderes in den Weinbergen zu entdecken, das das lange geduldige Warten beenden würde. Sie wusste allerdings sehr genau, was sie an diesem hellen Morgen im Weinberg suchte, und als sie bald zwischen den jungen Rebzeilen umherstreifte, bewies ihr das Glitzern der Sonne zwischen den Pflanzen, dass gelungen war, worum sie gebetet hatte. Überall dort, wo die jungen Reben im Winter beschnitten worden waren, hockten winzige Wassertröpfchen. Sie glitzerten im Sonnenschein wie kleine Diamanten. Und doch wäre Amélie kein Edelstein so wertvoll erschienen wie dieses Lächeln der Wassertröpfchen, die davon kündeten, dass die Winterruhe beendet war, die Säfte zu schießen begannen und in wenigen Tagen der Austrieb beginnen würde.

Knospen würden wachsen. Knospen, die Beeren ausbilden, Beeren, die süßen, fruchtigen Most ergeben würden, Most, der zu Wein würde. Das Haus Duharnais konnte weiterleben – mit einigen wertvollen Parzellen, auf denen die traditionellen Rebstöcke standen, und mit Hängen, auf denen der neue starke Bestand zukünftige Ernten sicherte.

In den folgenden Wochen, in denen sich die Augen der jungen Rebpflanzen öffneten und winzige zarte Blättchen das Licht der Champagne erblickten, schöpfte auch Hippolyte neuen Mut. Zwar war er immer noch halbseitig gelähmt, doch er verfolgte jede Arbeitsphase, jede Neuerung, jede Nachricht vom Weinberg und vom Keller.

Nun, da die neuen Pflanzen, um die er vor drei Jahren gerungen hatte, Ertrag bringen würden, ließ er sich oft hinausfahren, um den Anblick der Reben zu genießen. Wie alle Winzer hoffte auch er inständig, dass weder Frost noch Hagelschlag die jungen Triebe verletzten oder gar abtöteten. Doch das sonnige Wetter hielt an. Und da die Nächte erträglich waren, brauchte man auch keine Feuer zwischen den Rebzeilen zu entzünden, um die Pflanzen des Nachts zu wärmen. So war es möglich, dass sich die frischen Blättchen ungehindert entfalten konnten.

Hippolyte und Marthe genossen den Anblick, wie die braunen Knospenschuppen, die nach und nach herabgefallen waren, die Erde besprenkelten, während das helle Grün der Blättchen von Frühling und Neuanfang kündete.

Eines Morgens spannte der Alte Hannibal vor den Pflug und zog in den Weinberg hinaus. Es galt, den Boden zu belüften und das Unkraut unterzumulchen. So würde sich Humus bilden, und die Fußwurzeln würden stärker wachsen. Stunden später, als die Sonne bereits wärmte, folgten ihm Marthe und Hippolyte mit einem Wagen voll dampfendem Stallmist, den der Esel Battu bereitwillig zog, da er froh war, den Stall verlassen und die helle, frische Luft genießen zu können. Ein Winzergehilfe, der den Mist aufgeladen hatte, kam kurz hinter ihnen.
Amélie sah ihnen eine Weile nach, dann machte sie sich daran, die Gardinen im Erdgeschoss abzunehmen. Sie trug sie in die Waschküche, wo sie hoffte, die alte Jeanne vorzufinden. Doch die war nicht da. Aus der Feuerstelle unter dem riesigen Waschkessel qualmte es, und es roch beißend. Amélie kniete nieder und öffnete die Ofentür. Ascheflocken und angeglühte Stückchen von Kienspan, Papier und Tannennadeln rieselten heraus. Kaum mehr als winzige Feuerzungen, Glut und Rauch waren zu sehen. So rührte sie das Ganze mit dem Schürhaken durch und legte Holzscheite nach. »Jeanne!«, rief sie mehrmals, doch die Waschfrau tauchte nicht auf. Sie wird immer vergesslicher, dachte Amélie und machte sich daran, den Kessel, dessen Boden gerade mal fingerbreit mit Wasser bedeckt war, aufzufüllen. Als das getan war, suchte sie eine ganze Weile nach der Seife, die sie in dem Moment fand, als vom Hof her der Briefträger »Extrapost für Monsieur Duharnais!« schrie.

Ungeduldig zog jemand an der Hausklingel. Amélie rief zurück, dass sie gleich komme, und holte den Seifenbeutel unter einer umgestülpten Obstkiste hervor, auf der Jeanne Lappen zum Trocknen ausgebreitet hatte. Als sie schließlich an die Haustür kam, hatte der Briefträger die Post schon der alten Jeanne überreicht. Er nickte Amélie zu und rief, ihr Großvater habe bestimmt Grund, sich über solch einen Brief zu freuen. Dann ging er seines Weges, derweil die Alte die Haustür zuwarf.

»Warte, Jeanne, ich komme gleich«, sagte Amélie und eilte zurück, um nach dem Feuer zu sehen. Zum Glück hatten die Flammen Nahrung gefunden. Sie warf die Seife ins Wasser, trocknete sich die Hände ab und hastete wieder in die Diele, wo Jeanne neugierig den Umschlag zwischen den Fingern hin und her drehte.

»Für Monsieur«, meinte sie und kniff die Augen zusammen. »Aus Russland.« Ihr Zeigefinger kreiselte über dem fremden Siegel. »Da – der Zar!« Sie tippte auf die Briefmarken und nickte. »Schön ist er und so reich.«

Amélie lächelte nachsichtig, nahm Jeanne den Brief aus der Hand und betrachtete nicht minder neugierig die fremdartigen bunten Stempel und Briefmarken. Kaum dass sie begriff, dass der Brief aus St. Petersburg kam, begann ihr Herz aufgeregt zu klopfen. Ihre Gedanken überschlugen sich. Viele große Champagnerhäuser belieferten das Zarenreich ... War es jetzt etwa so weit, dass auch das Haus Duharnais ... Doch sie hatten ja gar keinen Agenten vor Ort ... Aber auch wenn, wie viele Flaschen lagerten überhaupt noch in den Stollen ...

Wieder klingelte es. Amélie riss die Tür auf und sah in das freundliche Gesicht der Bäuerin Poiret, die mit einem Korb am Arm ins Haus drängte.

»Gut, dass du kommst, Marie-Hermine«, sagte Amélie. »Koch rasch etwas Gutes. Ich denke, Großvater wird Grund haben zu feiern. Ich hoffe es zumindest. Wir alle hoffen es. Verstehst du?«

»Ich habe Hasenkeulen, frisches Brot und eine Terrine mit Gänseleberpastete im Korb. Die Keulen habe ich gestern Abend schon mariniert und mit Speck umwickelt. Sie können gleich in die Röhre.«

Sie ging in die Küche, während Amélie Jeanne in die Waschküche scheuchte. Die Alte schlug sich die Hand vor den Mund und beteuerte, dergleichen Vergesslichkeit habe sie sich bis zum heutigen Tag noch nie zu Schulden kommen lassen. Das liege aber nur an der Hast der neuen Zeit, die fordere, dass alles immer gleichzeitig erledigt werden müsse.

»Jeanne, dafür bekommst du auch ein Stück Hasenkeule«, sagte Amélie. Daraufhin wurde die Alte jedoch richtig böse und krähte, dies sei eine bodenlose Gemeinheit.

»Hab ich Zähne dafür? Wie? Nein! Aber ich nehm dich beim Wort, Amélie. Pürier mir was von dem Rammler, dann glaub ich dir.«

Amélie und die Poiret lachten, Jeanne aber brabbelte noch weiter. Schließlich hob sie ihre Röcke und tappte die Treppe zum Keller hinab.

»Ihr Geist lässt nach«, meinte die Poiret und schüttelte den Kopf.

»Ach was, sie kämpft nur um ihren Stolz«, erwiderte Amélie, warf sich hastig Mantel und Schal um und ermahnte die Poiret noch, sie solle sich mit dem Kartoffelauflauf beeilen und nicht vergessen, ihn mit einer Hand voll Steinpilzen zu würzen. Dann verließ sie das Haus und lief in die Weinberge, um dort ihren Großvater zu suchen.

Sie war so in Eile, dass sie die kalte Märzluft durch den Mund einatmete und ihr bald der Hals schmerzte. Fieberhaft überlegte sie, wer der Absender des Briefes sein mochte. Einer jener exorbitant reichen Russen vielleicht, die es sich leisten konnten, in einem luxuriösen Salonwagen quer durch Russland und halb Europa zu fahren, um in Cannes, Menton, Monte Carlo oder abseits von Nizza im vornehmen Cinnièz den Sommer zu verbringen? Einer jener Geldadligen, die dort, von Pinien, Zypressen, Rosen und Zitronenhainen umgeben, im eigenen Palast mit eigenem Personal bis weit in den September hinein Hof hielten? Die so verschwenderisch waren, dass sie sich exquisite Speisen und Getränke, selbst Köche von Ruhm von weither kommen ließen?

Ihre launige Verschwendungssucht war legendär. Die Zeitungen schrieben darüber, zehrten von Gerüchten hemmungsloser bacchantischer Feste, an denen Prinzen und Maler, Diplomaten und Tänzer, Revolutionäre und Gräfinnen, Bildhauer, Minister und Schauspielerinnen, Fürsten und Mätressen, Schriftsteller und Kokotten erst miteinander parlierten, dann tanzten und schließlich, bar jeden Kostüms, im bunten Reigen übereinander herfielen. Von Exzessen mit Todesfolgen war die Rede, von Duellen und verbotenen Liebesbeziehungen.

Amélie aber wusste, dass das nicht Russland war. Auf der einen Seite strahlte der Glanz des Goldes vom Zarenhof nach Europa, auf der anderen verdunkelten Geschichten rohester Gewalt und Grausamkeit das Bild dieses Landes. Das Volk jedoch litt seit Jahrhunderten, war fromm und schicksalsergeben. Aber auch der Mensch von Stand galt, wie es schien, in Russland nicht viel. Kürzlich hatte sie über eine Frau gelesen, deren Geschichte ihr zu Herzen gegangen war. Jewdokija Lopuchina, die erste Gemahlin Peters des Großen, war mit sechsundzwanzig Jahren vom eigenen Gatten verstoßen und aller Titel und Privilegien enthoben worden, woraufhin sie bis ans Ende ihres Lebens hinter den dicken Mauern eines Klosters am Ladogasee im Norden Russlands ein einsames Dasein fristete. Und dies nur deswegen, damit ihr Gemahl sich ungestört seiner Geliebten Anna Mons widmen konnte. Einmal hatte die Jewdokija sogar zuschauen müssen, wie zwölf Menschen, die darauf warteten, von ihr empfangen zu werden, auf Geheiß ihres selbstherrlichen Gatten hingerichtet wurden.

Als Amélie in den Chemin de la Barberie einbog, war sie so außer Atem, dass sie sich ein paar Minuten ausruhen musste. Sie beobachtete einen Habicht, der in einem Apfelbaum landete. In einiger Entfernung kreiste ein Schwarm Krähen. Unter ihnen entdeckte sie Hannibal, hinter dem ihr Großvater die Pflugschar hielt. Am Wegrand stand der Leiterwagen mit ihrem Vater auf dem Kutschbock. Sie atmete noch einmal kräftig durch und lief weiter. Endlich hatte sie den Weinberg erreicht.

»Großvater!«, rief sie. »Großvater, schnell, komm! Du hast Post aus St. Petersburg!«

Hippolyte drehte den Kopf zur Seite und nuschelte: »Petersburg, Amélie? Ist das ein Wunder?«

»Vielleicht geht es jetzt aufwärts, Vater.«

»Schön wäre es. Du wärst erlöst.«

Amélie lächelte und winkte ihrem Großvater mit dem Brief zu. Dieser trieb Hannibal zur Eile an. Kaum hatte er die Furche beendet, drängte sie: »Nun mach schon auf, Großvater. Lies vor!«

Der Alte rieb seine steif gewordenen Hände. »Mach du ihn

auf. Der Pflug ist schwer. Meine Hände fühlen sich an, als wären sie aus Stein.«

Amélie brach das Siegel und öffnete den Umschlag. Die obere Mitte des Bogens zierte ein blauviolettes Wappen, das einen Dreimaster zwischen gekreuzten Schwertern zeigte. Sie begann zu lesen.

»Verehrter Monsieur Duharnais!
Sie werden überrascht sein, einen Brief aus dem fernen St. Petersburg zu erhalten, doch liegt mir eine besondere Angelegenheit am Herzen, für die ich Ihre Unterstützung benötige. Kurz gefasst, ein guter alter Freund von mir hat Anlass, das Andenken an seinen verstorbenen Vater zu ehren. Dieser war Offizier in der Zeit des russisch-französischen Krieges. Ohne Ihr Nationalgefühl berühren zu wollen, möchte ich nur schlicht hinzufügen, dass er die restlichen Truppen aus Napoleons Grande Armée bis in die Heimat ›begleitete‹. 1814 kam er nach Reims und lernte dort all die schönen Genüsse kennen, die Ihr Land zu bieten hat. Doch ich brauche ihn nicht darum zu beneiden, denn hier in St. Petersburg herrscht kein Mangel an allen nur denkbaren westlichen Schwelgereien. Bis auf eines, und deshalb dieser Brief an Sie, verehrter Monsieur. Jener Offizier brachte eine Kiste Duharnais'schen Champagners des Jahrgangs 1811 mit nach Hause. Wie Sie wissen, war das der berühmte Kometenjahrgang. Eine einzige Flasche noch konnte er seinem Sohn, meinem Freund, um den es geht, vererben. Um diesem nun eine besondere Freude machen zu können, möchte ich Sie

fragen, ob Sie noch 1811er Flaschen vorrätig haben und verkaufen. Wie Ihre Antwort auch ausfallen sollte, so bitte ich – um der Feier ein Krönchen aufzusetzen – gleichfalls um Flaschen des 1858er Jahrgangs, ebenfalls ein Kometenjahrgang. Die Menge muss groß genug sein, den Appetit einer trinkerfahrenen, gut zwanzigköpfigen Herrengesellschaft zu stillen. Die Sendung sollte zu Ostern dieses Jahres eintreffen.
Mit bestem Dank
Grigorij Tschernyschew
St. Petersburg, im Februar 1899«

Eine Weile war es still. Triumphierend erhob der Alte dann die Stimme. »Wie ich dir gesagt habe, Hippolyte, es gibt keinen Unstern. Unser Schicksal liegt in höheren Sphären geborgen.«
»Wie schön wäre es, wenn du einmal verreisen könntest, solange du noch jung bist«, meinte Marthe leise und schaute zu ihrem Mann. Er sah auf, und Amélie bemerkte, wie ihre Eltern sich mit viel sagenden Blicken verständigten.
Der Alte räusperte sich, ohne auf ihre Worte zu achten. »Es geht aufwärts, das ist schon einmal gut. Sehr gut sogar. Doch vom 1811er haben wir nur noch wenige Flaschen. Sie dienen mehr der Erinnerung als dem Genuss. Vielleicht schmeckt er nach Sherry. Sicher ist nur, dass er längst seinen Glanz verloren hat. Man könnte ihn natürlich mit jungem Champagner auffrischen, Alt und Jung miteinander vermählen. Wir müssten ihn jedoch erst prüfen und diesem Herrn mitteilen, wie er an seinen Genuss gelangen könnte. Mit dem 58er sieht es anders aus. Damit

können wir dienen, aber selbst er wäre für mich nicht mehr die allererste Wahl. Unsere Spitzenjahrgänge sind hauptsächlich die der Dritten Republik, der 74er, 78er, 80er, 84er und der 92er natürlich.« Er machte eine kurze Pause. »Wie dem auch sei, Amélie, lass uns gleich jetzt nach Reims gehen. Bevor wir eine Empfehlung schreiben, müssen wir die in Frage kommenden Jahrgänge verkosten.«

»Einmal etwas von der Welt sehen«, schwärmte Marthe von neuem und tat so, als hätte der Inhalt des Briefs in ihr Wünsche geweckt, die mit dem, was der Alte gesagt hatte, nichts zu tun hatten. »Reisen, schöne Kleider tragen, tanzen ... Wenigstens Amélie ...«

»Marthe, bist du toll? «, unterbrach sie der Alte. » Willst du sagen, dass Amélie einer lumpigen Bestellung wegen nach St. Petersburg fahren soll? Allein? Sich der Gefahr aussetzen, belästigt, gar überfallen zu werden? Sie ist kein Mann. Und Russen sind Russen. Unsere Champagner bestechen allein durch ihre Qualität. Sie brauchen keine persönliche Begleitung. Und Amélie ist nicht Bohne. Sie ist kein Agent, der Grenzen überschreitet, auf Schiffen umherfährt, an Feldzügen teilnimmt, Champagner bei jedem Sieg und jeder Niederlage verkauft. Sie ist eine Frau, die mehr als je zuvor auf ihre Ehre achten sollte.«

Marthe und Hippolyte sahen sich kurz an, dann bedachten sie Amélie mit Blicken, in denen sie Liebe und Mitleid las. Sie spürte, wie ihr Vater all seine Kraft zusammennahm.

Dieser räusperte sich und sagte: »Vater, der Wert einer solchen Sendung ist hoch, sie muss begleitet werden. Aber Fabien ist nicht mehr am Leben. Ihn hätten wir geschickt. Jetzt musst du fahren oder Amélie.«

Der Alte schüttelte unwillig den Kopf.
»Ja, lasst mich fahren!«, rief Amélie. »Einen Alten wie Papillon soll ich durchs Leben begleiten, aber eine Champagnersendung nicht nach Russland?«
»Wenn die ganze Ladung vor die Hunde geht, ist das gewiss ein schwerer Verlust, aber wenn dir etwas passiert, Amélie, ist dies das Ende des Hauses Duharnais.« Der Alte bückte sich und begann Hannibal vom Pflug zu befreien. »Du hast hier deine Aufgabe zu erfüllen. Denk daran, der Weinberg will jeden Tag seinen Herrn sehen.«
»Wenn du doch ein einziges Mal deine Eifersucht überwinden könntest«, entgegnete Marthe aufgebracht. »Amélie ist unser Kind, unsere Tochter, nicht nur deine Enkelin. Du hast ihr die erste Liebelei verdorben. Du hast sie für deine Weinberge an Papillon verkauft. Soll sie nie für ihre Arbeit, ihre Entbehrungen der letzten Jahre belohnt werden? Nie ein anderes Stück Welt sehen? Nie tanzen können, außer auf dem Dorfplatz? Nie schöne Kleider tragen dürfen? Immer nur Schürze und Stiefel?«
»Ihre Wurzeln sind hier, ob es dir nun passt oder nicht. Oder will sie etwa nicht zusehen, wie die jungen Pflanzen Frucht ansetzen?« Er breitete die Arme in Richtung Weinberge aus. »Amélie, würdest du jetzt, wo alles zu wachsen beginnt, die Reben vernachlässigen, für die ihr mir beinahe das Kreuz gebrochen habt? Würdest du sie zu Waisenkindern machen? Der Weinstock hat eine Seele, das weißt du. Eine Seele wie jedes lebende Wesen. Er spürt, wenn du dich von ihm abwendest.«
»Ja, das weiß ich, Großvater«, erwiderte sie matt.
»Seht ihr, sie weiß es«, triumphierte der Alte, und Amélie fand sich in diesem Moment damit ab, dass er sie nie würde gehen lassen.

»Nirgendwo ist die Konkurrenz härter als in Russland, aber nirgendwo gibt es mehr zu gewinnen«, beharrte Hippolyte und sprach so deutlich wie lange nicht mehr. »Du hast Ludwig Bohne erwähnt, Madame Clicquots Agent. Er lebte sogar in St. Petersburg, um den Clicquot'schen Champagner besser in die russischen Kehlen zu befördern, und spann von dort aus seine Fäden in alle Himmelsrichtungen. Oder erinnere dich an Roederer. Der Senior gewann den Zaren als besten Kunden für sein Haus. Als sein Sohn Louis 1870 die Geschäfte übernahm, betrug der Umsatz ganze zweieinhalb Millionen Flaschen.«

»Was schwatzt du da, Hippolyte? Was willst du mir damit sagen?« Der Alte stemmte die Fäuste in die Hüften.

»Dass sich ihr Einsatz gelohnt hat, Vater. Nichts gelingt ohne persönliche Präsenz. Ich würde auf der Stelle nach St. Petersburg fahren, aber mein Unstern fesselt mich an diesen Rollstuhl.«

»Du bist ein Mann, sie ist ein Weib.« Der Alte erhob sich. »Amélie, du wirst selbstverständlich nicht reisen. Ich verbiete es dir. Wir werden einzelne Jahrgänge verkosten und entscheiden, welcher davon verschickt werden kann. Von mir aus kannst du dann gleich heute noch den Auftrag bestätigen.«

»Du bist ein alter, verknöcherter, selbstsüchtiger Kopf, Jérôme Duharnais«, fauchte Marthe. »Ja, das bist du. Du lässt es zu, dass sie noch länger Papillons Schmierlaken ist.«

Der Alte sah sie wütend an, und seine Stimme zitterte, als er antwortete: »Seit zwanzig Jahre reibst du mir unter die Nase, welch großartige Mitgift ich dir zu verdanken habe. Jetzt kommst du mir mit diesem Puderkopf, dem ich wohl noch die Füße für seine Zugabe küssen soll. Amélie ist seine Frau. Sie hat hier ihre Aufgabe. Punktum. Du aber,

Marthe, bist dumm, dumm wie ein Pfau. Alles, verstehst du, alles hat sich dem Bestand dieses Hauses zu beugen.«
Hippolyte keuchte. Seine Finger krampften sich ineinander. »Dein Weinberg hört dich, Vater. Er wird dir nicht jedes Opfer abnehmen ...«
Amélie fing seinen besorgten Blick auf. Irgendetwas ging in ihrem Vater vor, etwas, das sich aus seiner Sorge um sie und aus seiner tiefen Liebe zu ihr speiste. Sie trat zu ihm und zupfte an seiner Decke aus grobem Wollstoff. Dabei fing sie das winzige Leuchten in seinen Augen auf.
»Es wird schon alles gut«, flüsterte sie ihm zu. »Ich schaffe das schon.«
Er nickte schwerfällig. »Ja, ich weiß, Amélie. Du schaffst alles, was du willst.«
Der Alte hatte den Pflug abgenommen und richtete sich noch einmal auf. »Ja, sie schafft alles, was sie will. Aber sie bleibt hier«, sagte er, schlug Hannibal aufs Hinterteil und führte ihn in Richtung Weingut.

Am späten Abend und noch ein wenig berauscht vom Verkosten der Champagner setzte sich Amélie in Nachtkleid und wattiertem Morgenmantel an den Küchentisch.
Auch wenn der Ofen Hitze ausstrahlte, spürte sie noch die Kälte der Stollen in ihren Knochen. Aufgeregt schlug sie einen Atlas auf, fuhr mit dem Zeigefinger den Wasserweg von Reims nach Cherbourg über Le Havre entlang, die Nordseeküste weiter nach Dünkirchen, Rotterdam, Bremerhaven, durch den Nord-Ostsee-Kanal hin zu den Hansestädten Rostock, Stettin, Danzig, Königsberg, Riga, Reval bis nach St. Petersburg.
Welch eine gewaltige Strecke, dachte sie und nahm sich den Landweg vor. Von Reims aus verfolgte sie den Schie-

nenweg nach Straßburg, Frankfurt, Berlin, Posen, Warschau, Wilna, St. Petersburg. Ein Gutes, ging es ihr durch den Kopf, hat der Krieg gehabt. Da Elsass und Lothringen an Deutschland gefallen waren, hatten die Deutschen begonnen, ihr Eisenbahnnetz auszuweiten. Bestimmt hatte der frühere Reichskanzler Bismarck dabei militärische Hintergedanken gehabt. Doch sie würde die neu geschaffenen Strecken für ihren Handel von West nach Ost nutzen. Welch Fortschritt zu vergangenen Zeiten. Früher kamen die Menschen kaum aus ihren Dörfern heraus. Und wenn sie fortgingen, so wussten sie oft nicht, ob sie ihre Heimat wiedersehen würden. Heutzutage aber versicherten die Eisenbahnen jedem Reisenden, dass es einen Abschied auf immer nicht mehr geben müsse. Amélie rieb sich die Augen, schlug ein Buch auf, las mal hier, mal dort und griff endlich zur Feder.

»Hochverehrter Monsieur Tschernyschew!
Ich danke Ihnen aufs Herzlichste für Ihre Bestellung, doch bitte erlauben Sie mir, einige Erläuterungen dazu abzugeben. Der von Ihnen zu Recht gerühmte Kometenjahrgang 1811, von dem bereits Alexander Puschkin seinen Helden Eugen Onegin schwärmen ließ, ist heute nur noch eingeschränkt für den Genuss geeignet. In Anbetracht der Tatsache, dass er nunmehr beinahe ein Hundertjähriger ist, hat er an Brillanz und Bukett eingebüßt. Man weiß aber, dass Enthusiasten der sehr alten Jahrgänge deren Aromen wiederzubeleben verstehen, indem sie sie mit jungem Champagner vermählen. Wenn Ihr werter Freund mag, kann er es selbst ausprobieren. Sicher ist aber, dass wir Ihnen mit

dem 58er einen außergewöhnlichen Jahrgang anbieten können, der zwischenzeitlich so selten geworden ist wie zur Erde fallende Sternschnuppen. Auch wenn seine ›goldene Schaumkrone‹ (Eugen Onegin) dem Alter gemäß zwar noch schön, aber mittlerweile ein wenig kurzlebig geworden ist, so entschädigen doch sein intensives Bukett und sein unvergleichlich körperschwerer Abgang.
So wie Kopf und Schweif des Donati'schen Kometen von 1858 in den letzten Septembertagen die größte Lichtstärke zeigten, so strahlt selbst noch heute dieser einzigartige Jahrgang. Probieren Sie! Genießen Sie!
Aber damit auch Sie sagen können: ›Was hat sein Strom uns nicht an Glück/ an sel'gen Räuschen spenden müssen‹, würden wir unsere Sendung um einige Kostproben der Jahre '80, '84 und '92 erweitern. Sie sind allesamt sehr gute, feine und elegante Champagner, das Beste, was unsere Keller zu bieten haben. Preise, Frachtkosten, Zoll- und Versicherungsbedingungen entnehmen Sie bitte der beigefügten Aufstellung. Sollten Sie mit unserem Angebot einverstanden ein, so werden wir alles in unser Macht Stehende tun, um unseren Duharnais-Champagner sicher und bequem zu Ihnen zu expedieren.
Hochachtungsvoll
Maison Jérôme Patrique Duharnais et Fils
Montbré bei Reims, im März 1899«

In der Nacht schlief Amélie nur wenige Stunden. Sie träumte von riesigen Wolken, die sie mit sich fortrissen und ihre Ohren mit brausendem Lärm erfüllten. Manchmal schoben sich schwarze Wipfel von der Erde her zu ihr hoch und streiften ihren Bauch. Sie hatte Angst, sie könnten ihn mit ihren hin und her schwingenden Spitzen aufreißen. Dann wieder stürzte sie in ein aufgewühltes Meer, in dem sie erblindete und hilflos mit den Händen um sich tastete, doch nicht zu schreien wagte aus Angst, im Wasser zu ertrinken. Plötzlich sah sie ein Feuerrad, das Funken versprühte. Sie duckte sich, bekam Schlingpflanzen in die Hände, an denen sie sich an ein Ufer voll weißer runder Steine zog. Auf einmal bemerkte sie, dass die Funken, die neben ihr niedergingen, ihre Farbe, ja, sogar ihre Form gewechselt hatten. Aus goldenen Feuersplittern wurden weiche Plättchen und Bällchen, die in weitem Bogen sanft auf die Erde fielen. Sie schaute genauer hin und erkannte, dass es Blätter und hellgrüne und violette Beeren waren. Einige von ihnen fielen in ihren Schoß und schmolzen, bis ihr Kleid tropfte und sich warm und seltsam pelzig anfühlte. Andere landeten zwischen den weißen Ufersteinen außerhalb ihrer Reichweite. Sie selbst war wie festgewachsen an der Stelle, wo sie saß, so als wäre das untere Ende ihrer Wirbelsäule in einen Stamm übergegangen, der in der Erde steckte. Sie fühlte, wie gierig seine Fußwurzeln im fremden Erdreich nach Nahrung suchten. Lange Zeit streckte sie sich vergeblich nach den Beeren aus, und als sie endlich eine in den Händen hielt, verklebte es ihre Haut. Es folgten immer mehr, und Amélie genoss ihren süßen Duft. Ihre Angst, die sie anfangs im Wasser empfunden hatte, war verschwunden. Das Feuerrad explodierte, sodass der Himmel von unzähligen Sternen bedeckt wurde. Ein gewaltiges Rauschen ging durch die Luft. Winde, die Beeren mit sich trieben, hoben sie hoch, und sie begann zu fliegen. Sie war glücklich und hörte sich singen.

Noch lange dachte Amélie, die früh aufgewacht war, über diesen Traum nach. Sie war sich sicher, dass er etwas zu bedeuten hatte, denn ihr kam es so vor, als ob etwas in ihr zerrissen wäre, das sie bis zu dieser Nacht festgehalten hatte. Sie fühlte sich freier als sonst, spürte eine Aufbruchsstimmung, die ihr sagte, dass es jetzt an der Zeit war, ihrem Herzen zu folgen und nicht ihrer täglichen Pflicht. Hatte sie sich im Traum nicht bereits von dem befreit, das sie bedroht hatte? Die Tiefe des Wassers? Die Feuerspitzen? Ob die Schlingpflanzen das Symbol dafür waren, dass sie sich selbst an den Haaren aus dem Sumpf gezogen hatte? Es kam ihr so vor, als ob der Traum ihr gesagt hätte, dass es darauf ankomme, dem Weg zu folgen, den die süßen Trauben ihr wiesen. Sie musste dem Wind folgen, in die Ferne ziehen, um ihr Glück zu finden.
Doch sie war sich bewusst, dass der richtige Zeitpunkt noch nicht gekommen war, um sich gegen das Verbot ihres Großvaters durchzusetzen.

Am Morgen war sie die erste Kundin in der Poststelle. Der noch etwas schläfrige Postangestellte wurde rasch wach, als er sie sagen hörte: »Eilpost nach St. Petersburg.«
Mit dem Depeschendienst und der Unterschrift des Alten ging nun der Brief auf die weite Reise. Damit war das Schönste dieses Tages getan. Amélie warf noch einmal einen Blick auf den Kalender, in der Hoffnung, sie könnte sich getäuscht haben. Aber dem war nicht so. Heute war Freitag, der Tag der Woche, an dem sie Papillon verpflichtet war. Sie beschloss, seiner üblichen Kutsche, die sie re-

gelmäßig einmal im Monat abholte, zuvorzukommen, und fuhr nach Reims.

Papillon war gerade aufgestanden, als sie das noch warme Backwerk auf den bereits gedeckten Frühstückstisch legte. Als er im Morgenmantel im Türrahmen erschien, lächelte ihm Amélie zu und machte sich daran, den Korken aus einer Flasche vom 92er Jahrgang zu winden.

»Du willst mich überraschen, Amélie?«, fragte er so misstrauisch wie erstaunt.

Sie drehte den Korken heraus, schnupperte an ihm, nickte zufrieden und füllte zwei Flûtes. Dann hob sie prüfend das Glas ans Licht und erfreute sich an dem Goldton der Pinot-Noir- und dem hellen Grünton der Chardonnay-Traube. Das Bukett erinnerte an weißen Burgunder. Der stete Strom feiner Perlen war wie immer ein zauberhafter Anblick. Sie stiegen in der Mitte in einem lang anhaltenden Strom in feiner Form auf, stetig und dicht beieinander. Am Rand aber trieben größere Perlen in reicher Zahl in die Höhe.

Alles ist so, wie es sein soll, dachte Amélie zufrieden.

Sie trat auf Papillon zu, reichte ihm sein Glas und stieß mit ihm an. In seinen dunklen Augen leuchtete das sinnliche Verlangen seines erwachten Körpers.

»Auf Ihr Wohl, Monsieur«, sagte sie. »Wir werden uns über den Wechsel von unserem Tagesrhythmus zu trösten wissen, nicht wahr? Sie schätzen doch die Abwechslung, oder?«

Sie tranken, ohne sich aus den Augen zu lassen.

»Du sprichst von einem Schäferstündchen?«, fragte er. »Wie komme ich zu dieser Ehre deines Sinnesumschwungs?«

»Nun, ich denke, Sie können sich glücklich schätzen, eine

Frau an Ihrer Seite zu haben, die flexibel genug ist, um mit Ihnen, sagen wir, im ehelichen Beieinander d'accord zu gehen, oder?«
»Du sprichst sehr freizügig, Amélie. Was geht in dir vor, meine Liebe?«
Amélie setzte sich an den Tisch, schlug die Beine übereinander und gönnte sich einen großen Schluck. »Ich wünschte, auch mein Großvater hätte ein solches Glück wie Sie. Ein Mann bleibt ein Mann, auch im fortgeschrittenen Alter. So aber sorge ich mich um ihn.«
Papillon nahm die Flasche und schenkte nach.
Wie sehr er sich zu beherrschen sucht, dachte Amélie. Statt nachzufragen, wie es meinem Großvater wirklich geht, trinkt er lieber gegen seine Gewohnheit morgens Champagner.
Ihre Bemerkung über den Alten ignorierend, fragte er betont ruhig: »Nun, meine Liebe, worin besteht das Geheimnis deiner morgendlichen Überraschung?«
Sie hätte lachen können über ihre Macht, diesen eitlen Advokaten unter Spannung zu halten, einer Spannung, die sie nicht mehr kostete als ein wenig Mut zur Schauspielerei.
»Wir feiern den Neubeginn, Monsieur. Unsere Reben, die wir Ihrer Großzügigkeit verdanken, werden Früchte tragen.« Sie sah, wie sich seine Augen verdunkelten. »Und ein Auftrag aus St. Petersburg könnte unserem Hause dienen. Ich darf sagen, dass mich heute Nacht der Ärger über meinen Großvater kaum schlafen ließ. Zudem habe ich seltsam, wenn nicht gar schlecht geträumt.« Papillons Augen weiteten sich neugierig. Amélie fuhr fort: »Er ist doch ein Narr. Begleiten sollte man eine solch teure Sendung, sagen meine Eltern. Doch was, glauben Sie, sagt er?

Er verbietet mir, der zukünftigen Erbin, zu reisen und dafür zu sorgen, dass der Champagner unversehrt sein Ziel erreicht. Was sagen Sie dazu? Dieser halsstarrige Mensch verbietet mir meine erste Geschäftsreise. Mir, Ihrer Frau, Monsieur!«
Papillon wurde rot. »Er ist, mit Verlaub gesagt, ein großer Dummkopf. Ich werde dich selbstverständlich begleiten, Amélie. Schließlich hast du Geschäftssinn, und ich werde alles für dich tun, damit du Erfolg hast.« Er kniete vor ihr nieder.
Amélie legte ihre Hand auf seinen Kopf, streichelte sein weißes, vom Schlaf zerzaustes Haar und trank gut gelaunt ihr zweites Glas leer. »Champagner sollte man trinken, solange er jung und frisch ist. Und den älteren genießen, solange er moussiert.« Sie lachte.
»Das hast du schön gesagt, meine Liebe.« Er sah bewundernd zu ihr auf.
»Mein Champagner stärkt Sie mehr, als meine Hände Ihrem Leib die Launen austreiben können. Trinken Sie, Monsieur, trinken Sie nur. Mein Champagner wird Sie beflügeln.« Sie lächelte und setzte ihm die Flûte an die Lippen.
Der anschließende Beischlaf ging ohne Kostümierung und innerhalb weniger Minuten schadlos an ihr vorüber.
Amélie ließ es sich an diesem Freitag in ihrem Stadthaus gut gehen, denn sie freute sich diebisch darüber, dass Papillon sich noch am selben Vormittag auf den Weg zu ihrem Großvater machte, um diesem den Kopf zu waschen, wie er sich ausdrückte. Ihren Eltern, das war gewiss, würde ihre Rache gefallen. Hatte ihr Großvater gemeint, dass junge Reben, zwischen zwei alte gepflanzt, besonders gute Frucht liefern würden, so konnte sie ihm nur

zustimmen. Sie jedenfalls wusste sich ihr Recht auf Lebenslicht zu erkämpfen.

Papillon kehrte zornig zurück. Monsieur Jérôme Patrique Duharnais widerspreche in seinen Handlungen jedem geltenden Gesetz, erboste er sich am Abend. Amélie sei seine Ehefrau, mit allen gültigen Rechten und Pflichten, vor dem Gesetz ihm, dem Gatten, unterstellt. Und nun mische sich dieser hohlköpfige Weinbauer in Dinge ein, die er eigentlich besser verstehen müsste. Er stimme ihr aus tiefstem Herzen zu, dass ihr Großvater ein halsstarriger Kopf sei, der, nun wurde er deutlich, nicht weniger sonderbar sei als andere seines Geschlechts. Es sei unleugbar eine Tatsache, dass er Amélie, mehr als moralisch verträglich sei, liebe und sie mit einer besitzergreifenden Eifersucht in Beschlag nehme, wie er, Papillon, es sich niemals erlauben würde. Angeschrien habe ihn der Alte, beleidigt als Lustgreis und potenziellen Ehebrecher.
»Dies wird rechtliche Folgen nach sich ziehen«, meinte er aufgebracht, »denn wie wir in unseren Gemächern leben, geht niemanden etwas an. Mir als deinem Ehemann stehen nun einmal höhere Rechte zu als ihm, einem alten Mann, dem der Most schon längst die Hirnwindungen versäuert hat.«
Papillon steigerte sich immer mehr in seine Wut hinein, zumal er es nicht verkraften konnte, dass er zum zweiten Mal des Weinguts verwiesen worden war. Doch er werde sich zu wehren wissen. Er werde den Winzer Duharnais wegen Beleidigung einer hoch angesehenen Amtsperson verklagen, zumal dieser nun auch noch zu verdrängen suche, wem er die glückliche Wendung seines Winzerbetriebs zu verdanken habe. Ein Heuchler sei er, ein nie-

derträchtiger, habgieriger Hohlkopf. Jawohl, er werde ihn wegen Beleidigung verklagen.

Er hielt kurz inne und fügte dann hinzu: »Mich wundert allerdings, dass sich deine Eltern aus dem Streit herausgehalten haben. War es aus Höflichkeit? Nein, ich glaube, es war aus Liebe zu dir. Ich habe sogar den Eindruck, ich könnte sie als Zeugen für unsere Angelegenheit vorladen. Sie scheinen mir wohlgesinnt zu sein, selbst wenn es nur deshalb ist, weil sie dich unterstützen wollen.«

Amélie nahm ihren bebenden Gatten triumphierend in die Arme. Sie wusste, noch nie zuvor hatte sie ihn so fasziniert wie jetzt. Und wäre da nicht seine Wut über ihren Großvater gewesen, hätte er von ihr gefordert, Wachs in seinen Händen zu sein, Liebesspiele mit ihm zu machen, bei denen er die Regie geführt hätte. Doch nun waren seine Würde und seine Eitelkeit verletzt worden, und ihre Hände lasen die Unruhe in seinem Körper, die ihn Kraft kostete und ermattete. All das war ihr jedoch Genugtuung und Schutz vor weiteren Intimitäten.

Mit einem Schlag hatte sie zwei altersschwache Fliegen erlegt.

Noch während Amélie darüber nachdachte, ob das Leben nicht doch nur ein Spiel aus Furcht und Hoffnung war, traf zu Beginn der Woche, kaum dass ihr Großvater Papillons Beschwerdebrief verbrannt hatte, Eilpost aus Deutschland ein. In diesem Moment überwog ihre Hoffnung, das Leben könne sich doch noch zu ihren Gunsten entwickeln. Immerhin hatte Papillon darauf verzichtet, eine Klage gegen den alten Duharnais einzureichen. Stattdessen war ein privat gehaltener Beschwerdebrief entstanden, der seinen gemäßigten Ton dem beruhigenden

Fluidum ihrer Hände verdankte, die Papillons Schultern massiert hatten, während er das Schreiben verfasste. Nun rief ihn ein befreundeter Immobilienmakler aus Reims, der zur Kur in Bad Tölz weilte, in einer dringenden Angelegenheit zu sich.

Amélie war es recht. So bald würde Papillon also nicht erfahren, wie ihr Großvater auf seinen Brief reagiert hatte. Außerdem ging sie davon aus, dass durch die räumliche Trennung die Aufregung der beiden Streithähne weiter abklingen würde. Ihr Triumph, sich an beiden ein wenig gerächt zu haben, wurde damit nicht geringer. Zudem spürte sie, dass Papillon insgeheim froh war, weiteren Streitereien mit ihrem Großvater ausweichen zu können, denn er betonte, wie bekömmlich das schwefelhaltige Heilwasser und die Atmosphäre der Hautevolee für sein Wohlbefinden sein werde.

Ob sie ihn nicht doch begleiten wolle? Da Amélie dankend ablehnte, ermahnte er sie eindringlich, ihm sofort zu telegrafieren, wenn sie seine Hilfe benötige. Papillon hatte ihre Fingerspitzen geküsst und ihr dabei so tief in die Augen gesehen, dass es ihr kalt über den Rücken gelaufen war.

»Ma chère Madame Champenoise«, hatte er geflüstert, »ich liebe Sie. Es würde mich glücklich machen, wenn ich Sie bald, recht bald, an der Spitze Ihres Champagnerhauses sähe. Dann bestimmen Sie die Art zu lieben, so wie es Ihnen gefällt.«

Er will mich belohnen, wenn ich meinem Großvater meine Liebe entziehe und dieser vor ihm ins Grab sinkt. War nicht jeder von ihnen auf seine Art abstoßend eitel und besitzergreifend?

Glücklicherweise reiste Papillon noch am selben Tag ab.

Amélie beschloss, keine weiteren Gedanken an seine Worte zu verschwenden. Stattdessen konzentrierte sie sich auf ihren Champagner, wobei sie versuchte, ihrem Großvater so weit wie möglich aus dem Weg zu gehen.
Wie schön wäre es, ungebunden nur dem eigenen Gefühl, den eigenen Eingebungen folgen zu können! Licht brauchte sie, Licht und Raum für sich selbst.
Tatsächlich kam sie sich wie eine Jungpflanze vor, die zwischen knorrigen Rebstämmen eingezwängt war – eine Jungpflanze, die um Wachstum und Entwicklung kämpfte. Das, was ihr half, um sich zu befreien, war ihre Aufgabe, guten Wein zu gewinnen. Gerne stieg sie mit ihrem Kellermeister Gilbert Rabelais in die Keller, überprüfte Fässer, legte Flaschen am Ende der Reifezeit auf Rüttelpulte, degorgierte sie und füllte sie mit Dosage wieder auf.
Währenddessen zog der mürrische Alte mit Helfern in die Weinberge, um Pfähle und Drähte auszubessern. Am Ende der Woche begann er wieder zu husten, und es schien, als ob die lange Zeit verkapselte Bronchitis erneut aufbrechen würde. Noch am Freitagabend rang er seinen Stolz nieder, verlangte nach dem Arzt und willigte darin ein, sich Kampferanwendungen verabreichen zu lassen.
Am nächsten Morgen, als eine Depesche aus St. Petersburg eingetroffen war, bedauerte Amélie, dass es kein Morphium gewesen war – denn die Nachricht von Grigorij Tschernyschew rief den wohl heftigsten Streit in ihrer Familie hervor. An Lautstärke und Härte war er kaum zu überbieten. Ihr Vater stemmte sich sogar aus dem Rollstuhl, stützte sich am Steinbecken der Spüle ab, wobei sein gelähmtes Bein auf den Spitzen seiner Zehen balancierte, und fauchte ihrem Großvater all seine aufgestaute Wut ins Gesicht. Vehement kämpfte er um das Recht sei-

ner Tochter, das zu tun, was sie für richtig hielt. Nie zuvor hatte Amélie erlebt, dass ihre Eltern sich so kompromisslos für sie einsetzten. Ja, es schien ihr, dass sie sie das erste Mal als Person wahrnahmen, die ein Recht hatte, ihr Leben selbst zu bestimmen. So sehr lastete ihr schlechtes Gewissen auf ihnen, dass ihnen nun, dank Papillons Angriff, ihr Großvater frei zum Abschuss erschien.

Irgendwann hielt Amélie es nicht mehr aus, und sie verließ das Zimmer. Die Stimmen, voller Wut und Hass, folgten ihr durchs Haus. Ihre Eltern schrien, sie müsse gehen, ihr Großvater brüllte, sie habe zu bleiben.

Doch kaum dass sie die Depesche ein zweites Mal überflogen hatte, war sich Amélie gewiss, was sie jetzt tun würde. Sie packte ihren Koffer. Schließlich hatte Grigorij Tschernyschew sie auf das Freundlichste eingeladen. Er sei doch sehr neugierig zu wissen, hatte er geschrieben, welche feinsinnige, gebildete Dame sich hinter dem Namen eines Monsieur Jérôme Patrique Duharnais verberge. Der Duft des Briefbogens, die schöne weibliche Handschrift hätten seine Neugierde geweckt, zumal er es sich als besondere Überraschung für seinen Freund vorstelle, wenn ihm der berühmte Elfer persönlich aus den Händen der Dame des Duharnais'schen Hauses überreicht würde. Ein besseres Zeichen der Völkerverständigung und Besiegelung des Friedens zwischen den Nationen könne es doch wohl kaum geben. Der Zar wäre sicher begeistert, dass man seine Idee, in Den Haag eine Friedenskonferenz zwischen allen Mächten einzuberufen, auf diese charmante private Art unterstütze. Daher werde er, Tschernyschew, sich bemühen, die französische Winzerin, die Russlands Lieblingsdichter Puschkin zu zitieren verstehe, mit ebensolcher Freude zu empfangen wie 1896 ihre Landsleute das frisch vermählte Zarenpaar. Sobald sie in St. Petersburg eingetroffen sei, hole sie ein Schlitten vom Bahnhof ab und bringe sie ins Grand Hotel Europe. Um rasche Antwort werde gebeten. Als schlichtes Postskriptum hatte Monsieur Tschernyschew hinzugefügt, er sei mit allen Konditionen einverstanden und warte nun auf je sechs Kisten der angebotenen Jahrgänge.

Mit der Hilfe von Kellermeister Rabelais war die kostbare Fracht am Nachmittag zusammengestellt. Marthe ging mit Amélie zur Bank, um ihr das nötige Geld mit auf die Reise zu geben. Sie steckte es in Amélies Winterstiefel, und dann machten sie sich gemeinsam auf den Weg zum Bahnhof, um sich nach den Zugverbindungen zu erkundigen.

»Du hast Großvaters Mut und seinen Willen geerbt, das ist das wenige Gute an ihm«, seufzte ihre Mutter in der Kutsche. »Glaube mir, ich würde es genauso machen wie du, wäre ich anders, als ich bin. Aber hast du gar keine Angst?«

»Ich möchte jetzt fahren, ganz gleich, was passiert«, entgegnete Amélie. »Es ist wichtig für unser Haus, doch vor allem für mich. Sonst müsste ich eines Tages auf meinen Grabstein schreiben lassen: Ich hätte so gern gelebt.«

»Ich hätte so gern gelebt«, wiederholte Marthe leise, als das Bahnhofsgebäude in Sicht kam. »Ich hätte ... so gern ... gelebt.«

Noch in der Nacht machte Amélie sich mit dem Kurierzug auf die Reise nach St. Petersburg. Hellwach ruhte sie auf

der Sitzbank und starrte aus dem Fenster. Im Dunkel der Nacht zog die Oise vorüber. Die Gipfel der Ardennen, die südlich der Eisenbahnlinie lagen, konnte sie nur erahnen. Jenseits der französisch-belgischen Grenze begleitete die Maas ihre Fahrt. Sie rief sich in Erinnerung, dass sie dem Land entgegenfuhr, an das Frankreich im letzten Krieg Elsass und das nördliche Lothringen abgetreten hatte. Über Jahre hinweg waren insgesamt fünf Milliarden Francs Kriegsentschädigung in das Deutsche Reich geflossen. Welch ein Triumph musste es für Wilhelm I. gewesen sein, als er im Januar 1871 im Versailler Spiegelsaal Ludwigs XIV. zum deutschen Kaiser ausgerufen wurde. Welch eine Schmach dagegen für Frankreich.
Und die Franzosen? Die hatten sich jahrzehntelang darüber gestritten, ob Bourbonen oder Republikaner das Land besser regieren konnten. Erstere beriefen sich auf das Gottesgnadentum, Letztere auf den Willen der Nation. Jetzt, da sie dem Zarenreich entgegenfuhr, dachte sie an Frankreichs letztes Kaiserreich, das 1870 untergegangen war. Napoleon III., der Neffe des großen Feldherrn, war wie sein Vorfahr daran gescheitert, Kaiser und Volkstribun zugleich zu sein. Das Beste, was er hinterlassen hatte, war ein umgestaltetes Paris, ein Paris, das elegante Weltstadt, Herz Frankreichs, ja sogar Mittelpunkt Europas zugleich geworden war.
Hatte ihr Großvater nicht oft erzählt, dass vor der Sanierung der Stadt viele Menschen in Vierteln gehaust hatten, denen nur ein Romantiker poetisches Kolorit abgewinnen konnte? In Wirklichkeit waren diese schmutzigen Behausungen Brutstätten für die Cholera gewesen, die 1832 und 1849 beinahe rund vierzigtausend Tote gefordert hatte. Doch Napoleon III. hatte repräsentativen Glanz und Hof-

bälle ins Land gebracht, über die halb Europa gesprochen hatte.

Wie es wohl in St. Petersburg aussehen mochte? Was würde sie im Reich des Zaren erwarten?

Amélie war müde geworden, lehnte den Kopf ans Fenster und schloss die Augen. Sie schlummerte ein, doch als der Zug über die Gleise eines kleinen Bahnhofs ruckelte, schreckte sie mit dem Gedanken auf, er könnte angehalten, sie von Soldaten durchsucht und ausgeplündert werden. Aber nichts dergleichen geschah. Die Welt hinter dem Fenster schien noch zu schlafen. Erst als sie den Rhein überquert hatte, begann sich das Dunkel der Nacht sachte zu lichten. Von nun an fuhr Amélie der aufgehenden Sonne entgegen durch das ehemalige Feindesland.

Der Zug überquerte die Weser, und sie erinnerte sich daran, dass irgendwo weiter gen Süden Kassel lag. Dort, im Schloss Wilhelmshöhe, hatte Napoleon III. Unterschlupf gefunden, nachdem die Schlacht bei Sedan unweit von Reims verloren, der Glitter des Zweiten Kaiserreichs in Blut und Kanonenrauch untergegangen war.

Reims, ihre Weinberge, die knospenden Jungreben – bald würde ihr Großvater aufwachen. Wie würde er sich fühlen, wenn er bemerkte, dass sie ihn ohne Abschied verlassen hatte? Ob die alten Korken der Kometenjahrgänge noch hielten? Oder schäumte bereits der Champagner?

Amélies überreizter Geist schnappte noch ein paar Mal nach einigen schemenhaften Gedanken, dann fiel sie gegen Morgen für kurze Zeit in tiefen Schlaf.

Von Berlin aus waren es sechzehn Stunden bis nach Warschau, doch noch gut zwei Tage bis nach St. Petersburg.

Ob César auch diesen Weg genommen hatte, um sein Glück zu finden?
Jetzt, da sie allein auf sich gestellt war, weit von der Heimat entfernt, erschien ihr sein Gesicht so nah wie lange nicht. Eingehüllt, halb betäubt vom monotonen Rumpeln der Waggons, lauschte sie dem Murmeln seiner Stimme. Die Erinnerung an ihn tat ihr gut, legte sich um sie wie ein wärmender Mantel. Bereitwillig überließ sie sich ihren Gefühlen, denn längst war sie müde geworden vom Hinausschauen auf Dörfer und Städte, Fuhrwerke und Fabriken, Ziegeleien und Bahnhöfe. Selbst die Gespräche um sie herum verschwammen zu einem dumpfen Säuseln, das sie immer wieder in den Schlaf wiegte.
Einmal war ihr, als ginge sie durch ein mittelalterlich Bauernhaus. Aus einer Ecke, die einer Schmiedestelle glich, kam ihr César in kurzen Hosen entgegen. Er trug ein rotes Stirnband um seine dunklen Locken, lächelte sie an und bedeutete ihr, ihm zu folgen. Sie beachteten Stroh, von der Decke baumelnde Würste, Tuch und Werkzeug nicht weiter, sondern verließen das Haus, um einen niedrigen Seiteneingang zu betreten. Gemeinsam krochen sie in ein Loch in einer Backsteinwand und schoben sich durch einen rußgeschwärzten Schornstein aufwärts. Dieser wand sich einmal nach links, einmal im engen Bogen nach rechts, was den Aufstieg sehr mühevoll machte und sie ängstigte. Doch irgendwann lockte Vogelgezwitscher ihren Blick nach oben, und sie sah, dass sich César bereits kurz vor dem Ausgang befand, der von natürlichem Licht beschienen war. Sie hörte ihn jubeln und folgte ihm, wobei sie sich Arme und Knie am Schacht aufschürfte. Eine fremde Landschaft breitete sich nun vor ihren Augen aus. Frauen mit weißen Kopftüchern spielten mit kleinen Kin-

dern, die Flügel einer Windmühle drehten sich, Blumen wippten mit ihren Blütenköpfen. César lief an ihnen vorbei, so als müsste er plötzlich flüchten. Sie rief ihm nach, doch er wirbelte mit den Armen, stolperte hastig vorwärts und ließ sie zurück.
Abrupt wachte Amélie auf. Der Traum hinterließ ein bittersüßes Gefühl. César war wie ein Stückchen Geborgenheit, das an ihre Heimat erinnerte. Nun, da sie allein war, kam es ihr vor, als wäre er ihr abhanden gekommen wie ein Mantel, an dessen Wärme sie gewöhnt war. Und doch fror sie nicht, ja, beinahe genoss sie die Anspannung, allein zu sein.
Sie holte tief Luft und schaute sich um. Ihr schien es hell, viel heller als gewohnt. Vor dem Fenster hing ein glitzernder Vorhang aus Frost. Der Zug stand still.
»Wo sind wir?«, fragte sie eine Frau, die, während sie geschlafen hatte, zugestiegen war. Diese mochte Anfang dreißig sein und trug ein wollenes graues Bouclé-Kostüm mit schwarzem Samt auf Kragen, Ärmelaufschlägen und Knöpfen. Das Grau schmeichelte ihrem schmalen Gesicht, das keineswegs blass, sondern feinporig und von einem natürlichen Rosa überzogen war.
»Wir befinden uns noch auf ehemals polnischem Gebiet. Die Grenze ist bald erreicht.«
Sie stand auf und hauchte ein Guckloch in die innere Eisschicht des Fensters. Doch es blieb undurchdringlich vom frostigen Weiß, das außen das Glas bedeckte. Stimmen waren zu hören. Die Frau lauschte kurz.
»Überall auf diesen polnischen Bahnhöfen lauern sie«, sagte sie.
»Wen meinen Sie?«
»Ach, diese Offiziere. Sie tun, als gäbe es nichts Interes-

santeres auf der Welt, als in der Kälte auf Bahnhöfen herumzustehen. Sie langweilen sich in der Öde ihrer Garnisonen. Seien Sie froh, dass man Sie nicht sieht. Diese Kerle da draußen kämen nur auf dumme Gedanken. Wohin fahren Sie?«
»Nach St. Petersburg«, antwortete Amélie.
Die Frau musterte sie. »In die Hauptstadt also. Nehmen Sie sich vor dem Militär in Acht. Es dient der Krone, doch bedient es sich am Spieltisch, am Schnaps und an allem, was weiblich ist. Wissen Sie, dass die russische Kirche Frauen als Werkzeug des Teufels erklärt? Selbst der Muschik, der einfache Bauer, schlägt mehrmals täglich seine Frau. Und am Hof wimmelt es von Mätressen, die die Kirche in ihrem Vorurteil nur bestärken. Sie sind schön, also passen Sie gut auf sich auf. Für jeden Offizier wären Sie ein willkommenes Mittel, um Karriere zu machen.«
»Wie meinen Sie das?«
»Man würde Sie einem der höheren Würdenträger zuführen. So einfach ist das.« Sie zog ein silbernes Döschen aus ihrer Tasche, schlug den Deckel auf und reichte es Amélie. »Mögen Sie? Es sind spezielle Bonbons, die es nur am Hof des Zaren gibt.«
Amélie griff dankend zu. »Sie verkehren am Hof?«, fragte sie neugierig.
»Ich besuche eine Freundin. Sie ist mit einem Holländer verheiratet, der dem Zaren als Beamter in der Handelsmarine dient. Sie wissen sicherlich, dass St. Petersburg eine europäisch geprägte Stadt ist und viele derjenigen, die einen russischen Namen tragen, westlicher Herkunft sind.«
»Und was hat es mit diesen Bonbons auf sich?«
»Am Zarenhof wird beim Essen knausrig gewirtschaftet, sagt man. Die jungen Offiziere zum Beispiel bekommen

bei den Festen nur fade schmeckenden Krimschaumwein ausgeschenkt. Dafür rächen sie sich und stopfen sich diese Bonbons in die Taschen, die sie dann weiterverschenken. Sie wollen leben wie ihre Standesgenossen in Paris und Amsterdam. Was glauben Sie, warum sich vor fast zweihundert Jahren Peter der Große entschlossen hatte, in einem Sumpfgebiet eine Stadt zu errichten? Er verachtete das Dunkle, Rückständige seines Landes und suchte den Anschluss an die westliche Kultur – über den Zugang zum Meer. Und wenn unser heutiger Zar versucht, schlicht zu leben, verlacht man ihn dafür. Der Adel lebt üppig auf den Knochen von hunderttausend Toten. Das Volk jedoch ist zäh im Leiden. Und wissen Sie, warum? Es ist die Kirche, die von jedem Verzicht und Gehorsam fordert. Und die Frauen sind die Letzten in dieser Leidenskette. Nur in den wirklich besseren Kreisen werden Sie auf eigenwillige Geschöpfe treffen, die es verstehen, ihren Männern Hörner aufzusetzen. Es heißt dann, Madame XY leiste sich einen Roman. Und in diesen Kreisen liebt man solche Art von Roman.« Sie rümpfte die Nase.

»Sie meinen, die Damen leben ihren persönlichen Liebesroman?«

»Genau. Wer in St. Petersburg einen Roman hat, hat eine Liebesbeziehung. Mit Büchern hat das nichts zu tun. Und Sie? Ich möchte Ihnen nicht unterstellen, dass Sie nach St. Petersburg fahren, um Ihren Roman zu erleben. Werden Sie erwartet?«

»Ja, ich bin geschäftlich unterwegs.«

Die Dame lächelte fein. »So jung und ohne Begleitung? Ich gestehe, Sie machen mich neugierig. Es dürfte Ihnen bewusst sein, dass es in St. Petersburg viele Schönheiten Ihrer Art gibt.«

Sie hält mich für eine Kokotte, dachte Amélie amüsiert und entgegnete: »Das, was ich anbiete, ist durchaus der Konkurrenz gewachsen.«
»Das glaube ich Ihnen aufs Wort«, erwiderte die Dame kühl. »Russland ist reich an Schätzen, und wer auf eine Goldader trifft, die sich ausnehmen lässt, ist zu beneiden.«
»Und wer selbst eine besitzt, umso mehr, nicht wahr?«
Nun lächelte Amélie vieldeutig. Um nichts in der Welt hätte sie jetzt preisgegeben, wer sie tatsächlich war. Das Rosa auf den Wangen der Dame verfärbte sich dunkelrot.
»Sie lieben es, mit dem Feuer zu spielen. Seien Sie froh, dass man Sie nicht hört. Glauben Sie mir, unzählige Schönheiten wie Sie haben bitter dafür zahlen müssen, dass sie glaubten, sich wie die russischen Zarinnen an jedem Finger einen Wremientschik halten zu können.«
»Einen Wremientschik?«, fragte Amélie belustigt.
»Ja, einen Mann des Augenblicks. Wenn Sie so wollen, eine männliche Mätresse. Dieses Vorrecht, nach Laune lieben und verstoßen zu können, gilt nicht für uns. Es sei denn ...«
»Ja?«
»Sie haben dafür einen anderen, wichtigeren Grund als die Liebe.«
Amélie musterte sie schweigend. Verbarg sich hinter dieser damenhaften Fassade ein besonderes Schicksal? Und als hätte sie ihre Gedanken gelesen, hörte sie sie fragen: »Schmeckt Ihnen der Bonbon?«
»Besser als Krimschaumwein«, antwortete Amélie schlagfertig.
»Ich mag beides nicht«, sagte die Dame nun in einem völlig veränderten Ton. Sie suchte in ihrer Handtasche nach einem Etui und reichte Amélie ihre Karte.

»Es täte mir Leid, sollten Sie einmal in Not geraten. Doch wenn, zögern Sie nicht, mich aufzusuchen.«
Mademoiselle Lydia Fabochon, Professeur, las Amélie überrascht. »Sie sind ja ein echter Blaustrumpf.«
»Ich bin Lehrerin, doch dieser Titel macht mehr Eindruck bei den Herren der Schöpfung.«
»Aber er reizt doch sicher manche zum Spott?«
»Es ist leichter, den Körper einer Frau zu zerstören als ihren Geist, oder?«
Amélie schrak zusammen, als ihr in diesem Moment Papillon einfiel. »Vielleicht«, sagte sie leise. »Frei zu sein ist wohl das Beste. Und eine Aufgabe zu haben ...«
Mademoiselle Fabochon hob überrascht die Augenbrauen. »In unserer heutigen Zeit gibt es viele interessante Aufgaben für weltgewandte Damen.«
»Ich bin Geschäftsfrau«, sagte Amélie daraufhin mit fester Stimme und setzte sich gerade auf. »Sie haben sich in mir geirrt.«
»Es ist immer interessant, darüber nachzudenken, wer jemand in den Augen der Welt sein könnte.«
»Da haben Sie Recht. Wenn Sie wollen, können wir uns bald bei einer Tasse Tee unterhalten. Ich steige im Hotel Europe ab.«
»Oh, quelle noblesse! Es ist ein wunderschönes Hotel, außen Barock-, innen Jugendstil. Tschaikowsky war dort. Ach, man wird Sie dort verwöhnen. Sie finden alles vor, Friseur, Bäckerei, Schneider, Wäscherei, selbst die Limonade wird eigens hergestellt. Lifte, Telegraf – das Modernste unserer Zeit ist vorhanden.«
»Woher kennen Sie das Hotel so gut?«
»Ich habe dort vor meinem Examen eine Zeit lang als Übersetzerin gearbeitet.«

»Sie scheinen ein interessantes Leben zu führen.«
»Gehen Sie mit mir in die Philharmonie, die liegt gegenüber vom Hotel. Wir müssen uns unbedingt wiedersehen. Ich sage Ihnen, St. Petersburg ist eine wunderschöne, wirklich sehenswerte Stadt.« Sie lächelte Amélie an. »Ich glaube, wir können uns gut unterhalten, nicht? Darf ich fragen, wie Sie heißen?«
»Amélie Suzanne Duharnais.«
»Ein schöner Name, Amélie Suzanne. Welches Geschäft vertreten Sie denn nun, Mademoiselle Duharnais?«
»Raten Sie, Mademoiselle Professeur«, erwiderte Amélie lächelnd. »Was ist es: Ich nehme ihn, wenn ich froh bin und wenn ich traurig bin. Manchmal nehme ich ihn, wenn ich allein bin, und wenn ich Gesellschaft habe, dann darf er nicht fehlen. Wenn ich keinen Hunger habe, mache ich mir mit ihm Appetit, und wenn ich hungrig bin, lasse ich ihn mir schmecken. Sonst aber rühre ich ihn nicht an, außer wenn ich Durst habe. Was, denken Sie, ist es?«
»Ein außergewöhnlicher, unentbehrlicher Wremientschik.«
»Ja, da haben Sie Recht. Ein Liebhaber für jeden Augenblick. Ein Liebhaber, der Ihnen immer treu ist. Er ist der beste, edelste Bacchus-Bote.«
Mademoiselle Fabochon starrte Amélie voller Bewunderung an. »Schampanskoje, Schampanskoje!«, rief sie aus, dann reichte sie Amélie die Hand und sagte: »Viel Erfolg in St. Petersburg.«

An der Grenze zum russischen Reich, zwischen Eydtkuhnen und Wirballen, mussten alle Reisenden den Zug verlassen. Amélie erblickte das erste Mal in ihrem Leben russische Gendarmen, deren Erscheinung sie erschaudern ließ. Sie trugen zwar gemütlich aussehende Lammfellmützen und Pumphosen, doch die hohen Stiefel, vor allem aber der nach türkischer Art umgehängte Säbel und der griffbereite Revolver im Futteral bewiesen Kampfbereitschaft.

Um sich abzulenken, sprach sie einen französischen Handelsreisenden an und fragte, warum man sie alle nötige, auszusteigen und in der Kälte auszuharren. Man müsse warten, bis man in die russische Eisenbahn umsteigen könne, antwortete der Franzose und erklärte, dass Russland trotz der Unterstützung durch französische Kapitalanlagen daran festhalte, seine Bahnstrecken mit der Breitspur von 1524 Millimetern Abstand zwischen den Schienen auszurichten. Die übliche Spurweite in Mitteleuropa dagegen betrage 1435 Millimeter. Man hoffe allerdings, dass es mit diesem Eigensinn irgendwann vorbei sei, die Verärgerung bei den Reisenden sei doch zu groß. Aber so sei es nun einmal, Russland denke wie andere Länder eben auch militärstrategisch.

Und in der Tat, es dauerte eine ganze Weile, bis Papiere und Ausweise geprüft, sämtliche Güter umgeladen, das Gepäck verstaut waren und die Reisenden wieder Platz genommen hatten. Amélie überprüfte trotz der eisigen Kälte den Zustand ihrer Champagnerkisten, fand sie unverändert vor und wartete erleichtert, doch frierend, mit Lydia Fabochon darauf, dass die Lokomotive endlich wieder anzog. Leichter Schneefall hatte eingesetzt, und so weiß und hell die Flöckchen vom Himmel fielen, so lautlos nahm sie die unendliche Weite der russischen Ebene auf.

Der Zug erreichte St. Petersburg um die Mittagszeit. Noch waren die Fensterscheiben zugefroren. Zischend und pfeifend lief die Lokomotive in den Bahnhof ein. Türen wurden geöffnet. Eine gute Minute lang verhüllten dicke Rauchschwaden die Sicht und erstickten Rufe und Maschinenlärm. Doch als zu erkennen war, wie viele Menschen in Uniformen, Mänteln und Pelzen, mit Taschen, Koffern und Schachteln unterwegs waren, bemerkte Amélie etwas Eigentümliches. Es war, als ob der bunte Strom der Menschen sich an einem Punkt verlangsamen, ein wenig stocken und vorsichtig einen engen Bogen um etwas ziehen würde, das ihr, als sie sich auf der Plattform auf die Zehenspitzen stellte, so vertraut wie absurd zugleich erschien. Es waren zwei Reihen Holzkübel mit Weinreben, die so hoch waren, dass sie die Pelzmützen der Kosaken um Kopfeslänge überragten. An den Ranken flatterten blau-weiß-rote Fähnchen – Frankreichs Trikolore. Zwischen den beiden Kübelreihen standen auf einem Teppich, von dessen Dunkelblau sich der zaristische Doppeladler abhob, ein älterer Mann in dunklem Tuch und Goldtressen an Schultern und Ärmeln und ein Mädchen in weiß-rotem Wollmantel. Neben ihnen, außerhalb des Spaliers, sah sie links und rechts zwei Männer in grauem Tuch mit Goldknöpfen und hohem Kragen.

»Mir scheint, man erwartet den Botschafter von Frankreich«, meinte Lydia Fabochon spitz und nicht ohne Neid. »Nun denn, bonne chance und auf bald.«

Sie verabschiedeten sich hastig voneinander, denn mit einem Mal hatte Amélie nur noch Angst um ihre Champagnerfracht. Mochte dieses Empfangskomitee ruhig noch ein wenig warten, ihr war es im Moment wichtiger, nach ihrem Champagner zu schauen. Also drängelte sie sich durch die Menschenmenge zum Frachtwaggon hindurch.

Hier allerdings herrschte großes Durcheinander. Jeder der Reisenden suchte so schnell wie möglich an sein Hab und Gut heranzukommen. Als Amélie es endlich geschafft hatte, den Lademeister auf die Kisten aufmerksam zu machen, schüttelte dieser nur den Kopf. Bald war der Waggon fast geleert. In einer Ecke standen die Champagnerkisten, und Amélie brach der Schweiß bei der Vorstellung aus, der Zug könnte wieder anfahren und ihre kostbare Lieferung entführen. Ohne lange zu überlegen, griff sie in ihren Stiefel, zog ein paar Franc-Scheine heraus und steckte sie dem Lademeister in die Jackentasche.

Er aber schüttelte erneut den Kopf und sagte: »Rubel. Nur Rubel.«

Amélie wurde wütend, bedeutete ihm mit energischem Fingerzeig, er solle sich nicht von der Stelle rühren und die Kisten im Auge behalten, und rannte so schnell es ging zu dem noch immer zwischen den Holzkübeln wartenden Paar. Der Mann in dunklem Tuch stieß seiner Begleiterin in die Seite, woraufhin diese sofort einen tiefen Knicks machte. Es war ein Mädchen mit rundem Kopf, wasserblauen Augen und kleinem vollem Mund.

»Bienvenu, bienvenu«, stammelte sie, und das Blut schoss ihr vor Verlegenheit ins Gesicht.

»Madame Duharnais?«, fragte der Mann, der um die fünfzig sein mochte und einen dichten schwarzen Schnauzbart hatte.

»Mademoiselle Duharnais«, verbesserte Amélie.

Eine leichte Röte huschte über seine Wangen, und er fuhr etwas verunsichert fort: »Verzeihen Sie, Mademoiselle. Wir heißen Sie in Monsieur Tschernyschews Namen herzlich willkommen. Herzlich willkommen, Mademoiselle!« Er verbeugte sich tief. »Mein Name ist Walodja.

Mein Herr stellt mich Ihnen als Leibwache zur Verfügung, und dies ist Marja, Ihre Zofe, Ihr Mädchen für alles. Verfügen Sie über uns, wie es Ihnen beliebt. Wir werden uns immer bemühen, Ihnen jeden Wunsch zu erfüllen. Monsieur Tschernyschew lässt Sie sehr herzlich grüßen und bittet Sie, sich zunächst von der Reise zu erholen.«
»Vielen Dank, danke«, erwiderte Amélie unruhig. »Kommen Sie bitte schnell, sonst geht uns mein Champagner verloren.« Sie lächelte dem Mädchen zu und eilte zurück zum Waggon, Walodja und zwei der grau betuchten Männer hinter sich. Amélie beobachtete, wie Walodja den Lademeister mit einem kurzen Wortschwall bedachte und ihm einen Rubelschein zusteckte. Daraufhin stiegen die Graubetuchten in den Waggon und transportierten vorsichtig Kiste für Kiste ab.
»Entschuldigen Sie bitte, Mademoiselle. Hier bei uns hilft manchmal ein kleines Bakschisch, damit man an sein Ziel gelangt. Kommen Sie, erweisen Sie uns die Ehre, über den Zarenteppich zu schreiten.« Er verbeugte sich wieder.
»Sie sprechen sehr gut Französisch. Sind Sie St. Petersburger?«, fragte Amélie neugierig.
»Nein, ich bin Kaukasier, Mademoiselle. Doch Französisch wird fast überall gesprochen – am Hof, in Bürgerhäusern, jedem besseren Büro und Geschäft«, antwortete er. »Vertrauen Sie mir ruhig. Ich werde Sie beschützen, Tag und Nacht. Treten Sie mich mit Füßen, schlagen Sie mich, geben Sie mir Mücken, Stroh und Sumpfwasser, es ist mir gleich. Ich werde Ihnen stets treu dienen.« Wieder verbeugte er sich, diesmal tiefer als zuvor.
»Ich dachte, die Leibeigenschaft sei längst aufgehoben.«
»1861, das ist richtig, Mademoiselle. Als ehemaliger Ober-

leutnant weiß ich aber wohl, für wen es sich zu dienen lohnt.«

»Monsieur Tschernyschew muss demnach mehr von Ihnen halten als die Armee, oder?«

Walodja breitete seine Arme aus, um drängelnde Passanten von Amélie fern zu halten. »Monsieur Tschernyschew ist ein erfahrener Mann, im Herzen ein echter Russe, im Kopf ein wahrer Kosmopolit. Er hat mich wieder an das Leben glauben lassen.«

Das Spalier von Weinreben rührte Amélie sehr, zumal die Weinblätter kunstvoll aus Seidenpapier, die Trauben aus Wachs gefertigt waren. Als sie die beiden letzten Holzkübel passiert hatte, ertönte plötzlich Kindergeschrei. Sie drehte sich um und sah, wie ein wohl dreijähriges Mädchen schrie und spuckte. In seinen Fäusten hielt es noch den zermatschten Wachsbrei. Die Mutter, augenscheinlich eine bettelnde Bäuerin, schimpfte laut und schlug dem Kind auf den Kopf und die Händchen, woraufhin es sofort verstummte.

»Da sehen Sie, das ungebildete Volk, sein Hunger, seine Sehnsucht«, murmelte Walodja missmutig. »Das hat die Kirche nun davon, wenn sie dem Menschen Verzicht predigt. Stehlen tut das Volk, jawohl, stehlen.«

»Das Kind hungert im reichen St. Petersburg?«

»Sie müssen wissen, gerade im Winter, wenn es auf dem Land wenig zu tun gibt, kommen viele arme Bauern in die Stadt.« Er warf der Frau ein Geldstück zu, die sich daraufhin dankend auf die Knie warf und sich bekreuzigte.

»Sie kann nichts tun, sie hat das Kind«, murmelte Amélie mitleidig.

»Aber der Mann, wenn sie denn einen hat«, entgegnete Walodja leise. Fragend sah ihn Amélie an, und er fügte

hinzu: »Mal arbeiten sie als Kutscher oder Lakai, mal als Maler oder Zimmermann, Steinklopfer oder Koch, je nachdem.« Er schwieg abrupt. »Verzeihen Sie, ich erzähle zu viel.«
»Keineswegs, im Gegenteil. Das, was Sie sagen, ist neu für mich und sehr interessant«, erwiderte Amélie rasch und nahm sich vor, ihn irgendwann zu fragen, warum er lieber einem Kaufmann als der zaristischen Armee diene. Dann schritt sie durch das Bahnhofstor.
Die Luft, gegen die sie im Freien prallte, war eiskalt, und Amélie glaubte einen Moment, die Wucht dieses ungewohnten nordischen Klimas könnte sie betäuben. Sie blieb stehen und versuchte vorsichtig, durch die Nase einzuatmen. Seltsamerweise glaubte sie einen Geruch wahrzunehmen, den sie hier, in einer Metropole wie St. Petersburg, an der Außenmauer seines Bahnhofs, niemals erwartet hätte. Ihr schien es, als ob die tiefen Minusgrade etwas nicht abtöten könnten, was ihr vertraut vorkam. Es war eindeutig, der Schnee auf den Dächern, Straßen und Plätzen roch. Selbst das bläuliche Weiß des Himmels roch. Es roch nach dem Salz des Meeres, nach der Weite des Nordens, nach aufschäumenden Wellen, nach Sand, nach Wind, der durch ferne Wälder und Steppen fegte.
Benommen, als hätte man sie aus einem tiefen Traum geweckt, bestieg sie einen großen vierspännigen Schlitten. Hinter diesem wartete ein weiterer, auf den jetzt nach und nach ihre Champagnerkisten geladen wurden. Marja sprang ihr entgegen und half ihr, sich in die dicke Pelzdecke einzuwickeln.
Es ist seltsam, dachte sie wenig später in ihrer Hotelsuite, wie schnell man sich an eine fremde Umgebung gewöhnt, wenn diese so komfortabel ist wie hier. Alles, die Größe

der beiden Räume, das eigene Badezimmer, die bequemen Polstermöbel, das breite Bett mit gesteppter Seidendecke, erschien ihr so luxuriös, so warm und heiter, als hätte alles nur auf sie gewartet, um sie zu verwöhnen.
Auf einem Tisch hatte Tschernyschew seinen Willkommensgruß herrichten lassen – ein wunderschöner Blumenstrauß aus lachsfarbenen und weißen Rosen, deren Duft so vollkommen und edel war, dass sich Amélie fragte, ob es noch bessere bei dem Empfang für die Zarin in Paris gegeben hatte. Daneben stand eine silberne Schale voller Eisstücke, auf denen ein Kristallfläschchen mit Wodka, eine gläserne Deckelschale mit Kaviar und ein Röhrchen aus bemaltem Glas standen. In diesem Röhrchen befand sich ein Brief von Tschernyschew, in dem er sie willkommen hieß und für den morgigen Abend zu einem Essen in sein Haus an der Newa einlud.
Noch bevor sie das Grand Hotel erreichten, hatte sie sich vorgenommen, als Erstes Depeschen an ihre Eltern und an Papillon aufzugeben, doch die atemberaubende Schönheit des großen Hotels und seine Atmosphäre verleiteten sie dazu, sich dem Schönen zu ergeben.
Lydia Fabochon hatte Recht, ein noch schöneres Hotel war kaum vorstellbar – und ein größeres ebenfalls nicht. Das Grand Hotel Europe zog sich mit seinen fast dreihundert Zimmern die Michailowskaja uliza bis zum Platz der Künste hin und lag so zentral, wie man es sich als Tourist nur wünschen konnte, in direkter Nähe zum berühmten Newski-Prospekt, St. Petersburgs Prachtboulevard. Noch während sie in der Badewanne lag und Marja ihre Koffer auspackte, nahm sie sich vor, morgen eine der schönsten Straßen der Welt mit eigenen Füßen abzumessen.
Bald saß sie auf den Polstern des mit blassgrünem

Damast bezogenen Diwans, löffelte Kaviar, schlürfte winzige Schlückchen Wodka und wartete darauf, dass Walodja ihr jene Champagnerkiste brachte, die sie eigens für sich selbst reserviert hatte. Er bewies seine Zuverlässigkeit, indem er ihr diese brachte, noch bevor die beiden Hotelbediensteten das bestellte Essen servierten.
Amélie ließ ihre Flasche mit dem 92er Champagner entkorken und sich einschenken. Der erste kühle Kuss ihres eigenen Champagners in St. Petersburg – es war, als würde sie wie von einer wunderbaren Himmelsmacht wiederbelebt. Und zugleich erinnerte er sie an ihre Wurzeln, ihren Besitz, verlieh ihr Festigkeit und Trost. Er erfrischte, belebte, ja stärkte sie in dem, was sie war – jung, schön, willensstark und selbstbewusst.
Sie erhob sich und setzte sich an den Schreibtisch. Ein kurzes freundliches Grußwort, das sie Walodja an eine ihrer Champagnerflaschen binden ließ, richtete sich mit den besten Empfehlungen an die Geschäftsleitung des Hotels. Erst als Walodja mit dem Geschenk gegangen war, um es zu überbringen, schoss ihr der Gedanke durch den Kopf, wie stolz ihr Vater auf sie wäre, hätte er ihr zusehen können. Zufrieden setzte sie sich wieder und beobachtete, wie ihr Abendessen aufgetragen wurde – Gemüsebouillon, Pasteten mit Zanderfilet und frischen Kräutern, Perlhuhnbrüstchen zu Kartoffelgratin und glasierten Birnen, Himbeersorbet und süßes Gebäck, dazu eine Schale voller köstlicher Pralinés.

Am nächsten Morgen erst bemerkte Amélie, dass Marja sich bereits um die Reinigung ihrer Kleidung und Stiefel gekümmert, Walodja aber die ganze Nacht hindurch auf einem Sessel vor ihrer Suite gewacht hatte.

»Mir geht es wie früher Ihrem Feldherrn Napoleon«, erklärte er verlegen. »Ich brauche nur drei, vier Stunden Schlaf. Und selbst dann höre ich genauso gut, wie wenn ich wach wäre.«

Amélie war sprachlos. Dann stellte sie fest, dass Marja, während sie noch geschlafen hatte, die Franc-Scheine aus dem Stiefelfell genommen, in ein Kuvert gesteckt und auf den Schreibtisch gelegt hatte. Als sie ihr dankte, lief sie nur rot an, knickste und meinte, es sei ihre Aufgabe, sich um Mademoiselle Duharnais' Wohlbefinden zu kümmern, was immer es auch sei. Sie mochte gerade mal drei, vier Jahre jünger sein als sie. Doch da Amélie an selbstständige, körperliche Arbeit gewöhnt war, war es ihr peinlich, eine junge Frau an der Seite zu haben, die ihr jeden Handgriff abnehmen wollte. Natürlich würde sie ohne Zofe zurechtkommen, doch sie durfte sie nicht zurückweisen, sonst würde sie Marja und auch ihren Gastgeber kränken.

»Woher kommen Sie, Marja?«, fragte Amélie, um ihre Verlegenheit zu überbrücken.

»Aus St. Petersburg«, sagte diese und schaute Amélie von der Seite an, so als wüsste sie, dass sie ihr mit dieser kurzen Antwort nichts anderes als einen Appetithappen für weitere Fragen hingeworfen hatte.

»Und Ihre Eltern haben Ihnen diesen Beruf ausgesucht?«, hakte Amélie vorsichtig nach.

»Meine Mutter war die Geliebte eines Großfürsten. Sie brauchte mich nicht«, antwortete Marja rasch. »Es gibt genug unerwünschte Kinder.«

»Und Monsieur Tschernyschew erbarmte sich Ihrer?«

»Er fand mich auf der Straße. Jemand hatte mich als Säugling auf die Steinstufen vor einem der Paläste an der

Newa abgelegt. Es war im Frühling, kurz bevor die Schneeschmelze einsetzt. Wenig später, und die Flut hätte mich weggespült.«
»Das ist ja entsetzlich. Jemand hat es dem Schicksal überlassen, ob Sie gerettet werden oder die Natur Sie tötet?«
»Monsieur Tschernyschew hat mir das Leben geschenkt«, unterbrach Marja mit belegter Stimme. »Er hat es mir gegeben. Verzeihen Sie, ich belaste Sie mit meiner Geschichte.«
Amélie fasste Marja sanft an den Schultern. Wie stark sie ist, fuhr es ihr durch den Kopf. Welch zähe Kraft in ihrem Körper steckt.
»Es tut mir Leid, dass ich Sie gefragt habe, Marja. Nichts liegt mir ferner, als Wunden aufzureißen. Manchmal sind jene Menschen, die uns besonders nahe stehen, zerstörerischer, als wir wahrhaben wollen. Glauben Sie mir, wenn ich Ihnen sage, dass es besser ist, ganz bei sich selbst, ganz bei der eigenen Kraft zu sein?«
»Sie haben bestimmt Recht, Mademoiselle.« Marja schlug die Augen nieder und knickste.
»Bitte tun Sie mir einen Gefallen, Marja«, sagte Amélie daraufhin. »Lassen Sie das Knicksen, ja?«
»Das geht nicht. Das wäre beleidigend für Sie.«
Amélie lachte. »O nein, im Gegenteil. Also machen wir es so: Sobald uns jemand sieht, knicksen Sie, comme il faut. Sind wir allein, lassen Sie es bleiben. Einverstanden?«
»Danke, gerne, vielen Dank.«
»Eines wüsste ich noch gern, wenn es Ihnen nichts ausmacht, Marja. Kennen Sie Ihre Mutter?«
»Nein. Man sagte mir, sie habe sich zu Tode getrunken. Das ist hier bei uns in Russland nicht selten«, fügte sie beinahe heiter hinzu. »Es geht ganz still, ganz leise, ohne

Klagelied vor sich. Niemandem fällt der Sterbende zur Last. Niemand muss sich schuldig fühlen. Es ist besser, auf das Leben zu verzichten, um in den Himmel zu kommen.«
»Sagen das euch eure Popen?«
»Ja.«
Was für ein duldsames Volk, dachte Amélie erschüttert.
»Solange du kannst, musst du kämpfen«, entfuhr es ihr. Erst als Marjas Verstand den Sinn ihrer Worte erfasst hatte und sich ihre Augen weiteten, wurde Amélie bewusst, wie sehr sie Französin war.

Schneidend kalter Wind peinigte am nächsten Morgen Amélies Gesicht, als sie das Hotel verlassen hatte und einen Moment unschlüssig war, in welche Richtung sie die berühmte Prachtstraße, den Newski-Prospekt, entlanglaufen sollte. Die Straße zu überqueren schien ihr unmöglich. Ihre ganze Breite war dicht von Wagen, einfachen Karren, Sechsspännern, Vierspännern, kleineren Kutschen, Droschken und Schlitten bevölkert. Es war ein Brausen, ein Tumult, der Amélie nach der tagelangen stumpfen Bahnfahrt fast betäubte. Und das, obwohl das Holzpflaster die Geräusche der Hufe und Räder dämpfte.
Wegen des Ostwinds entschloss sie sich, sich nach rechts zu wenden, sodass ihr der Wind nicht ins Gesicht, sondern in den Rücken blies. Walodja machte sie darauf aufmerksam, dass sie sich die vor ihr liegende, weithin sichtbare goldene Turmspitze der Admiralität als Orientierungspunkt merken solle. Dann folgte er ihr mit einigen Schritten Abstand.
Es war angenehm, auf den fast vier Meter breiten Trottoirs zu gehen, sich in den Strom der Flaneure einzurei-

hen. Nach einer Weile wurde ihr bewusst, wie wenig russisch ihr das neue Umfeld vorkam. Im Moment konnte sie sich keinen Ort vorstellen, der kosmopolitischer war als dieser. Abgesehen von den französischen, englischen, holländischen und orientalischen Sprachbrocken, die sie im Vorübergehen hörte, reihten sich zu beiden Seiten in beinah ununterbrochener Linie elegante Läden, Geschäftshäuser, Paläste, Großmärkte, Kirchen und Kathedralen verschiedener Konfessionen aneinander. Hinter hellen Scheiben lockten Luxuswaren aus aller Herren Länder – Pariser Modeartikel und Parfüms, Schweizer Uhren, russisches Backwerk, Felle aus Astrachan, Porzellan aus Sèvres, armenisches Silber, französische Bijouterien, persische Teppiche, chinesische Keramiken, russische Pelze, Wiener Feinkost.

Vor lauter Schauen nach allen Seiten stieß sie immer wieder mit Menschen zusammen, mit solchen, die bummelten ebenso wie mit solchen, die hasteten und schleppten.

Sie sah Gesichter aller Kulturen: Muschiks im langen Kaftan unter zottigem Schafspelz, Offiziere in goldbetressten Uniformen, chinesische Kaufleute, aber auch deutsche Handwerker mit Werkzeugtasche oder holländische und englische Seeleute in Paradeuniform, zwischendurch eitle Fähnriche, deren klirrende Säbel auf dem Trottoir Kratzspuren zogen.

Manchmal roch es nach frischem Brot, dann wieder nach Rosenöl, geräuchertem Fisch, Pferdeschweiß, Lederwichse, frischen Pasteten und ab und zu nach dem Salz der Ostsee, deren Wellen der Winter noch immer unter dickem Eis zurückhielt.

Trotz der Kälte und des schneidenden Winds verharrte

Amélie schließlich auf der Schlossbrücke, die die Newa überspannte und die Basilius-Insel mit der Großen Seite, der Landseite St. Petersburgs, verband.
Wie unglaublich breit dieser Fluss ist, dachte sie. Er machte den Eindruck, als ob er selbst jetzt, da er starr war, zu erkennen geben wollte, wer die Stadt beherrschte – das Wasser, allein das Wasser, das diesen Ort aus Stein mit dem Westen Europas verbindet.
Amélie drehte sich gen Süden und betrachtete den Winterpalast zur Linken der Brücke und die Admiralität mit ihrer hohen goldenen Nadelspitze zur Rechten. Welche Macht sie ausdrückten – und welche Schönheit. Welch ein Triumph über die Natur, welche Leistung von Handwerkern und Architekten.
Amélie legte ihre Hand über die Augen, um die Form der Wetterfahne hoch oben an der Spitze des Admiralitätsturms zu erkennen.
»Es ist eine Karavelle«, meldete sich Walodja vorsichtig zu Wort. »Ein Kriegsschiff aus dem 18. Jahrhundert. Sie ist unser Wahrzeichen.« Amélie nickte ihm aufmunternd zu, und so fuhr er fort: »Dort, auf der Haseninsel ...« Er hob den Arm und wies in nördlicher Richtung auf eine kleine Insel, auf der eine gewaltige Festung stand. »Dort setzte Peter der Große den ersten Spatenstich für seine Stadt. Das war am 16. Mai 1703. Und dort, wo heute die Admiralität steht, errichtete er seine erste Werft, um Schiffe zu bauen, die seine Stadt gegen die Schweden verteidigten und durch Handel reich werden ließ.«

Amélie folgte seinem Blick auf die große Peter-und-Pauls-Festung. Die hohe Turmspitze der Peter-und-Pauls-Kathedrale stach selbstbewusst in den blassblauen Himmel. Walodja begann mit seinem Zeigefinger ein Sechseck in den Schnee der Brückenbrüstung zu malen.

»Das ist die Form der Festung«, sagte er. »Ein ungleichmäßiges Sechseck, und hier in der Mitte sind unter dem Dach der Kathedrale die Zaren begraben.« Er bohrte ein dunkles Loch in den Schnee.

»Dann war Peter der Große der erste Zar?«, fragte Amélie neugierig. Hatte sie bisher fast ausschließlich in der Gegenwart gelebt, in der täglichen Arbeit im Weinkeller und Weinberg, so blies ihr hier der Atem der Geschichte ins Gesicht.

»Nein, nein, Mademoiselle, Peter der Große war nicht der erste Zar«, entgegnete Walodja, wobei er über seinen Schnurrbart strich und den Mund mal nach links, mal nach rechts zog, als ob er nach den richtigen Worten suchen würde. »Also«, sagte er schließlich, »ganz am Anfang, gab es hier im Norden nur slawische Nomaden. Rurik, ein großer Wikingerfürst, schlichtete deren zahlreiche Streitigkeiten und gründete die erste russische Dynastie in Nowgorod. So viel ist sicher. Um 1240 fielen die Tataren ins Land ein und zerstörten unter Dschingis Khan nicht nur Kiew, sondern die bis dahin geschaffene Selbstverwaltung und Kultur. Ganze Regionen wurden verwüstet, Menschen zu tausenden grausam ermordet. Das Joch hielt über zweihundert Jahre, bis Iwan III. die Tartaren vertrieb. Iwan IV., der Schreckliche, wurde dann der erste Moskauer Zar. Erst 1613 begründete Michael Romanow die heutige, gleichnamige Zarendynastie.«

»Peter der Große ist also sein Sohn?«

»Nein, sein Enkel. Ihm verdankt Russland, dass es Großmacht in Nordeuropa wurde, denn er besiegte 1709 in der berühmten Schlacht von Poltawa die Schweden unter

Karl XII. Damit rückte die Grenze Russlands ein ganzes Stück nach Westen. Peter der Große hatte erreicht, was er wollte – den freien Zugang zur Ostsee.«
»Sie kennen sich in der Geschichte Ihres Landes sehr gut aus, Walodja«, sagte Amélie nicht ohne Bewunderung. »Als Fremdenführerin in Frankreich könnte ich Ihnen kaum so viel erzählen wie Sie mir in dieser kurzen Zeit.«
»Ein Offizier kann nie genug wissen«, murmelte er nur und schaute mit zusammengekniffenen Augen über die breite Newa landeinwärts.
»Verraten Sie mir, warum Sie dem Zaren nicht mehr dienen?«
»Nun, man erwies mir die Ehre, mich zum einfachen Soldaten zu degradieren, weil ich bei einer Quadrille auf dem Hofball aus dem Takt kam.«
Amélie lachte. »Und Sie auf ein seidenes Damenfüßchen traten, wie?«
Walodja schaute sie ernst an. »Richtig, Mademoiselle. Genau dies war der Grund.«
»Man hat Sie aus solch nichtigem Grund degradiert, aus reiner Willkür?«
»Willkür ist eines der besten Mittel zum Herrschen«, entgegnete er.
Welch seltsamer Mann, dachte Amélie, welch unheimliches Land. Gab es hier denn nur auf der einen Seite die Zaren, auf der anderen das einfache Volk und dazwischen Menschen in Uniformen, die den kaiserlichen Launen als Spielbälle dienten?
Lag es am gleißenden Leuchten der Turmspitze, an der Anstrengung der Reise oder dem Stehen in der Kälte, dass ihre Augen tränten und Walodjas Sechseck im Schnee zu verschwimmen begann? Sie senkte den Blick, weil kleine

dunkle Flecke, die sich rasch bewegten, ihre Aufmerksamkeit auf den Fluss lenkten. Es waren Kinder, die das Newaufer hinab aufs Eis rutschten. Sie zogen kleine Schlitten hinter sich her und liefen auf einen künstlichen Eisberg zu, der Amélie erst jetzt auffiel. Sie schaute genauer hin und erkannte, dass es sich um ein hohes Brettergerüst handelte, das auf einer Seite eine Treppe zum Hinaufsteigen hatte und auf der anderen steil abfiel und in weitem Bogen auslief. Diese Bahn bestand aus dicken Eisquadern, die man mit Wasser übergossen haben musste, denn sie sah glatt wie ein Spiegel aus. Die Kinder hasteten kreischend die Treppe hinauf, setzten sich auf die Schlitten und sausten mit hoher Geschwindigkeit die Eisbahn hinab, wobei sie vor Vergnügen schrien.
Die Schlitten schossen weit über das Eis der Newa hinaus, und dennoch folgte ihnen ein Mann mit Bauchladen und pfiff laut, um auf seine Süßigkeiten aufmerksam zu machen. Ein paar der Älteren, die gerade wieder auf dem Eis gelandet und zu Atem gekommen waren, kauften ihm kandierte Früchte ab, die sie sich sofort in den Mund stopften.
»Ein Überbleibsel aus der Butterwoche«, sagte Walodja. »Wenn der Frühling beginnt und die Schneeschmelze anfängt, wird es gefährlich. Dann reißt das Eis.«
»Was ist die Butterwoche?«, fragte Amélie neugierig.
»Es ist ein beliebtes Volksfest in der letzten Woche vor dem siebenwöchigen Fasten vor Ostern. Dann dürfen wir kein Fleisch, aber Butter essen. Und in der Butterwoche stehen hier Buden, Karussells und Puppentheater. Seiltänzer, Bärenführer, Pantomimen und Gaukler ziehen dann hier dem Volk die Kopeken aus der Tasche. Stellen Sie sich vor, ein Rutsch vom Eisberg kostet eine halbe Kopeke. Das Volk kommt von mittags bis abends. Und in die-

ser einen Woche bleiben dem Unternehmer nach allen Auslagen und Abzügen an die Polizei mehrere tausend Rubel Gewinn.«
»Ein Rubel sind einhundert Kopeken, nicht wahr?« Walodja nickte. Nach einer Pause fragte Amélie vorsichtig: »Besucht auch Monsieur Tschernyschew die Butterwoche?«
»Alle wohlgeborenen und hochwohlgeborenen Herren und Damen kommen. Ihre Equipagen kreisen dann um den Festplatz. Manchmal stundenlang. Wie in einer Prozession. Doch bald ist ja Ostern, dann wird hier erneut gefeiert und Sie können sich ein eigenes Bild machen.«
Amélie, der es plötzlich so vorkam, als säße sie auf einer fremden Scholle, die forttrieb, ohne dass sie wusste, wohin, sehnte sich nach Ruhe und Zeit, um das zu verarbeiten, was ihr Walodja erzählt hatte. »Gehen Sie nur, Walodja, ich finde den Weg allein zurück.«
Er schaute irritiert auf. »Das darf ich nicht, Mademoiselle. Ich bin Monsieur Tschernyschews Befehl verpflichtet.«
»Sorgen Sie sich nicht, Walodja, heute Abend werde ich mit Monsieur Tschernyschew sprechen. Gehen Sie nur. Ich gebe Ihnen frei.« Sie reichte ihm die Hand. »Danke, dass Sie mir so schön über Ihre Stadt berichtet haben. Bis heute Abend also.« Sie nickte ihm freundlich zu.
»Ich darf Sie nicht unbewacht lassen, Mademoiselle.«
»Warum? Ich gehe über die Brücke zurück, folgte dem Newski-Prospekt, auf dessen linker Seite das Grand Hotel liegt. Wer sollte mir etwas Böses tun?«
»Niemand«, entfuhr es ihm, »und doch, Sie stehen unter dem persönlichen Schutz meines Herrn, und ich trage die Verantwortung für Sie.«
»Und wenn mir etwas zustoßen würde, verlören Sie Ihren

Posten? Nein, Walodja, niemand ist für mich verantwortlich außer ich selbst. Ich kann auf mich allein aufpassen.«
Er verbeugte sich. »Sie wollen allein sein. Das verstehe ich. Verzeihen Sie meine ungebührliche Aufdringlichkeit.«
Amélie schüttelte den Kopf. »Keine Demut. Genießen Sie den Tag, tun Sie, was Ihnen gefällt. Auf meine Verantwortung.«
Walodja verbeugte sich tief. Er ging zwar zögernd, doch er ging.
Mein Gott, dachte Amélie, wenn Großvater wüsste, dass er mir auch noch seine Autorität vererbt hat.
Als Walodja nicht mehr zu sehen war, atmete sie auf. Es war schön, allein zu sein. Gestern um diese Zeit hatte sie noch im Zug gesessen und mit Lydia Fabochon geplaudert, jetzt galt es, die Atmosphäre dieser fremden Stadt mit allen Sinnen in sich aufzusaugen.
Mutig trat Amélie den Rückweg an. Sie ging über die Brücke, auf den Winterpalast zu, schritt an seiner Fassade entlang und betrat neugierig den hinter ihm liegenden, sich in einem riesigen Halbkreis erstreckenden Schlossplatz. Links war der Winterpalast, rechts ein Triumphbogen. Auf dem Platz hätten tausende von Menschen tanzen können. In der Mitte erhob sich eine gigantische Säule, auf deren Spitze ein goldener Engel mit Kreuz zu erkennen war.
Unter dem Triumphbogen hinter der Säule schossen plötzlich mehrere Schlitten mit johlenden Kindern hervor. Zottlige, magere Hunde zogen sie und japsten angestrengt, während die Schlittenführer Lederpeitschen knallen ließen. Als ein dunkles Etwas von einem der Schlitten kullerte, rissen die Hunde ungeachtet der Schläge ihre

Gefährte herum und jagten dem davoneilenden Dunklen hinterher.

Fasziniert und gleichermaßen erschrocken trat Amélie weiter auf die Mitte des Platzes zu. Bald erkannte sie, dass das Ziel der Hunde ein kleiner Bär war, den eines der Kinder mitgenommen hatte. Jetzt begann eine Hetzjagd um die hohe Säule. Der kleine Bär rannte mehrmals um das Monument, kletterte die hohen Stufen des Sockels hinauf und hinunter, rannte erneut im Kreis, und die Kinder schrien vor Vergnügen. Nur eines von ihnen ließ sich in den Schnee fallen, um den Ausreißer einzufangen.

Amélie ging weiter, um besser zuschauen zu können. Doch immer wieder zog die hohe Säule ihren Blick nach oben, die an den Sieg des Zaren Alexander I. über Napoleon erinnern sollte.

Noch immer ging es laut her, die Hunde bellten wütend, und dazwischen brüllten zwei Uniformierte. Plötzlich war es still. Amélie kam der Säule so nah, dass sie sehen konnte, dass eines der Kinder den kleinen Bären in einen Sack gesteckt hatte, aus dem nur seine Krallen herausschauten. Die Uniformierten drohten den Kindern mit dem Stock und verteilten ihre Hiebe auf die winselnden Hunde, die daraufhin den Platz verließen und der Newa entgegenhetzten. Jetzt war nur noch das Knirschen der Kufen im Schnee und das Hecheln der Hunde zu hören.

Amélie atmete tief durch. Welch ein unangenehmer Spuk, dachte sie und umkreiste nun selbst die Säule, stieg die vom Schnee freigefegten ersten drei Stufen hoch und kam sich winzig vor, als sie feststellte, dass der untere Sockel höher war als sie. Sie trat um ihn herum und schaute zu den noch höheren Basreliefs hoch, die die Säule im unteren Teil verzierten. Schritt für Schritt, den Kopf in den Nacken gelegt, betrachtete sie die in Bronze gegossenen Allegorien. Wäre doch Napoleon nicht in dieses riesige eiskalte Russland eingefallen, dachte sie verärgert. Als Touristin soll ich dieses Monument bewundern, das mich als Französin beschämt.

Sie grübelte noch eine Weile über den Sinn der Figuren mit den sanften Gesichtszügen nach und befand schließlich, dass es keinen Krieg quer durch Europa gegeben hätte, hätten die Herrscher das beherzigt, was hier in geschönter Bronzeform das Blutvergießen der Schlachten ignorierte, nämlich Weisheit, Friede und Gerechtigkeit.

Oberhalb der Reliefs hockten Adler. Die Schnäbel weit aufgerissen, schlugen sie mit ihren bronzenen Schwingen und schrien den Triumph Russlands in alle vier Himmelsrichtungen hinaus.

Amélie stellte sich vor, ihr Großvater könnte sie hier sehen. Und deshalb bist du nach St. Petersburg gefahren – um dich demütigen zu lassen?, hörte sie ihn rufen. Unsinn, rief sie in Gedanken zurück, das alles ist schon lange her. Ich lebe *jetzt!* Die Geschichte der Länder wird weitergeschrieben.

Plötzlich schallte lautes Türenschlagen über den Platz und riss sie aus ihren Gedanken. Kurz darauf wurde irgendwo ein Fenster aufgerissen, und eine tiefe Männerstimme war zu hören.

»Denken Sie an Benckendorffs Worte: Die Gesetze werden für die Untertanen gemacht. Hören Sie, für die Untertanen, nicht für die Behörden.«

Der Mann lachte so selbstgefällig, dass sie sich neugierig umdrehte. Der, dem die Worte galten, stand mit dem Rücken zu ihr gewandt und schaute zum Fenster hinauf. Er trug keine Uniform, sondern war ein Zivilist in einem modern geschnittenen Mantel, wie man ihn auch in Paris sehen konnte.

»Ich pfeife auf Benckendorff, auf Ihre Geheimpolizei, auf Ihren gesamten Apparat, Nikolaj Petrowjowitsch!«, rief dieser nun selbstbewusst. Er hatte eine angenehme Stimme.

»Bedenken Sie, was Sie sagen. Seien Sie besser vorsichtig.«

»Das fällt mir gar nicht ein. Die Wahrheit ist, solange Papierköpfe und Stempeldrücker dieses Land lahm legen, bleibt Russland ein Land aus Hütten und Palästen und somit rückschrittlich.«

Er wandte sich zum Gehen und drehte sich zum Schlossplatz um. Dabei fing er Amélies Blick auf. Er schaute ein wenig zu ihr hoch, da sie noch immer auf der oberen Stufe der Alexandersäule stand und ihn interessiert musterte.

Ein attraktiver Mann, dachte sie. Bin ich so weit gereist, um endlich einmal einen Mann zu sehen, der mir sofort gefällt?

Er war groß, höchstens dreißig Jahre alt und von einer Aura umgeben, die kühl und faszinierend zugleich war. Er war glatt rasiert, und über Wangen und Kinn lag ein feiner dunkler Hauch, umrahmte Lippen, die trotz der Kälte weich und warm wirkten. Sie versuchte sich vorzustellen, wie es wohl sein mochte, wenn die distanzierte Aura dieses Mannes dahinschmolz und sie der Grund dafür wäre. Als hätte er ihre Gedanken gelesen, leuchteten seine Augen auf und spiegelten Überraschung und Interesse.

Wie seine Stimme wohl klingt, wenn er zärtlich spricht, dachte Amélie. Und was würde ich fühlen, wenn diese Lippen über mich tasteten und ich nackt wäre? So, wie er

mich ansieht, kommt es mir vor, als hätte ich noch nie gelebt.
Als lautes Lachen ertönte und daraufhin das Fenster zugeschlagen wurde, zerbarst der Zauber des Augenblicks. Amélie glaubte zu spüren, wie der Fremde sich widerstrebend aus dieser kurzen, stillen Zwiesprache löste. Er folgte der Spur der Kinderschlitten, ging in Richtung Newa. Amélie sah ihm nach.
Eine in Zweierreihen marschierende Mädchenklasse kam ihm entgegen. Die Schülerinnen trugen dunkelblaue Mäntel, deren Krägen wie die Mützen und Muffe aus weißem Pelz waren. Als sie auf gleicher Höhe waren, knicksten einige der Mädchen, tuschelten oder blickten verschämt, während ihre Lehrerin dem Mann freundlich zunickte. Doch er beachtete sie nicht. Amélie wartete noch einen Moment, bis seine Gestalt auf dem riesigen Platz kleiner geworden war. Dann stieg sie vom Sockel und näherte sich der Mädchenklasse, die vor der Säule stehen geblieben war, um sie zu betrachten. Da die Mädchen französisch miteinander sprachen und die Lehrerin aus ihrer Mappe einen Prospekt zog, grüßte Amélie und fragte, ob sie ihren Erläuterungen über die Alexandersäule lauschen dürfe. Die Lehrerin freute sich und begann zu erzählen. Und während Amélie erfuhr, dass ausgerechnet ein Franzose, Auguste Monferrand, diese Siegessäule geschaffen hatte, dachte sie an den fremden Mann und wie reizvoll es wäre, ihn wiederzusehen. Endlich ein Mann, der mich neugierig macht. Wer er wohl war?
»Es ist eine dorische Säule«, hörte sie die Lehrerin sagen. »Sie wiegt über siebenhundert Tonnen und ist siebenundvierzig Meter hoch, mit Sockel natürlich. Sie ist die höchste Triumphsäule der Welt. Der Stein ist aus Granit und

stammt aus einem Steinbruch am Ufer der Ostsee. Vierhundert Arbeiter und zweitausend Soldaten haben sich in die Seile gelegt, um ihn aufzurichten. Das schafften sie in nur hundertfünf Minuten. Sie steht unverankert, in einem Stück, und ruht allein auf ihrem eigenen Gewicht. Und doch wird sie gehalten vom Segen der Kirche und der Gnade Gottes.«

»Sie leben in einem reichen Land voller Wunder, die von den Menschen möglich gemacht werden, Madame«, sagte Amélie.

»Sie haben Recht, und Zar Peter verdanken wir das größte Wunder, nämlich diese Stadt. Sie sind das erste Mal hier?«

Amélie bejahte.

»Man nennt St. Petersburg auch das Venedig des Nordens. Sie werden sehen, die ganze Stadt ist ein architektonisches Meisterwerk. Flüsse und Kanäle teilen sie, und unzählige Brücken halten sie zusammen. Besonders schön ist es im Sommer, wenn die Nächte weiß sind und das Licht zu tanzen scheint. Wenn Sie können, bleiben Sie. Sie werden St. Petersburg bestimmt nie vergessen. Es hat ein russisches Herz und einen europäischen Geist.«

Dann fragte Amélie im Selbstbewusstsein einer verheirateten Frau nach dem Namen desjenigen, der ihnen vorhin entgegengekommen sei. Die Lehrerin schnappte nach Luft, doch einige der Mädchen waren schneller als sie und sagten, es handle sich um den Fürsten Baranowskij. Bevor die Lehrerin etwas entgegnen konnte, beeilte sich eines der Mädchen zu fragen: »Die Flüsse, Madame, was bedeuten die Flüsse auf dem Relief?«

Hin und her gerissen zwischen Amélies Neugierde und ihrer Pflicht den Schülerinnen gegenüber, entschied sich die Lehrerin für Letztere und antwortete: »Napoleon hat sie alle überquert, als er 1812 von Frankreich aus nach Moskau marschierte.«

Die Mädchen lösten ihre strenge Zweierformation auf und reihten sich um die Säule, als gäbe es nichts Interessanteres als in Bronze gegossene Geschichte. Amélie dankte und verabschiedete sich. Dann schritt sie unter dem Triumphbogen hindurch, tauchte wieder ein in das bunte Getümmel des Newski-Prospekts – und nahm kaum noch etwas von dem Neuen wahr, das sie auf dem Hinweg beeindruckt hatte. Unentwegt schwebte die Gestalt des Fürsten Baranowskij vor ihrem Auge. Und sie lief, als könnte sie ihn wiederfinden und einfangen. Erst die steinernen Rossbändiger an den Ecken der Anitschkow-Brücke erinnerten sie daran, dass sie zu weit gelaufen war.

Sie blieb stehen, kalter Nordwind blies ihr ins Gesicht. Venedig des Nordens, erinnerte sie sich, von Wasser durchzogen, von Brücken zusammengehalten. Noch schlief die Fontanka unter der Brücke, noch schlummerte das Wasser, das diese Stadt beherrschte. Und wenn es plätscherte, würde sie wieder zu Hause sein.

Ich werde wohl den ersten Mann, der mich wirklich interessiert, nie wiedersehen, dachte Amélie seufzend und starrte auf das Eis unter ihr.

»Die Botschafterin des aufgeklärten Frankreichs! Mademoiselle, ich heiße Sie herzlich in meinem Haus willkommen!«

Amélie, beeindruckt vom minutenlangen Durchschreiten parkettbedeckter, mit Marmorsäulen bestückter Säle, blieb stehen, nachdem die letzte Flügeltür vor ihr geöffnet worden war.

»Ich begrüße Sie! Kommen Sie!«, rief ihr die Tenorstimme zu und Tschernyschew, ein mittelgroßer, schlanker Mann, kam ihr aus dem Schatten einer Reihe von Büsten entgegen. Er sieht eher wie ein Philosoph als wie ein Kaufmann aus, dachte Amélie und hätte beinahe einen Knicks gemacht, hätte Tschernyschew nicht seinen Schritt beschleunigt, um sie daran zu hindern. Er stützte ihren Arm und schaute sie neugierig und voller Überraschung an.

»Frankreich schickt seine schönste Botschafterin. In der Tat, seine schönste.« Er verbeugte sich und küsste ihre Hand.

»Ich danke Ihnen für den hübschen Empfang am Bahnhof, Monsieur«, erwiderte Amélie. »Ich bin beeindruckt, dass Ihnen unser Champagner so viel bedeutet, dass Sie mir ein Mädchen und einen Beschützer an die Seite stellen.«

Tschernyschew lächelte. »Nun, da ich wusste, dass uns eine Dame die Ehre gibt, erschien mir dies angemessen. Marja und Walodja sind brave, liebe Menschen, verfügen Sie über sie. Sie können ihnen bedingungslos vertrauen. Doch nun erlauben Sie mir, dass ich Sie auf unsere russische Art begrüße – mit Brot, Salz und Wodka.«

Er lächelte verschmitzt, wies auf eine mit weißem Chintz bezogene Sitzgruppe und bat sie, Platz zu nehmen. Ein Diener reichte auf einem kleinen Silbertablett eine Scheibe grobes Brot, das mit körnigem Salz bestreut war. Daneben stand ein einfaches beschlagenes Glas, bis zum Rand gefüllt mit kristallklarem Wodka.

»Nur zu, Mademoiselle. Trinken Sie! Mein Wodka ist rein und sauber wie eine unschuldige Seele. Trinken Sie nur. Er wird Ihnen gut tun. Nasdarowje, Mademoiselle!«

Amélie biss ins Brot und trank. Es war ein besonderer

Reiz, zuerst Salziges zu schmecken, auf das eisige Kälte und schließlich feuriges Brennen folgten.

»Ich habe noch nie Kartoffeln in gebrannter Form zu mir genommen«, sagte sie lachend.

»Das glaube ich Ihnen, verfügen Sie doch über eine Genussquelle viel feinerer Art. Ihr Champagner schmeckt mir außerordentlich gut, Mademoiselle. Er ist elegant, feinsinnig, von raffinierter Köstlichkeit. Und doch hat er etwas, das ich nicht beschreiben kann. Es ist unvorstellbar, dass jemand Ihren Champagner besser vertreten könnte als Sie. Ich freue mich wirklich sehr, dass Sie meiner Einladung gefolgt sind. Ich hoffe, Sie fühlen sich wohl im Hotel Europe?«

»Danke, sehr wohl sogar. Ich habe noch nicht einmal meiner Familie schreiben können, dass ich angekommen bin, so sehr genieße ich es.«

»Sie sind, mit Verlaub, alleinige Erbin Ihres Hauses und tatsächlich noch unverheiratet?«

Amélie bejahte, ohne lange zu überlegen, so als hätte es Papillon nie gegeben.

Tschernyschew musterte sie erstaunt. »Ich dachte, in der Champagne regieren nur ältliche Witwen das Geschäft. Witwen mit Hauben und Doppelkinn. Halten Sie es wie diese berühmte Witwe Clicquot, an deren Tafel es keinen Rotwein, keinen Weißwein, nur den eigenen Champagner geben durfte? L'état c'est moi – Der Staat bin ich – hat Ludwig XIV. gesagt. Die Clicquot soll gesagt haben: Der Wein bin ich.«

Amélie nickte amüsiert. »Dem stimme ich zu.«

»Aha! Sehr gut. Dann jedenfalls ist Ihnen ein langes Leben sicher. Die Clicquot soll alt geworden sein.«

»Ja. Sie zog sich mit dreiundvierzig Jahren aus dem Ge-

schäft zurück, nachdem sie den Roséchampagner kreiert hatte, und genoss noch weitere vierundvierzig Jahre auf ihrem Schloss in Boursault.«
»Als Witwe«, fügte Tschernyschew kopfschüttelnd hinzu. »Nun, sie konnte sich auf Eduard Wehrle verlassen, der die Geschäfte führte. Er war Sohn eines hessischen Postmeisters und diente ihr als Buchhalter und Verkaufsdirektor. Später stieg er als Edouard Werlé zum Bürgermeister von Reims auf.«
»So? Das wusste ich nicht. Eine ehrgeizige Frau, ein ehrgeiziger Mann. Doch finden Sie nicht, dass die Clicquot sich diesen Mann als Arbeitssklaven gehalten hat? Sie hätte ihn doch heiraten können, oder nicht? Ob er sich mit seinem Bürgermeisteramt tröstete? Wissen Sie, warum sie ihn nicht geheiratet hat?«
»Vielleicht war er nicht …«
»… attraktiv genug?«
»Vielleicht«, entgegnete Amélie, während ihr das Blut in den Kopf schoss und ihr der fremde Fürst in den Sinn kam. Eine Seitentür öffnete sich, und eine beleibte Frau wandte ihnen kurz den Rücken zu, um ihren Kleidersaum nachzuziehen. Tschernyschew sprang auf.
»Gut, dass du kommst, Marischka. Mademoiselle Duharnais ist eine fabelhafte Unterhalterin. Gelebte Geschichte, wir sprechen über gelebte Geschichte. Passen Sie auf, Mademoiselle, eines Tages werden jene, die für das Leben nur blasse Gedanken und Tinte übrig haben, begeisterte Berichte über eine junge Winzerin schreiben, die auszog, um in der Stadt an der Newa ihr Glück zu suchen.«
»Ja, gewiss, Mademoiselle Duharnais. Welch eine Freude. Willkommen in unserem Haus. Lassen Sie sich umarmen.« Madame Tschernyschew, in ein weites blassrosa

Taftkleid gehüllt, zog Amélie mütterlich an sich und küsste sie auf die Wangen.
»Danke, Madame.«
»Sie hatten eine gute Reise?«
»Ja, doch auch langweilig, sodass ich jetzt alles Neue, das diese schöne Stadt zu bieten hat, genieße. Ich bin sehr neugierig auf St. Petersburg, seine Kultur, seine Geschichte.«
»Sie sind hungrig auf das Leben. Das verstehe ich. Doch dafür müssen Sie sich stärken, Mademoiselle. Ich nehme an, Sie haben Hunger? Appetit?« Sie wandte sich einem der wartenden Diener zu. »Es wird doch wohl angerichtet sein?«
»In acht Minuten, Madame«, antwortete er.
»Gut, das ist gut.« Sie wankte schwerfällig auf ein Kanapee zu.
»Setz dich, mein Vögelchen, setz dich.«
Tschernyschew nahm ihren Arm, um ihr zu helfen, sich niederzusetzen. Ein anderer Diener, der nur auf diesen Moment gewartet zu haben schien, eilte herbei, umfasste ihre Fuß- und Kniegelenke und bettete ihre Beine hoch. Madame atmete schwer.
»Du isst zu gut, meine Liebe«, sagte Tschernyschew trocken. »Wie willst du noch Luft bekommen, wenn du dir ständig das einverleibst, für das dein Koch Tag und Nacht schwitzt?«
»Grigorij, du kennst meine Vorliebe für kulinarische Genüsse. Mademoiselle, ich esse nun einmal gern. Und ich verrate Ihnen ein Geheimnis. Das Einzige, was mich erfrischt und am Leben erhält, ist Champagner. Nichts ist so leicht, so köstlich. Er hält jung, und nie straft er mich mit Kopfschmerzen.«

»Sie schwört darauf, dass er sie entschlackt.« Er lachte.
Madame Tschernyschew hob drohend den Zeigefinger. »Es ist wahr, mein Lieber. Und ohne ihn wären meine Falten im Gesicht so tief wie die von Mischkas Stulpenstiefel.« Sie verschränkte zufrieden ihre Hände über der Brust. Im Vergleich zu ihrem fleischigen Körper waren sie klein, von einem Pölsterchen hochgewölbt, mit spitz zulaufenden Fingern.
Amélie hatte solche Hände noch nie gesehen und wurde neugierig. Laut sagte sie: »Champagner hat wie jeder gute Wein eine gesunde Süße, eine gesunde Säure. Es gibt viele Belege dafür, dass er hervorragende Heilkräfte besitzt. Ein berühmter englischer Pionier der Landwirtschaft, Arthur Young, schwor darauf, im Champagner das unfehlbare Mittel gegen seinen Rheumatismus gefunden zu haben. Und Sie haben vollkommen Recht, Madame Tschernyschew, auch Madame Pompadour war der Ansicht, dass Champagner der einzige Wein sei, den eine Frau trinken kann, ohne an Schönheit einzubüßen.«
»Na, da siehst du, mein Lieber. Sie sind eine bemerkenswerte kluge junge Dame, Mademoiselle Duharnais.« Sie klatschte in die Hände und rief: »Wann ist angerichtet?«
»In vier Minuten, Madame«, antwortete der Diener.
Amélie schaute noch einmal nachdenklich auf ihr Hände und sagte: »Sie tragen einen besonders schönen Ring, Madame.«
»Es ist ein Werk des französischen Juweliers René Lalique. Als Französin erkennen Sie ihn sicher. Wollen Sie näher kommen?«
»Gerne. Verzeihen Sie, Madame, würden Sie Ihre Hand in die meine legen?«
»Aber selbstverständlich. Sehen Sie, es ist ein Amethyst,

von Gold, Horn und Emaille eingefasst. Hübsch, nicht wahr?«

»Ein wunderschönes Schmuckstück«, erwiderte Amélie und erschrak zugleich ein wenig, denn die Hand, die sie hielt, erinnerte sie an feuchtes Brot, weich und kraftlos. Irgendetwas stimmt mit dieser Frau nicht, dachte sie bei sich. Der Strom ihres Bluts fließt so schütter, dass man glauben mochte, er würde bald stocken.

»Sie, Mademoiselle, brauchen keinen Schmuck zu tragen«, ergriff Madame Tschernyschew nach einer kleinen Pause wieder das Wort. »Sie selbst sind sehr schön, und Ihre Hände sind es ebenfalls. Außerdem ist es angenehm, sie zu spüren. Sie sind doch wohl keine Heilerin?«

»Täubchen, du bringst Mademoiselle Duharnais in Verlegenheit. Was geht nur wieder in deinem Kopf vor? Der Hunger verwirrt dich, meine Liebe. Hier, trink ein Glas Champagner.«

Während Madame Tschernyschew zum Glas griff, sagte Amélie: »Ich bin keine Heilerin, doch meine Hände können lesen.«

Das Glas zerschellte am Boden, und Tschernyschew blieb wie seiner Frau der Mund vor Überraschung offen stehen. Schließlich meinte er bitter: »Hände können nicht lesen. Verhöhnen Sie uns nicht.«

»Lass sie sich erklären, Grigorij, mein Guter. Und gebt mir ein neues Glas.«

»Danke, Madame«, sagte Amélie und fuhr fort: »Es ist so, dass ich, wenn ich mich auf meine Finger konzentriere, fühlen kann, ob Gewebe gesund, gut durchblutet oder verdichtet und krank ist. Ich kann nicht heilen, nur herausfinden, wo mir Widerstand entgegenkommt, wo etwas aus

dem gesunden Gleichgewicht geraten ist. Manchmal allerdings empfinden die Menschen die Berührung durch meine Hände als angenehm, das stimmt.«
»Sagen Sie, was mir fehlt. Würden Sie das tun?«
Da Amélie nickte, rief Madame dem wartenden Diener zu: »Und du richtest der Küche aus, dass erst ... Wie lange brauchen Sie, Mademoiselle? Fünf, zehn Minuten oder länger?«
Amélie schüttelte den Kopf.
»Also, erklären Sie uns genau, wie das vor sich geht, dieses Lesen mit den Händen.«
»Es ist ungefähr so, als ob Sie ein Gazetuch über eine polierte Holzplatte mit Perlmutteinlagen ausbreiten würden. Sie sind so gefügt, dass keine Fuge zu sehen ist. Doch meine Fingerspitzen finden den Materialunterschied durch das Tuch hindurch heraus.«
»Sie fühlen Unterschiede des Gewebes?«
»Ja, und Stellen, wo sich seltsame Verdichtungen ergeben haben. Meistens empfindet der Mensch dort starke Druckschmerzen. Manchmal kann ich sie durch sanftes Streicheln vertreiben, so wie an den Kopfnerven.«
»Nein, nein, darum geht es bei mir nicht. Kommen Sie, ich habe keine Schmerzen, und doch fühle ich mich oft unwohl. Bitte beginnen Sie, Mademoiselle. Wir haben nicht viel Zeit.« Unruhig setzte sie sich auf. »Hier, meine Hände.«
»Darf ich Sie an Armen, Hals und Beinen berühren, Madame? Würde es Ihnen etwas ausmachen?«
»Ach wo, nur zu. Ich bin neugierig.«
»Und hungrig«, ergänzte Tschernyschew trocken.
»Schweig, mein Lieber, und mach dich nicht über mich lustig.« Sie hob ihre Arme, sodass der leichte Ärmelstoff

zu den Schultern hinunterrutschte. Amélies Hände ertasteten an den fleischigen Armen, dem kräftigen Hals und den Unterschenkeln den Strom ihres Bluts. Er floss träg, zäh und dickflüssig wie eingedickter Most.

»Es ist sicher das Herz, nicht wahr?«

»Nein, Madame, Ihr Blut gefährdet Sie. Es sollte durch Adern und Venen wie in einer Stromschnelle brausen, doch das, was meine Hände mir sagen, gleicht eher einem beinah stillen Gewässer. Und hier und dort sind Stellen, die bedrohlich dick sind, als ob sich dort Ihr Blut stauen würde. Es wäre besser, wenn Sie sich von einem Arzt untersuchen ließen. Sie sollten nicht lange warten. Doch Champagner trinken Sie nur, so viel Sie mögen. Sicher trägt er zur Verdünnung Ihres Bluts bei.«

»Thrombose-Gefahr«, entfuhr es Tschernyschew. »Da, siehst du, Dr. Maschkow hatte Recht.«

»Sie sind ein Phänomen, Mademoiselle.« Madame Tschernyschew holte tief Luft. »Sie sagen mir nichts Neues. Doch dass Sie's herausgefunden haben, ist wahrlich phänomenal. Aber nun kommen Sie, das Essen wartet. Und glauben Sie mir, ich werde so lange gut essen und trinken, wie ich atmen kann. Und in Zukunft trinke ich noch mehr Champagner, mein Lieber!« Auf ihren Wink hin half ihr der herbeigeeilte Diener, wieder aufzustehen. »Kommen Sie, Mademoiselle. Was nützt uns ein Leben ohne Genuss! Man kann schließlich auch jung sterben – und ich bin bald sechzig Jahre frisch.«

Fiebernd stand Amélie in der Nacht nach kurzem Schlaf auf. Das Licht der Kristallleuchter des Hotels und der Gaslaternen entlang der Straße streute glitzernde Schweife und Kreise auf den Newski-Prospekt. Droschken und

Kutschen in großer Zahl fuhren in die eine oder andere Richtung, magere Pferde schleppten hoch mit Brennholz beladene Schlitten, Straßenjungen pfiffen, Fuhrkutscher warteten an Feuerstellen. Vor Kellerlöchern lungerten Bettler, unter Torbögen standen fröstelnd billige Mädchen, Menschen in Schaffellen oder Pelzen, arme und reiche – und das alles geschah in einer Nacht, die keine war.
Es herrscht ein Getriebe wie an anderen Plätzen der Welt um die Mittagszeit, dachte Amélie. Tschernyschew hat Recht, es gibt hier keinen Unterschied zwischen Tag und Nacht. Hatte er nicht erzählt, die St. Petersburger stünden um die Mittagszeit auf, suchten abends zwischen zehn und elf Gesellschaften auf und gingen gegen Morgen nach Hause? Es sei vollkommen gleichgültig, wann man schlafe oder wann man wach sei, weil es im Winter kaum hell, im Sommer kaum dunkel werde. Ob Tag, ob Nacht, es war alles gleich.

Ich habe geschlafen, und Sie? Was tun Sie, mein Fürst? Tanzen, essen? Oder halten Sie eine Frau im Arm? Sitzen Sie im Theater? Ganz sicher denken Sie nicht an mich. Kein Fürst würde an mich denken. Sie werden mich als Frau des Augenblicks, als süßen Moment vergessen haben. Nein, bitte vergessen Sie mich nicht.
Ich muss verrückt sein. Ich habe mich verliebt, verliebt in einen Fremden, den ich nie wiedersehen werde. Was für ein Lohn für diese Reise. Wenn das Großvater wüsste. Napoleons Armee verlor hier in Russland vor über neunzig Jahren ihr Leben und Monsieur Duharnais' geliebte Enkelin ihr Herz.
Ist das der Weltenlauf?

Und doch, nichts kann mir diese unerfüllte Sehnsucht wieder gutmachen, selbst wenn es Rubel und Franc für meinen Champagner schneien würde.
Ist das mein Schicksal?
Wie anders es damals mit César war. César liebte meine Brüste, meinen Mund, meine Sinnlichkeit und ich sein Temperament, seinen Lausbubenkopf, seine romantische Art, draufgängerisch zu sein. Wie herausfordernd, wie intensiv dagegen dieser heutige erste Augenblick gewesen war. Es ist, als hätte mich die Zeit für etwas reifen lassen, dem ich erst jetzt mit Körper, Geist und Herz gewachsen bin – und für das ich alles aufs Spiel setzen würde, wenn es denn möglich wäre. Alles, bis auf das Weingut. Das Gut gehört zu mir wie ich zu ihm.
Ihm? Gehöre ich zum Gut wie – zu ihm, dem Fremden? Warum wird mir jetzt schwindlig, so als hätte mich aus der Ferne eine Kraft erfasst und durchgeschüttelt?
Sie haben mich angesehen. Wenn Sie jetzt hier erscheinen würden ... Ich möchte Ihr Gesicht zwischen meine Hände nehmen, Ihre Haut fühlen, hören, wie Sie atmen, riechen, wonach Sie schmecken. Ich würde mich an Sie pressen, Ihre Schultern zu mir hinabziehen, Ihre Lippen liebkosen. Ich muss verrückt sein. Ich bin als Geschäftsfrau nach St. Petersburg gekommen – und jetzt so verliebt, dass ich bersten könnte. Gegen jegliche Vernunft. Gibt es denn kein Mittel, um diesem Gefühl Einhalt zu gebieten? Es ist doch Wahnsinn, mich nach einem Mann zu verzehren, der unerreichbar ist.
Besser ist es, ich gewöhne mich an den Gedanken, dass es wohl das Schicksal aller erfolgreichen Champagnerwinzerinnen ist, ihr Haus als Witwe zu führen.
Monsieur Papillon, rief sie ihm in Gedanken zu, vielleicht

sind Sie der nächste Kandidat, dem eine Champenoise ihren gesellschaftlichen Aufstieg zu verdanken hat?

Amélie bekam eine Gänsehaut. Wieder stieg in ihr das Gefühl auf, wie unter einem Tuch lebendig begraben zu sein. Darum stand sie auf und setzte sich an den Schreibtisch. Eine Weile starrte sie in die Nacht, dann begann sie Lilien und Ornamente zu malen, die eine im Tanz wirbelnde Frau einrahmten. Eine lose Haarsträhne flog wie ein Schweif um die Hochfrisur, ein tiefes Dekolleté verhieß einen wohlgeformten Busen, dazu eine schlanke Taille, ein raschelnder Rockschwung, nackte Arme und in den Händen eine Flasche Duharnais-Champagner und eine frisch gefüllte überschäumende Flûte. Die tanzende Frau schaute allerdings nicht auf die hochgehaltene Flasche, sondern zur Seite – zu einem Mann, für dessen Aussehen Amélie viel mehr Zeit brauchte als für alles Vorherige. Erst danach war sie wieder müde, erschöpft beinah, doch ihr leichtes Fiebern war geblieben.

Sie stellte sich vor den hohen Standspiegel, zog ihr Nachthemd über den Kopf und betrachtete sich. Selbst Papillon hatte sie so nur ein einziges Mal gesehen. Und sie war sich sicher, dass er ihr zwar tiefes Unbehagen, doch keinen Schaden zugefügt hatte. Sie war stark. Stark genug, sich zu erneuern.

»Ich stecke noch in meinem Kokon«, flüsterte sie sich zu. »Ich warte.«

Sie strich sich über Schultern, Brüste, Bauch, Venusdreieck und Schenkel. Ihre Hände genossen ihre zarte Haut über perfekten, gesunden Formen.

Er müsste ja Walodja überrumpeln, der vor der Zimmertür Wache hält.

Sie drehte sich zur Seite, hob die Arme wie beim Tanz, schwang langsam um die eigene Achse.
Und Marja müsste er im Dienstbotenzimmer einschließen, die Ärmste.
Lasziv hob sie ihr schweres glänzendes Haar hoch.
Er würde mich also sofort so sehen, wie ich bin. Wie heute an der Alexandersäule, beim ersten Mal.
Amélie riss die Augen weit auf. Durchdringender hätte kaum ein Blick sein können, doch natürlich blieb ihr das kalte Spiegelglas ein Echo schuldig.

In der darauf folgenden Nacht weckte sie Marja eine Stunde nach Mitternacht.
»Es ist Ostern!«, flüsterte sie aufgeregt. »Sie hatten mich gebeten, Sie zur Frühmesse zu wecken, Mademoiselle.«
»Danke, Marja. Ich stehe auf«, sagte Amélie und war sofort hellwach.
Im Hotel strömten aufgekratzte Gäste und eilfertige Dienstgeister umeinander. Knapp gesprochene Anweisungen auf Russisch und Französisch mischten sich in das aufgeregte Geplapper der internationalen Hotelgäste. Frühstückstische wurden mit farbigem Porzellan, Blüten und bunten Ostereiern geschmückt, Vasen mit duftenden Blumen gefüllt. In mehreren Sprachen kündigten Schilder in der Hotelhalle einen fulminanten Frühstücksschmaus zwischen fünf und sechs Uhr an.
»Ab jetzt darf wieder gefeiert und geschlemmt werden«, meinte Walodja, bevor sie in die kalte Nacht hinausgetreten waren.
Glockengeläut aus allen Himmelsrichtungen erfüllte die Luft. Tausende von Menschen strömten in dieser frühen Stunde zu den Gotteshäusern. Die fröhlich angespannte

Stimmung der Kirchgänger, der mahnende Ruf der Glocken ließ Kälte und Schlaf mit einem Schlag vergessen. Wie in einem hypnotischen Rausch erlebte Amélie den Gottesdienst. Das Gold an Pfeilern, Altar und Ikonen, der betörende Duft des Weihrauchs, vor allem der ruhevolle Klang des mehrstimmigen Chors mit seinen warmen und dunklen Bassstimmen – alles schien Leid zu lindern, die Seele zu erhöhen. Kurzum, die ganze Pracht um sie herum versetzte sie in einen Zustand, der ihr die Schönheit eines Daseins versprach, das außerhalb des irdischen Lebens lag.

Am Nachmittag fuhr Amélie wie ein Großteil von Adel und gehobenem Bürgertum mal in weiten, mal in engen Kreisen um das Volksfest auf der gefrorenen Newa. Im Gewühl und Getümmel der Massen konnte sie Buden mit Gauklern und Pantomimen erkennen, dazwischen Marionettentheater, Seiltänzer und Schankstände. Und wenn sie das Fenster ihrer Equipage ein wenig öffnete, roch sie den Duft von Pfefferkuchen, Buttergebäck, warmer Schokolade, gerösteten Maronen, Nüssen, Zuckerwerk, Honig und Met. Fanfarenstöße von Trompeten und Hörnern wetteiferten miteinander und schäumten das Getöse der Festtagsbesucher kräftig auf.

Ein Stück entfernt vom Festplatz lag eine Rennbahn, auf der flinke Traber mit ein- und zweispännigen Schlitten über das Eis rasten. Längs der Schranken der Bahn standen Kutschen und Promenadeschlitten der vornehmen Gesellschaft, die neugierig den Belustigungen zuschaute. Amélie ließ neben einem Leiterwagen halten und stieg aus.

Plötzlich preschte vom Ufer her eine braunrot lackierte Kutsche heran, touchierte den Leiterwagen an der Rad-

nabe und stellte ihn quer. Amélie, die wildes Fluchen hörte, war erleichtert, dass die Räder sie nicht erfasst und verletzt hatten. Walodja rief ihr noch etwas nach, doch sie kümmerte sich nicht darum, sondern ging schnell davon, begierig, in die bunte Volksmenge einzutauchen.
Luft und Atmosphäre weckten ihren Appetit. Sie probierte Honigwein, Petersburger Napfkuchen und Lewaschniki, kleine frittierte Teigdreiecke, gefüllt mit Konfitüre. Natürlich kaufte sie auch Ostereier. Diese waren aus verschiedenem Holz und von bekannten Malern ornamentreich verziert. Sogar eine Matrjoschka nahm sie mit, auch mehrere hübsche Lackschächtelchen und ein blaues Wolltuch mit gelb-rot besticktem Rand.
Auf einem kleinen Platz, den Buden halbkreisförmig umgaben, entdeckte sie eine Gestalt mit langem Bart, die immer wieder in die Höhe sprang. Sie trug trotz der Kälte nur eine Mütze aus Eichhörnchenfell, eine knöchellange Weste aus Schafspelz über einem grauen Kaftan und schmutzige Bastschuhe statt warmer Stiefel. Von einem schwarzen Gürtel baumelten bunte Stricke mit kleinen Knoten hinab.
»Ein Gottesnarr, Mademoiselle«, flüsterte ihr Walodja zu.
»Ein Gottesnarr?«
»Ja, es gibt ihn nur in Russland. Man sagt, er verfüge über die Gabe, das zu sehen und zu hören, von dem andere nichts ahnen. Aber er erzählt der Welt davon in einer absichtlich verschlüsselten Weise. Er spielt den Toren, während er in Wirklichkeit jemand ist, der Böses und Ungerechtes aufdeckt. Ein Gottesnarr ist so etwas wie unser moralisches Gewissen. Aber er ist auch ein Mensch, der strenge Grenzen, Regeln und Tabus für sich selbst bestimmt. Auf seine verwirrenden Worte hört der Bauer

genauso wie der Zar. Wenn Sie wollen, übersetze ich für Sie. Sie aber sollten das, was er sagt, nicht allzu ernst nehmen.«
»Weil ich keine Russin bin?«
»Vielleicht?«
Als hätte der Gottesnarr ihre Neugierde bemerkt, fasste er sie auch schon ins Auge. Er lief auf sie zu, warf sich auf die Knie, rutschte zu ihren Füßen, sprang wieder auf, hüpfte rückwärts und breitete die Arme aus. Dabei schrie er etwas auf Russisch, und Amélie drehte sich fragend zu Walodja um.
»Gebt Acht, Leute!«, übersetzte dieser. »Sie ist das Licht des Südens. Doch das, was sie bei uns sucht, findet sie nicht so bald. Es ist ihr zu dunkel bei uns.«
»Walodja, lassen Sie uns doch besser gehen«, bat Amélie. Doch der Gottesnarr schrie wieder und zwang Walodja damit, weiter zu übersetzen.
»Bleib, Schöne! Bleib bei uns!«
Der Narr lachte, hüpfte auf den Spitzen seiner Bastschuhe um die eigene Achse, so als ob sich unter seinen Füßen eine heiße Pfanne befände. Einige Zuschauer klatschten und feuerten ihn an, andere warfen Amélie neugierige Blicke zu. Schon drehte sie sich um, um zu flüchten, doch die Menge hinter ihr versperrte ihr den Weg.
»Flieg nicht davon, Täubchen!«, rief der Gottesnarr.
»Vielleicht will sie zu ihrem Liebsten, dann musst du sie fliegen lassen«, rief eine Alte.
»Fliegen? Siehst du nicht den wohlgeborenen Herrn neben ihr?«, mahnte eine andere.
»Er ist ihr Schatten, Leute. Ihr falscher Schatten!«, sagte der Gottesnarr verächtlich.
Amélie schoss das Blut in den Kopf.

»Keine Angst. Doch zum Flüchten ist es jetzt zu spät«, sagte Walodja. »Die Menge um uns herum ist viel zu dicht, als dass wir einfach so gehen könnten. Das Volk ist neugierig auf das, was der Gottesnarr nun erzählen wird, Mademoiselle. Es ist neugierig, aber nicht gefährlich. Sie werden es durchstehen müssen. Doch keine Angst, ich bin bei Ihnen und werde Sie beschützen.«

»Erzähl ihr was aus ihrem Leben, Gottesnarr. Erzähl, wir wollen es wissen, und sie wird dir zuhören!«, schrie eine dickbusige Frau mit einem Kind an der Brust. Ein größeres lehnte an ihrer Hüfte und nagte an einer Zuckerstange.

»So wahr ich der Gottesnarr bin, so blind seid ihr für das Licht der Liebe. Ihr habt stumpfe Hirne, stumpf wie ausgebrannte Nussschalen. Glaubt mir, ich weiß, was ihr denkt. Ich fühle, was ihr wollt, seelenloses Volk, das ihr seid«, übersetzte Walodja weiter.

»Dann schenk mir endlich ein paar Rubel, Gottesnarr, denn mein Säckel ist schlapp. Schlapper noch als nach einer langen Nacht!«, rief ein Mann, und die Leute lachten.

Der Gottesnarr verzog sein Gesicht. »Hat sie dich gemolken wie eine Ziege? Du tust mir Leid. Geh und such dir ein neues Frauchen, ein Frauchen, das eine ganze Herde hütet und dir Kopeken bringt. Die schluckst du und legst dich alleine schlafen. Vermehren tun sie sich wie von selbst. Du kannst es glauben oder nicht, dein Säckchen wird bald voll wie eine reife Mohnkapsel sein.« Er lachte den Mann aus und griff nach einem Weidenkorb, drehte ihn um, sprang hinauf und balancierte verspielt hin und her. Wieder fasste er Amélie ins Auge.

»Dieser Strohkopf will leben wie das Getreide im Wind –

aber dir, Täubchen, dir ist der ganze Himmel zu eng für das, was du suchst, nicht?«

»Sie hat wohl ihr Herz verloren«, kreischte eine Alte und kicherte. Alle lachten, doch Amélie zog ihr neues Wolltuch hervor, lief auf den Gottesnarr zu und warf es ihm über den Kopf.

»Schweig, Gottesnarr! Schämst du dich nicht, vor so viel Leuten über mich zu reden?«

Er hörte an ihrem Ton, was sie meinte, nahm das Tuch, küsste es und lachte sie aus wasserhellen Augen an. »Psst!«, machte er. »Psst!« Und bevor Amélie etwas entgegnen konnte, wand er das Tuch in einer schnellen Handbewegung um ihre Taille und drehte sie mehrfach herum wie einen Kreisel. Die Menschen johlten und klatschten und schrien wild durcheinander. Der Gottesnarr jedoch drückte plötzlich die Zipfel des Tuchs an seine Brust, blieb bewegungslos stehen und schloss die Augen.

»Was verlangst du, Gottesnarr? Einen Rubel, zwei? Oder drei?«, flüsterte Amélie und hielt ihm die Münzen hin.

Walodja eilte herbei, als würde er das Schlimmste befürchten. Der Narr öffnete ein Auge.

»Was interessiert mich Geld? Willst du mit mir feilschen? Gib dein Geld den Armen. Du schau lieber. Und hör.«

Der Narr zeigte nach oben. Am graublauen Himmel hatte sich direkt über dem Festplatz ein Band aus rosa Wolken gebildet, die wie zerfaserte Baumwolle aussahen. Amélie hörte die Menschen murmeln.

»Was sagen sie?«, fragte sie.

»Nichts. Nichts, mein Täubchen. Der Himmel aber, der singt. Hörst du denn nicht? Seid alle still!«

Sofort wurde es ruhig. Und mit einem Mal bildete sich Amélie ein zu hören, wie kräftige Meereswogen rausch-

ten, dann wieder glaubte sie eine Amsel singen zu hören. Unter ihren Füßen schien das Eis zu wanken, so als schlügen mächtige Wassermassen gegen die gefrorene Decke.
»Passt auf, ihr Dummköpfe! Sie hört, doch sie will es auch sehen. Blind, wie ihr alle seid, glaubt ihr nur, wenn ihr es seht.«
Er pfiff laut und gestikulierte, woraufhin ein Budenbesitzer, der geräucherten Fisch anbot, ihm einen Weidenkorb zuschob. Mit einem Satz sprang der Gottesnarr hinein und schrie, man möge ihn kräftig drehen. Ohne zu zögern packte Amélie den Korb an seinem Griff und kreiselte ihn auf dem blanken Eis um sich selbst, dann gab sie ihm einen Stoß, und der Korb mit dem Gottesnarren schleuderte meterweit über den freien Platz, bis er von zwei Männern aufgefangen und kräftig angestoßen wurde. Er schlitterte danach dicht am Halbkreis entlang. Immer leidenschaftlicher feuerte der Gottesnarr die Menschen an, ihn in seinem Korb herumzuwirbeln. Seltsamerweise fand sein Blick jedoch Amélie nach jeder Umdrehung wieder. Als ob er sie durch das Kreiseln des Korbes hypnotisiert hätte, hatte sie das Gefühl zu schweben. Noch zweimal umwirbelte der Narr den Halbkreis, dann hob er schließlich die Arme.
»Genug! Schaut! Schaut nach oben!«, schrie er und stellte sich auf. Amélie legte den Kopf in den Nacken und traute ihren Augen nicht. War es Zufall oder die unheimliche Macht dieses Gottesnarren? Jedenfalls hatten sich die fasrigen rosa Wolken zu einer Form gefügt, die aussah wie zwei Menschenköpfe im Profil, Nase an Nase, Auge in Auge.
»Siehst du?«, schrie der Gottesnarr, während die Volksmenge laut durcheinander murmelte. Es wurde totenstill,

als er aus dem Korb stieg und Amélies blaues Wolltuch auf dem Eis ausbreitete. »Hier drunter fließt Blut, seht ihr das, ihr Sünder? Es fließt und fließt und strömt und strömt. Ohne Halt, ohne Puls, ohne Ende und vollkommen vergeblich. Das Blut unseres jungen geliebten Väterchens fließt, ohne zu stocken. Es wird alles wegschwemmen – die Krone, das Rad, Leder und Eisen. Jeden Samen, jeden von uns. Da oben aber, seht nur: Wisst ihr, was das bedeutet? Es ist das Band zwischen Himmel und Erde, zwischen Mann und Frau.« Die baumwollgleichen rosa Wolkenschlingen zogen sich nun langsam auseinander. Amélie glühte das Gesicht, als sich die Blicke auf sie richteten. Jemand lachte verlegen, doch der Gottesnarr fuhr mit leiser Stimme fort: »Das, was sie mit Mühen erntet, ist Gold. Ihren Lohn dafür findet sie in unserer Dunkelheit – wenn sie, wie ihr alle hier, zu sehen beginnt. Hört auf, blind zu sein. Strengt euch an. Reißt das Stroh aus euren Köpfen. Erst dann findet ihr das Weiß der Unschuld wieder. Und die Kraft zu leben. Wie diese da!«
Er wies mit ausgestrecktem Arm auf sie. Dann bückte er sich und reichte ihr das blaue Tuch. Anschließend rannte er in die Menschenmenge hinein und blieb verschwunden.
»Ja, so sind sie, die Gottesnarren«, flüsterte Walodja.
»Ich werde ihn mein Lebtag nicht vergessen. Aber seine Worte können alles oder nichts bedeuten. Denn was kann er schon über mich wissen? Ich könnte mir vorstellen, dass er nur ein Scharlatan ist, der den Menschen die eigenen Sehnsüchte vorspiegelt, und das fantasievoll und virtuos. Aber damit würde ich es mir wohl zu einfach machen.«
Amélie schaute Walodja an, schlug die Augen nieder und fragte sich unwillkürlich, ob sie jemals das Weiß ihrer

Unschuld wiedergewinnen würde. Konnte der Gottesnarr wissen, was sie in der letzten Nacht gefühlt hatte? Wusste er von ihrer Sehnsucht? Sie wurde unsicher und sagte sich schließlich, dass es ihrem Seelenfrieden mehr gedient hätte, wenn sie ihm drei Rubel dafür gegeben hätte, dass er sie alle unterhalten hatte. Doch sie hatte ihm als Werkzeug für seine verwirrenden Weisheiten gedient, und nun zweifelte sie daran, dass alles nur ein Spiel gewesen war.

In Gedanken versunken, folgte sie Walodja, der sich vor ihr durch die Menschenmenge drängelte und ihr den Weg freimachte. Nach einigen Minuten erkannte sie die Rennbahn wieder, auf der noch immer die Traber um die Wette liefen. Als sie die Equipage erreichten, war Amélie erleichtert. Walodja öffnete den Wagenschlag und schreckte zusammen.

»Was haben Sie denn?«, fragte Amélie.

»Hoffentlich keine Bombe«, murmelte er und griff nach einem rundlichen Etwas, das in weißes Papier gewickelt war und auf ihrem Sitz lag.

»Zu Ostern«, meinte Amélie spöttisch und schaute ihm über die Schulter. »Es wird wohl ein Osterei sein. Für Sie, Walodja.« Sie schwang sich in den Wagen und wickelte tatsächlich ein Ei aus dem Papier. Es war aus Porzellan und wurde von einer Girlande aus Gold, die sich an seinem spitzen Ende zu einer Kette verstärkte, eingefasst. Kleinste Diamant- und Rubinsplitter fügten sich zu glitzernden Buketts. Rote und blaue Schleifen wanden sich um kyrillische Schriftzüge. »Niemand kennt mich, also ist es für Sie.« Sie reichte es ihm.

»Verzeihen Sie mir, wenn ich Ihnen widerspreche, Mademoiselle. Es ist Ihr Osterei, mit Sicherheit Ihres. Es ist

nicht aus Schokolade, sondern bedeutet demjenigen viel, der es Ihnen geschenkt hat«, entgegnete er und wurde rot.
»Ich denke, Sie wollten das nie tun, mir widersprechen.«
»Ich tue es nur um der Wahrheit willen«, entgegnete er mit belegter Stimme.
»Ach, Walodja, der Gottesnarr wollte uns allen vorhin auch weismachen, er kenne die Wahrheit. Das ist alles Unsinn. Nehmen Sie endlich das Ei.« Erzürnt wickelte sich Amélie die Decke aus Wolfspelz um Beine und Bauch. »Ich habe ehrlich gesagt genug von all diesen kindischen Scherzen. Fahren wir!«
»Und wenn der Gottesnarr doch Recht hat? Wenn Sie einen, verzeihen Sie mir, einen Verehrer haben? Wäre es nicht ein wenig seltsam, wenn mir ein fremder Herr ein Osterei schenken würde?«
Amélie lachte nervös. »Kommen Sie, Walodja, es gibt so vieles unter der Sonne.«
Jetzt straffte sich Walodja wie in alten Soldatentagen. »Ich verehre weder den Zaren noch meine Waffenbrüder, noch andere Herren, Mademoiselle, und bin mir sicher, für das eigene Geschlecht ein ungenießbarer Knochen zu sein. Bitte sehen Sie, auf dem Ei steht etwas geschrieben.«
Amélie drehte das Ei hin und her.
»Was heißt das?«
Walodja räusperte sich verlegen und übersetzte: »›Mädchen des Südens/Bist mir in die Stadt der Träume gefolgt/Gib Acht auf mein Herz! ‹«
»Da hat sich wohl ein besonderer Witzbold einen Scherz erlaubt«, meinte Amélie und erstickte den unsinnigen Einfall, Fürst Baranowskij könnte ihr das Ei geschenkt haben.

»Mädchen des Südens?«, wiederholte Walodja nachdenklich. »Aber eigentlich sind Sie doch eine Dame des Westens, oder?«
»Sehen Sie, alles ist ein Spiel. Man könnte meinen, der Gottesnarr war es. Ein Leichtes für ihn, ein kostbares Ei herbeizuzaubern, um sich dafür zu bedanken, dass ihn jemand zu einem amüsanten Theaterauftritt inspiriert hat«, sagte sie voller Ironie. »Fahren wir also endlich.«
Oder sollte er den Menschen in die Seele blicken können? Könnte es sein, dass der Fürst sie heimlich beobachtet und ihr das Ei als Zeichen in die Kutsche gelegt hat? Diese Hoffnung fraß sich züngelnd in ihre Gedanken.
Sie schaute aus dem Fenster. Seit sie hier in St. Petersburg war, schien alles anders. Das, was sie gewohnt war, das, worauf sie vertrauen konnte, nichts davon galt hier mehr. Zufälle riefen Zweifel hervor, weckten Stürme von Gefühlen, stellten ihr Urteil, ja, Seiten ihrer Persönlichkeit auf die Probe, die bis jetzt vom Leben noch nicht herausgefordert worden waren. Sie war sich sicher, dass hinter all dem kalten Gestein dieser Stadt eine besondere Energie schlummerte, unberechenbar, beherrschend und – heiß. Trotz Schnee, trotz Eis, trotz des gewaltigen nordischen Himmels.
Ihren Gefühlen nachsinnend, schaute sie zu, wie mehrere Kutschen wendeten und sich bemühten, eine Polonaise stadteinwärts zu bilden. Eine Weile noch konnte sie beobachten, wie Kinder und junge Frauen auf Schaukeln jauchzend in die Lüfte flogen. Manche von ihnen saßen auf einfachen Brettern, andere auf hölzernen Pferden, Löwen oder Hirschen. Sie dachte an zu Hause, an die Jahrmärkte mit ihren Karussells, an die Stunden, in denen ihr Großvater sie als kleines Mädchen auf einen Ponysattel ge-

hoben und ihr in jeder Runde zugewinkt hatte. Heute Nachmittag würde sie endlich allen schreiben.

Der Abend im Palais von Grigorij Tschernyschew begann mit der weihevollen Übergabe der 1811er und 1858er Kometenjahrgänge an seinen Freund, den Gutsherrn Wladimir Kollodschinskij. Dieser, ein Herr von beeindruckendem Umfang, bekreuzigte sich und nahm den berühmten Champagner mit Tränen in den Augen in Empfang. Dann erwies er Amélie mit einer tiefen Verbeugung seine Reverenz.

»Ich bin zutiefst beglückt, dass Sie zu uns gekommen sind«, sagte er mit pathetisch klingendem Bass. »Mein Vater kämpfte noch gegen Ihr wunderschönes Frankreich. Heute danken wir Gott, dass wir seit dem Krimkrieg in Frieden miteinander leben können. Wobei ich Ihnen verraten darf, dass mein Vater aus Ihrer Heimatstadt Reims durchaus angenehme Erinnerungen mitnahm und mich alles lieben lernte, was Ihr Land uns schenkte – Voltaires aufklärerischen Geist, Molières Satire, den Rausch von Offenbachs Musik ...«

»... und Zolas *Nana*, Flauberts *Madame Bovary* und Maupassants *Bel Ami*«, unterbrach ihn ein gut aussehender Mann Ende dreißig und warf Amélie einen amüsierten Blick zu.

Kollodschinskij hüstelte.

»Verzeih mir, dass ich dich unterbreche. Du weißt, mein russisches Temperament sehnt sich nach der Kühle des Champagners.«

Er hob auffordernd die Augenbrauen und zwinkerte Amélie zu, die das Gefühl hatte, ein erotisches Blitzgewitter würde um sie schießen. Welch schamlos draufgängerischer Mann – wie es wohl wäre, einmal im Leben den Kopf zu verlieren? In diesen Armen bis zur Ekstase zu tanzen? Wie konnte es bloß sein, dass nur ein Funke männlichen Charmes genügte, in ihr den Appetit aufs Leben zu wecken, die Lust, sich fortreißen zu lassen? Dabei hatte sie sich doch bereits verliebt. Aber jener Fremde war unerreichbar und dieser zum Berühren nah.

»Jaja, der Champagner ist gut für dein heißes Blut, Sergej«, entgegnete Kollodschinksij, »mein altes Herz aber kann ohne ihn nicht schlagen. Also, verehrteste Mademoiselle Duharnais, meine lieben Freunde, sagen möchte ich nur, dass ich Champagner genieße, seit ich mit ihm getauft wurde.«

Man hob die Gläser. Im Verlauf der ersten Stunde war ein jeder von Tschernyschews Herrengesellschaft bei der ersten Hälfte seiner zweiten Champagnerflasche angelangt, und die Stimmung der Herren in Frack, Kummerbund und Halsbinden hob sich auf anregende Weise. Manche plauderten im Sitzen, andere wandelten im Saal umher.

»Wie gefällt Ihnen St. Petersburg oder Piter, wie wir hier sagen, Mademoiselle?«, fragte sie der gut aussehende Sergej Besberedkow, der sich ihr als Beamter vorgestellt hatte. Seine schwarzen Augen funkelten herausfordernd.

»Ich habe kühle Ruhe erwartet«, antwortete Amélie zweideutig. »Ich hatte nämlich gelesen, dass St. Petersburg nördlicher als Stockholm liegt. Doch mir scheint, als würde die Stadt voller mystischer Überraschungen stecken, so als ob in ihr ein Faun leben würde, der mit allen Fremden seinen Spaß hält.«

»So? Was haben Sie denn so Denkwürdiges erlebt?«, fragte Besberedkow und lehnte sich an eine Säule.

Langsam glitt sein Blick von ihren Lippen aufwärts und

traf sich mit ihrem. Amélie ergriff ein wohliges Schaudern. Es tat so gut, von einem attraktiven Mann begehrt zu werden. Sie genoss dieses neue Gefühl und erzählte in wenigen Worten von ihrer Begegnung mit dem Gottesnarren, ohne allzu deutlich auf seine Auslegungen einzugehen.
»Er hat Sie über das Eis gewirbelt, ich beneide ihn«, flüsterte Besberedkow. »Und da sagt man, die Gottesnarren seien Heilige. Tanzen Sie gern?«
»Sehr gern«, antwortete Amélie und merkte, wie sie heiße Wangen bekam.
»Petersburg ist bekannt für seine Bälle. Wenn Sie wünschen, führe ich Sie gerne aus.«
»Unser Sergej ist ein hervorragender Tänzer, Mademoiselle. Lassen Sie sich ruhig von ihm aufs Parkett führen«, unterbrach Kollodschinskij schmunzelnd.
Aus dem Augenwinkel sah Amélie, dass Tschernyschew sich an den großen Flügel im Hintergrund des Saals setzte. Besberedkow deutete eine Verbeugung an, und schon fühlte Amélie, wie sich seine Arme um sie legten, er sie mit Schwung auf eine freie Fläche führte und mit ihr zu tanzen begann. Weiter, weiter, dachte sie, es ist so herrlich, doch Tschernyschew beendete sein Spiel nach dem Walzer, erhob sich wieder, und Besberedkow geleitete sie an ihren Platz zurück. Man applaudierte.
»Wie schade«, sagte Besberedkow, »ich gäbe allen Champagner, den ich mir heute Abend einzuverleiben gedenke, für noch einen Tanz mit Ihnen.«
Sie sog sich an seinem begeisterten Blick fest, tanzte in ihm in Gedanken weiter.
»In dieser Stadt ist wirklich alles unberechenbar – so wie dieser Walzer auf einem Herrenabend.«
»Wir tun sofort, was uns in den Sinn kommt. Wir folgen

unserem Herzen, bedingungslos«, entgegnete Besberedkow und küsste Amélie die Hand.

»Sie müssen wissen, Mademoiselle, unser guter Sergej repräsentiert die charmante Seite unseres wunderbaren Russlands«, nahm Kollodschinskij den Faden wieder auf. »Doch gestatten Sie mir, Ihnen ein wenig mehr über uns zu erzählen. Das Volk steckt, wie Sie selbst schon gesehen haben, so tief im Aberglauben wie die Eichenpfähle St. Petersburgs im Sumpf der Newa. Deshalb wollte Peter der Große, der Zimmermann, Schiffer, Kriegsheld und Staatslenker in einer Person war, sein Volk aus der dunklen Unwissenheit herausführen. Jedenfalls einen Teil seines Volkes. Er verstand sich als Aufklärer. Nach dem Vorbild Amsterdams wollte er hier im Newa-Delta eine Stadt errichten. Er hatte erst die Idee, dann den Plan und setzte ihn gnadenlos und unerbittlich in die Tat um. Sie sehen ja, Straßen und Kanäle verlaufen bei uns wie mit dem Lineal gezogen. Und Stein für Stein wurde die Stadt gebaut. Noch weit bis in unser Jahrhundert hinein musste jedes Schiff, das hier anlegte, Steine mitliefern, sozusagen als Tribut. Bis heute trägt der Sumpf alles Schwere, ungezählte Menschenleben, ihre Seelen und Knochen stützen diese Stadt. Aber wir Nachgeborenen, glaube ich, können sagen, sie sind nicht umsonst gestorben.«

»Eigentlich ist es eine Tragödie«, meinte Amélie betroffen. »Tote tragen eine Stadt aus Stein, wie furchtbar. Bei uns in der Champagne ist es so, dass der Kalkstein das Leben über ihm nährt und trägt.«

»Wie beruhigend, Mademoiselle«, sagte Besberedkow sofort, und Tschernyschew warf ein, ob jemand umsonst gestorben sei oder nicht, könne niemand beantworten.

Kollodschinskij schwieg einen Moment und erklärte

dann: »Die Schönheit unserer Stadt verdanken wir allerdings anderen. Ein Italiener, Bartolomeo Rastrelli, hat St. Petersburg aufgebaut. Von ihm stammen das Smolny-Kloster, der Katharinen-Palast, der Winterpalast und Peterhof. Carlo Rossi, ein Neapolitaner, schuf die schönen gelbweißen klassizistischen Gebäude.«

»Eine hungrige Stadt«, meinte Amélie und sah in die Runde. »Erst frisst sie Menschen, dann Steine …«

Einige Herren nickten, Besberedkow lächelte, und seine Augen sagten ihr, wie bereit er war, ihren Hunger zu stillen, auf welche Art auch immer. Sie hätte sich von ihm abgewandt, hätte sie nicht gespürt, dass es sein unverfälschtes Temperament, sein natürlicher Charme waren, die ihr Vertrauen einflößten und ihr das Gefühl gaben, selbstbewusst mit ihm spielen zu dürfen. Gespannt wartete sie auf das, was er sagen würde.

»Eine sehr hungrige Stadt, in der Tat«, wiederholte er bemüht ernsthaft. »Und dazu ist alles hier sehr viel teurer als anderswo in Russland. Allein der Transport – im Sommer ist es viermal so teuer, Güter über die Straßen zu transportieren, als im Winter auf Schlitten. Doch Gott in Frankreich sei Dank, dass endlich mit französischer Unterstützung Eisenbahnstrecken gebaut werden können. Und zauberhafte Champagnerwinzerinnen ihre köstliche Ware persönlich abliefern.« Die anderen Herren lachten beifällig.

»Wie ich hörte, passt sich die russische Schienengröße nicht der des Westens an«, unterbrach Amélie selbstbewusst.

»Oh, das wird sich ändern«, entgegnete er und schürzte die Lippen. »Das, was die Natur vermag, wird wohl die Technik imitieren können, oder nicht?«

»Was denn?«
»Nun, dass das zusammenpasst, was zusammenpassen will ...«
Die Herren unterdrückten jetzt ihr Lachen. Selbst Amélie legte ihren Fächer über Mund und Nase und lies nur ihre Augen sprechen. Himmel, was ist das für ein erotischer Provokateur, dachte sie. Es war schön, mit ihm zu tanzen, wie es wohl wäre, wenn ... Mein Gott, bin ich ausgehungert, ausgehungert nach dem Leben.
Sie senkte den Fächer und wedelte ihn scheinbar unabsichtlich an Besberedkows Knie.
»Oh, entschuldigen Sie«, flüsterte sie.
»Ich vergebe Ihnen gern, nur nicht hier, nicht jetzt«, entgegnete er noch leiser.
Wie schade, dass Sie mich jetzt nicht sehen, Monsieur Papillon, dachte Amélie fast ein wenig gehässig. Warten Sie nur, gerade fange ich damit an, mich für Ihr Leichentuch zu rächen. Sie nahm wieder die Konversation auf.
»Seit wann gibt es denn eigentlich Verbindungen zum Westen?«
Ein älterer Herr antwortete ihr: »Nach meinen Kenntnissen fuhr schon seit 1660 jede Woche ein Postwagen zwischen Moskau und Amsterdam hin und her. Smolensk, Wilna und Königsberg waren die Zwischenstationen. Diese Weite und die Kälte sind die beiden größten Probleme unseres Landes, Mademoiselle. Und dazu achtzig verschiedene Völker, die aus Slawen, Mongolen, Tartaren und Finnen hervorgegangen sind. Sie können sich vorstellen, dass es zwischen ihnen gärt wie die Hefe in Ihrem Champagner. Ein Despot ohne Gewissen hat es leicht, die Knute über sie zu schwingen, wenn sie sich untereinander die Hütten anzünden.«

»Früher sagte Khan Bati, der Enkel Dschingis Khans: Wenn er nicht zahlt, nimm ihm sein Kind! Wenn er keines hat, entführe seine Frau! Wenn er Junggeselle oder Witwer ist, verkaufe ihn als Sklaven. Gewalt, wenig mehr als Gewalt ist das Leitmotiv unserer Geschichte«, brummte Tschernyschew missmutig und schüttelte sich. »Lassen wir das Thema.«

»Aber wie soll man denn sonst über unsere grenzenlose Weite herrschen?«, ereiferte sich Artemij Rumjanzew, ein attraktiver älterer Offizier mit zahlreichen Orden am Frack. »Ein Flickenteppich aus Wäldern ist sie, diese Weite, dazwischen gute schwarze Erde und Steppen, die mal fruchtbar, dann wieder so unfruchtbar sind, dass man ganze Gefängnisse in ihnen ausleeren könnte, ohne befürchten zu müssen, auch nur eine dieser seelenlosen Kreaturen könnte ihre Strafe überleben. Wie also bitte soll man so einen riesigen Landlappen vernünftig regieren?«

»Es geht nur mit Hilfe kluger, gebildeter Menschen aus angenehmeren Breitengraden«, erwiderte Tschernyschew versöhnlich und prostete Amélie zu.

Besberedkow lächelte und strich sich mit einer aufreizenden Handbewegung sein dichtes schwarzes Haar aus der Stirn. »Bevor wir die Schattenseiten der russischen Seele entblößen, möchte ich Sie fragen, Mademoiselle, ob Sie den Unterschied zwischen Moskau und St. Petersburg kennen?«

»Klären Sie mich auf«, entgegnete sie.

»Nun, um mit Gogol zu sprechen: Moskau ist ein bärtiger Russe, ein Greis, eine alte Stubenhockerin, die Plinten backt, St. Petersburg aber ein jugendlicher Stutzer, akkurater Deutscher, ein Geck, der sich vor Europa schöntut.

Man sagt aber auch, St. Petersburg ist das Venedig des Nordens und die Stadt, in der Träume wahr werden, weil sie selbst aus einem Traum entstand. Wollen wir das Glas erheben, auf dass Ihr Traum wahr wird, ganz gleich, um welchen es sich handelt?« Er winkte den Dienern, die mit frisch gefüllten Gläsern herbeieilten. »Nehmen Sie, trinken Sie, Mademoiselle. Auf das Leben, meine Freunde, auf die Liebe, auf den Wein!«
»Auf das Wohl unserer fröhlichen, schwungvollen europäischen Kolonie! Zum Wohl!«, rief Tschernyschew.
»Auf das Leben!«
»Auf St. Petersburg!
»Auf uns!«
»Zum Wohl, Mademoiselle! Auf den Champagner!«
Die Herren tranken ihr Glas in einem Zug aus, warfen die Gläser über die rechte Schulter und ermunterten Amélie, es ihnen nachzutun.
»Es bringt Ihnen Glück und Ihren Traum ein Stückchen näher«, raunte ihr Besberedkow zu, legte seine Fingerspitzen an die Lippen und hauchte ihr unmissverständlich einen Kuss zu.
»Ein Herrenabend ohne Speisen ist wie Suppe ohne Salz. Ich bitte zu Tisch«, hörte man nun energisch die Hausherrin, die unbemerkt von allen den Salon betreten hatte. »Mademoiselle Duharnais, ich habe die Ehre, Sie dazu einzuladen. Als Extraprise Salz sozusagen.«
»Vielen Dank, Madame Tschernyschew. Verraten Sie mir, was Sie mit Ihrem Koch für uns vorbereitet haben?«
»Aber gerne. Birnen in Quarkfüllung, kalte Gans, Kürbissalat und Gemüsesuppe als Vorspeisen, gedünstete Fischfilets von Barsch, Wels, Steinbutt und Zander mit Gemüse, Puter, gefüllt mit Eiern, Reis und Leber, dazu Püree aus

weißen Rüben, Koteletts mit Trüffeln, ein paar Pastetchen mit Pilzen, Petersburger Piroggen, Kompott aus Preiselbeeren und Äpfeln, Fruchtschalen aus Hagebutten und Buttergebäck. Ich hoffe, Ihnen sagt unsere russische Küche zu.«

»Ich werde Sie im Notfall um eines Ihrer Kleider bitten«, erwiderte Amélie lachend. »Meines wird viel zu eng für all diese Genüsse sein.«

»Aber natürlich, jederzeit«, sagte die Tschernyschewa heiter. »Und mein Gatte leiht Ihnen seinen Kummerbund dazu.«

»Allein die Vorstellung, Ihnen meinen Kummerbund umlegen zu dürfen, ist so verlockend wie verführerisch, Mademoiselle«, entgegnete dieser schmunzelnd. »Meine liebe Marischka, du bringst mich auf tolle Gedanken.«

»Sie sind eine wunderbare cupido-femme«, sagte Kollodschinskij lachend. »Ausgezeichnet! Grigorij, Ihre Gattin ist das Salz Ihres Lebens. Ich bin fest davon überzeugt, dass die Harmonie der Genüsse die Disharmonie des Lebens kompensieren muss. Womit ich den Genuss von Schönheit mit einbeziehe, verehrte Mademoiselle ... Nasdarowje! A votre santé!« Man hob die Gläser und prostete sich zu.

Die Herren erhoben sich, und so wandte sich Amélie an Madame Tschernyschew und fragte, was denn Petersburger Piroggen seien.

»Piroggen sind nichts anderes als Teigtaschen. Sie können klein oder groß, dreieckig oder rund, süß oder sauer sein. Unsere Petersburger Piroggen werden aus saurem Hefeteig gemacht. Man formt Plätzchen, füllt jede Pirogge mit Fleisch, Reis mit Pilzen, Kraut, Eiern oder Möhren, legt sie schichtweise in eine tiefe Form, bestreicht sie mit

Butter und backt sie in der Röhre aus. Wichtig dabei ist, sie nicht vor dem Servieren anzuschneiden. Kommen Sie, ich hoffe, es wird Ihnen schmecken. Von der Pirogge sagt man bei uns, dass man an ihr erkennt, wie gut die Hausfrau backen und kochen kann.«
»Sie aber überwachen Ihren Koch?«, fragte Amélie schmunzelnd.
»Richtig, er ist mein kleines Geheimnis.«
Schließlich fragte Amélie leise, wer all diese charmanten Herren seien, deren Namen sie leider wieder vergessen habe.
»Das macht nichts, meine Liebe«, gab die Tschernyschewa ebenso leise wie belustigt zurück. »Manche stammen von ehemaligen Dienern ab, mit denen Zarin Katharina ihre Bettfreuden teilte. Generation für Generation stieg so wegen dieses geadelten Ursprungs die Amtsleiter aufwärts. Andere dienten hart für ihre Lorbeeren. Ob nun Geheimrat, Ritter des Andreas-, Alexander-Newski- oder Annen-Ordens, ob General, Kabinettssekretär, Beamte oder Senator, man sieht es keinem an, wer seinen Posten erschlich oder erwarb. Gefällt Ihnen der eine oder andere?« Sie beugte sich zu Amélie. »Sie sind alle ausnahmslos verheiratet – was nichts, aber auch gar nichts zu bedeuten hat. Sie alle feiern leidenschaftlich gern, und so mancher ist ein wirklich guter Tänzer, wie Sie gesehen haben.« Sie hob ihr Glas und prostete Amélie zu, die es ihr gleichtat. Der Champagner verströmte seinen eleganten Duft und beflügelte ihre Gedanken. Während sie trank und dem frischen Geschmack nachsann, sammelte sie Mut und fragte: »Sagen Sie, Madame Tschernyschew, wer ist eigentlich Monsieur Baranowskij?«
»Baranowskij? Sie meinen den Fürsten Baranowskij? Er

ist nicht unser Gast, Mademoiselle, aber wenn es Sie interessiert, er ist der einzige Sohn aus einer traurigen Familie.« Die Tschernyschewa seufzte tief. »Die Mutter starb an Schwermut. Der junge Fürst ließ sie in aller Stille beerdigen. Wo ihr Grab ist, weiß nur er. Er ist wirklich zu bedauern. So ein Vater. Nun, es ist ein typisches russisches Schicksal, Mademoiselle – das Spiel, der Wodka, die Frauen. Die Schattenseite unserer Kultur. Dostojewski war ein Spieler, Puschkin duellierte sich um seine Frau, Tschaikowsky war depressiv, und Mussorgski trank sich gleich zu Tode.« Sie schaute Amélie verwundert an. »Was erzähle ich Ihnen da? Sicher habe ich Sie falsch verstanden. Sie meinten Monsieur Besberedkow, Ihren Tänzer?«
»Ja, natürlich«, beeilte sich Amélie so gelassen wie möglich zu antworten. »Baranowskij, Besberedkow, ich habe wohl nicht richtig verstanden. Die russische Sprache klingt sehr melodisch, blini und pelmeni, kascha und kwas – ich bringe alles leicht durcheinander. Monsieur Besberedkow ist ein interessanter Mann.«
»Seine Gattin hält sich einen gut gewachsenen Bauernjungen als Liebhaber. Er soll wie Apoll aussehen, schlank, blond, mit herrlichen Beinen, glatter Brust und diesen süßen Grübchen in den Leisten. Manche sagen, sie versteckt ihn in ihrem Landhaus in der Nähe von Schloss Peterhof. Andere sagen, sie hat extra eine einsame Forsthütte für ihn gekauft, wo sie ihn besucht. Ach, es wird vieles erzählt, Mademoiselle. Von Gerüchten lebt die Welt, nicht wahr? Von Gerüchten, Gerüchen und Gerichten. Kommen Sie zu Tisch!«
Amélies Gedanken wanderten zum Fürsten Baranowskij zurück, und so schrak sie zusammen, als die Tscher-

nyschewa plötzlich sagte: »Sehen Sie, da kommt Monsieur Besberedkow. Ich glaube, er bewundert Sie. Zu Recht, wie ich meine. Nutzen Sie die Gunst der Stunde, doch seien Sie auf der Hut.« Sie gingen Besberedkow entgegen.
»Vor wem warnen Sie, Madame?«, fragte er. »Ich hoffe doch nicht vor mir. Sie müssen wissen, Mademoiselle, es ist die Schwäche des russischen Mannes, klugen Frauen sein Ohr zu leihen, ohne daran zu denken, dass er dabei Herz und Verstand verlieren könnte.«
Amélie ging, ohne dass es ihr bewusst war, auf sein Spiel ein. »Sind wir noch beim Ohr oder bereits eine Stufe weiter?«, fragte sie süffisant.
Er senkte verschwörerisch den Blick und flüsterte: »Ich fürchte, ich höre nichts als Flügelschlagen. Sie sind ebenso schön wie intelligent, Mademoiselle.«
»Und leider unerreichbar«, sagte sie kokett, doch sie fühlte deutlich, wie eine innere Stimme dagegen protestierte.
»Nun, ich denke, unsere slawische Unerschrockenheit wird es wohl mit dem Charme eines französischen gentilhomme aufnehmen können, oder sind Sie anderer Meinung?«
»Wollen wir es darauf ankommen lassen?«, fragte sie beschwingt zurück. Schließlich war Besberedkow sympathisch genug, um ein erotisches Spielchen zu wagen, denn er war hier, Fürst Baranowskij nicht. »Ich könnte mir auch von einer Professorin die Unterschiede zwischen Franzosen und Slawen erklären lassen.«
»Sie wollen das Urteil anderen überlassen? Sie?« Er tat sehr überrascht. »Mademoiselle, das glaube ich nicht.«
»Studierte Frauen wissen in dieser Zeit genauso viel wie

ihre männlichen Kollegen, und auf manchen Gebieten wissen sie sogar mehr.«
»Frauen und Worte. Ich dachte, Sie sind eine Frau der Tat.«
»Wie Sie sehen, habe ich die weite Reise allein auf mich genommen, um mit Ihnen am heutigen Abend zu plaudern«, entgegnete sie spöttisch. »Vertrauen Sie ruhig meiner Tatkraft.«
Besberedkow musterte Amélie verwirrt. »Sie belieben mich zu verspotten, Mademoiselle. Glauben Sie mir, ich habe nicht geahnt, welche Schönheit der Schweif der Jahrhundertkometen zu uns ans nordische Licht ziehen würde. Ich befürchte allerdings, Sie könnten wie diese Kometen erhaben an uns vorbeiziehen.«
»Sie trauen meiner Tatkraft nicht, Monsieur?« Amélie lächelte.
»Wer weiß, was der nächste Tag uns bringt?«, entgegnete er und drehte sich um, da Tschernyschew erschien, gefolgt von seiner Frau.
»Mein guter Freund, du wirst mich doch wohl nicht um die schönste Ehre dieses Tages bringen wollen?«
Besberedkow sah, dass Tschernyschew Amélie schon seinen Arm bot, und seufzte. »Eine Ehre, um die ich dich beneide, Grigorij.«
»Du hattest dafür die Ehre des ersten Tanzes«, meinte Tschernyschew belustigt.
»Streitet euch nicht. Mademoiselle, Sie gewähren jedem sein Recht, nicht wahr? Nun kommt, wir wollen essen.« Die Tschernyschewa schob ihre Hand unter Besberedkows Arm, und Amélie hängte sich bei ihrem Mann ein. Der Zug zum Speisesaal setzte sich in Gang.

Besberedkow beteiligte sich während des Essens nicht an den Gesprächen, sondern konzentrierte sich auf seine wechselnden Gedecke. Ab und zu warf er Amélie sehnsüchtige Blicke zu. Je länger das Essen dauerte, desto langsamer wurden seine Bewegungen, desto länger sah er sie an. Sie betrachtete ihn heimlich, schlug jedoch errötend die Augen nieder, wenn er ihren Blick auffing. Sofort trat in seine ein Leuchten und erlosch wieder, wenn sie sich abwandte. Erst so temperamentvoll, nun schon resigniert? Sicher war das kein Spiel, sondern Ausdruck slawischer Melancholie. Vergeblich versuchten seine Tischnachbarn, ihn durch Witze aufzuheitern, doch weder diese Versuche noch der Champagner schienen bei ihm anzuschlagen. Als die Dessertschalen abgeräumt worden waren, klopfte er an sein Glas.

»Ich bitte um Ihre, um eure Aufmerksamkeit«, sagte er. »Ich möchte Ihnen, euch allen einige Verse schenken, die darüber hinwegtrösten sollen, dass die Schönheit dieses Abends in wenigen Stunden im Sumpf unseres Gedächtnisses verschwunden sein wird. In meinem Herzen, in unser aller Herzen soll aber die Erinnerung an sie weiterleben.«

Die Herren lachten, und einige riefen: »Beherrsch dich, Sergej. Nicht schon wieder dieses Gedicht.«

»Aber ich meine es ernst, meine Freunde.«

Erneut lachten alle. Besberedkow schwankte ein wenig nach hinten, so dass sich ein bereitstehender Diener befleißigt fühlte, herbeizuspringen, um ihn zu stützen. Doch schon straffte er sich, zupfte an seiner Bauchbinde und fuhr fort: »Ihr alle wisst, ich habe ein weiches Herz, das allem blutend zu Füßen fällt, das erhaben ist und schön. Hört zu, meine Freunde, verehrte Mademoiselle.

>>Hat das Leben dich ...«
Die Herrenrunde ergänzte fröhlich: »betrogen«.
>>Traure nicht und zürne nicht.
Mit des neuen Tages Licht
Ist vielleicht dein Leid ...«
Der Männerchor fügte lustig ein: »verflogen«.
>>Hoffnung hege stets aufs Neu,
Mag das Heute dich ...«
Vielstimmig erklang es: »betrüben«.
>>Alles, alles geht vorbei,
Ist's vergangen, wirst du's ...«
Nun riefen alle vergnügt »lieben« und tranken ihre Gläser leer.
Madame Tschernyschew schüttelte sich vor Lachen, doch Amélie fand Besberedkows Auftritt peinlich. Es reizte sie, diesen irisierenden Mann ein wenig zu quälen. Ohne lange nachzudenken, ging sie auf ihn zu, nachdem sich die Tischrunde aufgelöst hatte.
»Ein anrührendes Gedicht, Monsieur Besberedkow. Von wem ist es?«
»Von Puschkin natürlich, Mademoiselle. Es freut mich, wenn es Ihnen zu Herzen gegangen ist.« Er lächelte wie jemand, dem eine Glücksfee drei Wünsche frei stellt.
Unbeeindruckt fuhr Amélie fort: »Die Poesie ist eine zarte Kunst, zerbrechlich wie die Schönheit und gebrechlich wie das Alter. Finden Sie, dass diese Verse noch in unsere Zeit passen? Wer denkt schon daran, dass alles vergänglich ist. Jetzt leben wir, jetzt.«
Er schaute sie überrascht an und sagte: »Sie haben Recht, vollkommen Recht. Wir wollen das Leben jetzt genießen. Darf ich fragen, ob Sie mein Ostergeschenk erhalten haben?«

Amélie holte tief Luft. »Das Osterei ist von Ihnen? Mädchen des Südens ...«

»... Bist mir in die Stadt der Träume gefolgt/Gib Acht auf mein Herz ... Ja, natürlich ist das Osterei von mir, von wem sonst? Ich sah Sie von meinem Bürofenster aus. Sie standen an der Alexandersäule, und ich war sofort von Ihrem Anblick verzaubert. Später sah ich Sie im Grand Hotel, erkundigte mich nach Ihnen und erfuhr, dass Sie Gast meines Freundes Grigorij Tschernyschew seien. Als ich Sie dann auf dem Osterfest sah, als Sie aus Ihrer Kutsche stiegen, fasste ich den kühnen Entschluss, Ihnen diese Aufmerksamkeit zukommen zu lassen. Es schien mir der richtige Moment zu sein.«

»Ich danke Ihnen, Monsieur. Es ist zwar ein wunderschönes, aber doch wohl viel zu kostbares Ei.«

»Ich verhehle nicht, dass ich dabei dachte, Sie ein wenig bestechen zu können, denn ich möchte Sie wiedersehen, Mademoiselle, mit Ihnen plaudern, tanzen ... Sagten Sie nicht selbst, wir leben jetzt?«

»Ich werde bald zurückfahren müssen. Die Weinberge wollen jeden Tag ihren Herrn sehen, heißt es bei uns.«

»Bleiben Sie länger, Mademoiselle. Schicken Sie, wie Sie sagen, doch den Herrn in die Weinberge. Sonne des Südens, verweile noch.« Er verbeugte sich und küsste ihre Hand.

»Meine Herren, darf ich Sie nun alle ins Rauchzimmer bitten?«, sagte Madame Tschernyschew laut.

»Artemij!«, rief Tschernyschew: »Was ist mit dir, mein Lieber? Warum stehst du nicht auf?«

»Es ist dieser verflixte Schmerz«, antwortete Artemij Rumjanzew, der Offizier mit den Orden am Frack. »Du weißt ja, mein Rücken.«

»Mademoiselle, kommen Sie, zeigen Sie, dass Ihre Hände noch mehr können, als Trauben in Champagner zu verwandeln.«

Kurz entschlossen nahm die Tschernyschewa Amélie an die Hand und zog sie aus dem Herrenkreis. Erstauntes Murmeln begleitete sie.

»Sie müssen wissen, sie hat besondere Hände. Sie verstehen sich nicht nur auf die Lese im Weinberg, sondern sie lesen durch unsere Haut hindurch, welche Dramen sich darunter abspielen. Ich habe es selbst erfahren.«

»Ziehen Sie bitte Ihre Frackjacke aus, Monsieur«, bat Amélie.

»Hier?«

»Ja, wenn Sie jetzt wissen wollen, woher der Schmerz kommt.«

»Nun gut, versuchen Sie Ihr Glück. Es ist der Nerv, ich weiß es genau.«

Amélie legte ihre Hände auf und erkannte nach wenigen Minuten, dass es kein verklemmter Nerv war, der Oberst Rumjanzew plagte.

»Das, was ich spüre, sind Verdichtungen, die sich wie Fremdkörper anfühlen«, sagte sie. »Könnte es sein, dass es sich um Nierensteine handelt? Hatten Sie schon einmal Koliken?«

»Die Nieren?« Verblüfft drehte er sich zu ihr um. »Vor drei, vier Wochen nach der Jagd, ja, da war's mir, als drehe mir einer den Wurfspieß im Leib herum.«

»Bestimmt wandern die Steine. Sie sollten viel trinken, um sie auszuschwemmen.«

»Das tue ich, Mademoiselle, viel Tee, viel Wodka, viel Champagner. Doch bei solchen Schmerzen hilft nur ein Mittel ...«

»So? Welches denn?«
»Branntwein, eine Prise Schießpulver, dazu gestoßenen Knoblauch, Pfeffer, das Ganze becherweise, Mademoiselle, und dann ab in die Badestube zum Schwitzen. Und wenn man beim Abkühlen im Schnee wieder zu sich kommt, ist der Schmerz wie fortgeblasen.«
»Der Schmerz wohl«, erwiderte Amélie lächelnd, »aber Ihre Steine nicht. Gehen Sie am besten zu einem Arzt, Monsieur.«
»Kommen Sie lieber noch einmal zu mir, Mademoiselle. Sagen wir in einer Woche. Ich verspreche Ihnen, ich werde bis dahin diese verfluchten Steine herausgeschwemmt haben. Und Sie werden sich davon überzeugen. Nun bringt mich ins Rauchzimmer.« Er ließ sich von Dienern aufhelfen und ging ein paar Schritte. Dann drehte er sich zu Amélie um. »Könnten Sie mir ein Glas Champagner geben?«
»Gerne.« Sie reichte ihn ein frisch gefülltes Glas. Er nahm es und griff nach ihrer anderen Hand.
»Und diese schöne Hand arbeitet wirklich im Weinberg?«
Amélie nickte belustigt. »Mit Rebschere, Mistgabel, Schaufel, Bütte und Lesekorb.«
»Praktische Hände, schöne Hände. Der Weinberg muss sie lieben. Kein Wunder, dass uns Ihr Champagner so gut schmeckt.« Er nahm einen großen Schluck.
»Wenn Sie wollen, lasse ich Ihnen einen Methusalem schicken.«
»Wie viel ist das?«
»Eine Flasche mit der achtfachen Menge, Monsieur.«
»Dann erscheine ich Ihnen alt wie ein Achtzigjähriger?«
»Sie wirken halb so alt, Monsieur, doch zu zweit ...«

Er spitzte die Lippen. »Ist das eine Einladung, Mademoiselle?«
»Das hast du falsch verstanden«, warf Besberedkow ungeduldig ein. »Sei ehrlich, Artemij, du bist im sechsten Jahrzehnt.«
Missmutig erwiderte dieser: »Gut, Mademoiselle, schicken Sie mir für jedes Jahrzehnt, das ich an Alter zähle, einen Methusalem. Ich kann es verkraften. Gibt es noch mehr?«
»Ja, für Ihre ganze Herrenrunde einen Nebukadnezar – die zwanzigfache Menge in einer einzigen Flasche.«
»Großartig. Wann ist damit zu rechnen?«
»Ab morgen in ungefähr einer Woche, Monsieur.«
»Gut, sehr gut. Sagen Sie mir nur noch, wie Sie mit vollem Namen heißen, Mademoiselle.«
»Amélie Suzanne Duharnais, zu Befehl, Oberst.« Sie salutierte kokett.
»Sie hätte ich gern in meinem früheren Regiment gehabt. Amélie Suzanne ...« Er schnalzte mit der Zunge. »Amélie Suzanne. La Belle Amélie Suzanne. Los, Freunde, bringt mich ins Rauchzimmer, mir fällt nichts mehr ein. Meine tiefe Verehrung, Mademoiselle. Glauben Sie einem alten Haudegen, Sie werden noch jede Schlacht gewinnen. Und vergessen Sie meine Bestellung nicht.«
»Zu Befehl, Oberst«, sagte Amélie und knickste, wobei sich eine dicke Haarlocke löste und in ihr Dekolleté kringelte. Fast zwei Dutzend Augenpaare sogen sich an diesem Anblick so fest, dass sie es zu genießen begann.

Weit nach Mitternacht verabschiedete Amélie sich. Madame Tschernyschew beschwor sie, länger zu bleiben, zumal sich St. Petersburg von seiner schönsten Seite zeige, sobald es wärmer werde. Selbstverständlich könne sie im Palais einen Wohntrakt beziehen, der ausschließlich familiären Gästen vorbehalten sei. Da sie keine eigenen Kinder habe, würden sie und ihr Mann sich über jeden Gast freuen, der länger bleibe als geplant. Tschernyschew bekräftigte die Einladung seiner Frau und meinte, man sei nur einmal jung im Leben und sollte die Tage und Nächte nehmen, wie sie kämen. Madame Tschernyschew drückte Amélie herzlich an sich.

»Sie sind noch so jung, Mademoiselle. Bleiben Sie, nehmen Sie unsere Obhut an. Und denken Sie daran, Liebe zu verschmähen, die einem entgegengebracht wird, ist Sünde. Schicken Sie uns bitte morgen Ihre Entscheidung, ja?«

In ihrem Hotelzimmer gab Amélie rasch die Eilbestellung für Oberst Rumjanzew an ihre Eltern auf, dann ließ sie sich von Marja ein Bad richten.
»Die Briefe sind abgeschickt?«
»Ja, Mademoiselle, heute Nachmittag.«
»Das ist gut, danke. Nun schlaf und träume süß, Marja.«
»Das wünsche ich Ihnen auch. Gute Nacht.«

Ein Mann, der wie ein verliebter Narr handelte, ein Narr, der sich als Weiser in Sachen Liebe ausgab – waren das nicht Begegnungen, die sie auf der Stelle heimkehren lassen sollten? Schließlich hatte sie ihre Pflicht erfüllt, den Champagner überreicht. Wer sollte sie hier noch länger halten? Ein freundlicher Absagebrief an Lydia Fabochon und die Tschernyschews, und schon würde sie im Zug sitzen. Einladungen konnte man schließlich aus freiem Herzen annehmen oder auch nicht. Und doch spürte Amélie den Reiz zu bleiben. Wer konnte ihr versichern, dass ihr das Leben noch einmal die Möglichkeit bieten würde, mit gut aussehenden, interessanten Herren zu flirten? Herren, die bereit zu sein schienen, für Genuss leichtsinnig ihr Vermögen zu verspielen? Und wenn sie ihnen dabei helfen würde? Mit ihrer Schönheit, ihren Händen? War es nicht verlockend, sich vorzustellen, dass all diese charmanten Frackträger ihren Champagner ein Leben lang trinken würden, allein um sich an eine besonders verführerische Champenoise wie sie, Amélie Suzanne Duharnais, zu erinnern? Und mit einem Mal wurde ihr bewusst, was sie hier halten würde – es war sie selbst, ihr eigener Wille.

Der Morgen nach Ostern begann mit bleichem Sonnenlicht. Die Luft über St. Petersburg war lautlos und ruhig, der Himmel wie von einem blassen Gazetuch verhüllt.
Als Amélie mit ihrer Zeichnung in der Hand vor ihrer Suite nach Walodja schaute, fiel diesem gerade eine dickbauchige Majolikavase um, in die er vergeblich versuchte einen zweiten Blumenstrauß zu pressen.
»Blumen, alles Blumen für Sie, Mademoiselle.« Er verbeugte sich, und Amélie sah, dass zu beiden Seiten ihrer Tür gut ein Dutzend Blumensträuße standen, die die Luft mit Aromen parfümierten.
»So viel Frühling liegt in der Luft, Walodja?« Amélie kniete nieder und tauchte ihr Gesicht tief in die Blüten eines Straußes aus Amaryllis und Lilien. Dann ging sie rasch die Karten durch, Tschernyschews, Besberedkow, Kollodschinskij, Lydia Fabochon, die Hotelleitung, Oberst Rumjanzew – Namen, die nach ihr riefen, sie einluden, beschworen, noch eine Weile in St. Petersburg zu bleiben.
»So wie Ihnen ergeht es nur Auserwählten«, meinte Wa-

lodja. »Die Liebe des Gründers zu seiner Stadt geht auf wenige Auserwählte über.«
»Walodja, in den nächsten Tagen werde ich mich endgültig entscheiden. Jetzt brauche ich Sie.«
»Ich stehe zu Ihren Diensten, Mademoiselle.«
»Fahren Sie mich bitte zu einem Fachmann, der in der Lage ist, aus dieser Zeichnung ein Flaschenetikett zu fertigen.«

Auch wenn zahlreiche Lohnkutscher zu sehen waren, die in ihren blauen Kaftanen und roten Gürteln das Stadtbild prägten, so gehörten sie doch zu den wenigen, die in der noch von den Osterfeierlichkeiten müden Stadt unterwegs waren.
Walodja erklärte Amélie, dass die Galeerenstraße und der englische Kai ein Stück Britannien seien, das Newa-Ufer von Wassiljewskij-Ostrow dagegen das deutsche Zentrum St. Petersburgs. Als bedeutender Sitz von Wirtschaft und Wissenschaft siedelten hier Börse, Universität, Akademie der Wissenschaften und viele vermögende Kaufleute. Dorthin werde er sie fahren. Die Deutschen seien schließlich die Einzigen, die Tag für Tag in der Früh aufstünden, um ihrer Arbeit nachzugehen. Sogar schlafen würden sie ausschließlich des Nachts. Ein ordentliches Volk, zuverlässig und fleißig, und doch glaube er manchmal, seine Seele sei genauso sentimental wie die russische.
Im hellen Morgenlicht fiel Amélie wieder auf, wie viele Krämer, kleine Handwerker und Schankwirte in den Kellern großer Häuser hausten. In einer prachtvollen Straße mit schönen Jugendstilvillen hielten sie an einer Zeile mit Wirtshäusern, Magazinen, Markt und mehreren Handwerksbetrieben. Als sie ausgestiegen waren, meinte Wa-

lodja, dass es nur hier so sauber sei: Die Emailleschilder neben den Eingangstüren wirkten wie poliert, und selbst die kupfernen Glöckchen über den Türen der Werkstätten schienen jeden Sonnenstrahl widerzuspiegeln.
Im Schaufenster des kleinen Handwerksbetriebs, den Walodja ausgesucht hatte, waren Papierartikel und Schreibzeug ausgestellt, daneben ein paar Grafiken mit mittelalterlichen deutschen Stadtansichten.
Der deutsche Handwerker sprach Russisch, jedoch kein Französisch, und so musste Walodja wieder übersetzen. Gemeinsam gingen sie in den hinteren Teil des Hauses, wo eine geräumige helle Werkstatt eingerichtet war. Die Längsseite der Außenwand war von einer Reihe hoher Fenster durchbrochen. Amélie konnte, während der Meister ihre Zeichnung betrachtete, in einen großen Garten hinaussehen. Der Deutsche bemerkte ihren Blick und sagte, dass glücklicherweise bald die Zeit komme, wo er eigenen Kohl, Lauch, Zwiebeln, Karotten und Kartoffeln anpflanze. Im letzten Jahr habe er nach sieben langen Jahren des Wartens seine ersten Birnen ernten können. Er hoffe, aus ihnen bald einen guten Birnenschnaps brennen zu können.
Während er über ihre Zeichnung nachdachte, versuchte sich Amélie die Farbe des Kleides auf dem zukünftigen Flaschenetikett vorzustellen. Rosa wie das zarter Apfelblüten? Hellgrün wie von Birkenblättchen? Rot wie reife Hagebutten? Oder in der Modefarbe Mauve? Er möge ihr, sagte sie schließlich, von jeder Farbe einen Entwurf ins Hotel schicken. Außerdem dürfe er, wenn sie mit seiner Arbeit zufrieden sei, seinen Namen auf dem schmalen Rand des Etiketts angeben.
Um den Handwerksmeister noch weiter anzuspornen, bat

sie Walodja um die mitgebrachte Champagnerflasche. Sie stellte sie auf den Tisch und drehte mit einer geübten Handbewegung den Korken heraus, sodass mit einem sanften Zischen ein zartes Schaumfähnchen entwich. Der Deutsche rief nach seiner Frau, die kurz darauf vier einfache Kelchgläser brachte. Amélie schenkte ein und sagte: »Damit Ihnen die Arbeit auch viel Vergnügen macht. Und vergessen Sie nicht, wenn es Ihnen gelingt, werden Sie mit diesem Etikett noch bekannter sein, als Sie es jetzt schon sind.«

Rasch ging die Fahrt über den schnurgeraden Bolschoi-Prospekt zurück. Hohe Jugendstilvillen aus grauem Granit verliehen der Straße einen schluchtartigen Charakter. Fassaden mit Menschen- und Tierköpfen und Blumengirlanden gaben vor, die Starre des Steins überwunden zu haben. Amélie dachte an Besberedkows Worte, diese Stadt sei ein in Stein verwirklichter Traum.
Bald kamen die großen Einzelbauten der Universität in Sicht, doch ihre architektonische Schönheit, ihre weihevolle Ausstrahlung berührten Amélie in diesem Moment nicht. Sie schloss kurz die Augen vor der Gestaltungspracht Peters des Großen und dachte an ihre Heimat, rief sich das strahlende kupferfarbene Licht der Sonne in Erinnerung, wenn es sich abends über die sanften Hügelwellen ergoss. Sie sah die grünen Kordelschnüre der Rebzeilen vor sich und genoss das aufsteigende Gefühl innerer Ruhe. Allein dieses Bild genügte, um zu wissen, wie reich sie war. Ihre Hand umschloss den Korken in ihrer Tasche. Sie rollte und drückte ihn und roch schließlich sehnsüchtig an ihm. Er war das Schlussglied in der Kette des Prozesses, Champagner herzustel-

len. Er bewahrte das Kostbare, hielt das Ergebnis ihrer Arbeit in der Flasche fest und ließ es erst dann frei, wenn der richtige Moment gekommen war.
Ihre Gedanken schweiften zu ihren Reben zurück, und sie fragte sich, wie es ihnen wohl ging. Wie weit die Blättchen wohl schon ausgewachsen waren? Ob es regnete? Hoffentlich fror es nachts nicht.
Als sie die Augen wieder öffnete, hielt die Kutsche gerade an einer Kreuzung, wo der Bolschoi-Prospekt endete. Rechts ging es zum Newa-Ufer und über die Schlossbrücke zum Newski-Prospekt zurück. Eine Gruppe Studenten schickte sich an, die Straße Richtung Universität zu überqueren. Die ersten von ihnen bückten sich zu dem Schneewall hinab, der die Gebäudefront säumte, und begannen die nachfolgenden Kommilitonen zu bewerfen. Amélie hörte Walodja etwas rufen, andere Stimmen antworteten. Neugierig öffnete sie das Fenster – und zuckte zurück, als ein Schneeball hereinschoss. Sofort erinnerte sie sich an die Schneeballschlachten mit Fabien, dem sie nur gewachsen gewesen war, wenn sie genauso präzise und hart warf wie er.
Kurz entschlossen drückte sie den Schnee um den Korken und warf zurück. Ihr Schneeball traf die rechte Schulter eines Studenten, der, erschrocken über den eigenen Wurf, zu ihr hinüberstarrte. Ein anderer bückte sich nach dem Korken im Schnee und folgte seinem Blick.
Amélie erkannte Fürst Baranowskij.
Fahrzeuge hupten, schon zogen die Pferde die Kutsche ruckelnd an. Über Köpfe und Fahrzeugdächer hinweg kreuzten sich ihre Blicke. Stadt der Liebe? Oder doch nur Stadt der Träume?

Im Hotel las sie noch einmal die Karten und Einladungen, um sie der Reihe nach zu beantworten. Mindestens eine Woche müsste sie noch in St. Petersburg bleiben, am besten zwei. Und so nahm sie die Einladung der Tschernyschews an. Mit der Begründung, gute geschäftliche Aussichten zu haben und länger bleiben zu müssen, reagierte sie auf die Zeilen ihrer Mutter, die am Abend eingetroffen waren.

»Mein liebes Kind,
wir haben noch nichts von dir gehört und sind sehr besorgt um dich. Großvater isst vor Zorn und Angst kaum noch was. Es ist, als ob ihm ein Stück Fleisch vom Leib gerissen worden wäre. Doch er geht jeden Morgen in die Reben. Zu wissen, wie gut deine Pflanzen gedeihen, beruhigt uns alle sehr. Es hält den Alten am Leben. Bitte schreibe uns, so schnell du kannst. Ich wäre vor Sorge um dich sicher schon gestorben, wäre da nicht gestern eine Depesche vom Grand Hotel bei uns eingetroffen. Sie ordern sechs Dutzend Kisten vom 92er. Das ist zwar erfreulich, doch noch erfreulicher ist es, dass wir dadurch wissen, dass du wenigstens angekommen bist und schon den ersten Kunden gewonnen hast, oder? Dein Vater ist stolz auf dich und hat doch große Angst um dich. Russen sollen ja nicht lange zaudern ... Pass auf dich auf und komm schnell zurück. Dein Mann, so schrieb er, wird bald aus Bad Ems zurückkehren. Schreibe bald!
In Liebe, deine Eltern«

Lydia Fabochon hatte sich mit Amélie für Mittwochabend verabredet, in die Oper *Pique Dame* von Peter Tschaikowsky zu gehen, und war gezwungen, auf sie zu warten, denn Amélie hatte den Nachmittag mit wissbegierigen Freundinnen von Madame Tschernyschew verbracht. Diese wollte ihnen nämlich vorführen, dass die neue Freundin des Hauses, die Winzerin Amélie Duharnais, mit ihren lesenden Händen Recht gehabt hatte, denn ein bekannter Arzt habe ihre Diagnose – zu dickes Blut und drohender Venenstau – bestätigt. Sie werde nun dagegen ankämpfen: täglich ein Liter Essigwasser, zwei Liter Misteltee, vier Zehen Knoblauch, eine Flasche Champagner und ab und zu Blutegelchen. Und Amélie glaubte auch, dass sie das alles tun würde, allein schon um mit gutem Gewissen ihre kulinarischen Exzesse fortführen zu können.

Am frühen Abend war Amélie dann zu Monsieur Kollodschinskij geeilt, um mit ihm über ihre Heimat und die Kunst der Champagnerherstellung zu plaudern. Natürlich hatte sie sich der Leiden seiner Familienangehörigen angenommen und den einen von seinen Sorgen befreien können, den anderen ermutigen müssen, ärztliche Hilfe anzunehmen. Seiner Schwiegertochter konnte sie dank kreisender Bewegungen die Schmerzen am Schläfenbein, die sich bis in ihren Nacken zogen, noch an Ort und Stelle nehmen. Es lag ja schließlich keine Krankheit vor, sondern nur eine Irritation der Nerven.

Lydia Fabochon, die in einem blassvioletten Chiffonkleid auf sie in der Oper wartete, war jedenfalls verärgert, als Amélie in weißem Pelz über apricotfarbenem Atlaskleid mit einer halben Stunde Verspätung auf sie zulief.

»Sie kommen spät, und dann sind Sie auch noch halb nackt«, sagte sie ungehalten und hob Amélies rechte

Hand ein wenig in die Höhe. »Was tragen Sie bloß für Handschuhe?«
Tatsächlich hatte Amélie Spitzenhandschuhe übergestreift, die gerade einmal lang genug waren, den Puls zu bedecken.
»Ist das jetzt wichtig?«, entgegnete Amélie atemlos.
»Wie man's nimmt. Wie Sie aussehen, ist gegen die Konvention, ein Fauxpas. Eine richtige Dame trägt Handschuhe, die weit über die Ellbogen reichen. Wie ich hörte, haben Sie sich in kurzer Zeit einen Ruf in St. Petersburg erworben, der neugierig macht. Darf ich davon ausgehen, dass Sie Ihre Goldader bereits gefunden haben?«
»Sie dürfen. Ich wurde auf einer Goldader geboren, ich wandle auf ihr und habe das Glück, viele zarte Goldfädchen zu einem Goldnetz zusammenzuweben«, erwiderte Amélie zynisch. »Und aufgrund meiner Geschäftsidee werde ich sogar noch länger bleiben.«
»Wie schafft es nur eine einzige Blüte, so viele dumme Hummeln anzulocken? Verraten Sie mir Ihre Idee?«
Der letzte Gong rief zum Aufbruch. »Reiner Nektar, Mademoiselle Professeur, kein Giftgebräu«, entgegnete Amélie.
Lydia Fabochon glühte vor Wut. Ohne die jeweils andere noch eines Blickes zu würdigen, eilten beide ins Parkett. In das Rascheln der Kleider, Wispern der Zuhörer und Stimmen der Instrumente raunte Lydia Fabochon Amélie zu: »Man hat Ihnen sogar schon einen besonderen Namen gegeben, Mademoiselle Duharnais.«
»Wie interessant. Wie beliebt man mich denn zu nennen?«
»La Belle Amézou!«
Wer anders als Oberst Rumjanzew konnte es sein, der ihre beiden Vornamen Amélie Suzanne zu Amézou verknüpft

hatte. Kannte ihn Lydia Fabochon? Hatte sie sie nicht damals im Zug vor dem Militär gewarnt? War sie von ihm enttäuscht worden? Sicher war nur, sie war wütend. Wütend aus Eifersucht?
Provozierend fragte Amélie: »Warum erobern Sie sich nicht den Mann zurück, den Sie lieben?«
»Artemij?«, entfuhr es Lydia Fabochon. »Er spricht nur noch von Ihnen, von La Belle Amézou.«
Amélie verbarg ihr Lächeln hinter ihrem Fächer. »Ich habe ihm nur etwas helfen können. Er ist ein Mann, der noch jung sein will. Er braucht Beistand.«
Lydia Fabochon schwieg. Im Orchestergraben wurde es still. Alle warteten auf das Erscheinen des Dirigenten. Bis zu dem Augenblick, in dem die Ouvertüre begann, hörte Amélie, wie ihre Sitznachbarin mit den Zähnen knirschte. Bald darauf unterhielten sich auf der Bühne Graf Tomsky und seine Freunde im Sommergarten in St. Petersburg über den jungen deutschen Offizier Hermann, der beim Kartenspiel leidenschaftlich zuschaut, selbst aber nie spielt.
In der großen Pause fuhr Lydia Fabochon erregt fort: »Wissen Sie, ich finde, es geschieht der alten Gräfin später nur recht, wenn sie vor Schreck in dem Moment stirbt, als Hermann von ihr das Geheimnis um die Macht der drei Karten verlangt.«
»Haben Sie denn gar kein Mitleid mit der alten Frau?«
»Wie sollte ich? Noch im Alter schwärmt sie von ihren Siegen der Lust, sieht sich immer noch vor dem Prince de Condé und dem Duc de Vallière tanzen, weint der Vergänglichkeit ihrer Jugend nach. Wie hatte man sie bewundert, ja, sogar der König soll sie angebetet haben, klagt die Alte. Und dabei verspielte sie in ihrer Jugend ihr gesamtes

Vermögen in Paris. Und das, was ihr Glück bringen sollte, verspielte sie. Das Geheimnis der drei Karten – Drei, Sieben, Ass – war ihr Liebeslohn vom Grafen Saint Germain. Sie hat nicht schweigen können. Der Mörder kommt zu Recht.«

»Sie urteilen zu hart. Hier geht es doch um pure Fantasie, um Unterhaltung. Und auf ein gelebtes Leben zurückzuschauen ist doch wohl besser als auf ein Leben voller Verzicht und Selbstkasteiung, oder?«

»Ist das die Losung Ihres Champagnerhauses?«

»Vom Wasser allein werden wir nicht glücklich.«

»Recht haben Sie«, mischte sich ein Herr ein, den Lydia Fabochon kannte. Er hatte das Gespräch mitgehört und begrüßte sie nun. Die Fabochon bezwang ihren Ärger, täuschte Wiedersehensfreude vor und wechselte einige belanglose Worte mit ihm. Schließlich fragte er sie, ob sie ihr Lehrerinnenexamen bestanden habe. Sie bejahte und fügte natürlich hinzu, dass sie sich Professorin nenne. Der Herr hob überrascht die Augenbrauen. »Lehrerin zu sein ist eine ehrenwerte Aufgabe, aber die höhere Wissenschaft, das Lehrgebäude von Weltweisheit und Technik, sollte dem Geist des Mannes vorbehalten sein, meinen Sie nicht?« Bevor sie etwas entgegnen konnte, fuhr er fort: »Sagen Sie, Professeur Fabochon, wo liegen eigentlich die Ostseeprovinzen, an denen das Herz des Zaren hängt?«

»An der Ostsee natürlich!«, entgegnete diese ärgerlich.

»Ja, liegen sie denn schon lange da?« Die Herren drum herum lachten.

»Unverschämt!«, zischte sie.

»Kommen Sie, ärgern Sie sich nicht«, beschwichtigte sie Amélie und zog sie fort.

»Und wie ich mich ärgere. Man sollte all diesen eitlen, arroganten Greisen eine Hermine schicken, die sie zu Tode erschreckt – wie Hermann die alte Gräfin.«
Amélie zog sie weiter, doch Lydia Fabochon nahm ihren alten Gesprächsfaden noch verbissener als zuvor auf.
»In der Oper geht es um die Gier des Menschen, genauso wie im wahren Leben. Aber wo ist die Grenze zwischen Ernst und Spiel?« Misstrauisch sah sie Amélie von der Seite an. »Sie haben mich schon damals im Zug irritiert. Jetzt möchte ich wissen, wo endet Mademoiselle Duharnais und wo beginnt La Belle Amézou?«
Amélie hielt die Luft an, dann überlegte sie kurz und sagte: »Lydia Fabochon, Ihre Augen sind gelb vor Neid. Es sieht hässlich aus.« Sie senkte die Stimme. »So sehr Sie auf Ihr Wissen bauen, so sehr sind auch Sie gierig aufs Leben, doch Sie kasteien sich, verzehren sich nach dem, was andere genießen, und bersten beinahe vor Neid.«
Sie ließ die Fabochon stehen und ging zur Opernkasse. Dort tauschte sie ihr Billett gegen einen Platz im ersten Rang und verfolgte die Oper mit Spannung bis zum Schluss. Als der Vorhang fiel, stand sie auf und applaudierte. Musik und einzelne Bilder folgten ihr bis hin zur Garderobe. Dabei ging ihr das träumerische Lied der alten Gräfin kurz vor deren Tod nicht aus dem Kopf.

> »Ich fürchte mich davor,
>   Nachts von ihm zu erzählen,
> Ich höre zu viel von dem, das er mir erzählt,
> Er sagt mir: Ich liebe Sie.
> Und ich fühle, auch wenn ich es nicht will,
> Ich fühle mein Herz schlagen,
> Ich weiß nicht, warum.«

»Je sens mon cœur qui bat, / Je ne sais pas pourquoi«, sang sie leise den französischen Refrain und schaute in die sternenklare Nacht hinaus.
»Mademoiselle? Ich höre Sie ... Kommen Sie, schnell!« Amélie erschrak, als sie Sergej Besberedkows Stimme erkannte. Sie drehte sich um. »Nein, Walodja wartet.«
»Ich habe ihn fortschicken können. Kommen Sie, die Nacht beginnt jetzt erst. Ich möchte mein Versprechen einhalten und Ihnen die schönen Seiten Russlands zeigen.«

War es eine Stunde? Waren es zwei? Besberedkows Schlitten raste über eine grenzenlose Schneewüste, ohne Weg, ohne Steg. Ab und zu ragten Dornensträucher und gefällte Baumstämme aus der freien Fläche, dann wieder waren Nadelholzwaldungen zu sehen, denen der Mond einen schattigen Umhang verlieh.
Ihr Schlitten hielt in einem Kiefern- und Birkenwäldchen vor einem großen Holzhaus mit Erkern und Türmchen. Die Fenster im Erdgeschoss waren erleuchtet. Ein Muschik eilte ihnen entgegen, nahm die Pferde am Zügel und führte sie in einen Stall.
Im Kamin brannten riesige Holzscheite. Es roch nach frischem Kiefernharz, Tabak, Leder, Bratenduft und Gewürzen. Besberedkow schloss die Tür hinter Amélie ab, nahm ihr Gesicht in seine Hände und küsste sie. Das flackernde Licht der Flammen zitterte über ihre geschlossenen Lider. Sie bebte, glühte trotz der Kälte, aus der sie kam. Er öffnete ihren Pelzmantel. Sie ließ ihn fallen, und er zog ihr Kleid aus. Sie fühlte, wie seine Zunge ihren Hals, ihre Brüste befeuchtete. Seine rauen Wangen kratzten erregend über ihre Brustwarzen. Sie krallte sich in sein schwarzes Haar, zog ihn hoch und küsste ihn, bis ihre Lip-

pen taub wurden. Dann hob er sie auf seine Schenkel, lehnte sie an einen breiten Holzpfosten und begann sie ohne Umschweife im Stehen zu lieben. Schon nach wenigen Bewegungen erlebte sie ihren ersten echten Höhepunkt.
Die Gier, schrie die schrille Stimme der Fabochon in ihr, die Gier. Ja!, schrie Amélie zurück. Ich will mehr! Mach weiter, du russischer Feuerkopf!
Besberedkow war erfahren genug, um zu wissen, wie ausgehungert sie war. Er schenkte ihr mehrere Höhepunkte, bis er selbst an sich dachte.
Keuchend sahen sie sich an. »Hast du Hunger?«, fragte er lächelnd. Amélie nickte. »Liebe mich, liebe mich noch ein einziges Mal.«
Besberedkow presste sie an sich. »So oft du willst, mein Täubchen. Nachher. Doch jetzt komm und lass uns essen.« Er zog an einer Klingelschnur, und kurz darauf deckte ein Diener den Tisch.
»Du wusstest, dass ich mit dir gehen werde?«
»Ich sah deinen Blick schon damals an der Alexandersäule. Dieser Hunger in deinen Augen ...«
Er küsste sie, noch bevor ihr schlechtes Gewissen wegen des Fürsten Baranowskij überhand nehmen konnte, schließlich hatte ihr Blick ihm gegolten. Doch er war im Gegensatz zu Sergej nie in ihre Nähe gekommen.
Sie nahm ihm das Glas Wodka aus der Hand und trank es halb aus.
»Wunderbar«, murmelte er. »Und jetzt geht die Stärkung weiter.« Er führte einen Holzlöffel voll Kaviar an ihre Lippen, bestrich ein Scheibchen Weißbrot, streute ein wenig Salz darauf und gab es ihr.
»Iss, meine süße, meine heiße Sonne des Südens.«

Amélie biss zu und verlangte nach einem weiteren Glas. Diesmal aber behielt sie den Wodka im Mund und küsste Besberedkow erst vorsichtig, dann immer stürmischer. Er schluckte erregt, griff in eine Schüssel voller Piroggen, schob ihr die eine Hälfte in den Mund und knabberte die andere ab. Aus dem Augenwinkel sah Amélie, wie sich der Diener, der mit dem Tischdecken fertig war, verneigte und ging.
Besberedkow riss sein Hemd auf, wischte sich mit einem Zipfel über das Gesicht, nahm eines der gebratenen Küken im Blumenkohlnest und aß es. Er brach ein weiteres auf und ließ Amélie danach schnappen. Sie kletterte auf den breiten Holztisch, zog sich bis auf das Korsett und die zartrosa Strümpfe aus, ging in die Hocke, schob das Unterkleid ein wenig hoch und begann wie Besberedkow in Schüsselchen und Kasserollen nach Leckerbissen zu fischen. Er sah ihr erst fasziniert zu, dann trank er ein weiteres Glas Wodka und stieg auf das andere Ende des langen Tisches. Essend und rutschend kamen sie sich langsam näher. Schließlich hatten sie die gebratene Ente in der Mitte des Tisches erreicht. Trotz der Füllung aus Nudeln und Pilzen war ihr Fleisch bereits in Streifen vorgeschnitten.
»Wo ist mein Schampanskoje?«, fragte sie.
»Schampanskoje!«, brüllte Besberedkow in einer Lautstärke, die die Gläser zittern ließ. Der Diener rannte mit einem eisgefüllten Kübel und zwei Flaschen Duharnais-Champagner herbei.
»Schnell! Geh!«
Amélie schien es, als wäre der Diener rascher verschwunden als der Klang des Wortes in der Luft lag.
»Schlägst du ihn?«, fragte sie erstaunt.

»Natürlich nicht, was denkst du? Früher sagte man, das Volk verstehe nichts außer der Dubina, dem Rohrstock. Ich halte nichts davon.«
Ungestüm drehte er den Korken aus der Flasche, sodass der Champagner herausströmte, seine Frackhosen nässte und eine Lache zwischen ihnen auf dem Tisch bildete.
Amélie tunkte ein Stückchen Entenfleisch hinein und aß es auf. Dann trank sie in einem Zug ein ganzes Glas Champagner. Erwartungsvoll schaute Besberedkow zu, wie sie daraufhin mit der Zunge in die Lache stippte. Amélie schob ihm eine Pirogge in den Mund, und plötzlich stieß sie ihn nach hinten. Langsam ließ sie Kaviarperlen auf seinen Bauch hinabrieseln, beträufelte sie mit Zitronensaft und leckte sie verspielt auf. Sie fütterte Besberedkow mit Ente, aß selbst ein Stück, trank Champagner und setzte mit dem Zeigefinger Tropfen für Tropfen auf seinen Hals und seinen Bauch. Sie sah seine Erregung, nahm eine abgenagte Entenkeule und hielt ihm diese an seine Kehle, als er sich aufrichten wollte. Sie hob ihr Unterkleid, sodass er angesichts dessen, was er sah, aufstöhnte und gehorsam liegen blieb. Und schon saß sie auf ihm.
»Jetzt gehorchst du mir«, flüsterte sie und küsste ihn lange und aufreizend.
Sergej Besberedkow öffnete seinen Hosenbund, doch Amélie ergriff seine Hände und schüttelte den Kopf.
»Langsam, warte. Mach die Augen zu.«
Sie nahm einen Schluck warmen Wodka und küsste sein Glied, wobei der Wodka an ihm hinabrann. Dann spuckte sie den Rest aus, nahm einen Schluck eiskalten Champagner und tat dasselbe mit ihm. Besberedkow hielt es schließlich nicht länger aus, drehte sich auf die Seite, wobei er Schüsseln, Körbchen, Schälchen umwarf, und zog

Amélie an sich. Ein eigentümlicher Kampf begann, bei dem mal sie, mal er oben war. Wie er im Einzelnen ausging, wusste Amélie später nicht mehr zu sagen. Die Gerüche der Speisen allerdings auf Haaren und Haut hätte sie noch bis ins hohe Alter genau beschreiben können.

Im Schwitzhaus roch es nach Wacholderbeeren und verglühenden Tannennadeln. Gegenseitig schlugen sie sich Birkenreiser auf den Rücken, wuschen sich das Gesicht mit Kräutersud und rannten nackt aus der heißen Hütte, liefen um sie herum und ließen sich in den hohen Schnee fallen. Kurze Zeit nachdem sie sich ein letztes Mal auf den Holzbänken niedergelegt hatten, hörten sie, dass ein Schlitten eintraf. Gleich darauf kam jemand, laut nach Besberedkow rufend, näher.
»Herr, kommen Sie schnell. Besuch für Sie!«
Besberedkow wickelte sich ein Tuch um, zog den Pelz über, der im Vorraum an einem Haken hing, stieg in die Stiefel und folgte seinem Diener Mascha. Amélie blieb noch eine Weile sitzen, doch Besberedkow kam nicht wieder. Schließlich erhob auch sie sich, wusch sich noch ein letztes Mal ausgiebig, schlüpfte in ihre Kleider und ging zurück ins Haus.
Der Tisch war abgedeckt, sein Holz feucht gewischt. Selbst der Fußboden war frei von Speiseresten und heruntergefallenem Geschirr. Dafür stand am Ende des Raums, dort, wo ein ausgestopfter Bärenkopf, ein altes Fangeisen und der ausgemusterte Rohrstock die Wand schmückten, eine junge rotwangige Frau, die sie neugierig ansah. Vor dem Kamin jedoch lag ein schlafender Säugling in seinem Körbchen. Besberedkow kniete neben ihm. Tränen liefen ihm übers Gesicht.

»Siehst du dein Haar? Es ist schwarz wie meins. Er ist mein Sohn. Mein Sohn, verstehst du?«
Amélie setzte sich neben das Kind. Wie zarte Halbmonde lagen die dunklen Wimpernkränze im rosigen Gesichtchen. Seine winzigen Nasenflügel zitterten, dabei schmatzte es leicht und seufzte zufrieden.
»Ihm gefällt die Wärme«, meinte Amélie leise.
»Er spürt, dass er bei seinem Vater ist. Ich, ich bin sein Vater.« Besberedkow schlug sich gegen die Brust und schluchzte.
»Ja, er ist Ihr Sohn, Sergej Besberedkow«, sagte die junge Frau.
»Natürlich. Nun geh, lass dir von Mascha dein Zimmer zeigen. Ich will mit meinem Sohn allein sein.«
Die junge Frau ging.
»Wer ist sie?«, fragte Amélie.
»Die Amme.«
»Und deine Frau?«
»Hält sich einen Liebhaber, der so blond wie fruchtlos ist. Gott sei Dank.«
Amélie stand auf. »Ich möchte zurück nach St. Petersburg, Sergej. Und versprich mir bitte, diese Nacht zu vergessen.«
Sie standen sich gegenüber, und es schien ihr, als ob Besberedkow erst seine Gedanken sammeln musste.
»Ich werde diese Nacht mit dir nie vergessen, Amézou. Und nimm bitte diesen Namen an. In jener Nacht, als wir unseren Herrenabend bei Tschernyschew hielten, gefielen Artemij Rumjanzew deine Vornamen so gut, dass er mit ihnen so lange spielte, bis aus Mademoiselle Duharnais La Belle Amézou wurde. Nimm es an. Du bist schön, und der Name klingt wie ein Ballrausch.« Er küsste sie auf

die Stirn. »Doch ich verspreche dir zu schweigen. Ich verstehe dich. Aber bist du sicher, keinen Tropfen russischen Blutes in dir zu haben?« Er lächelte und rief nach Mascha. »Ist es nicht wunderbar, einen Sohn geschenkt zu bekommen? Komm gut in Piter an, Amézou. Wir werden uns wiedersehen – und wie Fremde begegnen.« Er verbeugte sich schmunzelnd und reichte ihr ihren Pelz. »Halt, warte!«, rief er plötzlich. »Leg deine Hände auf ihn, meinen ersten Sohn. Sag mir, ob er gesund ist.«
Der Kleine brüllte kräftig, als sie ihn aus dem Körbchen nahmen und unbeholfen aus seinen Kleidern wickelten. Die Amme kam herbeigerannt, als Amélie ihre Hände auf den kleinen vor Wut verkrampften Körper legte.
»Was macht sie, Herr? Er darf nicht nackt sein, er erkältet sich.«
»Lass sie. Warte. Nun?« Besberedkow hielt die Amme zurück.
»Er hat die Kraft seines Vaters und die unbändige Wut eines starken Willens. Und er ist so gesund, wie man es sich nur wünschen kann.«
»Ja, sonst würde er ja wohl auch nicht so kräftig protestieren, wie?«, sagte Besberedkow stolz und sank auf die Knie, kitzelte das Kind am Bauch, lachte es an und stupste gegen seine heftig stoßenden Füßchen.
Hastig entblößte die Amme ihre linke Brust, setzte sich ebenfalls und wartete darauf, dass Besberedkow aufhörte, Gesicht, Schultern, Händchen, Bäuchlein und Knie des Kleinen schmatzend abzuküssen. Dann wickelte sie das Kind wieder ein und legte es an ihre Brust.
»Der Schlitten ist vorgefahren«, sagte Mascha.
»Ich komme. Adieu, Monsieur Besberedkow.«
»Adieu, ma belle.«

Die aufgehende Sonne bedeckte die weite Schneewüste mit einem rötlichen Schimmer. Amélie bereute es nicht, dass sie sich so hatte gehen lassen. Und wenn Besberedkow Wort hielt, würde niemand von ihm, ihrem ersten und einzigen Wremientschik, von ihrer ersten lustvollen Liebesnacht erfahren. Es ist vorbei, sagte sie sich. Vorbei.

Der Salon von Oberst Rumjanzew war mit silbergrauen Seidentapeten bespannt. Der Hausherr lag auf einer Ottomane, neben sich ein schwarz lackiertes Holztischchen mit einer Kristallkaraffe und zwei Gläsern. Als Amélie auf ihn zutrat, hob er müde den Kopf und stellte fest: »Sie kennen Lydia.«
»Ja, wir waren zusammen in der Oper. Kennen gelernt haben wir uns auf der Zugfahrt nach St. Petersburg.«
»Sie kennen sie nicht«, meinte er kurz angebunden.
»Warum haben Sie ihr nur von mir erzählt, Oberst? Für sie war ich die Champagnerwinzerin und Geschäftsfrau Duharnais. Nun erfährt sie, dass Sie mich mit dem Namen La Belle Amézou beschenkten. Natürlich ist sie wütend und eifersüchtig. Traut weder mir noch Ihnen. Lieben Sie sie denn?«
»Ich weiß es nicht.«
»Was ist denn geschehen?«
»Lydia kam eines Abends zu mir. Sie war hysterisch, weinte, schrie, beleidigte mich. Jahrelang hatte ich mich nach ihr gesehnt, mir Vorwürfe gemacht, dass ich sie damals hatte gehen lassen. Ich glaubte schuldig zu sein. Und jetzt sehe ich, dass ich mich geirrt habe.«
»Sie meinen sich in Ihrer Liebe zu Lydia Fabochon geirrt zu haben?«
»An jenem Abend glaubte ich das. Dann kam die Kolik.«

Er schwieg einen Moment. »Sagen Sie mir, ob die Steine noch da sind. Wenn es so ist, erschieße ich mich.«
Ein Diener half ihm, sich auf den Bauch zu legen und seinen Rücken frei zu machen. Amélie stellte sich so, dass er ihr zusehen konnte, wie sie ihr Schultertuch und ihre langen Handschuhe aus elfenbeinfarbener Seide abstreifte. Es lenkte Rumjanzew ab, entspannte ihn.
»Zieh die Vorhänge zu, Boris!«
Der Raum füllte sich mit bläulichem Licht, das mit dem Silbergrau der Wände eine kühle Stimmung schuf. Der Diener entfernte sich. Amélies Hände glitten über Oberst Rumjanzews untere Rückenpartie.
»Ich fühle Sie nicht«, meinte er.
»Dass ich Sie fühle, reicht.«
Er schwieg.
Amélie legte ihre Hände auf seine Schulterblätter, strich sacht bis hinab in die Nierengegend und drückte mit dem Daumen Dellen links und rechts der Wirbelsäule. Dann ließ sie ihre Hände über seine untere Rückengegend gleiten. Rumjanzews Atem zitterte.
»Und?«, fragte er. »Sind sie weg?«
»Drehen Sie sich bitte um, Oberst.«
»Helfen Sie mir, Belle Amézou.«
Sie trillerte ein wenig mit den Fingerspitzen an den Stellen, wo die Nieren sind und summte eine Melodie. »Sie haben einen kräftigen Rücken, Monsieur.«
»Das kommt vom vielen Reiten«, meinte er.
»Sie sind stark und längst noch nicht morsch, wie Sie glauben.«
Sie trat vor ihn und streifte sich langsam die langen Handschuhe wieder über. Er sah ihr neugierig zu.
»Was wollen Sie damit sagen?«

»Ihre Steine sind weniger geworden. Haben Sie es nicht bemerkt?«

»Nein. Wie sollte ich, da ich mich im Rausch befand?« Umständlich setzte er sich auf. »Vielleicht war das das einzig Gute an dem Abend, an dem Lydia zu mir kam. Nachdem sie gegangen war, hätte ich vor Wut die Welt in die Luft sprengen können. Stattdessen habe ich mich still hingesetzt und getrunken – bis die Schmerzen kamen.« Er erhob sich und ging auf und ab. »Diese Wut, diese ohnmächtige Wut hat zu lange an mir genagt, mich jahrelang zerfressen. Schließlich hatten mich gleich zwei Frauen verlassen, die mir etwas bedeuteten, erst meine Frau, die mir mein Verhältnis mit Lydia vorwarf, und dann ließ mich Lydia allein. Ja, sie verstieß mich geradezu, weil sie sich einbildete, es gäbe Wichtigeres als die Liebe. Sie wolle etwas lernen, sagte sie, um wie ich Erfolg im Beruf zu haben. Ich glaube, in ihrem Innersten war sie neidisch auf meine Stellung, die Anerkennung, den Respekt, den man mir entgegenbringt. Mir, einem Militär.« Er lachte bitter auf. »Ich hielt sie für verrückt. Sie zog nach Paris, um dort zu studieren.«

»Und Ihre Frau?«

»Ging zurück in ihre Heimat Odessa. Sie lebt dort im Palais ihres Vaters auf einem schönen grünen Hügel mit Blick aufs Meer. Er ist mit Getreidehandel und Viehzucht sehr reich geworden. Sie wird nie mehr zurückkehren. Dort ist es warm im Gegensatz zu unserem Klima. Eigentlich hält mich nur Trotz am Leben, Wut und Trotz gegen das, was das Schicksal mir aufgebürdet hat.«

»Eigentlich?«

Er stand auf, trat ans Fenster, zog die Vorhänge zurück und drehte sich wieder zu Amélie um. Dunkel hob sich sein Umriss vom hellgrauen Hintergrund ab. »Lydia ist stolz auf ihre Profession. Aber sie hat sich verändert. Anfangs war sie stolz auf mich, genoss es, an meiner Seite durch St. Petersburg zu gehen. Sie hat mich als Offizier geliebt, als Mann. Aber als Menschen?« Er wandte sich erneut dem Fenster zu.

Amélie sah, wie er den Kopf senkte, die Augen schloss und schwieg, und wandte sich zum Gehen.

»Belle Amézou, warten Sie.«

»Oberst?«

»Ich ... ich möchte es wissen ...«

»Was, Oberst?«

»Ob sie mich noch liebt. Ein Fest zu Ihren Ehren würde sie aus der Reserve locken, nicht?«

»Sie wollen wissen, ob Sie noch geliebt werden?«

»Haben Sie sich selbst noch nie diese Frage gestellt, Mademoiselle? Verehrte Belle Amézou?«

Er machte einen Schritt auf sie zu und schaute ihr prüfend in die Augen.

Amélie wich ihm aus, durchquerte den Raum und blieb nach einigem Zögern vor einer Wand stehen, die ein Bernsteinmosaik mit einem eingelassenen kelchförmigen Spiegel schmückte. Scheinbar ruhig betrachtete sie die kunstvoll geschliffenen Steinchen, entdeckte Blüten, Vögel, Muscheln und Bäume mit dunklen Früchten. Schließlich schaute sie in den Spiegel. Hinter ihrem Spiegelbild sah sie, wie Nebelschwaden aufzogen und das blässliche Blau des Tages zu verdecken begannen. Sie betrachtete sich fragend, forschend. Über ihr schönes Gesicht legten sich die Erinnerungen an die Nacht mit Besberedkow.

Sah man ihr an, wie schamlos sie geliebt hatte? Nein.

Doch warum hatte sie die Lust nicht mit dem Fürsten Baranowskij erleben dürfen? Wo war er nur in dieser Stadt, die Spuren in Sumpf, Wasser, Nebel und Schnee verschwinden ließ? Doch wie konnte sie sich anmaßen, ihn zu lieben, kannte sie ihn doch gar nicht. Sie hatte sich nur von einem Augenblick in den nächsten in ihn verliebt. Mehr nicht, doch auch nicht weniger. Amélie wandte sich um. Rumjanzew kam näher und schaute abwechselnd sie und ihren Rücken im Spiegel an.
»Sie sind außergewöhnlich verführerisch, Belle Amézou. Haben Sie noch nie geliebt?«
Das fahle Licht ließ Rumjanzews Gesicht grau erscheinen. Auf einmal nahm Amélie weder seine Augen noch seine Stimme wahr, sondern glaubte vor einem Mahnmal aus tiefen Falten zu stehen. Es erinnerte sie daran, dass sie mit dem Alter verheiratet war, das eitel war und blasse, dünne Haut hatte, die an zerknitterte Seide erinnerte. Sie bekam Lust, in diesem großen Raum zu tanzen, dem Alter davonzutanzen.
»Ob ich noch nie geliebt habe?«, flüsterte sie. »Wollen Sie es wirklich wissen?«
»Ja.«
»Kann man sich schneller verlieben, als ein Herz zweimal schlagen kann?«
»Ein erster Blick reicht. Man verliebt sich schneller, als eine Kugel treffen und das Herz zerfetzen kann. Natürlich. Wer ist es, Mademoiselle, wer? Ist es Besberedkow, der Sie umschwärmt?«
Amélie lachte. »Nein, nein, er ist ja verheiratet, nicht wahr?«
»Er ist ein Draufgänger, Mademoiselle, bei ihm wundere ich mich über nichts. Das, was er heute tut, hat er morgen

schon wieder vergessen. Aber er ist auf seine Weise eine grundehrliche Haut. Wer ist es denn nun wirklich?«

Sie drehte sich zur Fensterreihe um, an der die Nebelschwaden vorüberzogen, und sagte: »Ein Schemen, nichts als ein Schemen.« Dann zog sie ihren Hutschleier übers Gesicht und verabschiedete sich.

Vor Rumjanzews Haus wartete Walodja. Er hielt den Wagenschlag geöffnet und legte die Pelzdecke bereit. »Sie sehen angestrengt aus, Mademoiselle. Hat er Sie beleidigt?«

»Nein, Walodja.«

»Verzeihen Sie mir meine Sorge um Sie, doch die Herren Militärs haben oft anstrengende Launen. Sie lassen erschießen, auspeitschen, Spießruten laufen ...«

»Spielen Roulette, Whist, Pharao, trinken Champagner in Strömen«, warf Amélie belustigt ein.

»Und bevor sie sich duellieren, tanzen sie noch Masurka«, unterbrach Walodja grimmig und fügte leise hinzu: »Und frönen oft recht seltsamen Leidenschaften.«

»Welchen denn?«, fragte Amélie neugierig.

»Darüber spricht man nicht.«

»Leidenschaften, die eher den Körper einer Frau als ihren Geist zerstören, um eine Dame der Gesellschaft zu zitieren?« Sie erinnerte sich an Lydia Fabochons bittere Bemerkung damals auf der gemeinsamen Zugfahrt nach St. Petersburg.

Walodja wurde rot. »Es scheint so, Mademoiselle. Vor zwei Jahren fand hier in St. Petersburg ein großer medizinischer Kongress statt.« Er räusperte sich. »Zur Syphilis. Andererseits ...«

»Andererseits? Was wollen Sie mir noch sagen, Walodja?«

»Ich sollte es nicht.«

»Bei mir dürfen Sie es. Nur zu.«

»Nun, selbst die Gebildeten handeln manchmal wie der einfachste Muschik. Sie halten sich an das Sprichwort: Wer nicht Wein trinkt, ist nicht betrunken, und wer sein Weib nicht schlägt, kann nicht glücklich sein.«
»Die armen Frauen«, sagte Amélie entsetzt. »Warum ist das so?«
»Viele meinen, es beleidige weder den Himmel, noch verletze es die irdischen Gesetze, wenn man sagt: Eine Henne ist kein Vogel, ebenso wenig ist ein Weib ein menschliches Wesen. Verzeihen Sie meine Offenheit, Mademoiselle.«
»Ich danke Ihnen, Walodja. Russland ist ein seltsames Land. Wie soll es mit dem Fortschritt mithalten, wenn der Mann vom Herrscher und die Frau vom Mann versklavt werden? Sagen Sie dem Kutscher, ich möchte eine Weile spazieren fahren. Ich muss mich erholen.«
In der Kutsche, warm in ihren Pelz eingewickelt, dachte Amélie darüber nach, ob Gewalt oder Syphilis der Grund dafür gewesen war, dass Rumjanzew von zwei Frauen verlassen worden war. Lydia Fabochon hatte sich über das Laster der Gier aufgeregt. Hatte Rumjanzew sie verletzt? War sie nach Paris geflüchtet, um Liebe und Lust zu vergessen? Ihre Sehnsucht nach Zuneigung zu verdrängen? Oder um Hass gegen die Lust aufs Leben zu entwickeln? Warum gab der Oberst vor, sich in seiner Liebe zu ihr geirrt zu haben? Was verlangte er von ihr? Und was warf sie ihm vor?
Und was würde sie, Amélie, als Nächstes tun?

Nachdem Amélie mit Madame Tschernyschew die Vorbereitungen für den Ball besprochen hatte, der ihr zu Ehren stattfinden sollte, zog sie sich für einige Tage zurück.

Sie brauchte Ruhe, um sich zu erholen und Abstand zu dem zu gewinnen, was sie in den letzten Tagen erlebt hatte. Außer für ihre Gastgeber war sie für niemanden zu sprechen. Selbst Besberedkow schien wie vom Petersburger Nebel verschluckt. Sie hätte sich vorstellen können, dass seine Begeisterung über den Sohn bereits abgeklungen war und er erneut Lust auf sie hatte. Doch er schickte ihr keine Karte. Das sprach für ihn. Wenn also seine Rührung mehr als eine Laune war, würde er versuchen, seine Ehe zu retten und dem Kind zuliebe auf das verzichten, was ihm bislang Spaß gemacht hatte. Seine Schwäche, seine Leidenschaftlichkeit war ihr zur rechten Zeit willkommen gewesen. Jetzt konnte auch sie sagen, einmal in ihrem Leben einen Wremientschik genossen zu haben, wenn auch nur für eine einzige Nacht. Dass diese Nacht ihren Appetit auf weitere geweckt hatte, versuchte sie zu verdrängen, zumal sie dabei an den Fürsten Baranowskij dachte, und sich vorzustellen, wie dieser wohl liebte, war so aufwühlend, dass sie darauf verzichtete, ihn im Tagtraum herbeizusehnen.

Stattdessen genoss sie die ruhige Eleganz ihrer Zimmer im Tschernyschew'schen Palais. Es war neu für sie, dass eine moderne Heizanlage das Palais wohlig warm hielt. Rauch und Ruß aus Feueröfen oder Kaminen, wie sie es aus einfachen Häusern kannte, hatte die neue Technik längst aus dem Palais verbannt.

Der Winter mit seinem strengen Frost wich allerdings langsam. Manchmal schien es Amélie, als ob die Masse der Nebelschwaden, die die Spitzen des Admiralitätsturms und der Kirchtürme einhüllten, von Stunde zu Stunde zunehmen würde. Tatsächlich verschwammen die geradlinigen Konturen der Häuserzeilen mehr und mehr.

Steinerne Quader und Würfel zerflossen geradezu, lösten sich im Dunst auf und verschwanden. Und als wäre das nicht genug, bildeten sich an den Fensterscheiben Netze aus winzigen Wassertröpfchen, die den Blick auf die Newa trübten. Tauwetter hatte eingesetzt. Und wenn Amélie eines der Fenster öffnete, roch sie den Rauch aus unsichtbaren Fabrikschloten und das Salz des in nebligen Fernen liegenden Meeres und nahm das Aroma einer Stadt wahr, das an feuchte Schiffstaue, Pfeifentabak, frischen Teer und Hering erinnerte.

Allmählich überwand der Frühling die winterliche Starre. Wind kam auf und brachte kräftige Regengüsse mit sich. Es war, als ob sich das Wasser die Stadt zurückerobern wollte. Das Eis der Newa schmolz und brach auf. Bald schoben sich dicke Schollen durch Flüsschen und Kanäle, rieben sich knirschend an Brückenpfeilern und Kaimauern. Große Eismassen, die vom Ladogasee im Osten kamen, trieben sie weiter, dem Finnischen Meerbusen, der Ostsee entgegen. Das Wasser gewann seine Kraft zurück.

Als die Entwürfe ihrer Flaschenetiketten eintrafen, legte Amélie sie den Tschernyschews und sogar Walodja und Marja vor, um ihre Meinung zu hören, und gab schließlich zwei Versionen – eine Dame in hagebuttenroter, eine in birkenblattgrüner Robe – in Auftrag. Danach ließ sie sich auf den Newski-Prospekt fahren. Dabei verzichtete sie auf Walodjas Begleitung. Sie fühlte sich frei und selbstbewusst genug, St. Petersburg allein zu erobern – auch wenn eisige Regenschauer die breiten Gehsteige des Prachtboulevards bis auf wenige Menschen leer gefegt hatten.

In einem Pariser Modegeschäft kaufte sie sich einen

apricotfarbenen Kleidertraum aus Tüll und Seide, ein zweites Paar lange Seidenhandschuhe und zwei Haarkämme, die einer Blüte nachgebildet waren. Schneeweiße, matt schimmernde Perlen, Lapislazulisteine, rötliche Emaille und Diamantsplitter verzierten Kelch, Krone und Staubblätter, so wie es nach japanischer Art Mode war. Es sah sehr schön und edel aus, und Amélie freute sich auf den Moment, in dem sie ihr Haar mit diesen Kämmen aufstecken würde. Angeregt von diesem Einkauf, kam sie auf die Idee, in eine französische Delikatessenhandlung zu gehen, um für ihren Champagner zu werben.

Der Geschäftsinhaber, Guillaume Farron, verbarg seine Überraschung nicht, als sie sich vorstellte. Er habe, sagte er, gerade erst vor einigen Tagen dem Bediensteten eines Fürsten Absage erteilen müssen, der nach ihrem Champagner gefragt habe. Es handle sich wohl um eine kleine, exquisite Champagnermarke, meinte er und zeigte sich neugierig. Amélie klopfte das Herz. Sie bestätigte seine Vermutung eloquent, warb für ihr Produkt, dachte jedoch die ganze Zeit an den Fürsten Baranowskij. Dieses Mal war sie sich sicher, dass nur er es gewesen sein konnte, der nach ihr suchte.

Sollte es wirklich möglich sein, dass er sie wiedersehen wollte? War ihr der Wurf mit dem Korken gelungen?

Aufgeregt gab sie dem Händler ihre Heimatadresse und versprach, ihm eine Flasche als Probe zukommen zu lassen und für seine erste Bestellung selbst zu sorgen. Freundlich empfahl sie sich und stieg in ihre Kutsche. Der Regen prasselte auf das Dach und rann in Strömen an den Fenstern hinab. Geduldig wartete der Kutscher unter seiner Pelerine auf ihren Befehl, und Amélie biss sich vor

Freude in die Faust. Er sucht nach mir, dachte sie aufgeregt. Er sucht nach mir.
Plötzlich wurde der Wagenschlag zur Gehwegseite hin aufgerissen: »Amélie!« Sie schreckte voller Erwartung auf – und sah in Césars dunkle Augen. »Amélie!«
Nass wie er war, schwang er sich neben sie.
»Du? Du bist hier in St. Petersburg?«, fragte sie ungläubig. Regentropfen hingen in seinem kurz geschnittenen lockigen Haar.
»Das kann kein Zufall sein, Amélie. Ich habe immer daran geglaubt, dass uns eines Tages die Sterne wieder zusammenführen werden.«
Er klang so zärtlich wie früher, und seine Augen leuchteten vor Glück. Wie sehr musste ihn dieses unverhoffte Wiedersehen im Glauben bestärken, dass sie zueinander gehörten.
»Hast du hier dein Glück gefunden, César?«
Er nahm ihre Hände und lachte. »Jetzt, da ich dich wiedergefunden habe, ja.«
Sie entzog sich ihm, und er runzelte die Stirn.
»Nein, ich meine, ob du deinen Plan, ein Geschäft zu gründen, hast verwirklichen können?«
»Ach, das meinst du. Als ich hier vor gut drei Jahren ankam, nahm ich einen Kredit auf, um in Wassiljewskij-Ostrow ein kleines Geschäft mit französischen Spezialitäten zu eröffnen. Doch die meisten dort sind Deutsche und bevorzugen ihre eigene Kost. Und die reichen Kaufleute und Professoren kaufen wie eh und je bei der Konkurrenz hier auf der Großen Seite ein. Es dauerte nicht lange und ich musste mein Geschäft schließen. Wegen des Kredits und um leben zu können arbeite ich nun in Guillaume Farrons Delikatessengeschäft. Farron führt das Geschäft

in der dritten Generation. Glücklicherweise weiß er meine Kontakte zu schätzen. Er konnte dadurch sein Angebot erweitern. Wie geht es dir? Was machst du?«
»Ich verkaufe unseren Champagner, César«, antwortete Amélie schlicht.
»Unseren?«
»Duharnais-Champagner.«
»Selbstverständlich. Euren Champagner. Natürlich.« Seine Stimme klang bitter. »Und du bist hier ganz allein?«
»Wer hätte schon mit mir reisen können, César? Vater ist halb gelähmt, Fabien ist tot, Großvater zu alt.«
»Du hast dich in diese Schneewüste getraut – nur des Erfolges wegen? Da hättest du doch damals mit mir gehen können.«
»Damals war es unmöglich, César, das weißt du. Ich musste heiraten.«
Seine Miene verdüsterte sich. »Lebt er etwa noch, dieser Advokat?«
»Ja, César.«
»Und ... bist du mit ihm glücklich, Amélie?«
»Er hat, wie du weißt, dazu beigetragen, dass wir das Weingut weiterführen konnten. Und ich bin jetzt hier, weil ich möchte, dass die Russen auch unseren Champagner kennen lernen. Schließlich trinken sie seit bald einem Jahrhundert so viel Champagner, dass wir mit der Produktion kaum nachkommen.«
»Ich weiß, sie trinken alles – roten Burgunder und Haut-Sauternes, Madeira, Ungarnwein, Portwein, Wodka und Rum. Aber das ist doch egal. Wichtig ist nur, dass wir uns wiedergefunden haben – und es ist kein Zufall, Amélie.«
»Was ist schon Zufall, César? Und wie willst du wissen, ob

du den Zufall richtig interpretierst? Ich war vor kurzem in der Oper *Pique Dame*. Auch da ging es um diese Frage. Es hieß, einer schicksalhaften Begegnung kann man nicht ausweichen. Das singt eine alte Gräfin, die ahnt, dass ihr Mörder bald kommen wird.« Sie lachte auf. »Was wissen wir schon, César?«
»Ich glaube an das Glück des Wiedersehens, Amélie, nicht an den Tod. Diese Oper, von der du sprichst, sagt die Wahrheit. Natürlich gibt es ein Schicksal, das zusammenführt, was zusammengehört.«
»César, ich möchte nicht mit dir streiten.«
»Liebst du mich denn nicht mehr?«
»Ich bin verheiratet«, antwortete sie ausweichend.
»Das ist dir wichtig?«
»Hast du nicht geheiratet, César?«
Er schüttelte den Kopf, ohne sie aus den Augen zu lassen. »Wie sollte ich, Amélie? Ich werde dich lieben, bis es keinen Tropfen Wein mehr auf Erden gibt. Hast du das vergessen?«
»Nein, aber ich bin nicht mehr dein Kätzchen, César. Ich bin allein verantwortlich für unser Winzergeschäft.«
»Du und deine Arbeit!«, entfuhr es ihm. Er verlor die Beherrschung. Wut schoss ihm wie eine Flamme ins Gesicht. »Immer wieder stößt du mich zurück. Hast du vergessen, wie verliebt wir waren? Kannst oder willst du nicht lieben?« Er zog sie an sich. »Oder hat dieser Alte, dieser Papillon, mehr Feuer als ich?«
»Natürlich nicht. Aber was geht es dich an?«
»Liebst du etwa jemand anderen?«
»Lass mich los, César.«
Er starrte sie fassungslos an. »Du verleugnest dich, deine Gefühle, deine Schönheit einzig deinem Geschäft zuliebe.

Und legst dich berechnend mit kaltem Herzen mit diesem Paragrafenreiter ins Bett, statt mit mir zu leben.«
Amélie schmerzten die Arme unter seinem festen Griff. Seine Wangenmuskeln zuckten, und aus seinen Augen sprach wütende Leidenschaft.
»Lass mich los, César. Wenn du mich liebst, dann lass mich los.« Er presste seinen Mund auf ihre Lippen und küsste sie. Amélie wand sich aus seiner Umklammerung.
»César, hab ein Einsehen. Du kannst mich nicht besitzen. Niemand kann das, weder Großvater noch Papillon noch du. Außerdem habe ich genug gelitten.«
»Du hast gelitten, sagst du? Dann ist es gut. Denn ich leide immer noch. Wegen dir. Wo sind meine Träume geblieben, Amélie? Du kannst meiner Liebe nicht entgehen, auch wenn du sie mit Füßen trittst. Ich bin immer für dich da. Komm zu mir, mein ewiges Kätzchen.« Er küsste ihre Hände.
»César, verachte meine Gefühle nicht«, sagte Amélie leise. »Die Reblaus, César. Erinnere dich. Du hast mir geholfen, mein Weingut zu erneuern. Du brachtest den Beweis dafür, dass es höchste Zeit war, die neuen Rebpflanzen zu kaufen. Gegen den Willen meines Großvaters. Ich verdanke dir viel. Bedenke deshalb, dass ich das, was du Gutes tatest, erhalten will. Zerstöre nicht, wie es die Reblaus tut. Hörst du? Leb dein eigenes Leben, César.«
Er schüttelte schweigend den Kopf, stieg aus der Kutsche, blieb aber am offenen Wagenschlag stehen, als würde er nach Worten suchen. Der Regen rann an ihm hinab. Innerhalb von Sekunden war er vollkommen nass. Seine Stimme war voller Bitternis und Trauer, als er schließlich sagte: »Du hättest damals mit mir gehen sollen. Jetzt kann ich nur zerstören, was mich zerstört. Du aber brauchst

keine Angst vor mir zu haben, Amélie, denn ich liebe dich.« Dann drehte er sich um und ging zurück ins Geschäft.

Der Schrecken, César wiedergesehen zu haben, wühlte Amélies Gefühle auf. Sie fürchtete sich davor, dass er ihrer Begegnung eine Bedeutung zumaß, die sie selbst nicht teilen wollte. Sie wollte Fürst Baranowskij wiedersehen, unbedingt, und wenn auch nur deswegen, um herauszufinden, ob er ihrer Sehnsucht entsprach oder nicht. César wiederbegegnet zu sein brachte ihr dagegen ein Stückchen Heimat ins kalte St. Petersburg und die Erinnerung an ihre Jugend.
Wie verliebt, wie ausgelassen sie beide damals im warmen Herbst gewesen waren. Amélie hätte weinen können um den Verlust einer Zeit, in der sie noch unversehrt, wirklich unschuldig gewesen war, bevor Schicksalsschläge alles veränderten – ihre Familie, ihr Mädchensein, alles. Am liebsten wäre sie auf der Stelle abgereist, fände nicht der Ball zu ihren Ehren statt und würde nicht die Hoffnung an ihr zerren, diesem fremden Mann wiederzubegegnen, der sie von einem Moment auf den andern fasziniert hatte.
War es denn nicht auch seltsam, dass er ihr bei allem, was sie bereits erlebt hatte, nie aus dem Sinn gegangen war? Stets kehrten ihre Gedanken zu ihm, zu ihrer ersten Begegnung zurück. Vor der schicksalhaften Begegnung gab es kein Entrinnen, erinnerte sie sich und hoffte, dass dieses Opernmotto nicht nur für die unglückselige, sondern auch für die glückselige Begegnung galt. Wenn es denn überhaupt außerhalb der Bühne eine Bedeutung hatte. Wer wusste das schon?

Ein Brief ihres Großvaters lenkte sie von ihren düsteren Gedanken ab. Er schrieb, dass die Lieferung des 1892er Champagners bald eintreffen werde. Seine Worte klangen dürr, doch Amélie kannte ihn zu gut, um nicht zu wissen, wie stolz er im Stillen auf ihren Geschäftssinn war. Wie gerne hätte sie sich in diesem Moment von ihm an die Brust drücken und umarmen lassen. Wie sehr vermisste sie es, mit ihren Eltern zu sprechen, ihnen zu erzählen, wie sehr sie es beunruhigte, César wiedergesehen zu haben.

Es tat ihr gut, dass am frühen Abend Madame Tschernyschew zu ihr kam, um mit ihr zu plaudern. Auch wenn sie ihr nicht offenbaren konnte, was sie im Inneren bewegte, so lenkte sie doch Madame Tschernyschews heitere Art ab. Sie schilderte ihr nämlich begeistert, wie gut ihren Venen die Wurzel des Stechenden Mäusedorns tue. Außerdem hatte sie die Gästeliste für den geplanten Ball mitgebracht.

»Jetzt machen wir es uns gemütlich, Mademoiselle Duharnais. Wir gehen Namen für Namen auf der Liste durch, und ich erzähle Ihnen in aller Ausführlichkeit, mit welchen Leiden und Leidenschaften er behaftet ist, damit Sie später wissen, mit wem Sie es zu tun haben.«

Doch kaum hatte Madame Tschernyschew Luft geholt, da klopfte ein Bediensteter und brachte statt des angekündigten Samowars eine Karte für Amélie. Es war Besberedkow, der sie bat, unverzüglich zu ihm zu kommen. Es sei dringend.

»Hoffentlich handelt es sich nicht um sein Kind«, meinte die Tschernyschewa neugierig. »Seiner Frau soll es ja prächtig gehen. Man sagt, sie ist für einige Wochen in ein Kloster gegangen, um für ihre Sünden zu büßen. Ich aber denke, sie braucht nur einen ruhigen Ort, in dem sie sich für ihre nächsten Eskapaden rüsten kann.«

Besberedkow hatte auf sie gewartet. Kaum dass Amélie vom Hausdiener in die türkisweiße Marmorhalle seines Palais geleitet worden war, lief er auf sie zu und umarmte und küsste sie.
»Ich bedanke mich, dass Sie gekommen sind, Mademoiselle«, sagte er augenzwinkernd.
Dass er sie siezte, gefiel ihr, schließlich bewies es, dass er sein Versprechen, ihre gemeinsame Nacht zu verschweigen, ernst nahm. Denn auf der Balustrade standen Damen und Herren, die hinter kleinen Augenmasken in die Halle hinabschauten, um zu beobachten, wer nach ihnen eintraf.
Überrascht rief sie: »Monsieur Besberedkow, Sie haben Gäste? Ihre Karte klang, als ob Sie dringend meine Hilfe benötigten.«
»Das ist auch richtig«, erwiderte er lächelnd und reichte ihr eine weißseidene Maske mit kleinen Federn zu beiden Seiten. »Sie sind mein Überraschungsgast, Mademoiselle. Es möchte Sie jemand kennen lernen, der behauptet, Sie an Ihren Händen erkennen zu können. Er meint nämlich, er sei ebenso feinfühlig wie Sie. Kommen Sie, es ist ein harmloses Spiel. Tun Sie mir den Gefallen, ja?«
»Warum haben Sie mich nicht vorher benachrichtigt, Monsieur?«
»Sie kennen mich doch«, antwortete er lachend. »Eine Laune, nichts als eine Laune. Es ergab sich einfach so. Musste ich nicht befürchten, dass Sie mich im Stich lassen würden, hätte ich Sie vorher benachrichtigt? Dabei ist alles harmlos. Es geht nur um eine Wette. Bitte spielen Sie

einfach mit. Mein Freund glaubt nämlich nicht, dass Hände lesen können. Nur fühlen. Wenn Sie mir nun bitte folgen würden?«
Sie stiegen die Treppe hinauf.
»Wie geht es Ihrem Sohn, Monsieur?«, fragte sie laut, als sie in Hörweite der anderen Gäste waren.
»Wunderbar, prächtig. Was glauben Sie, warum ich so glücklich bin?«
In einem kleinen, ovalen Saal tanzten mehrere Paare zu Walzermelodien. Hinter einem dunkelblauen Paravent mit weißen Orchideenblüten verbarg sich ein Pianist. Es mochten gut ein Dutzend Gäste sein, junge Frauen und Männer, die ihr wahres Gesicht hinter einer kleinen Maske versteckten.
Besberedkow winkte einem Diener zu, der Amélie ein Glas Champagner brachte, küsste sie auf die Wange und ließ sie allein. Kurz darauf kam er mit zwei Damen zurück, die ebenfalls maskiert waren. Amélie plauderte ein wenig mit ihnen und erfuhr, dass man den Hausherrn für seine spontanen Einfälle liebe. Nach der Geburt seines Sohnes habe er vier Tage lang mit Freunden gefeiert, eine, wenn auch erfolglose, Bärenjagd veranstaltet, Dutzende Ferkel, Hasen, Haselhühner und Hechte durch die Röhre geschickt, bis sein Koch vor Erschöpfung beinah am Herd eingeschlafen sei. Eine Weile hörte Amélie den Erzählungen zu, dann erschien Besberedkow erneut. An seiner Seite stand ein schlanker Mann mit blondem Haar und sanft blickenden braunen Augen. Amélie war enttäuscht. Hinter keiner der Masken steckte, wie sie erkannte, Fürst Baranowskij. Dieser war und blieb wohl ein St. Petersburger Schemen.
»Darf ich vorstellen, Nikolaj Lassonowitsch.«

Lassonowitsch grüßte nur knapp und enthielt sich weiterer Worte. Auf Amélie wirkte er ausgebrannt wie ein Mensch, der einen Traum gehabt hatte, der zerbrochen war.

»Nun lasst uns tanzen!«, rief Besberedkow, und der Pianist begann einen schnellen Walzer zu spielen. Kaum jemand schien den Neuankömmling zu kennen, denn man beachtete ihn nicht weiter, sondern begann zu tanzen. Lassonowitsch nippte an einem Glas Wodka und schaute zu.
Amélie ließ es geschehen, dass Besberedkow sie umfasste und schwungvoll mit ihr durch den Saal wirbelte. Bald gab er sie an einen anderen Tänzer ab, nahm sich eine andere Dame, und so ging es eine ganze Weile weiter. Der Pianist wechselte zu langsamen Walzern. Es war schön, alles zu vergessen, die Sorgen, die Welt, die Schwere des Körpers, alles. Immer öfter schloss Amélie die Augen, verließ sich auf den Strom der Musik, die sie leichter und leichter werden ließ. Bald wusste sie schon nicht mehr, in wessen Armen sie tanzte.

»Frack fliegt!«, rief Besberedkow plötzlich, und die Herren zogen ihre Frackjacken aus und schleuderten sie fort. Diener eilten herbei und fischten sie gerade noch rechtzeitig auf, bevor die Tanzenden auf sie traten. Inzwischen tanzte auch Lassonowitsch, und als Amélie ihm im Wechsel in die Arme flog, hielt er sie ein wenig von sich und führte sie achtsam übers Parkett. Es war ihr gleich. Sie folgte dem rhythmischen Wogen der Musik und wäre am liebsten nie wieder zu Bewusstsein gekommen. Doch noch einmal riss Besberedkows laute Stimme Amélie aus ihrem traumtänzerischen Zustand.

»Handschuhe fliegen!«
Für einen Moment stoppten die Paare, und die Damen

rollten und zupften kichernd ihre langen Handschuhe über Ellbogen und Fingerspitzen. Dabei wurde Amélie gewahr, dass ihr dies geschickter als anderen Damen gelang, denn zahlreiche männliche Augenpaare schauten zu ihr hinüber und schienen begeistert mitzuhelfen, ihre nackte Haut Zentimeter für Zentimeter freizulegen.
Der Pianist schloss einen Marsch an.
Am hinteren Ende des ovalen Saals wurden die Flügeltüren geöffnet, und man sah in einen blassblauen Speisesaal mit mehreren runden Tischen, die üppig gedeckt waren.
»Chacun à son goût! Jeder, wie es ihm gefällt!«, rief nun Besberedkow fröhlich, legte seine Arme um Amélie und schaute ihr belustigt in die Augen. »Haben Sie nicht Appetit, ma belle?« Er nahm ihre Fingerspitzen und küsste sie.
»Ja, Sergej, tanzen Sie mit mir.«
Er presste sie an sich, küsste sie auf Stirn und Halsbeuge und kreiselte mit ihr langsam übers Parkett. Amélie schloss die Augen. Sie hörte, dass bereits einige Gäste in den Speisesaal gegangen waren und sich bedienen ließen. Gläser klirrten, Besteck schlug gegen Porzellan, Besberedkow aber flüsterte ihr ins Ohr, wie gut ihr Haar dufte, wie anregend ihre leicht erhitzte Haut schmecke und dass leider die Ordnung der Tische gewahrt bleiben müsse.
»Vergessen Sie auch nicht, was Sie mir versprochen haben?«, flüsterte Amélie zurück und musste gegen ihren Willen lächeln, als sie erneut in seinem glühenden Blick versank, seinem Charme erlag. Nikolai Lassonowitsch hingegen ging unschlüssig hin und her und beobachtete angespannt die einzelnen Damen.
»Das Spiel gilt!«, rief Besberedkow und nickte ihm auf-

munternd zu. »Passen Sie auf, ma belle. Ich wette, er findet Sie nicht. Und wenn, werde ich ihm den Kopf abschlagen und in Alkohol legen.«

Er lachte und zog Amélie ins Speisezimmer. Man wandelte entspannt zwischen den Räumen hin und her, speiste, trank, tanzte, plauderte. Lassonowitsch bat nun jede Dame, ihre Hände auf die seinen zu legen. Dann schloss er für einen kurzen Moment die Augen und lauschte in sich hinein. Irgendwann nahm er zwei junge Damen, die besonders zierliche Hände hatten, und begann mit ihnen gleichzeitig zu tanzen.

»Nikolaj, du hast noch nicht alle Damen geprüft«, ermahnte ihn Besberedkow amüsiert. Dieser verbeugte sich nach links und rechts und kam auf Amélie zu.

»Richtig, Sie sind die Letzte, Mademoiselle«, meinte er. »Würde es Ihnen etwas ausmachen, mir Ihre Hände zu reichen?«

»Keineswegs«, erwiderte Amélie. Eine Weile betrachtete sie sein Gesicht. Was sie an ihm wahrnahm, war eine Körperlichkeit, deren Kraft betäubt war. Auch ging von ihr eine Unruhe aus, als würde sie nach einem Fluidum suchen, das ihr verloren gegangen war. Sie war überzeugt, dass Lassonowitsch' wahres Selbst litt wie unter einem Schock. Doch sie schwieg.

»Nun?«, fragte Besberedkow, »ist sie es, Nikolaj?«

»Sergej, deine Wette gilt nicht. Keine der Damen hier hat Hände, die lesen. Diese Hände hier, Ihre, Mademoiselle, sind erdig und warm. Sie haben beinah quadratische Handflächen mit festen kleinen Bergen. Das zeugt von Kraft. Sie können zupacken.«

Er tippte auf ihre Pölsterchen um Daumen und Fingerwurzeln. Besberedkow verbarg ein Lächeln hinter vorgehaltener Hand, gab ihr aber mit den Augen zu verstehen, wie sehr er seinem Freund zustimmte.

»Wunderschön, wirklich, Mademoiselle«, hörte Amélie eine Frauenstimme neben sich, und ehe sie etwas entgegnen konnte, strich ihr eine Hand über den Busen.

Amélie packte sie und drehte sich aufgebracht zu einer jungen Frau um. »Was tun Sie da?«

Große Augen mit hellen Sprenkeln in einem schmalen hübschen Gesicht lachten sie an. »Mir fiel nur gerade ein, dass auch Sie zu ungeahnten Inspirationen einladen könnten«, entgegnete diese verführerisch. »Monsieur Lassonowitsch, ich glaube, Sie irren sich. Was sind schon Hände wert, die lesen oder fühlen. Spüren wollen wir sie, nicht wahr? Die Hände eines anderen spüren.«

»Nadja, nicht doch. Zügle dich ein wenig«, sagte Besberedkow, doch es klang wenig überzeugend. Und so legte Nadja ihre Hände um Amélies Nacken und streichelte sie. Wohlige Schauer kribbelten über Amélies Rücken, und sie wunderte sich, warum sie diese Frau nicht von sich stieß. Aber da sie keinen Affront riskieren wollte und Besberedkow offensichtlich keinen Anstoß an diesem Benehmen nahm, ließ sie es geschehen.

»Sie sind so schön. Wie heißen Sie?«, flüsterte Nadja in Amélies Ohr, zog sie an sich und wiegte sie im Takt der Musik.

»Ich glaube kaum, dass das eine Rolle spielt«, entgegnete Amélie und schaute zu Sergej, der sie jetzt mit glühenden Blicken umfing. Schon im nächsten Moment glaubte sie sich in seinen Armen wiederzufinden, und die Bilder der gemeinsamen Nacht weckten erneut ihr Verlangen.

Wie er es doch jedes Mal schafft, mich zu locken, dachte sie. Ohne zu überlegen, was sie tat, küsste sie ihn auf die

Wange, entwand sich Nadja und meinte: »Vielen Dank für diesen Tanz.«
Lassonowitsch seufzte und sagte: »Selbst das kann ich nicht mehr. Nicht mehr fühlen, nicht mehr lieben.« Er wankte nach hinten, nahm die Maske vom Gesicht und ließ sie fallen. »Ich war mir so sicher, sie zu finden.«
»Sie ist auch hier, Nikolaj.«
»Ich habe eine süße Ahnung, wer es ist«, wisperte Nadja, nahm Amélies Hände, drehte sie um und küsste sie auf die Innenfläche.
»Nadja«, sagte Besberedkow mit gespielter Bekümmernis. »Verdirb mir nicht alles.«
Lassonowitschs braune Augen wurden eine Spur dunkler. »Sie, Mademoiselle? Ich habe mit Ihnen getanzt, Ihre Hände gehalten und nichts gespürt außer Ihrer Kraft. Schande über mich, Sergej.«
»Sie quälen sich zu sehr, Monsieur«, sagte Amélie mitleidig.
»Ach, was wissen Sie schon!« Dann, nach einer Pause: »Helfen Sie mir?«
»Vielleicht«, antwortete sie und ließ sich im gleichen Moment von Besberedkow in die Arme ziehen. Er tanzte mit ihr in schnellen Schritten davon, quer durch den Saal, und flüsterte: »Übertreibe nicht, ma belle. Er ist der Verlierer. Er hat dich nicht erkannt. Willst du ihn auch noch belohnen?«
»Du bist nur eifersüchtig, Sergej.« Unversehens waren sie wie Altvertraute wieder ins Du gefallen.
»Natürlich, schließlich weiß ich, was du zu verschenken hast.«
»Wolltest du ihn demütigen?«
»Nein, ich habe seiner Feinfühligkeit vertraut, ich dachte,

es würde ihn aufmuntern, wenn er dich zwischen all den Gästen herausfindet.«
»Er hält sich für einen Versager, Sergej.«
»Er ist ein vielversprechender Chirurg. Aber wie es das Schicksal so will, Menschen sind keine Maschinen. Ein einziges Mal nur ist er mit dem Skalpell ausgerutscht, und jetzt traut er seinen Händen nicht mehr.«
»Was soll ich tun?«
»Willst du denn etwas tun?«
»Wenn ich etwas täte, wärst du dann nicht noch eifersüchtiger?«
Besberedkow tat, als würde er ernsthaft überlegen. »Es gibt vielleicht Situationen, da sollten wir Männer einander helfen.«
»Ist das ein Freibrief?«
»Amézou, ich glaube, Sie könnten noch ein kleines Stück unanständiger werden, als ich es bin.«
Sie lachten beide auf, küssten sich verstohlen und tanzten entspannt weiter.
Lassonowitsch schaute ihnen zu und lächelte gequält.
»Kommen Sie mit mir, Doktor«, hörte Amélie Nadja sagen, die Lassonowitsch unter den Arm fasste und mit sich zog. »Es ist besser, Sie kümmern Sie sich nicht länger um die beiden. Fast sieht es aus, als hätten sie Wichtiges vor. Meinen Sie nicht auch?«

An einem der nächsten Tage erlitt Madame Tschernyschew, kurz nachdem sie aufgestanden war, einen Schwächeanfall, und so musste der geplante Ball verschoben werden. Amélie aber bescherte ihr Ruf, außer über Schönheit auch noch über eine besondere, sensible Gabe zu verfügen, eine Einladung nach der anderen.

Es amüsierte sie, dass die Mehrzahl der Herren, die sie kennen lernen wollten, vorgaben, verwitwet, getrennt lebend oder momentan verwaist zu sein. Rasch gewöhnte sie sich daran, ihre Reize in raffiniert geschnittenen Kleidern zu betonen und bis weit über den Ellbogen reichende Seidenhandschuhe zu tragen. Stets ließ sie sich auf die Atmosphäre des jeweiligen Herrn ein, hörte ihm aufmerksam zu, trank mit ihm Champagner, plauderte und flirtete, wenn ihr danach zumute war. Es war ein Spiel, herauszufinden, was dem jeweiligen Bewunderer ihrer Schönheit wichtiger war: mit ihr zusammen zu sein, sie zu verführen oder tatsächlich der Wunsch, sie möge herausfinden, ob die Angst, nicht gesund zu sein, grundlos war oder nicht.

Sie lernte in Anspielungen zu sprechen, die alles und nichts bedeuten konnten. Sie lernte zu schweigen, wo ein Blick, eine Fußbewegung, ein Beinschlag, eine Berührung wichtiger war. Sie lernte darauf zu achten, ob der Champagner ein unbedachtes Wort, einen verhangenen Blick entlockte. Sie beobachtete genau, lernte atmosphärische Stimmungen richtig einzuschätzen, ihre eigene Rolle zu spielen. Dann änderten sich ihre Gesten, Blicke, ja, sogar der Klang ihrer Stimme.

Bald gelang es ihr wie von selbst, die langen Handschuhe so abzustreifen, als würde sie ihren ganzen Körper vor den Augen der Herren entblößen. Ihre erotische Anziehungskraft war so stark, die Magie ihrer Hände für manche so groß, dass sie zusammenzuckten, wenn sie sie berührte. Einige gaben vor, von ihrer sinnlichen Kraft so überwältigt zu sein, dass sie in sich zusammenfielen. Demütig genossen sie das Gefühl, Amélies Schönheit unterlegen, der Spannung ausgeliefert zu sein, was Amélies

Hände mit ihnen tun würden. Andere bettelten darum, sie möge sie darin bestärken, dass sie ungeachtet ihres Leidens stark und attraktiv seien, dass allein Amélies Zuwendung ihr Selbstbild unverwundbar mache. Nur wenige störte es, den Reizen einer so schönen wie starken Frau nicht gewachsen zu sein. Die meisten überspielten ihre Schwäche und gierten danach, bestätigt zu bekommen, dass sie, wenn ihre Hände sie berührten, es mit allen Konkurrenten aufnehmen könnten. Vor allzu aufdringlichen, vitalen Verführern schützte sie Walodja, der stets vor der Tür wachte, bereit, jederzeit einem Übermaß an erotischem Vergnügen ein Ende zu setzen, wenn sie es verlangte.

Es gab Stunden, in denen Amélie in ihre neue Rolle als La Belle Amézou schlüpfte, froh, dem eigenen Ich zu entfliehen. La Belle Amézou half ihr, Abstand zu ihren eigenen Ängsten und Sehnsüchten zu halten. Tag für Tag gefiel sie sich mehr darin, die Macht ihrer Schönheit und ihrer besonderen Gabe einzusetzen, um sich daran zu ergötzen, wie ihre Bewunderer nach ihr zu dürsten begannen. Dann fühlte sie sich so stark und unabhängig, als könnte sie ihrem eigenen Schicksal – und damit Papillon und César – ein Schnippchen schlagen.

Sie wusste, dass dieses Spiel ein Spiel ihrer Macht war.

Ihr Champagner, den sie immer mit sich führte, war dabei ihr vertrauter Begleiter. Er gemahnte sie ebenso an ihre Wurzeln, wie er das Spiel befeuerte, wenn sie es zuließ.

Manchmal, wenn sie wieder allein war, dachte sie an die alte Gräfin aus der Oper *Pique Dame* und amüsierte sich bei dem Gedanken, dass sie vielleicht eines Tages ihren Kindern und Enkelkindern erzählen würde, dass die alte Frau, die vor ihnen saß, einmal jung und verführerisch schön gewesen war und die Hitze des Südens in einige Herrensalons von St. Petersburg getragen hatte. Doch es gab auch Momente, in denen sie daran dachte, wem sie erlaubt hatte, ihre Fesseln zu sehen, ihr Ohr zu küssen, ihre Hüften zu streicheln, sie an sich zu pressen, ihren Hals mit Liebesschwüren zu behauchen – und dann kam es ihr vor, als würde sie sich mit jedem Flirt selbst dafür bestrafen, dass sie sich in einen Fremden verliebt hatte, der ihr fernblieb.

Da Madame Tschernyschew noch Bettruhe verordnet war, begleitete Amélie Grigorij Tschernyschew am 1. Mai, dem Tag der Gründung von St. Petersburg, in das Catharinenhoff'sche Gehölz nach Peterhof. Obwohl sie recht früh aufgebrochen waren, rollten bereits unzählige Kutschen und Droschken über die Straßen. Hunderte von Menschen waren zu Fuß unterwegs, viele standen am Wegrand, um sich vor denen zu verbeugen, die der besseren Gesellschaft angehörten. Noch war es kühl, und Amélie hatte dankbar Pelzdecke und Stola angenommen, die ihr Madame Tschernyschew am Abend zuvor hatte bringen lassen. Sie war sich bewusst, wie stolz ihr Gastgeber war, sich mit ihr in der Öffentlichkeit schmücken zu können. Tschernyschew scherzte mit ihr und grüßte aufgeräumt nach allen Seiten.
»Manche fahren mit dem Boot über den Malaja-Arm der Newa in den Finnischen Meerbusen hinaus«, sagte er. »Doch wir wollen es halten, wie es schon immer üblich war, auch wenn ich feststellen muss, dass es von Jahr zu Jahr belebter auf den Straßen nach Peterhof wird. Sehen Sie, wieder ein rasanter Mensch, der uns allen beweisen muss, wie flott sein Räderwerk fährt.«

Eine Kutsche war aus der Reihe geschert und machte sich daran, sie zu überholen. Amélie schaute hinüber und erkannte den Fürsten Baranowskij. Er hielt eine Zeitung in den Händen und las. Schön, kühl und konzentriert wirkte er. Schauen Sie mich an, rief sie ihm in Gedanken zu. Spüren Sie nicht, dass ich da bin? Er aber las weiter. Seine Kutsche hatte sie überholt, und Amélie hatte das Gefühl, seine Aura halte sie noch immer umfangen. Und während sie an ihn dachte, erzählte Tschernyschew die Geschichte von Peterhof.

Es sei die schönste Schlossanlage, die Peter der Große nach französischem Vorbild habe bauen lassen. 1704 sei Peterhof nur ein kleines Landhaus gewesen, in dem der Zar auf seinem Weg zur Festung Kronstadt auf der Insel Kotlin zu rasten pflegte. Gut zehn Jahre später entwarf er Skizzen für seinen Sommersitz samt Parkanlagen, Fassaden und Interieurs. Erst überließ er den Bau zwei deutschen Baumeistern, später dem Franzosen Jean-Baptiste Leblond aus Paris, einem Schüler des berühmten André Le Nôtre, der den Park von Versailles geschaffen hatte. Nach seinem Tod 1725 nahm seine Tochter Elisabeth den Ausbau in die Hand. Peterhof blühte auf, Paläste und Park wurden erweitert, und man sagte bald, es sei nach Versailles die prächtigste und schönste Anlage Europas. Und in der Mitte, vor dem großen Schloss, stand Samson ganz in Gold. Er repräsentiere Russland und symbolisiere den Sieg des Zaren über die Schweden bei der Schlacht von Poltawa.

Seine Erklärungen rauschten an Amélies Ohren vorbei wie der Strom der Menschen, die sie hinter sich ließen. Bald hatten sie Peterhof erreicht, und sie zitterte vor Aufregung. Würde sie den Fürsten wiedersehen?

Im Oberen Schlossgarten waren Zelte aufgestellt, und eine große Menschenmenge spazierte durch die Parkanlagen zwischen geometrisch anlegten Blumen- und Rasenfeldern, Brunnen, Skulpturen und Fontänen.
»Noch ist die Zarenfamilie nicht eingetroffen«, sagte Tschernyschew und fügte hinzu, dass man in den Morgenstunden noch am ehesten Gelegenheit habe, die herrliche Schlossanlage zu bewundern. Sie gingen um das lang gestreckte schneeweiße Schloss mit seinen goldbedeckten Türmen zu beiden Seiten herum und betraten die Balustrade. Vor ihnen verlief ein kerzengerader Seekanal wie eine symmetrische Achse zwischen den Gartenanlagen und verband das Schloss mit dem Meer. »Sehen Sie, dort, Richtung Piter, direkt am Ufer das Schlösschen Monplaisir und dort, Richtung Westen, der Pavillon Eremitage und das Schloss Marly. Ist es nicht großartig, unser russisches Versailles?«
»Ja, es ist wirklich herrlich.«
Voller Bewunderung betrachtete Amélie die Parklandschaft mit all den Brunnen mit hoch sprudelnden Fontänen, Pavillons, gestutzten Büschen und frisch eingepflanzten Blumen bis hin zur Großen Kaskade vor ihnen. Zu Füßen des Schlosses, inmitten eines großen Beckens, präsentierte sich der mächtige Samson, der dem schwedischen Löwen die Kiefer auseinander reißt. Amélie legte die Hand über die Augen, da das Gold der Figuren und der Turmspitzen an den Seitenenden des Schlosses im Sonnenlicht blendete. Man hörte das Rauschen des künstlichen Wasserfalls, Vogelstimmen und das fröhliche Plaudern unzähliger Festtagsbesucher.
Aber wo mochte der Fürst sein? Ob sie ihn hier wiedersehen würde?

»Wissen Sie, dass Sie ungemein verführerisch aussehen, Mademoiselle? Wären Sie vor fast zweihundert Jahren in diesem Park aus Ihrer Kutsche gestiegen, hätte Peter der Große Sie höchstpersönlich in sein Kabinett entführt«, meinte Tschernyschew gut gelaunt. »Ich kann mich wirklich glücklich schätzen, mit Ihnen in diesem köstlichen Kunstwerk aus Natur und Kultur herumspazieren zu können.«

Sie folgten einem Strom Spaziergänger und wandelten auf den geraden Wegen hinüber zur Orangerie, an der Fontäne Adam vorbei, bis sie schließlich ein kleines Schloss erreichten.

»Das, Mademoiselle, ist ein besonderes Haus – das Sommerschlösschen Monplaisir. Von hier aus konnte Peter der Große dort weiter im Norden die Insel Kronstadt mit der Festung sehen. So wie wir noch heute.«

Die Ostsee glitzerte und blendete, und Amélies Blick ging zurück zu den hohen Bäumen, zur Terrasse, zum Schlösschen – und vor einem der Fenster entdeckte sie den Fürsten, der ins Innere spähte. Misstrauisch beobachtete ihn dabei eine Wache. Amélie hörte Tschernyschew laut rufen und sah gerade noch, dass er über die Terrasse hastete und auf jemanden zuging, der ihn scherzend in die Arme schloss.

Aus diesem Zufall ergab es sich, dass Amélie und Fürst Baranowskij zwischen den anderen Spaziergängern auf der Terrasse von Monplaisir umeinander wandelten und anfangs ein jeder vorgab, entweder den herrlichen Ausblick auf den Finnischen Meerbusen oder die Anmut der kleinen Sommerresidenz zu bewundern. Doch immer häufiger schossen ihre Blicke verstohlen zueinander, wandten sich wieder ab, nur um den anderen wenig später

weiter zu verfolgen. Bald tat es Amélie beinahe körperlich weh, dass sie nicht seine Stimme hörte, ihn nicht berühren konnte. Da fing sie einen Blick von ihm auf, an dem sie erkannte, dass er fasziniert von ihr war und sich nur mit Mühe beherrschte.
Schon dachte sie daran, ihr Taschentuch fallen zu lassen, damit er auf sie zuging, da rief Tschernyschew nach ihr, und der Zauber verstob.
»Mademoiselle, ich darf Ihnen meinen guten Freund Wassilij Jagotkin vorstellen. Er möchte die berühmte La Belle Amézou kennen lernen. Wir kennen uns von Jugend an. Er konnte leider mein Fest nicht besuchen, weil er mit Fieber darniederlag.«
Ein Herr in kariertem Cape verbeugte sich vor ihr und sagte: »Meine Verehrung, Mademoiselle. Ich habe bereits viel Bemerkenswertes über Sie gehört. Ihr Name, Belle Amézou, klingt noch verführerischer, wenn man die Ehre hat, Sie zu sehen.« Amélie lächelte höflich, schaute zur Seite und sah, wie der Fürst sie noch einen kurzen Moment beobachtete, den Gruß von Tschernyschew und Jagotkin erwiderte und die Terrasse verließ. »Ja, ja, dieser junge Baranowskij«, meinte Jagotkin leise. »Alle Türen der Gesellschaft stehen ihm offen, doch er distanziert sich von allen und macht sich rar.«
Amélie schaute ihm nach. Sie behielt seinen warmen Blick in Erinnerung und verbrachte in diesem süßen Gefühl die nächsten Stunden im zunehmenden Lärm der Volksmenge, die noch anschwoll, als die Zarenfamilie eintraf. In Amélies Kopf aber schwebten unbeeindruckt vom Glanz und all dem Achtung gebietenden Paradieren um sie herum süße Wattewölkchen. Ein Sehnen, das mächtiger war als Pracht und Pomp, zerrte an ihr, verlangte da-

nach, dem Fürst wiederzubegegnen. Doch sie sah ihn nicht mehr. Stattdessen grüßten und winkten ihr dezent Herren in Frack und Zylinder zu, wenn sie sich von ihren Begleiterinnen unbeobachtet und frei genug fühlten, ihr, La Belle Amézou, zu huldigen. Sie grüßte freundlich zurück, doch je größer die Zahl ihrer Bewunderer wurde, desto schmerzlicher sehnte sie sich nach ihm.
Grigorij Tschernyschew aber glühte noch auf der Rückfahrt nach St. Petersburg vor Stolz. »Was glauben Sie, Mademoiselle, wie viele dieser Herren mich heute beneiden, gerne mit mir tauschen würden?«
»Ich danke Ihnen für das Kompliment, Monsieur Tschernyschew«, erwiderte Amélie und fühlte sich mit einem Mal unendlich müde.
Eine ganze Weile schwiegen sie, schauten auf die Fahrzeuge und die vielen Fußgänger, die auf der Straße unterwegs waren. Je näher sie St. Petersburg kamen, desto lebendiger stieg in ihr die Erinnerung an die heutige Begegnung mit dem Fürsten auf. Und plötzlich kam es ihr vor, als ob ihre Hände zu ihm fliegen wollten, um ihn zu halten, ihn zu betasten, um herauszufinden, wer er war und wie es für sie sein würde, ihn zu erkennen. Sie wusste nur eines: Es würde ihr Herz weich und weit machen.
»Mademoiselle, woran denken Sie?«
Amélie zuckte zusammen, antwortete aber schnell: »Mir wurde gerade bewusst, mit welcher Begabung ich beschenkt wurde, Monsieur. Etwas mit den Händen betasten, berühren zu können, bedeutet zu sehen, zu erkennen.«
»Sie meinen, indem Ihre Hände lesen können, erkennen Sie das Wesen eines Menschen?«
Träumerisch fuhr sie fort: »Und mein eigenes. Ich taste,

also bin ich. Ich berühre, also erfasse ich Sie. Es ist wie ein Fließen und Strömen.«
»Ich verstehe Sie. Das, wovon Sie sprechen, ist die Liebe.«
»Die Liebe ...«, wiederholte Amélie leise.
»Ja, die Liebe, Mademoiselle. Nur sie fließt zwischen den Menschen. Und dort, wo der Hass herrscht, stockt alles. Es fließt nichts.«
Einen Moment lang dachte Tschernyschew nach, dann sah er aus dem Fenster. Etwas schien ihn zunehmend zu verärgern, und schließlich sagte er: »Ich bewundere Ihre Gabe, zumal sie meiner Marischka bereits zugute kam. Doch verzeihen Sie mir, Mademoiselle, ich ärgere mich gerade sehr über diese Bittsteller an den Straßenrändern. Sehen Sie sie? Stundenlang liegen sie auf den Knien, ob es regnet oder friert, ob sie hungern oder fiebern. Ergeben warten sie auf den Zaren und darauf, dass einer seiner Kosaken ihre Bittgesuche einsammelt. Nichts kann sie von ihrem Glauben abhalten, Väterchen würde ihnen helfen. Doch in Wahrheit sind es Bürokraten, die einmal so, dann wieder anders entscheiden – eitel, halsstarrig, auf den eigenen Vorteil bedacht. Verzeihen Sie mir diesen Vergleich, doch mich ärgert dieser Anblick. Zwischen dem Zaren und seinem Volk, das Sie hier so devot sehen, gibt es diese fluidale Energie, von der Sie sprechen, nicht. Jede Seite liebt nur das Bild, das sie sich vom anderen macht. Das Bild, verstehen Sie? Es ist eine blinde Liebe.«
»Wie können Sie dann noch solche pompösen Feste genießen, Monsieur, wenn Sie so denken?«
»Ich genieße sie nicht. Ich pflege nur meine Kontakte.« Er lächelte matt. »Wer weiß, wie oft wir Petersburger diesen Tag noch feiern werden. Ihnen als Französin müsste das ganze Tamtam doch peinlich sein, oder?«

»Nein, keinesfalls, es ist interessant.«
»Da haben wir es. Interessant, sagen Sie, sei unser Spektakel. Sie schauen durch das Guckglas einer Laterna magica auf den Wahnwitz unserer Geschichte und können sich darüber amüsieren. Ihre bürgerlichen Vorkämpfer hatten die Courage, König und Königin öffentlich zu guillotinieren, und wir gehen noch immer vor unserem Souverän in die Knie. Merkwürdig, nicht?«
Plötzlich fiel Amélie wieder ein, was sie bei ihrer ersten Begegnung mit dem Fürsten an der Alexandersäule gehört hatte. »Sagen Sie, Monsieur Tschernyschew, wer ist eigentlich Benckendorff?«
»Benckendorff? Woher kennen Sie diesen Namen?«
»Ich wurde unfreiwillig Zeuge einer Auseinandersetzung auf dem Schlossplatz, kurz nach meiner Ankunft. Mir schien, als ob ein Beamter einem Fürsten mit diesem Namen drohte. Ich wundere mich darüber, dass ein einfacher Beamter Macht über einen Fürsten ausüben kann.«
»Das ist schon möglich, unsere Bürokraten sind schließlich der verlängerte Arm des Zaren. Aber ich glaube eher an einen Scherz. Alexander von Benckendorff war 1826 unter Zar Nikolaus I. Chef der Geheimpolizei. Und geheimer Zensor unseres geliebten Puschkin. Er gründete die gefürchtete so genannte Dritte Abteilung. Sie sollte, so hieß es, Witwen und Waisen beschirmen. Das Taschentuch war ihr Symbol, ein Taschentuch, das die Tränen der Ärmsten trocknen sollte. In Wahrheit sorgten ihre Agenten und Spitzel für mehr Tränen, als jemals nötig gewesen wäre. 1880 wurde die Dritte Abteilung abgeschafft. Allerdings überwacht heute eine geheime Sonderabteilung so genannte subversive Elemente und beschattet russische Emigranten. Doch sie sorgt sich wohl kaum um unbescholtene russi-

sche Fürsten. Sie hat genug mit denen zu tun, die für die Unruhen und Attentate der letzten Zeit verantwortlich sind. Sie müssen wissen, der Zar ist unantastbar, ein Gott, ein lebender Mythos. Die Menschen beten ihn an, gehorchen ihm und lieben ihn als ihr Väterchen. Man sagt bei uns auch: Die Seele gehört Gott, der Rücken dem Herrn, der Kopf dem Zaren. Leider versteht der Zar nicht, dass Gloriolenschein und technischer Galopp nicht miteinander harmonieren. Das Volk, Gebildete wie Arbeiter, will mitbestimmen, weil die Welt sich ändert. Die Menschen wittern Aufbruchsstimmung. Es wird sich viel ändern, da können wir gewiss sein.«
Er schaute sie von der Seite an. »Habe ich Ihnen Ihre Besorgnis nehmen können?«
»Ich habe Sie verstanden, Monsieur.«
Er schwieg eine ganze Weile, dann seufzte er auf. »Aber ich habe Sie nicht verstanden, Mademoiselle. Ah, ich bin ein alter Mann geworden. Verzeihen Sie einem unsensiblen Menschen wie mir. Marischka hätte mich wegen meiner Begriffsstutzigkeit ausgelacht. Wie dumm ich doch bin.«
Er hatte ihr Geheimnis entdeckt.

Endlich Mitte Mai war der Tag des Balls gekommen. Madame Tschernyschew hatte die Diät aus Buchweizenbrei und Sauermilch überstanden, ihr Blut mit Brennnessel- und Misteltee gereinigt und zähneknirschend durchgehalten, was ihr ein deutscher Arzt geraten hatte, nämlich dreimal täglich Beine und Arme abwechselnd mit heißem und kaltem Wasser zu übergießen. Bis zum Morgen des Balls hatte sie sich daran gehalten. Nun war sie froh, dass alles vorüber war, und freute sich auf den Lohn für ihre Tapferkeit.

Das kleine Palais in der Nähe von Zarskoje Selo war von einem großräumigen Park voller Birken, Weiden, Kiefern, Zierteichen und Marmorskulpturen umgeben.
Im Sommer muss es hier sehr schön sein, dachte Amélie und freute sich, wie die Natur aufblühte. Sicher ließ es sich gut träumen, wenn man hier unter sanft schaukelnden Zweigen auf einer Bank saß, dem Plätschern von Springbrunnen zuhörte und Singvögeln zusah, wie sie Körner im warmen Sand aufpickten, balzend umeinander flatterten oder Gräser sammelten, um Nester zu bauen. Eine Romantik, die der absoluten Muße entsprang.
Aus dem Palais scholl Geigenklang und Pianomusik herüber. Vor Aufregung bekam Amélie feuchte Hände. Sie raffte Pelz und Stoffbahnen ihres pfirsichfarbenen Ballkleides hoch und eilte den anderen Gästen nach.
Namen, die wie Melodiefetzen klangen, Gesichter, die wie leuchtende Lampions an ihr vorüberzogen, funkelnde Geschmeide, Diademe, Anstecknadeln und Broschen, knisternde und raschelnde Stoffe, die bunt wie ein Frühlingsreigen waren – all das strömte in ständig stockendem Fluss durch das Nadelöhr der Flügeltüren, zunächst in den Speisesaal zum nachmittäglichen Tee, danach den verheißungsvollen Melodien im Tanzsaal entgegen. Unzählige Blumen schmückten die Wände des Saals. Mimosen und Chrysanthemen, Rosen, Veilchen und Nelken verströmten ihren herrlichen Duft. Am Ende des Saals rahmten die hohen Fahnen Russlands und Frankreichs Amélies Champagnerflaschen ein, die sich, auf Eis liegend, im neuen Etikettenkleid präsentierten. Im Halbkreis dazu standen Kübel mit blühenden Orangenbäumchen. Zu beiden Seiten sah man Marmorsäulen mit Silbertabletts, auf denen blassgoldene Eiswürfel hohe

Pyramiden bildeten, in deren Mitte je eine grüne Weintraube eingeschlossen war.

»Wir haben uns erlaubt, eine kleine Menge Ihres Champagners in einen anderen Aggregatzustand zu überführen«, sagte Monsieur Tschernyschew zu Amélie, als er mit ihr den Ball eröffnete. Er schwenkte sie in einem weiten Bogen linksherum, sodass sie um ihren perlmuttbesetzten Haarkamm fürchtete. »Übrigens«, fuhr er fort, »hat es Ihnen meine kluge Frau schon erzählt? Wir haben eine Überraschung für Sie, Mademoiselle. Ihr Flaschenetikett hat uns dazu inspiriert. Man könnte meinen, Sie hätten einen Herrn aus unserer Gesellschaft gezeichnet, so groß ist die Ähnlichkeit. Könnte es vielleicht mehr als ein Zufall sein? Meine Frau erinnerte sich daran, dass Sie sich bereits ... ein wenig erkundigt hatten. Nun, sie lud den Herrn ein, glaubte jedoch nicht, dass er kommen würde. Er geht selten aus. Aber sie hat sich getäuscht, denn er ist heute hier.«

»Wer?«, flüsterte Amélie, heiser vor Aufregung, und verhaspelte sich im Tanzschritt, sodass Tschernyschew sie lachend auffangen musste.

»Wer sonst als Fürst Baranowskij, Mademoiselle.«

»Er ist hier? Schaut zu?« Ihr wurde heiß, und sie wagte kaum, um sich zu blicken. Tschernyschew nickte nur. Amélie wurde schwindlig. »Halten Sie mich, Monsieur.«

»Aber natürlich, Mademoiselle«, meinte dieser amüsiert und packte sie ein wenig fester.

Einen Moment lang kam es Amélie vor, als ob die Gäste, die ihnen zusahen, mit den Farben der Blumen, dem Glitzern der Kristalllüster verschwimmen und einen einzigen schnell kreiselnden Reigen um sie bilden würden. Da endete der Walzer, die Musiker spielten einen melodischen Schlenker, und die Gäste strömten paarweise aufs Parkett.

Amélie wagte kaum zu atmen, geschweige denn, nach dem Fürsten Ausschau zu halten. Und so überließ sie sich den Tänzern, die auf sie zukamen, sich verbeugten und um den nächsten Tanz baten.

Nur der Fürst kam nicht.

Als Madame Tschernyschew ihren Tanzrausch einige Zeit später unterbrach und sie daran erinnerte, dass in einer halben Stunde serviert werde, sagte Amélie nur: »Danke, aber ich möchte nichts essen, nichts trinken, nur tanzen.«

Kopfschüttelnd schaute die Tschernyschewa sie an und entgegnete: »Ich verstehe. Aber ich werde schon ein Mittel finden, Sie an den Tisch zu holen, Mademoiselle Duharnais, denn sonst fallen Sie noch aus Ihrem Ballkleid heraus. Und das wäre sehr schade.«

Zuerst merkte es Amélie nicht, dass sich der Saal leerte. Doch als ihre letzten Tänzer immer öfter den Hals zu verrenken begannen, anderen, die fortgingen, zuwinkten oder mit ruckenden Kopfbewegungen zu verstehen gaben, dass sie ihnen gleich folgen würden, schwante ihr, dass sie bald die große glänzende Tanzfläche für sich allein haben würde. Schon dämpften die Musiker ihr Spiel, ein Instrument nach dem anderen verstummte, bis nur noch leises Pianospiel zu hören war. Ihr Tänzer hielt inne, verbeugte sich und bot ihr seinen Arm, doch sie lehnte dankend ab.

Kaum dass er sich erstaunt entfernt hatte, schloss sie die Augen und begann mit sich selbst zu tanzen. Sie schlang die Arme um sich, schwang sich auf der Stelle hin und her, machte größere Schritte, holte in Schwüngen und Wendungen aus, linksherum, rechtsherum, immer freier, immer weiter, kreuz und quer durch den Saal.

»Mademoiselle!«, unterbrach sie die energische Stimme von Madame Tschernyschew. »Mademoiselle, kommen Sie bitte. Ich mache mir sonst schreckliche Vorwürfe. Wie können Sie nur ... «
Ihre Stimme brach ab. Plötzlich war es still. Amélie öffnete die Augen – sie war allein. Sogar die Tschernyschewa war verschwunden. Selbst die Geiger waren fort. Nur der Pianist saß einsam am Flügel, die Hände im Schoß, den Kopf gesenkt. Vom hinteren Ende des Saals löste sich nun eine dunkle Gestalt aus dem Schatten der russischen Fahne und kam auf sie zu.
Fürst Baranowskij.
Vor Schreck schrie Amélie leise auf. Er hob die Hand. Der Pianist eilte davon.
Amélie klopfte das Herz bis zum Hals, als er sagte: »Mademoiselle Duharnais? Ich freue mich, Sie kennen lernen zu dürfen.«
Er verbeugte sich und küsste ihr die Hand. Sie schaute auf seinen schön geformten Kopf und die breiten Schultern. Dann richtete er sich auf. Im Frack war er noch anziehender als bei ihrer letzten Begegnung, als er Mantel und Zylinder trug. Und plötzlich hatte Amélie große Angst, er könnte es ihr übel nehmen, dass sie ihn als Vorlage für ihre Etiketten genommen hatte.
Hoffentlich glaubt er nicht, ich sei ein besonders raffiniertes Luder, dachte sie, hätte nur vorgetäuscht, in ihn verliebt zu sein. Wenn ich Sie doch nur halten könnte, flehte sie ihn in Gedanken an. Vergeben Sie mir. Und gehen Sie bitte nicht fort.
»Ich ... ich werde bald abreisen, Monsieur. Diese meine Reklameidee ist meine letzte hier in St. Petersburg«, stammelte sie verwirrt.

»Durchlaucht, Mademoiselle, man sagt Durchlaucht. Ich bin Fürst Alexander Baranowskij.«
Sie merkte, wie sie rot anlief. »Verzeihen Sie, Durchlaucht. Ich fürchte, ich bin vom vielen Tanzen ein wenig durcheinander. Ich sollte gehen, Madame Tschernyschew erwartet mich. Das Essen ... «
Sie wandte sich von ihm ab und ging. Kurz bevor sie die Mitte des Saals erreicht hatte, fiel ihr etwas vor die Füße, rollte hin und her und blieb liegen. Es war ihr Champagnerkorken. Sie drehte sich nach dem Fürsten um. Aus dem Augenwinkel sah sie, wie der Pianist auf Zehenspitzen an der Fensterfront vorbeihastete, um wieder seinen Platz am Flügel einzunehmen.
Fürst Baranowskij kam langsam auf sie zu. »Wer sind Sie, Mademoiselle, dass Sie Ihren Ruf für dieses Produkt hier«, er zeigte auf den Korken, »aufs Spiel setzen?«
»Ich bin ...«, begann Amélie erschrocken.
Doch er unterbrach sie: »La Belle Amézou, ich weiß.«
Sie nahm ihren ganzen Mut zusammen und sagte: »Dieser Name gleicht dem Schaum des Champagners. Er knistert, bläht sich auf, brodelt über den Rand des Glases ...«
Der Fürst hob die Augenbrauen. »Brodelt über«, wiederholte er tadelnd.
Amélie beeilte sich hinzuzufügen: »Und doch sind es nur Kohlensäurebläschen.«
»Soll ich glauben, dass das, was La Belle Amézou tut, nichts anderes ist als Schaumschlägerei? Wenn man Ihrem Ruf Glauben schenken darf, hinterlässt der Schaum nicht Champagnertropfen, sondern brennenden Durst. Die Herren scheinen geradezu süchtig nach Ihnen zu sein.«
»Sie halten mich für frivol, Durchlaucht. Doch warum sind Sie dann dieser Einladung gefolgt?«

»Mich interessiert das Spiel nicht. Um ehrlich zu sein, verabscheue ich Spiele aller Art.« Er schwieg einen Moment. »Es ist das vierte Mal, dass wir uns begegnen, nicht? Das erste Mal sahen wir uns an der Alexandersäule. Das zweite Mal beschossen Sie mich mit Ihrem Champagnerkorken, das dritte Mal trafen wir uns vor dem Schloss Monplaisir. Und heute, heute möchte ich herausfinden, wer Sie wirklich sind, Mademoiselle.«
»Durchlaucht?«
»Ja, Mademoiselle?«
»Versprechen Sie mir, dass Sie La Belle Amézou vergessen, wenn Sie erfahren, wer ich wirklich bin?«
Ihre Blicke verschmolzen ineinander. Amélie spürte, dass sie ihn faszinierte, er sich danach sehnte, sie so zu sehen, wie sie war.
»Nein«, antwortete er zärtlich. »Nein, das verspreche ich Ihnen nicht. Ganz gleich, was Sie heute von sich preisgeben. Sie haben sehr viel für Ihren Geschäftssinn aufs Spiel gesetzt. Ich verspreche Ihnen, auch ich bin bereit, ein Wagnis einzugehen. Ich kann sehr hartnäckig, doch auch großzügig sein.« Auf seinen Wink hin setzte das Vorspiel zu einem langsamen Walzer ein. »Darf ich um diesen Tanz bitten, Mademoiselle?«, fragte er leise. Und mit einem Mal erkannte Amélie das süße Flehen in seinem Blick.
Erleichtert holte sie tief Luft und sank in seine Arme. Sie tanzten um den Korken herum, der, wenn ihre Fußspitzen ihn berührten, mal in diese, mal in jene Richtung flog.
Langsam kehrten die anderen Gäste vom Abendessen zurück, und alle waren vom Anblick des Paars überrascht. Man musterte die beiden neugierig, tuschelte und lächelte vieldeutig.

Amélie begriff, dass Fürst Baranowskijs Erscheinung, vor allem aber ihr gemeinsamer Tanz als gesellschaftliche Sensation angesehen wurde. Plötzlich entdeckte sie Lydia Fabochon am Arm von Oberst Rumjanzew. In dem Moment, als der Walzer ausklang und eine kleine Pause entstand, in der sich die Paare auflösten und an den Rand des Saals traten, trafen sich ihre Blicke.

»Sie tanzen wunderbar, Mademoiselle«, sagte der Fürst leise, doch Amélie freute sich nicht, denn Lydia Fabochon – in einem weißen Kleid mit hellblauen Chiffonrüschen – kam auf sie zu wie eine Eiswolke.

Der Erste Geiger räusperte sich. »Damenwahl!«, rief er.

Amélie konnte gar nicht so schnell schauen und gleichzeitig begreifen, als Lydia Fabochon auch schon vor dem Fürsten knickste.

»Darf ich bitten, Durchlaucht?«

»Tanzen Sie nur, Fürst Baranowskij«, flüsterte Amélie, um ihn aus seiner Verlegenheit zu befreien, und ging dann zu Oberst Rumjanzew, der vor einem der hohen Fenster stand und in die Nacht hinaussah. Das Dunkel des Glases spiegelte sein blasses Gesicht und seine helle Uniform mit den bunten Bändern und Orden.

Ist es sein Geist oder sein Spiegelbild, fragte sich Amélie erschrocken. Er schaut fast so aus, als wüsste er nicht, ob es für ihn besser ist, tot oder lebendig zu sein.

»Sie wollen mit mir tanzen, Belle Amézou?«, fragte er erstaunt, noch bevor sie seinen Arm berührte.

»Ja. Haben Sie denn vergessen, dass Sie mir einen Tanz versprachen?«

»Nein, Mademoiselle, das habe ich nicht«, erwiderte er leise. »Kommen Sie.« Und dann etwas lauter: »Zeigen wir's ihnen.«

Im Hintergrund stimmten die Geiger eine Masurka an. Rumjanzew stampfte stärker als alle anderen mit den Füßen auf. Er drehte und schwenkte Amélie im kraftvollen Dreivierteltakt, als wäre sie eine Kanonenkugel, die hin und her gewogen werden musste, bis das Ziel anvisiert war.

Als sie neben dem Fürsten und Lydia Fabochon tanzten, blinzelte Amélie dem Oberst zu und sagte: »Oberst, ich fürchte, Ihre Lebenslust zerbricht mir den Rücken.«

Er verstand sofort und fing Lydias wütenden Blick auf. Diese entgegnete sogleich: »Das kann ich mir nicht vorstellen, Belle Amézou. Ihr Künstlername verspricht, dass Sie so biegsam sind wie die Federn eines aufgeschüttelten Plumeaus.«

Der Fürst schwang die Fabochon auf der Stelle herum, ließ jedoch Amélie nicht aus den Augen.

»Sie sind auch nicht aus Papier, Madame Professeur«, erwiderte Amélie.

»Nein, das ist sie wahrhaftig nicht!«, rief Oberst Rumjanzew. »Im Gegenteil, sie will alles wegätzen, was in unserem gemeinsamen Lebensbuch steht.«

»Dein wildes Leben, natürlich – soll es der Nachwelt erhalten bleiben? Deine Vergnügungen waren keineswegs so harmlos, wie du mir noch immer weismachen willst. Stimmen Sie mir nicht zu, Durchlaucht, dass man niemandem eine Krone aufsetzen sollte, der ohne Moral und ohne Glauben lebt?«

Von einem Takt auf den anderen hielten der Fürst und Rumjanzew im Tanz inne.

»Verzeihen Sie, Mademoiselle«, entgegnete der Fürst kühl, »un homme sans mœurs et sans religion, ein Mensch ohne Moral und ohne Glauben – es ist ein geflü-

geltes Wort, und doch fürchte ich, Sie sprechen von meinem Vater, der ein Spieler war. Gestatten Sie mir, diesen Tanz abzubrechen.«
Er deutete eine Verbeugung an, bot Amélie den Arm und verließ, ohne Lydia Fabochon auch nur noch eines Blickes zu würdigen, den Saal. Glücklicherweise hinderte ein nun einsetzender Galopp diejenigen, die Zeuge des Vorfalls waren, daran, weiter zu starren und zu tuscheln. Alle Gedanken an das Vorgefallene gingen nun im Tosen der Musik unter.
»Sie haben von Ihrem Vater gesprochen ...«, begann Amélie zögernd, während sie durch die Eingangshalle schritten. Sie sah ihn von der Seite an und flüsterte schließlich: «... um meine Ehre zu retten?«
»Ja«, sagte er schlicht.
»Warum, Durchlaucht? Sie haben La Belle Amézou beschützt – und ihr Spiel.«
Einen Moment lang schwieg er, dann hörte sie ihn leise antworten: »Ich habe Sie beobachtet, wie Sie auf Oberst Rumjanzew zugingen. Ich sah Ihren Blick. Wären Sie eine solche Spielerin der Lust, wie manche meinen, hätten Sie ihn, gerade ihn, anders angesehen. Ich kenne das Militär, und Oberst Rumjanzew soll, wie ich hörte, vor Jahren Mademoiselle Fabochons Toleranz arg strapaziert haben.«
Er lächelte, als er bemerkte, dass Amélie erleichtert aufatmete.
»Danke«, sagte sie. »Hätten Sie etwas dagegen, mich nun in den Speisesaal zu begleiten?«
Die laute Stimme des Oberst unterbrach ihr Gespräch.
»Eine Runde Billard, lieber Grigorij, nur eine Runde, ich bitte dich.«
Sie sahen, wie der Oberst in langen Schritten dem Haus-

herrn auf die Balustrade nachfolgte, ohne sie weiter zu beachten.

»Ich brauche die Kugel zur Beruhigung meiner Nerven. Sag dem Markör, er soll alles vorbereiten.«

»Man sollte dir mit dem Queue die Nierensteine herausprügeln!«, rief ihm Lydia Fabochon hinterher und hastete ihm nach. Rumjanzew blieb auf der Balustrade stehen und sah ihr mit bleichem Gesicht entgegen.

»Was sagst du da?«

Lydia hielt inne und sah ihn schweigend an.

Leise, doch deutlich fuhr Rumjanzew fort: »Und? Was würde es nützen?« Und nach einer eisigen Pause: »Nichts würde es ändern, Lydia. Nichts.«

Diese schlug sich die Hände vors Gesicht und hielt sich am Geländer fest.

Ein Lakai näherte sich und meldete: »Der Markör steht zu Ihren Diensten, Oberst.«

Amélie sah den Fürsten an und sagte: »Verzeihen Sie, Durchlaucht, aber ich habe Mademoiselle Fabochon schon auf meiner Reise kennen gelernt und weiß um ihre schwierige Beziehung zum Oberst. Ich glaube, beide leiden aneinander. Ich fürchte, in diesem Moment könnte etwas in ihnen für immer zerbrechen, wenn ich mich nicht als Vermittler anbieten würde.«

»Helfen Sie ihr nur, Mademoiselle. Es wundert mich zwar, da die Dame Ihnen gegenüber reichlich spitzzüngig klang, doch Größe beweist, wer darüber hinweghören kann. Ich warte hier auf Sie.«

Amélie ging zu Lydia Fabochon hinauf, während Rumjanzew ein paar Stufen zu ihr hinabschritt.

»Ein Mensch ist ein Mensch, wenn er vergeben kann, Lydia«, sagte er leise. »Ich brauche dich jetzt als Mensch

an meiner Seite. Bist du nicht klug genug, um das zu wissen?«
Lydia Fabochon tupfte sich ein paar Tränen aus dem Gesicht.
»Lydia«, flüsterte Amélie und legte ihren Arm um ihre Schultern. »Sie zittern. Was haben Sie?«
»Nichts. Aber es tut einfach weh.«
»Was, Lydia? Empfinden Sie noch etwas für den Oberst?« Sie nickte. »Dann müssen Sie ihm auch vergeben.« Lydia schaute sie mit großen Augen an und schüttelte den Kopf. »Warum nicht? Hat er Sie wirklich so sehr verletzt?«
»Ja, das habe ich«, antwortete der Oberst. »Aber das ist meine, unsere Privatangelegenheit. Bemühen Sie sich nicht, Mademoiselle. Ich finde, Lydia sollte endlich ehrlich sein und sagen, dass sie zu stolz ist, mir jetzt, da ich sie als Mensch brauche, beizustehen.«
»Nein, das ist nicht wahr.«
Lydia Fabochon wandte den Blick ab, lief die Treppe hinab und durchquerte die Halle in Richtung Garderobe. Rumjanzew sah ihr wortlos nach, dann winkte er nur müde ab und ging zum Billardsalon.
»Was ist mit den beiden, Durchlaucht? Ich verstehe das Ganze nicht. Verstehen Sie es?«, fragte Amélie, als sie wieder den gebotenen Arm des Fürsten nahm.
»Ich bin kein Arzt, glaube jedoch die Antwort zu kennen. Das aber nur, weil sie auf einer Indiskretion basiert, die nahe legt, dass Rumjanzews Nierensteine ihn in seinem Vertrauen in seine Manneskraft erschüttert haben. Sie verstehen?«
Amélie errötete. »Natürlich, Durchlaucht.«
Sie erinnerte sich, wie sie den Oberst untersucht hatte. Schon damals hatte sie daran gedacht, dass sie ihre Un-

tersuchung eigentlich noch auf andere Körperregionen hätte ausdehnen müssen, um herauszufinden, wie weit die Steine bereits gewandert waren. Aber dies war natürlich nicht statthaft. Unmöglich hätte sie einem russischen Militär ins Gesicht sagen können: Oberst, ich fürchte, Ihre Nierensteine könnten Ihr Gemüt so beschweren, dass davon auch Ihr Liebesleben beeinträchtigt wird. Anders gesagt: Sie bilden sich ein, impotent zu werden.
Arme, stolze Lydia Fabochon, die von ihm nun nicht als Professeur, sondern als schlicht liebender Mensch gefordert wurde.
»Täubchen, warum hast du sie nicht aufgehalten?«, rief Monsieur Tschernyschew seiner Frau zu, die gerade aus dem Tanzsaal kam und sich mit einem Taschentuch den Schweiß von Stirn und Hals tupfte.
»Wen meinst du, mein Lieber?«
»Nun, du weißt schon, unsere Professeur, die das Herz unseres guten Rumjanzew mal vereist, dann wieder verglüht.« In wenigen Worten erzählte er ihr, was geschehen war.
»Ja, die Liebe dieser beiden ist wahrhaftig ein wenig kompliziert«, seufzte Madame Tschernyschew. »Wissen Sie, Mademoiselle Duharnais, manchmal kommen Mann und Frau nicht voneinander los, obwohl keiner die Schwächen, aber auch nicht die Stärken des anderen annehmen kann. So scheint es mir bei diesen beiden. Sie tun so, als stünden sie nicht mit beiden Füßen auf der Erde, sondern als würden sie an einem Gummiseil hängen, das sie ständig hin und her zieht.«
»Wie meinst du das denn, mein Täubchen?«, fragte ihr Mann belustigt. »Hast du Grund, dich zu beklagen? Was uns angeht, so liebe ich das, was deine Stärke«, er strei-

chelte ihr sanft über den runden Nacken, »und zugleich deine Schwäche ist: der übermäßige Hang zu kulinarischen Ausschweifungen. Wenn du mir dabei nur nicht krank wirst.«
»Du bist großzügig, mein Lieber, und hast ein weiches Herz. Die nächste Post wird dir allerdings noch die Rechnung für die scheußlichen Wechselbäder bringen.«
»Ich zahle gern, mein Täubchen. Das ist mir viel lieber, als das zu ertragen, was der Arzt von dir verlangte. Geht es dir jetzt gut?«
»Schuldest du mir nicht noch einen Tanz?« Sie streichelte seine Hand.
»Sehen Sie, das ist das Glück der Ehe«, entgegnete Tschernyschew munter. »Ein ewiges Wechselspiel aus Nehmen und Geben.«
Man lachte, doch Amélie wusste, dass jede Liebe ihre eigene Geschichte hatte.
»Durchlaucht, Mademoiselle, wir haben für Sie im kleinen Salon anrichten lassen. Der Speisesaal wird nämlich gerade für das Souper um ein Uhr in der Früh umgestaltet. Wenn Sie also mögen ...« Monsieur Tschernyschew machte eine einladende Bewegung.
»Kommen Sie, ich bitte Sie«, sagte auch seine Frau und fasste Amélie am Arm.
Sie ließen den Speisesaal zur Linken, den Tanzsaal zur Rechten liegen und traten durch eine Flügeltür unterhalb der beiden Treppenbögen. Im Mittelteil des Palais durchschritten sie zunächst eine Galerie mit Gemälden, auf denen Schiffe aus vergangenen Jahrhunderten zu sehen waren. Je leiser die Stimmen der Menschen und der Klang der Musik wurden, desto aufgeregter wurde Amélie. Gleich würde sie mit dem Mann allein sein, in den sie sich

am ersten Tag in dieser Stadt verliebt hatte – durch einen coup de foudre in einer Stadt, die Eis, Wind, Nebel und Regen beherrschten, an einem Denkmal, das ein Franzose für einen russischen Zaren errichtet hatte als Zeichen des Triumphs über einen französischen Kaiser.
Was würde dieser Abend für sie bereithalten? Niederlage oder Sieg? Enttäuschung oder Glück?
Ein Lakai öffnete eine Tür. Amélie schritt über die Schwelle und blieb einen Moment wie benommen stehen – goldfarbene Seidentapeten, Lampen mit Schirmen aus gelben und dunkelroten Glasblättern, Stühle und Tisch aus Kirschholz, Kandelaber, deren weiches Licht alle Konturen verwischte. Dicht hinter ihr stand Fürst Baranowskij. Er atmete ruhig und tief. Wie um zu sich zu kommen, sog sie seinen Duft ein. Er erinnerte sie an Lavendel, Moschus und Vanille, an das Flair Frankreichs, an die violette Weite der Provence, an Vertrautes. Sie spürte seine Hand auf ihrem Arm.
»Mademoiselle«, sagte er, »wollen wir Platz nehmen?«
Madame Tschernyschew reichte dem Fürsten, Monsieur Tschernyschew Amélie eine weiße Pergamentrolle. Dann zogen sie sich zurück. Ein Diener in weißer Livree betrat den Salon und schenkte Amélies Champagner aus. Sie hoben die Gläser und sahen sich tief in die Augen. Dann begannen sie zu lesen.

»Liebe Gäste, liebe Freunde,
wie lässt sich Gastfreundschaft besser beweisen
als mit einem guten Essen? Uns hat ein Galaessen
inspiriert, das Zar Iwan IV. vor langer Zeit für seine
Leibgardisten anrichten ließ.
Als Erstes servieren wir Ihnen kaltes Kalbfleisch

in Sonnenblumenöl, saure Gurken, Pflaumen und Sauermilch in Holztassen. Darauf folgen je nach Belieben Scheibchen vom gebratenen Schwan oder gebratenen Pfau, Piroggen mit Fleisch und Käse, verschiedene Blini, Sülzen, Rebhuhn in würzigen Saucen, Kapaun mit Ingwer, Huhn und Ente mit Gurken, Suppe mit Safran. Dann gibt es ein Scheibchen vom Haselhuhn mit Pflaumen, vom Gänschen mit Hirse, vom Birkhühnchen, reich mit Safran gewürzt. Der weiteren Gaumenfreude zuliebe folgen Häppchen vom Zitronenaal, gedrehte Nieren und Karausche mit Hammelfleisch. Genießen Sie das anschließende Häschen mit Nudeln und Wachtelchen mit Knoblauchtunke. Die Lerchen, die es bei Zar Iwan gab, lassen wir allerdings in den Frühlingshimmel steigen und bewahren sie vor Pfannen mit Zwiebeln und Safran. Wie dem auch sei, genießen Sie, wie es Ihnen beliebt. Lassen Sie es sich schmecken. Bon appétit!
Ihre Marischka und Grigorij Tschernyschew«

»Wir wählen aus, was uns gefällt, einverstanden?«, fragte Fürst Baranowskij launig, und Amélie stimmte zu. Er läutete nach dem Diener. Das Essen begann.
»Erzählen Sie mir von Ihrem Herrn Vater, Durchlaucht?«
»Dem Herrn sans mœurs et sans religion, ohne Moral und ohne Glauben?«
»Wenn es Ihnen nichts ausmacht, bitte.«
»Nun, er war ein Mann, dem das Spiel und nicht das Geschäft Zweck des Daseins war. Er lebte, um sich zu amüsieren und zu gewinnen. Wie viele Russen seines Standes.«

»Und er gewann?«
»Er verlor – beinah seinen gesamten Besitz und sein Leben.«
Eine Weile schwiegen sie.
»Wissen Sie, Mademoiselle, es gibt ein Wort, ein französisches Wort, vor dem wir Russen alle Angst haben.«
»So? Welches meinen Sie?«
»Es ist das Lendemain, das Morgen. Wir Russen genießen den Abend, die Nacht, selbst noch das Lichterspiel bis zum Sonnenaufgang. Aber dann. Was ist dann? Haben wir im Rausch Versprechungen gegeben, die wir am nächsten Tag nicht halten können? Haben wir das im Spiel verloren, was wir am Abend zuvor gewannen? Erkennen wir uns im Morgenlicht noch selbst? Sind wir dieselben wie am Abend zuvor?«
»Haben Sie Angst, Angst vor sich selbst?«
»Nein«, antwortete er. »Ich erzähle Ihnen am besten die Wahrheit. Die Vorfahren meines Vaters besaßen mehrere Dörfer und drei Gutshöfe mit fast zehntausend Seelen. Als 1861 die Leibeigenschaft aufgelöst wurde, erbte mein Vater Besitz und Erträge. Dabei muss ich sagen, dass es nie ein Gesetz gab, das die Leibeigenschaft festlegte. Etliche Erlasse sorgten dafür, dass die Grundbesitzer ihre Leibeigenen im Namen des Zaren verwalteten, aber sie besaßen sie nicht. Das Ganze war mehr oder weniger ein stillschweigender Konsens zwischen Zar und Grundbesitzern. 1861 waren viele Linke und die Bauernschaft enttäuscht, weil der Bauer nur die Hälfte des von ihm bewirtschafteten Landes erhielt, und das auch nur, wenn er dafür zahlte. Sie können sich vorstellen, dass nicht alle Bauern dazu in der Lage waren. Viele empfanden deshalb die Aufhebung der Leibeigenschaft als Schwindel. Wie dem auch

sei, meinem Vater brachte selbst diese Veränderung genug, um weiterhin als Landedelmann im Überfluss leben, hunderte von Domestiken beschäftigen und über Wochen viele Gäste bewirten zu können. Sie müssen wissen, dass es üblich war, sich für jede noch so kleinste Aufgabe einen Diener zu halten. Der eine holte frisches Wasser, ein anderer kümmerte sich um den Samowar, wieder ein anderer zündete die Pfeife des Herrn an, einer die Kerzen auf dem Tisch. Dazu hielt man sich Jagdorchester, Spaßmacher, Gottesnarren, Kutscher, mehrere Köche, Piköre für hunderte von Jagdhunden, Maler, Tänzer, Kosaken als Wächter. Alle mussten ausgehalten werden. Dabei heiraten sie gern untereinander und bekommen rasch Kinder.

Nun ja, wie es also wirklich um Einnahmen und Ausgaben stand, das wusste niemand so recht, am wenigsten mein Vater. Die Gutsverwalter führten die Rechnungsbücher nur selten, und wenn, dann nicht sehr sorgfältig. Waren die Pachteinnahmen verschleudert, verkaufte man im Notfall ein Einzelgut. Doch über lange Zeit warf die Überproduktion der Güter genügend ab, um freizügig ein offenes Haus zu halten.

Eines Tages allerdings hatte mein Vater genug vom russischen Landleben. Er verkaufte die kostbare Bildergalerie, die sein Großvater angelegt hatte, dazu die beiden Güter in Polen und in der Ukraine, die er geerbt hatte, und zog mit meiner Mutter nach St. Petersburg. Dort baute er auf der Wiburger Seite ein Schloss mit Park. Doch meiner Mutter gefiel St. Petersburg mit seinem höfischen Luxusleben nicht. Sie wollte nicht an den Bällen, den Theaterbesuchen, den Maskeraden und Intrigen teilhaben. Sie liebte die Zurückgezogenheit auf dem Lande, wollte im Rhythmus der Natur leben und litt darunter, dass sich alle Da-

men der Gesellschaft nach den Moden und Launen der Großfürstinnen richteten. Die Ehe meiner Eltern zerbrach wie das Eis der Newa im Frühling.
Meinen Vater, der im Pharao- und Whistspiel längst einen gewissen Ruhm erlangt hatte, zog es nach Paris. Dort, meinte er, verstehe man ihn besser. Vor allem die Damen verstanden ihn dort sehr gut. Im berühmten Chambre séparée Nummer sechzehn des Café Anglais brachte er sein Vermögen durch, verlebte es mit Parvenüs und russischen Adligen, die wie er nur zwei Leidenschaften kannten: das Spiel und die, erlauben Sie, Kokotten. Die Grande Dame, die so tue, als wäre sie Kokotte, habe die meiste Macht, sagte er einmal zu mir.«
»Sie denken aber dabei nicht an mich, oder?«, meinte Amélie ironisch und merkte, wie ihre Stimme zugleich auch ein wenig böse klang.
»Haben Sie denn wirklich Macht, Mademoiselle?« Er lehnte sich zurück.
»Macht über unseren Besitz und das, was wir herstellen. Als Erbin eines Champagnerhauses trage ich Verantwortung. Und wehe, meine männlichen Konkurrenten nehmen mich als Geschäftsfrau nicht ernst.«
Er betrachtete sie forschend.
Amélie kaute hastig, schluckte, trank ihr Glas leer – und fing seinen Blick auf. »Nun?«, fragte sie ungeduldig. »Nun trinken Sie doch, Durchlaucht. Oder schmeckt Ihnen mein Champagner nicht?«
Er öffnete erstaunt den Mund, als wollte er etwas sagen, doch dann begann er zu lachen. »Sie sind amüsant, Mademoiselle. Wirklich amüsant.«
»Amüsant? Nein, ich bin alles andere als das, Durchlaucht. Ihr Herr Vater hätte einmal sehen sollen, wie viel Mühe es

macht, Trauben zu ernten, Maische zu gewinnen, den Boden zu lockern, zu düngen, zu pflügen, die Reben regelmäßig zu schneiden, Fässer zu säubern, den jungen Wein umzufüllen, zu filtern, eine Cuvée zusammenzustellen, immer wieder die Gärung, die Reife zu überwachen. Die Reblaus hatte fast alle unsere Bestände vernichtet, und wir mussten...«

»Halten Sie ein!«, sagte er lachend.

»Nein. Denn nur wer weiß, welche Arbeit es kostet und welche Liebe nötig ist, dieses Getränk zu kreieren, wird sein Leben achten – und es nicht verspielen!« Sie war in Zorn geraten, doch als der Fürst sich eine Weile zurücklehnte und sie ruhig ansah, wurde ihr bewusst, was sie mit ihren Worten angestellt hatte. Sie hatte seinen Vater als Taugenichts beleidigt. Und so fügte sie entschuldigend hinzu: » Verzeihen Sie, Durchlaucht. Ich wollte Sie ...«

»... nicht beleidigen? Sie haben gerade Ihr wahres Selbst gezeigt, Mademoiselle Duharnais. Das war es doch, was ich sehen wollte, erinnern Sie sich?«

»Dann lassen Sie es dabei bewenden, bitte. Es muss für Sie unverzeihlich sein, was ich sagte.«

»Sie haben nur die Wahrheit gesagt. Ich bin Ihnen dankbar, dass Sie mir La Belle Amézou vorenthalten, dass Sie nicht mit mir spielen. Sie sind ehrlich, Mademoiselle. Das ist es, was mir gefällt.«

»Was würden Ihre Eltern sagen, wenn Sie sähen, dass Sie sich mit einer einfachen Winzerin unterhalten?«

»Mein Vater würde mich beneiden, und meine Mutter würde um mein Herz bangen.« Er lächelte ein wenig bitter und fuhr fort: »Sie fragten nach ihm, und ich will Ihnen die ganze Wahrheit erzählen. Mein Vater ist es, der meine Mutter und mich beleidigte. Es ist eine Ironie des Schicksals, dass er vor drei Jahren volltrunken in den Pariser Schnee sank und über Nacht erfror. Meine Mutter zerbrach an seinem Tod. Sie schämte sich für diesen Mann, der ihr nichts als Chaos hinterließ. Sie fand nie mehr zum Leben zurück. Selbst meine Stütze konnte sie nicht mehr annehmen. Sie sah in nichts mehr einen Sinn, außer in der letzten Überdosis Opium.« Er schluckte und presste die Lippen zusammen.

»Sie müssen Ihren Vater hassen.«

»Für das, was er tat, ja. Für das, was er mir an Erziehung zukommen ließ, danke ich ihm.«

»Wie meinen Sie das, Durchlaucht?«

»In vielen russischen Familien ist der Vater bildungsfeindlich. Er lebt im Überfluss, besteht aber darauf, dass ein Sohn bei ihm zu Hause bleibt, um eines Tages die Geschäfte zu übernehmen. Keinesfalls aber darf der Sohn gebildeter und klüger sein als er. Gott sei Dank ersparte mir mein Vater solch ein Schicksal. Er ließ mich tun, was mir gefiel.«

»Und das war?«

»Er ließ mich Ökonomie und Architektur in Berlin und Paris studieren. Meiner Mutter habe ich eine gewisse Sprachbildung zu verdanken. Sie stellte schon in meinen jungen Jahren Hauslehrer ein, die mir Englisch und Französisch beibrachten. Später kam ein italienischer Gelehrter dazu. Sie nahm an seinen Unterrichtsstunden mit mir teil, weil sie den Klang der italienischen Sprache so sehr liebte. Diese Stunden zu dritt werden für mich immer unvergesslich bleiben. Ich weiß, dass sie gern anders gelebt hätte. Schon als Junge spürte ich, wie sehr sie in mir jenen Mann suchte, den sie sich erträumt hatte.«

»Sie sind Ihrer Mutter ähnlich, nicht wahr?«

»Dann halten Sie mich also für einen Träumer?«
»Nein. Aber wer weiß...«
»Nun, Sie kennen mich ja auch nicht, Mademoiselle. Im Moment ordne ich immer noch die Finanzen, die mein Vater hinterließ. Es ist richtig, ich liebe wie meine Mutter die Welt des ästhetisch Schönen und auch die Natur. Doch anders als sie kann ich es ebenso genießen, mit meinen Händen zu arbeiten, Holz zu sägen, Stein zu behauen. Nur in der Welt des Ätherischen zu leben ist mir zu wenig, zu langweilig. Ich möchte etwas gestalten, aufbauen. Und wenn Sie mich dabei sähen, hielten Sie mich nicht mehr für einen Fürsten, sondern für einen normalen Zimmermann oder Steinmetz. Wenn Sie Lust haben, besuchen Sie doch eine meiner Vorlesungen an der Universität.«
»Sie sind Professor?«, rief sie überrascht aus.
»Für Architektur, ja.«
Amélie sah ihn interessiert an. Dieser Fürst war kein heißblütiger Charmeur wie Besberedkow, dem es im Handumdrehen gelang, die Wünsche einer Frau zu erkennen und zu erfüllen, der ohne Gewissensbisse seinen Launen nachgab, der das Leben genoss, wie es ihm gerade einfiel. Nein, Fürst Baranowskij war ein Mann des Verstandes, er wusste sich zu beherrschen, Gefühle und Leidenschaften zu verbergen. Es reizte sie herauszufinden, wie viel Gefühl in ihm steckte. Schließlich sprachen seine Augen eine andere Sprache.
Ob er sich vorstellen konnte, was man außer zu essen auf einem gedeckten Tisch wie diesem sonst noch tun konnte? Sie nahm ihren Fächer, hielt ihn vors Gesicht und sagte: »Sie meinten vorhin, der Russe habe Angst vor dem Lendemain, dem Morgen. Was nun, wenn ich in Ihre Vorlesung käme und Sie mich nicht erkennen würden?«

»Ich würde Sie bitten, den Fächer vom Gesicht zu nehmen.«
Sie lachte leise und nahm langsam den Fächer vom Gesicht.
»Und dann?«
Er schaute ihr tief in die Augen. »Würde ich Sie bitten, all ihre Munition in Form kleiner Champagnerkorken abzulegen.«
»Ich habe doch gar keine dabei, Durchlaucht.«
»So? Da habe ich aber Glück.« Seine Augen schimmerten dunkel und warm. »Wollen wir noch ein wenig tanzen?«
»Gerne, Durchlaucht.«
Kurz vor dem Souper um ein Uhr in der Früh verabschiedete sich der Fürst mit dem Versprechen, dass es ein Lendemain, ein Morgen, für sie beide geben würde. Amélie selbst tanzte, bis die Sonnenstrahlen den bläulichen Frühnebel durchbrachen.

In kurzer Zeit gaben Regen und Wind der Stadt ein anderes Gesicht. Eis und Schnee verschwanden vollständig wie auch die Feuerstellen auf Straßen und Plätzen, an denen sich Kutscher und Fuhrleute den langen Winter hindurch gewärmt hatten, während sie auf Kunden oder die eigene Herrschaft warteten.
Endlich rauschte das Wasser der Newa wieder, brodelte und strudelte um Brückenpfeiler, schwappte gegen Kaimauern. Alte kamen an ihre Ufer und warfen Möwen Brotkrumen zu, die diese in kunstvollen Kurven und Sturzflügen auffingen.
Bei Amélie traf täglich ein Blumenstrauß des Fürsten Baranowskij ein als Gruß und als Zeichen dafür, dass es für sie beide – irgendwann – ein Lendemain, ein Morgen,

geben würde, für das es sich zu leben lohnte. Doch zunächst hatte sie keine Zeit, da Monsieur Tschernyschew ihr kurz nach dem Ball angeboten hatte, ihn auf eine Geschäftsreise nach Moskau zu begleiten. Er habe Kontakt zu einem angesehenen Spirituosenhändler, der seit Jahrzehnten Adel, die bessere Kaufmannschicht und das Beamtentum beliefere. Er sei die beste Adresse, ihren Champagner weiterzuempfehlen.

Amélie legte wieder ihr Reisekleid an, kaufte sich ein neues Paar Seidenhandschuhe, die sie in Moskau geschickt auszuziehen verstand, bevor sie dem Kaufmann ihren Champagner zur Probe einschenkte. Mit dem schönsten Lächeln reichte sie ihm das Glas und sah in seinen Augen, wie sehr ihre Schönheit und das herrliche Bukett ihres Champagners Glück verhießen. Sie erklärte, dass die Chardonnay-Traube, wenn sie jung sei, dem Wein eine blumige, manchmal mineralische Note verleihe, die Pinot-Meunier-Traube geschmeidig und fruchtig sei und dem Wein ein intensives Bukett gebe, der Pinot Noir mit seinen roten Früchten dagegen der Cuvée Körper und Kraft schenke. Man las an ihren Lippen, so als ob sie es wären, die den Wein küssten und veredelten.

Als sie nach einer knappen Woche wieder in St. Petersburg waren, hatte Amélie einen weiteren einflussreichen Kunden gewonnen.

Mit jedem neuen Maitag stieg nun die Temperatur. In den Gärten und Parks brachen zartgrüne Birkenblättchen hervor. Holunderbüsche strotzten voll dicker brauner Knospen. Krähen kreisten über den Wipfeln von Weiden und Espen, so als würden sie ungeduldig nach neuen Nistplätzen suchen. Noch am Tag der Abreise nach Moskau hatte es geregnet, nun war der Himmel endlich wolkenfrei. Frühmorgens rissen die hellen Strahlen der Frühlingssonne den bläulich-violetten Dunst auf, der über der Stadt lag, und gaben einen Himmel frei, der so zart hellblau war, als hätte ein göttlicher Maler des Nachts ein durchsichtiges Seidentuch des Meeresgottes Neptun über St. Petersburg gespannt.

Wie ein Stern glitzerte die vergoldete Turmnadel der Admiralität hoch über allen Dächern. Schon zogen die ersten Dampfer ihre Bahn, pendelten auf der breiten Newa zwischen Basilius-Insel, Admiralität und Wyborger Seite hin und her und ließen Rauchwölkchen aufsteigen, die schwärzliche Luftschlangen formten und schließlich verschwanden, um von neuen Wölkchen ersetzt zu werden. Kleine Boote kamen hinzu und belebten auch die Nebenflüsse Moika und Fontanka. Schon früh am Morgen schwärmten die ersten Boote zu den Inseln aus, und die letzten kehrten erst spät in der Nacht zur Großen Seite zurück.

Längst hatte sich Amélie daran gewöhnt, ihre Uhr mittags zu überprüfen, wenn Punkt zwölf der Böllerschuss von der Naryschkin-Bastion der Peter-und-Pauls-Festung erscholl. Es schien, als hätte sie sich an St. Petersburg gewöhnt. Dankend nahm sie an, als Madame Tschernyschew sie einlud, noch länger zu bleiben. Sie müsse unbedingt das Wunder der Weißen Nächte kennen lernen. Ja, sie würde noch eine Weile bleiben. Sie freute sich darauf, St. Petersburg in einer wärmeren Jahreszeit zu erleben. Dann jedoch würde sie endgültig heimkehren. Schließlich mussten bald überzählige Triebe entfernt und im Sommer die stark wachsenden Sommertriebe zurückgeschnitten werden, von der Arbeit im Keller ganz zu schweigen.

Bis zum Tag ihrer Abreise wollte sie allerdings noch einiges klären. Sie suchte jemanden, dem sie vertrauen konnte und der ihren Champagner im russischen Reich vertreten würde. Monsieur Tschernyschew hatte ihr bereits eine Reihe von Namen gegeben. Diese Liste lag noch ungenutzt auf ihrem Sekretär, als eines Morgens, gut zehn Tage nach dem Ball, mit dem üblichen Blumenstrauß von Fürst Baranowskij auch ein Brief von ihm eintraf. Darin bat er sie, sich noch ein wenig zu gedulden.

Amélie war enttäuscht. Er fehlte ihr, seine reservierte, doch schützende Aura, seine Wärme, seine Klugheit. Die Art, wie er sie ansah. Vor allem aber vermisste sie das Gespräch mit ihm. Wie gerne hätte sie mit ihm geplaudert, mehr über ihn erfahren, und wie gerne hätte sie ihm von sich erzählt. Noch kannte er ihr größtes Geheimnis – dass sie verheiratet war – nicht. Am liebsten hätte sie ihm am ersten Abend alles aus ihrem Leben berichtet, aber das wäre so kindisch wie unüberlegt gewesen. Und doch, wenn sie Pech hatte, würde er ihr eines Tages vorwerfen können, sie habe mit ihm ihr größtes Spiel als La Belle Amézou getrieben, und ein falsches obendrein. Eine Madame, die sich als Mademoiselle ausgab. Aber sie hoffte darauf, dass der richtige Moment kommen würde, in dem sie ihm vernünftig und besonnen, mit den richtigen Worten die Wahrheit erzählen würde. Der Rest war Schicksal, tröstete sie sich.

Ausgerechnet an diesem Tag, an dem ihre Angst sie einholte, entdeckt zu werden, traf das Päckchen von ihren Eltern ein, auf das sie schon gewartet hatte. Wie sie es gewünscht hatte, schickten sie ihr die Rubinkette, die Papillon ihr am Ende ihrer ersten Liebesnacht geschenkt hatte. Denn um länger in St. Petersburg bleiben zu kön-

nen, brauchte sie Geld, und sie hatte vor, die Steine gegen Rubel einzutauschen. Stolz hatten ihre Eltern Artikel der jeweils größten Tageszeitungen von Reims und Paris beigelegt, die über den erfolgreichen Werbezug der jungen Duharnais-Erbin Amélie Suzanne Duharnais in St. Petersburg berichteten. Zur Bekräftigung tanzte neben den schwarzen Zeitungszeilen ihre Champagnerdame. Ob ihr Vater oder Onkel Jean-Noël, einer von beiden musste die Etiketten, die sie nach Hause geschickt hatte, an die Zeitungsredaktionen weitergegeben haben. Es sah wirklich gut aus, fand Amélie. Die Überraschung für die Konkurrenz war gelungen. Niemand, der Jérôme Patrique Duharnais kannte, hätte ihm einen solchen Zug zugetraut, zumal der eigentliche Erbe, ihr Bruder Fabien, tot, der eigene Sohn, ihr Vater, gelähmt war und seit dem Einfall der Reblaus gerade gut drei Jahre vergangen waren.
Niemand hatte mit ihr, der Enkelin, gerechnet.
Sie durfte stolz auf sich sein, stolz darauf, dass ihre mutige Reise Früchte trug. Die Bestellungen seien bereits um mehr als das Doppelte im Vergleich zum Vorjahr angestiegen, schrieb ihre Mutter. Amélie sah sie am Küchentisch sitzen, neben sich ihren Vater, der ihr mit sanfter Stimme diktierte. Wie schön war es, dass sie ihm ein neues Stückchen Lebensglück schenken konnte. Und doch spürte sie aus den knappen Worten ihrer Eltern heraus, dass man ihr manches verschwieg, sich sorgte und hoffte, sie würde bald wieder heimkehren, um bei der Arbeit zu helfen.
Amélie stellte sich vor, wie ihr Großvater darüber frohlockte, Monsieur Papillon vorzuführen, aus welchem Holz die Duharnais in Wahrheit geschnitzt waren. Sie verdrängte Papillon, redete sich ein, es sei ihr gleichgültig,

was er fühlte und dachte. Sie wusste nur, dass sie im Moment um nichts in der Welt St. Petersburg gegen Reims eingetauscht hätte. Sie hörte sich mit ihrem Großvater darum streiten, wie der Hof aufgeräumt, die Arbeit eingeteilt, das Gut renoviert, der Champagner besser beworben werden könnte, wer den Aufbruch zur Lese gab, den jungen Wein bewertete, die Cuvée entschied – Amélie scheute vor allem zurück. Und das lag nicht nur daran, dass sie sich verliebt hatte, nein, es gab einen anderen Grund. Die wenigen Wochen in St. Petersburg hatten sie verändert. Sie war es leid, mit irgendjemandem ihrer Familie darüber verhandeln zu müssen, was sie für richtig hielt. Nur mit ihrem Kellermeister Gilbert Rabelais würde sie sich beraten.
Sie wollte in Zukunft alle Entscheidungen allein treffen. Doch noch brauchte sie Zeit zu überlegen, wie sie alles so einrichten konnte, dass sie eines Tages frei würde handeln können. Sie brauchte Glück, viel Glück, um sich von Papillon freikaufen, und noch mehr Geld, um Jean-Noël ihre Eheeinlage zurückzahlen zu können. Und sehr viel Erfolg, um ihrem Großvater zu beweisen, dass es an der Zeit war, ihr vollends zu vertrauen und endlich auszuruhen.

Die folgenden Tage lenkten sie von ihren Überlegungen ab. Besberedkow hatte sie eingeladen.
Er lehnte am Kaminsims und rauchte eine Zigarre.
»Man sagt, du hast mit Fürst Baranowskij im Séparée der Tschernyschews gespeist?«
»Wärst du gekommen, hättest du dich mit eigenen Augen davon überzeugen können, Sergej.«
»Davon, ob du auf dem Tisch lagst oder an ihm gesessen hast?«

»Du bist unverschämt.«
»Natürlich bin ich das, schließlich beneide ich ihn.«
»Den Fürsten? Ich bin frei, tue, was ich will, wie du weißt – so wie du. Diese eine Nacht soll, muss unser Geheimnis bleiben. Willst du etwa dein Versprechen brechen?«
»Nein. Ich hätte mir aber nie vorstellen können, dass eine Frau, zumal eine nicht russische Frau, ihren Launen so nachgeben könnte wie ich.«
»So? Warum soll ich das nicht können? Warum habe ich jahrelang gelebt, als wäre ich lebendig begraben?«
»Auf dem Lande. Natürlich, das verstehe ich. Du hast gearbeitet, in der Erde gewühlt, die Reben beschnitten, mit deinen schönen Füßchen die Trauben zermatscht und nie das Leben genossen. Ich fühle mit dir.«
Er klang spöttisch, doch Amélie war froh, dass er nicht genauer nachfragte und sie gezwungen war, ihm zu erzählen, dass sie mit einem Mann wie Monsieur Papillon verheiratet war. Stattdessen kniete er vor ihr nieder und schob ihr Kleid von den Knöcheln aufwärts über die Knie.
Amélie schlug ihm auf die Hände. »Lass das, Sergej.«
»Du süße kleine Wildkatze.« Mit einem Ruck schlug er ihre Kleider über ihren Schoß und presste seine Nase in ihre Scham.
Amélie packte seine Ohren und riss an ihnen. »Sergej, ich liebe dich nicht!«
Ungerührt murmelte er: »Das tue ich doch auch nicht, meine Liebe. Lass uns einfach miteinander glücklich sein.«
Amélie zog stärker an seinen Ohren, bis er aufschrie.
»Sergej, es ist vorbei!«
Er sprang auf und starrte sie an. »Himmel, wer bist du, dass du tust, was du willst?«

»Ich bin eine Champenoise«, antwortete sie ruhig und selbstbewusst.
»Eine Champenoise«, wiederholte er verständnislos. »Ja, aber eine Frau.«
»Natürlich. Und zwar eine Frau, die es für Wahnsinn hält, wenn ihr Russen sagt: Eine Henne ist kein Vogel, ebenso wenig ist ein Weib ein menschliches Wesen.«
»Das sagt das einfache Volk, Amélie«, versuchte er sie zu beschwichtigen. »Habe ich dich vergewaltigt? Habe ich dich geschlagen?«
Sie wandte sich von ihm ab. Die Bilder ihrer Liebesnacht sprangen vor ihrem inneren Auge herum, als wollten sie sie necken.
Nach einer Weile sagte er: »Weißt du, was ich glaube? Du hast dich verliebt. Und um mich zu vergessen, die Erinnerung an deine Laune auszulöschen, wäre es dir wohl lieber, ich hätte dich misshandelt. So aber kannst du mir keine Schuld zuschieben. Du trägst allein die Verantwortung für deine ... Lust.«
Amélie drehte sich zu ihm um. Er hatte Recht. Er sprach die Wahrheit aus, für die sie sich schämte.
»Ich habe Angst, Sergej.«
Er betrachtete sie, zuerst ernst, dann belustigt.
»Du bist ehrlich, Amélie. So wie ich. Du hast dich verliebt, und dir ist unsere gemeinsame Nacht peinlich. Das verstehe ich nur zu gut. Glaube mir, ich nehme das, was wir uns gegönnt haben, mit ins Grab.«
»Wie kann ich dir vertrauen?«
»Ganz einfach, meine Liebe. Wenn ich erzählen würde, dass ich eine köstliche Nacht mit La Belle Amézou verbracht habe, würden mich erstens alle Männer von St. Petersburg beneiden und über dich herfallen. Will

ich das? Nein. Mir reicht schon, dass du dich in Fürst Baranowskij verliebt hast. Das hast du doch, oder? Zweitens würde mich meine Frau umbringen. Sie gesteht mir jedes Mädchen, jede Kokotte zu, nicht aber ein solches fremdländisches Juwel wie dich – eine Champagnerfürstin.«

»Warum sagst du Champagnerfürstin?«

»Ja willst du ihn denn nicht heiraten, deinen Fürsten? Er ist frei, wenn auch nicht mehr so reich, wie sein Vater es einmal war. Du könntest mit ihm machen, wie es dir beliebt. Schwiegereltern hast du nicht zu befürchten.« Er legte seine Arme um ihre Taille, küsste sie auf die Wangen und wiegte sie zärtlich hin und her.

»Sergej, verhöhne mich nicht.«

»Das tue ich doch nicht. Aber ich traue dir nicht.«

»Wieso?«

»Weil es mir manchmal so vorkommt, dass du russischer bist, als du glaubst. Mir scheint, auch du nimmst dir, was du willst. Sofort, ohne Umschweife, gegen alle Konvention. Ist es nicht so, ma chère? Kann ich es nicht am besten bezeugen?« Er lachte und drehte sie herum. Doch plötzlich fiel ihm etwas ein. »Es ist schon so lange still. Wollen wir einmal nachsehen?«

Er führte Amélie über einen Flur zu einem Raum, in dem die Amme neben dem Kinderbett seines Sohnes saß und strickte.

»Er schläft«, flüsterte Besberedkow erleichtert. »Wissen Sie, Mademoiselle, er schreit viel.«

»Er fühlt sich an meinem Busen wohl«, entgegnete leise die Amme, »doch ich spüre, dass er seine Mutter vermisst. Es gibt solche Kinder. Sie sind klug.«

»Sie scheinen einen starken Willen zu haben, wie ihre

Mütter«, fügte Amélie hinzu und warf Besberedkow einen viel sagenden Blick zu. Dieser verzog das Gesicht.
Die Amme seufzte. »Da haben Sie Recht. Er wird so lange brüllen wie ein Bär, bis seine Mutter kommt und ihn wiegt.«
Besberedkow beugte sich über das Bett, strich dem Säugling über die Wangen, küsste ihn auf Mund und Stirn und tätschelte die Fäustchen, die zu beiden Seiten seines rosigen Köpfchens lagen. Das Kind schmatzte wohlig und verzog dabei die Lippen, sodass es aussah, als ob es lächeln würde. Besberedkow wischte sich über die Augen und führte Amélie wieder zurück in den Salon. Sie setzten sich, und ihr fiel auf, dass er blass geworden war. Sorgenvoll starrte er vor sich hin.
»Weißt du, die Tschernyschews hatten auch mich zum Ball eingeladen, doch Aljoscha hatte Fieber, und ich mochte ihn nicht allein lassen. Ob du es glaubst oder nicht, Amélie, mein Sohn ist mir auf einmal das Wichtigste im Leben. Mein Herz gehört ihm. In seinen Adern fließt mein Blut. Manchmal verstehe ich mich selbst nicht mehr.«
Amélie lachte auf. »Das glaube ich dir. Erst die Frauen und nun ein Kind. Wie willst du das schaffen?«
»Weißt du was? Mein Vater starb früh, mein Großvater ebenfalls, und ich rechne damit, dass auch ich nicht älter als fünfzig, höchstens fünfundfünfzig Jahre werde. Ist es da nicht an der Zeit, für das einzige Kind alles so vorzubereiten, damit es sorgenfrei leben kann, wenn ich … tot bin?«
»Du wirst es schaffen, Sergej, allein schon deshalb, weil du ehrlich bist. Ich glaube, dein Sohn liebt dich schon jetzt.« Sie erhob sich.

»Warte, Amélie. Du musst noch bleiben – hier in St. Petersburg und hier bei mir, nur einen Augenblick noch.«
»Warum?«
»Erinnerst du dich an Nikolaj Lassonowitsch, den Arzt, der auf meinem Maskenball nach den Händen suchte, die lesen können? Damals versagte er. Das ließ ihm keine Ruhe, und er bat mich, dich zu fragen, ob du ihn einmal besuchen könntest.«
»Sergej!«, rief Amélie ärgerlich aus. »Du klingst, als sollte ich ...?«
In seinen dunklen Augen glitzerte es. »... sein Bett teilen? Meinst du das? Aber dann stehe ich hinter einem Paravent und schaue zu.«
Amélie holte aus, um ihn zu ohrfeigen, doch Sergej hatte mit ihrer Reaktion gerechnet und hielt ihr Handgelenk fest. »Verzeih mir, ma belle, ich beneide doch nur Baranowskij.«
»Ich gehe.«
»Bitte bleib noch einen Moment. Lassonowitsch hat wirklich ein Problem. Du musst mit ihm sprechen.«
»Sprechen?«, höhnte Amélie. »Was willst du, Sergej Besberedkow? Was willst du wirklich?«
»Dass du herausfindest, ob er jemals wieder arbeiten kann. Er ist mein Freund.«

»Was singen Sie da?«, fragte Amélie Marja, die über ihr apricotfarbenes Ballkleid gebeugt saß und den Saum ausbesserte. Marja sah zu ihr auf.
»Was ich singe, Mademoiselle? Es ist ein altes Liedchen.«
»Wovon handelt es, Marja? Es klingt hübsch.«
Marja lächelte verschmitzt. »Also gut. Ich singe es noch einmal, nur für Sie.

Liebe lässt sich nicht gebieten,
Liebe lässt sich nicht verbieten,
Leichter ist's in wollenen Säcken
Heiße Kohlen zu verstecken,
Als zwei Liebenden verwehren,
Dass sie treu sich angehören.«

»Die Sehnsucht ist immer die schönste Seite der Liebe.« Amélie musterte Marja. »Haben Sie Sorgen?«
Diese beugte sich tiefer über die Naht, stach rasch hintereinander in den Stoff und sagte: »Nicht ich, ich werde allein bleiben. Aber ich sorge mich um eine Freundin. Sie ist arm und ...«
»... nun ist sie schwanger und allein, oder?«
»Wenn es so wäre, hätte sie sich schon umgebracht, Mademoiselle. Sie hat bereits zwei kleine Kinder, und ihr Mann arbeitet sogar. Sie kennt sich damit aus, wie es ist, ein Kind zu erwarten. Doch dieses Mal, sagt sie, ist es ihr nicht ganz geheuer. Sie meint, ihr Bauch sei gewölbt, doch alles sei anders als sonst. Und jetzt hat sie Schmerzen und kein Geld, um zum Arzt zu gehen.«
»Ich gebe Ihnen Geld, Marja«, erwiderte Amélie rasch. »Warten Sie.« Sie erhob sich und lief ins Nebenzimmer, um ihr Portemonnaie zu holen. Dabei fiel ihr Blick auf ihren Sekretär, auf dem neben ihrer Korrespondenz die Notiz lag, Nikolaj Lassonowitsch aufzusuchen. Sie dachte an ihre Rolle als Überraschungsgast bei Besberedkows kleinem Maskenfest, auf dem sie dem jungen Chirurgen begegnet war. Sie war sich sicher gewesen, dass er unter Schock stand. Sich vorzustellen, mit ihm, einem Arzt, ein erotisches Spielchen zu treiben, kam ihr lächerlich und verwerflich zugleich vor. Ihm als Mediziner würde nur der

praktische Erfolg helfen, und plötzlich wusste sie, was sie tun würde. Sie kehrte um und sagte: »Marja, kommen Sie. Lassen Sie das Kleid liegen, wir fahren aus.«

Während Marja in der Kutsche auf sie wartete, überraschte Amélie den jungen Arzt dabei, wie er in einem abgedunkelten Raum vor einem Flügel auf und ab ging. »Lassen Sie die Musik Musik sein«, rief Amélie und streckte ihm ihre Hände entgegen, nach denen er auch sofort griff. »Kommen Sie, Dr. Lassonowitsch. Meine Hände wissen, dass Sie alles wieder erreichen können, sobald Sie ein Erfolgserlebnis haben. Ich bitte Sie, helfen Sie einer jungen Frau.«
Er schüttelte den Kopf. »Nein, es tut mir Leid, es ist mir unmöglich. Sehen Sie, diese Hände, sie fühlen nichts mehr. Nicht einmal Klavier spielen können sie noch. Kein Ton will mir gelingen. Alles klingt hohl, unecht, ohne Kraft. Wie soll ich da einem Menschen helfen?«
»Indem Sie es einfach tun«, entgegnete Amélie energisch. »Kommen Sie, ich bitte Sie.«
Resigniert ließ er sich auf den Klavierschemel sinken. »Nein, es geht nicht.«
»Was ist geschehen, dass Sie glauben, Sie könnten nicht mehr operieren?«
»Ich habe versagt, Mademoiselle. Nur einmal als Chirurg zu versagen bedeutet das Ende.«
Amélie legte ihre Hände auf seinen Kopf.
»Einer einzigen ängstlichen Stimme in diesem Kopf erlauben Sie, dass sie Sie entmutigt? Sie opfern all Ihre Intelligenz, Ihr Können, Dr. Lassonowitsch. Ist diese Stimme das wert?«
Er ergriff ihre Hände und zog sie zu sich ans Gesicht.

»Man spürt diesen Händen an, dass sie nur so vor Kraft strotzen, und doch – nach allem, was ich hörte, müssen sie ein besonderes, subtiles Fluidum besitzen. Aber ich, ich fühle nichts. Sagen Sie, was fühlen Sie, Mademoiselle?«
»Ich oder meine Hände?«
»Sowohl als auch.«
Er wirkte erregter als zuvor und ließ Amélie nicht los. Mit seinen braunen Augen und dem blonden Haar zog er ohne Zweifel Frauen an. Doch wirklich stolz war er auf das, was ihn von anderen Männern unterschied – die Kunst zu operieren, Leben zu retten.
»Also, ich glaube, Sie sind vom Schicksal dazu berufen, Chirurg zu sein. Und meine Hände fühlen, dass in Ihnen eine Spannung lauert. Eine Spannung, die Ihre Seele lähmt, Ihren Geist so lange zermürbt, bis Sie wieder das tun können, wofür Ihre Hände bestimmt sind. Heben Sie sie bitte hoch. Die Handflächen nach oben.«
Er tat, wie sie es von ihm verlangte. Sie setzte sich ihm auf einem Stuhl gegenüber und legte ihre Handflächen gegen seine. Nach einer Weile sagte Amélie, obwohl es nicht stimmte: »Doktor, Ihre Hände schwitzen stark.«
»Nein, nein, es sind Ihre, die so stark schwitzen, Mademoiselle.«
»So? Aber Ihre zittern wie Espenlaub.«
»Unsinn, sie sind ganz ruhig.«
»Und kühl sind sie auch noch. Ich würde sie nicht meine Brüste berühren lassen.«
Er ließ die Arme fallen und rieb die Hände aneinander. »Ich verstehe, Mademoiselle, Sie wollen mich provozieren. Also gut, gehen wir. Lassen wir es darauf ankommen. Wer, bitte, ist die Patientin?«

In der Kutsche erzählte er ihr mit knappen Worten, dass er vor Wochen eine Patientin am Unterleib operiert habe, um die Gebärmutter, die voller Tumoren gewesen sei, zu entfernen. Dabei habe er, er wisse bis heute nicht, wie, mit dem Skalpell in die Darmwand gestoßen. Kurz darauf sei die Patientin im hohen Fieber gestorben.
Die Fahrt ging über den Litejnyi-Prospekt und die gleichnamige Brücke über die Newa zur Wyborger Seite. Über Chausseen, vorbei an Wäldern, Feldern und Fichtengehölz gelangten sie schließlich zu einer Siedlung aus einfachen Holzhäusern mit umzäunten Gärten. Vor einem blau gestrichenen Häuschen mit roten Fensterrahmen ließ Marja den Kutscher halten, und sie stiegen aus.
Im Haus roch es nach gekochtem Kohl. Eine ältere Frau stand am Ofen, fischte Piroggen aus einem dampfenden Topf und ließ sie in eine gebutterte Kasserolle gleiten. Zwei kleine Kinder saßen auf dem Boden und spielten mit Holzfiguren. Die alte Frau war schwerhörig, denn sie erschrak erst dann, als Marja sehr kräftig gegen den Türrahmen klopfte. Die Alte bekreuzigte sich mehrmals, doch als ihr erklärt wurde, wer da gekommen sei, war sie zutiefst eingeschüchtert. Still und gebeugt führte sie die Gäste nach oben in eine kleine Kammer unter dem Dach.
Die Kranke, eine junge Frau mit rötlichem Haar und Sommersprossen, lag auf einer einfachen Bettstelle auf Stroh, neben sich eine leere Wiege. Marja kniete sofort bei ihr nieder und beschwor sie, sich von diesem Arzt helfen zu lassen, der sonst nur die Vornehmen der Stadt behandle. Amélie warf Lassonowitsch einen aufmunternden Blick zu.
Die Kranke musterte ihn schamhaft, doch neugierig. Sie bemühte sich zu lächeln und meinte schließlich: »Ich dan-

ke sehr für die Ehre, aber ich glaube, ich bin gesund. Ich bekomme nur ein drittes Kind.«

Doch Lassonowitsch entging ihr Blick zur Ikone an der Wand nicht, als würde sie Bestätigung von der Jungfrau Maria suchen. Er schlug ihre Decke zurück, und man sah eine Wölbung des Bauches.

»Haben Sie Schmerzen?«, fragte er.

Sie nickte. »Seit vier Tagen.«

Er tastete und horchte sie ab und runzelte die Stirn. »Ich muss Sie mitnehmen. Am besten gleich jetzt, bevor es zu spät ist.«

Die Kranke erschrak.

»Was hat sie, Doktor?«, fragte Amélie.

»Es ist keineswegs schlimm, es sei denn, Ihr Wunsch war es, ein drittes Kind zu bekommen. Denn Sie haben kein Kind im Bauch, sondern eine Blase, eine so genannte Ovarialzyste. Eine sehr große sogar.«

»Was ist das?«, hauchte die Kranke entsetzt.

»Es sind Scheingeschwülste, die enorm groß werden können. Sie sind mit Flüssigkeit gefüllt und sollten unbedingt entfernt werden. Ein Schnitt durch ihren Stiel, so als ob man im Garten einen Kürbis abschlägt – und fertig.«

»Das ist ja eklig. Nehmen Sie es raus, Doktor, bitte«, rief daraufhin die junge Frau. »Ein drittes Kind, ja, das wäre etwas anderes. Aber so etwas, nein, nehmen Sie es raus.«

Amélie kniete neben beiden nieder. »Dr. Lassonowitsch wird Ihnen helfen. Haben Sie Vertrauen«, sagte sie, nahm seine Hand, legte sie in die der Kranken und drückte beide Hände fest zusammen. »Haben Sie etwas dagegen, wenn ich die Kranke bis vor Ihren Operationssaal begleite, Doktor? Ich möchte Ihnen nämlich sofort gratulieren können, wenn die Operation vorüber ist.«

Lassonowitsch versagte nicht. Die Operation verlief wie in einer Lehrstunde, der Patientin ging es gut, und er fühlte sich so frei und wohl wie lange nicht mehr. Er bat den Oberarzt, ihn zu verschärftem Dienst heranzuziehen, damit er aufholen könne, was er versäumt hatte, und lud Amélie als Dank in das beste französische Restaurant St. Petersburgs ein. Monsieur Cubat, der Küchenchef des Zaren, hatte es gegründet, und Amélie genoss die Speisen ihrer Heimat. Dabei entging ihr nicht, wie stolz der junge Chirurg auf sich selbst war und darauf, sich in aller Öffentlichkeit mit La Belle Amézou schmücken zu können. Erst spät in der Nacht verließen sie heiter und gelöst das Restaurant.

Es war César, der sie zuerst erkannte.

Er hatte gerade die Straße überquert, war zwischen zwei Kutschen hindurchgeschlüpft und über eine Pfütze direkt auf das Trottoir vor dem Restaurant gesprungen.

Sprachlos starrten sie einander an. Dann riss er sich los und lief blindlings auf eine Mietdroschke zu, die deswegen anhalten musste und den Verkehr kurz zum Stocken brachte.

»Das war sicher keiner Ihrer Verehrer, oder irre ich mich?«, sagte der Arzt zu Amélie.

Sie verabschiedeten sich voneinander, und Amélie fuhr zum Tschernyschew'schen Palais. Noch lange ließ sie der Gedanke nicht los, dass César ihr gefolgt sein könnte, und das machte ihr Angst.

In der Nacht quälte sie sich im Traum auf einer eisbedeckten Straße einen Hang aufwärts. Ströme von Menschen kamen ihr entgegen, doch niemand nahm Rücksicht auf sie. Sie war gezwungen, ihnen auszuweichen und

aufzupassen, dass sie inmitten von Eiskanten und Matsch nicht stolperte und stürzte.
Nach einiger Zeit wallten riesige Nebelschwaden von der Hügelkuppe herab, und es wurde für sie immer schwieriger, Entgegenkommende rechtzeitig zu bemerken. Manchmal blieb sie erschöpft stehen, ließ sich anstoßen und stolperte zurück. Schließlich fragte sie sich, ob es richtig sei, diesen Weg weiterzugehen. Plötzlich hörte sie vom Tal her, das hinter ihr lag, eine Stimme, die nach ihr, nach Amézou rief. Gleich darauf sprang ihr aus der Masse der fremden Menschen ein Gottesnarr im Tulup entgegen, packte sie an den Händen, zog an ihnen, sodass ihre Arme immer länger wurden, und wirbelte sie über die Köpfe der Menschen hinweg, kreiselte sie in der Luft, als wäre sie ein Windrad. Ihr Haar flog, und eiskalter Wind biss ihr ins Gesicht. Ihre Lungen schmerzten, sie wagte kaum zu atmen, und der Gottesnarr schrie, sie solle wieder weiß wie die Wolken werden, weiß wie die Unschuld. Sie fror, nur ihre Hände, die der Narr festhielt, waren heiß. Plötzlich ließ er sie los, und sie flog hügelabwärts der Stimme entgegen, die noch immer nach ihr rief. Sie fiel in ein Boot, das knöcheltief mit einer Schicht aus scharfkantigen Rubinen bedeckt war. Auf der Ruderbank saß César. Er lächelte, doch auf eine Art, vor der ihr graute. Zunächst waren es nur rote Schaumbläschen, die aus seinen Mundwinkeln quollen. Doch die rote Masse vermehrte sich, schäumte über, bedeckte die Schicht aus Rubinen, die seltsam zischten. Bald hatte der Schaum das Boot zur Hälfte gefüllt. Er brannte auf ihrer Haut. Vergeblich mühte sie sich, ihn von sich zu schaufeln. Es war, als ob der rote Schaum versuchen würde, ihre Haut aufzulösen. Das Weiß der Unschuld retten, schrie der Narr vom Hügel,

und plötzlich sah sie, wie eine dunkle Welle heranrollte, höher und mächtiger wurde, sich aufbäumte und César mit dem Gesicht voran in den Schaum fiel.
Schweißgebadet wachte sie auf, noch bevor die Welle über ihrem Kopf zusammenbrechen konnte.

Besberedkow bedankte sich mit einem Brief, dass sie seinem Freund Nikolaj Lassonowitsch geholfen hatte. Auch Marja freute sich sehr. Sie versprach Amélie, ihr ein leinenes Kissen mit dem Liedvers zu besticken, der ihr so gut gefallen habe.
Noch einmal summte sie die Melodie und Amélie dachte an den Fürsten. Warum kam er nicht und fuhr mit ihr spazieren? Wie gerne wäre sie mit ihm geflüchtet, doch so musste sie aushalten, was ihr die letzte Nacht beschert hatte – Angst davor, dass César ihr auflauerte und ihr wegen ihrer vermeintlichen Untreue etwas antat.
Sie bemerkte Marjas prüfenden Blick und beeilte sich zu sagen: »Mit dem Kissen unter dem Kopf werde ich wohl nur noch süße Träume haben.«
»Ich würde es Ihnen sehr wünschen«, entgegnete diese und öffnete das Fenster, um zu lüften.
Amélie spürte, wie die Angst in ihr hochkroch.
»Haben Sie schon vor die Tür gesehen?«
»Nein, Mademoiselle. Erwarten Sie einen Boten?«
Amélie lächelte bitter. »Ja, und natürlich einen guten Boten.«
Marja lehnte sich aus dem Fenster.
»Ich sehe keinen Boten, nur den üblichen Verkehr. Es ist alles so wie sonst, nur dass auf der anderen Straßenseite eine Kibitka mit einem großen Bären steht.«
Amélie stellte sich den angebundenen Bären vor, wie er

den Kopf hin und her warf. Er tat ihr Leid, und sie bedauerte sein Schicksal.

Und wieder einmal glaubte sie gegen Angst und die eigenen Fesseln kämpfen zu müssen, Angst, die daher rührte, dass ihr davor graute, von einem anderen Menschen beherrscht zu werden. Ihr Großvater liebte sie besitzergreifend und hatte ihr schon früh zu verstehen gegeben, dass sie so sein solle, wie es seinem Bild von ihr entsprach. Fabien hatte sie gehasst und tyrannisiert. Und dann war Papillon gekommen.

Die plötzliche Begegnung mit César hatte ihre alte Wunde wieder aufgerissen. Gerne hätte sie das angenehme Bild von ihm in Erinnerung behalten – verspielt, romantisch, lausbubenhaft. Doch würde sie erwarten können, dass er endlich auf sie verzichtete, ihren Willen akzeptierte?

Es hätte Amélie gefallen, sich mit Lydia Fabochon darüber zu unterhalten, warum es für eine Frau so schwierig war, über sich selbst zu bestimmen. Wahrscheinlich hätte sie ihr einen Vortrag über die Last der Erbsünde gehalten, darüber, dass Männer noch immer glaubten, die Frau müsse schweigen und dulden, weil sie ihre Schuld dafür abtragen musste, dass sie im Paradies der Verführung erlag und Adam in die Irre führte.

Doch welche Frau interessierte das heute noch? Die Welt hatte sich längst geändert, und Frauen protestierten gegen das unterdrückende, entwürdigende Gebot der Kirche. Wie Lydia wollte auch sie in beruflichen Dingen frei entscheiden. Wie also sollte sie akzeptieren, dass ein Mann über sie bestimmte? War es dann nicht besser, allein zu bleiben?

Amélies Gedanken wanderten zu Sergej Besberedkow, und sie spürte ein wenig Erleichterung. Wenigstens er,

dieser unwiderstehliche Charmeur, hatte ihren Wunsch verstanden, tun zu können, was ihr gefiel. Er hatte ihr Selbstgefühl gestärkt, sie als Frau mit ihrer Leidenschaftlichkeit akzeptiert. Vor allem aber hatte er ihre Würde geachtet. Und genau das taten all jene nicht, die sie besitzen wollten.
Vielleicht, sagte sie sich, ist es das Beste, diese seltsame Stimmung auszunutzen und die Rubinkette zu verkaufen, die ihr Papillon als Dank für das Opfer ihrer Jungfernschaft geschenkt hatte. Sich vorzustellen, wie sie mit dem Juwelier über den Preis verhandeln und er ihr einen Fächer aus Rubelscheinen vorlegen würde, war so befreiend, dass sie Marja bat, auf der Stelle Walodja zu benachrichtigen.

Tage später fegten Windböen durch die Boulevards, jagten Schmutz, Stroh, Papier und Espenkätzchen über das Pflaster. Das Wasser von Newa und Kanälen kräuselte sich. Amélie hielt mit einer Hand ihren Hut fest, warf mit der anderen ihre Kapuze über und spannte den Regenschirm auf. Menschen flüchteten in Cafés und Geschäfte, stellten sich in Toreinfahrten und warteten. Regenwolken verhängten den blauen Himmel. Das silbrige Licht des Tages verschwand.
Amélie lief auf das Säulenportal der Kathedrale der Mutter Gottes von Kasan zu, unter dem bereits Fußgänger Zuflucht gesucht hatten. Einige von ihnen öffneten die Kirchentür und schlüpften ins Innere. Amélie hörte den schönen mehrstimmigen Gesang tiefer, ruhiger Bässe. Wenn die Tür geöffnet wurde, entwich mit dem Duft des Weihrauchs und der Kerzen zugleich ein Teil der weihevollen Musik und legte sich wie ein wärmender Mantel um sie.

Dann unterbrachen die Menschen kurz ihr Gespräch und lauschten andächtig. Bald jedoch prasselte heftiger Regen auf die Stadt nieder.
Amélie sah jemanden herbeieilen, der kräftig nieste. Es war Lydia Fabochon. Sie war allein, ohne den Oberst. Amélie nickte ihr zu.
»Wie geht es Ihnen, Lydia?«
Diese stellte sich neben sie und putzte sich die Nase. »Entsetzlich, wie sollte es mir schon anders gehen? Freut es Sie?«
»Nein«, erwiderte Amélie.
»Es ist hier auch nicht der richtige Ort, fröhlich zu sein, nicht wahr? Zumindest nicht für Sie.«
»Was meinen Sie damit?«
»Nun, von hier aus brach im August 1812 die russische Armee unter Feldmarschall Kutusow auf, um Napoleon zu besiegen.« Lydia Fabochon nieste noch einmal.
»Lassen Sie bitte die Geschichte ruhen, Lydia. Ich traue Ihnen zu, mir noch weismachen zu wollen, ich sei Napoleon-Anhängerin, getarnt mit dem Namen La Belle Amézou, die nach St. Petersburg auszog, um ihre Siege zu feiern.« Sie lachte spöttisch und freute sich, einem möglichen Angriff zuvorgekommen zu sein.
»Aber das sind Sie doch. Man sagt, Sie haben sogar einen Arzt heilen können. Sieg für Sieg, Tag für Tag – ja, ist das kein Grund, stolz zu sein?«
»Das bin ich auch, aber in anderer Weise, als Sie glauben, Lydia. Mich würde sehr interessieren, wie es Oberst Rumjanzew geht. Schließlich zählt er auch zu meinen Siegen, wie Sie so schön sagen.«
Sie schauten sich beide an, taxierten einander und begannen schließlich zu lachen.

»Mein Gott, Amélie, man weiß bei Ihnen wirklich nicht, wo Amélie Duharnais aufhört und Belle Amézou beginnt. Ist es nicht seltsam, dass wir Frauen immer aufeinander neidisch sein müssen? Um ehrlich zu sein, ich verstehe Ihr Spiel und bewundere Ihren Mut, mit dem Sie Ihr Produkt vertreten. Wissen Sie noch, damals im Zug hielt ich Sie für eine Kokotte. Sie sprachen von Ihrer Goldader ...« Sie lachte und hustete.
»Lydia Fabochon, es ist das Vorrecht von uns Frauen, mehrere Rollen zugleich zu spielen, nicht wahr? Und es ist unser Recht, einzufordern, dass man unsere Grenzen respektiert.«
»Du liebe Güte, klingen Sie ernst. Ich stimme Ihnen aber zu, nur – die wenigsten Männer halten sich daran. Und verstehen tun sie uns schon gar nicht, oder?«
Amélie kämpfte mit sich, zu gern hätte sie ihr von ihren eigenen Sorgen erzählt, doch sie bezwang sich und fragte noch einmal: »Nun sagen Sie mir doch, wie geht es dem Oberst?«
»Nach dem Ball schrieb er mir und bat um ein letztes Gespräch. Ich ließ ihn kommen.« Lydia holte tief Luft, als würde es sie große Anstrengung kosten, die Bilder zuzulassen, die vor ihrem inneren Auge auftauchten. »Ich ... ich hatte es mir nicht vorstellen können. Ich habe erlebt, wie er eine Kolik bekam. Es war furchtbar. Wir waren allein, wir hatten über früher gesprochen, uns angeschrien, geweint. Die Aufregung ... dieser Kampf. Keiner von uns wollte den anderen aufgeben. Es war so schwierig, die richtigen Worte zu finden. Nichts als Vorwürfe und Schmerz. Dann kam die Kolik. Stellen Sie sich vor, Artemij, ein Militär, ein Mann des Respekts, wand sich vor mir auf dem Fußboden wie ein geschlagener Hund. Er biss

sich in die Fäuste. Der Schmerz war so stark, dass er noch nicht einmal mehr schreien konnte. Innerhalb von Sekunden waren Hemd und Jacke schweißnass. Und ich konnte ihm nicht helfen. Später legte man ihm heiße Kohlblätter auf den Unterleib, aber das half natürlich nicht wirklich. Dann bat er mich, ihn zu einem Spezialisten zu begleiten.«
»Und, haben Sie es getan?«
»Ja, ich liebe ihn doch noch.«
»Das wissen Sie bestimmt? Oder erst nach dem Ergebnis der Untersuchung?«, fragte Amélie belustigt.
»Spricht da jetzt doch La Belle Amézou aus, sagen wir, spezieller Erfahrung?«
»Sie trauen mir ja noch immer nicht!«, entgegnete Amélie lachend.
»Etwas zu wissen ist besser, als etwas zu vermuten. Ich weiß, dass Artemij auch bei den besten Liebeskünsten der Verlierer gewesen wäre. Er wird allerdings umdenken müssen. Denn der Arzt sagte ihm, dass es keinen direkten Zusammenhang gibt zwischen seinen Nierensteinen und dem, was ihn belastet. Statt aber im Sessel zu sitzen und Wut über sich selbst und andere zu schüren, solle er wieder reiten oder rudern, das löse seine Verkrampfungen im Kopf. Er hatte auch mich angesprochen und gemeint, Artemij wisse doch als Offizier, dass noch jede Schlacht gewonnen werden könne, solange eine Allianz halte.«
»Ah, so denken Männer über unsere Liebesstunden im Bett – Schlachten sind es also«, sagte Amélie lachend, und Lydia verzog das Gesicht.
»Bettfreuden«, murmelte sie zynisch.
»Das klingt so unterschiedlich wie Mann und Frau.«
»Wie Sieg und Niederlage.«
»Wie Vergangenheit und Zukunft, oder? Sie wollen noch

einmal neu miteinander das Leben beginnen? Können Sie denn Ihre Vergangenheit auf sich beruhen lassen, Lydia?«

»Ich werde versuchen zu vergessen.«

»Alles, Lydia?«

Sie schaute in den Regen hinaus. »Kommen Sie, ich erzähle Ihnen die Wahrheit. Lassen Sie uns ein Stück gehen.« Erst nach einer Weile sagte sie: »Es gab Exzesse, an denen mehrere junge Frauen und Männer teilnahmen, und man trank fässerweise, doch beides ist für russische Verhältnisse nichts Ungewöhnliches. Einmal lieh er sich sogar besondere Möbel aus, Möbel, in deren Holz erotische Motive geschnitzt waren. Auf der Rückenlehne spreizten sich Schenkel, Brüste wölbten den Armlehnenknauf, Phalli stellten die Beine dar. Es war schon absonderlich, doch er meinte, Katharina die Große habe es genauso gehalten. Und die Möbel waren heiß begehrt. Wie dem auch sei, er gefiel sich hauptsächlich darin, Spielen zuzusehen, die nicht nach meinem Geschmack waren. Doch er wollte mich immer dabeihaben. Er hätte es schön gefunden, wenn ich mitgemacht hätte, doch ich tat es nicht. Ich liebte ihn, aber ich ekelte mich und hielt mich abseits. Und eines Abends ...«, sie hustete lange, bis sie fortfahren konnte, »... brachte er eine Zigeunerin mit. Auch wenn Sie es sich vielleicht nicht vorstellen können, weil sie fahrendes Volk sind – im russischen Reich gilt eine schöne, rassige Zigeunerin als teuerste Hure. Die Jeunesse dorée schwärmt davon, das Vermögen ihrer Eltern mit einer Zigeunerin zu verprassen. Artemij wollte es ihnen gleichtun. Sie hatte ihre Unschuld gerade erst durch einen Sohn eines Freundes, einen jungen, sehr reichen Offizier, verloren. Dadurch war der Preis, wie Arte-

mij sagte, annehmbar. Wie dem auch sei, ich war damals zutiefst entsetzt. Sie war so jung, so verletzlich. Ich vergesse nie, wie sie ins Zimmer geführt wurde und mich ansah. Ich schämte mich so sehr für alle Frauen der Welt, die an solchen Exzessen teilnehmen oder sie zulassen.«
Lydia wischte sich über die Augen. »Ich schlug Artemij ins Gesicht und verließ ihn auf der Stelle. Am nächsten Morgen flüchtete ich mit dem Frühzug nach Paris. Ich nahm mir vor zu studieren, verleugnete Lust und Liebe, nur noch darauf bedacht, die Vergangenheit zu vergessen und meine Würde zu retten.«
»Und die Zigeunerin, was wurde aus ihr?«
»Artemij schickte sie sofort weg. Ich hatte gerade die Droschke bestiegen, da entließ sie ein Diener schon aus dem Haus. Artemij war wohl die Lust vergangen, doch er schämte sich und traute sich nicht, mich zurückzuholen. Aber mich hielt damals nichts mehr. Ich wollte nur noch so schnell wie möglich fort, fort von ihm, von dem Leben, das wir führten.«
»Der Oberst liebt Sie, nicht wahr?«
»Ja, wir werden aber noch Zeit brauchen, um uns neu aneinander zu gewöhnen, jetzt, da alles anders ist.«
»Ich bewundere Sie, dass Sie es schaffen, die früheren Ausschweifungen von Oberst Rumjanzew nicht mit dem gleichen Maß zu messen wie seine Liebe zu Ihnen.«
»Das, liebe Mademoiselle Duharnais, hätte selbst ich nicht besser formulieren können. Darf ich Sie zu einem Kaffee einladen?«
»Mit Vergnügen.«
»Ich kenne ein kleines Café im Kaufhaus Gostinyí Dwor. Wenn wir Glück haben, bekommen wir einen Platz am Fenster. Dann können wir Wiener oder arabischen Kaffee

mit Kardamom trinken und zuschauen, wie die Leute in der Halle umherspazieren.«

Da der Regen schwächer geworden war und das Kaufhaus nur wenige Meter entfernt lag, liefen sie los. Sie überquerten den Gribojedow-Kanal und gingen vorbei am Grand Hotel Europe auf der anderen Straßenseite, in dem Amélie nach ihrer Ankunft in St. Petersburg gewohnt hatte.

»Sagen Sie, Amélie«, fragte Lydia, kurz bevor sie das Kaufhaus erreichten, »haben Sie eigentlich Fürst Baranowskij wiedergesehen?«

»Nein«, antwortete Amélie kurz angebunden. Es entsprach der Wahrheit, und sie hielt es für ratsam, nicht mehr preiszugeben.

»Er ist ein sehr anziehender Mann, obwohl er ein wenig kühl wirkt. Er scheint viel von Ehre und Prinzipien zu halten. Artemij sagte, er verstehe nicht, warum sich der Fürst immer noch so sehr mit dem Schicksal seines Vaters belaste. Er versäumt das Leben, meint er. Ich glaube, er hat Recht.«

»Ich verstehe Sie bald nicht mehr, Lydia. Am Opernabend echauffierten Sie sich über das lustige Leben der alten Gräfin, jetzt stört sie ein ernsthafter Lebenswandel. Sie sind eine Frau der Extreme.«

»Vielleicht passen Artemij und ich deshalb so gut zusammen«, murmelte sie und zog ihr Taschentuch hervor, um sich zu schnäuzen.

»Was werden Sie beide in naher Zukunft tun?«

»Wir werden in meine Heimat zurückgehen, nach Südfrankreich. Ich werde eine kleine Privatschule gründen, und Artemij wird vorzeitig aus dem Dienst scheiden. Ich denke, er wird ein glücklicher Rentier nach alter französischer Art werden. Er wird alte Waffen, Medaillen und Or-

den sammeln, die Goldknöpfe seiner Uniform polieren, sich darin spiegeln, um sich danach unter die Pinien zu legen und Rauchkringel in die Luft zu blasen. Und wenn es ihm mit mir zu langweilig wird, kann er meinen Vater besuchen, der in einem kleinen Dorf in der Nähe von Cannes lebt. Er hat jahrelang dem Zaren als Bergbauingenieur gedient und im Donez-Krivoj-Rog-Becken Kohlegruben erschlossen. Seit seiner Pensionierung lebt er wieder in seinem Heimatdorf und betreibt eine kleine Schmiede. Wem es gefällt, kann bei ihm sehr schöne Fenstergitter, Haken, Scharniere, Schlösser und dergleichen anfertigen lassen. Artemij wird es gefallen«, fügte sie hinzu.
»Und Ihre Mutter, lebt sie noch?«
»Ich bin das älteste Kind, nach mir hatte sie zwei Totgeburten, ein weiteres Kind kam mit offenem Rücken zur Welt und starb bald. Ich weiß nicht, wie viele Fehlgeburten noch folgten. Meine Mutter sagte immer, es sei das Schicksal der Frau, schwermütig zu sein und zu leiden. Ich vergesse nie, als sie mir einmal erzählte – ich war vielleicht acht, neun Jahre alt –, sie müsse die Schuld dafür abtragen, dass ihre Mutter mehrmals heimlich nach Lodz gefahren sei, um abzutreiben. Dass sie im Uterus dieser Frau habe wachsen müssen, empfand sie stets als Fluch. Dort, wo böse Frauen mit Quecksilber und spitzen Instrumenten gemordet hatten. Entsetzlich, nicht wahr? Irgendwann gab ihre Seele auf. Und ich darf sagen, wir, mein Vater und ich, waren beinahe erleichtert.«
»Es war sicherlich schwer für Sie, Ihren eigenen Weg zu finden, nicht?«
»Ja, anfangs war es die Liebe, die Liebe zu Artemij, die Lust aufs Leben, die mir Halt gab. Ich muss sagen, ich empfand es stets als große Belastung, das Leben mit den

Augen meiner Mutter zu sehen.« Einen Moment lang schwiegen beide. Dann sagte Lydia: »Gehen wir? Ich will mir noch Bücher über die napoleonische Zeit besorgen. Die Mädchen, die ich unterrichten möchte, sollen lernen, dass man die Welt nicht mit Nadeln oder Klöppeln ändert, sondern durch Wissen. Es gibt hier eine sehr große internationale Buchhandlung. Kommen Sie mit, Amélie?«
»Gerne.«
Sie erhoben sich und verließen das Café.
Während Lydia mit einem Buchhändler in einem der sich anschließenden Räume verschwand, schaute Amélie Reisebeschreibungen durch, die in einem Regal parallel zum Fenster standen. Ab und zu zog sie ein Buch heraus, blätterte und las in ihm. Im Schlitten auf Entdeckungsreise zum nördlichen Eismeer nach Lappland, per Schiff nach Südamerika, Brasilien, Feuerland, Berichte aus dem Orient... Wie unendlich groß war der Raum geworden, in dem sie lebte.
Verträumt schaute sie über die Buchrücken hinweg zu Menschen in Kaftan, Uniform, Mantel und Pelz. Nach und nach nahm sie einzelne Gestalten deutlicher war – einen britischen Dandy in einer Weste aus Kaschmir, der ihren Blick auffing und ihr zuzwinkerte, eine Dame in blau-grau kariertem Wollkostüm und weißem Fuchspelz über einer Schulter, die sich nach ihrem Sohn umschaute, der im Matrosenanzug an der Hand seiner Gouvernante zerrte und das Gesicht verzog, einen Lohnfuhrmann, der einen roten Gürtel um seinen blauen Kaftan trug und Kisten in ein Geschäft trug, Arbeiter in bunten Hemden mit Strick, griechischem Doppelkreuz, Kamm und Beil am Gürtel, die ein hölzernes Podest aufbauten.
Aus der Menschenmenge schälte sich Fürst Baranowskij.

Er kam auf die Buchhandlung zu. Im Nu verstummten in Amélies Kopf die Lockrufe Brasiliens, Ägyptens, Südafrikas, erstarb das Erstaunen über die menschliche Vielfalt. Alexander Fürst Baranowskij blieb vor dem Schaufenster stehen und betrachtete die Auslagen. Amélie versteckte sich hinter der Bücherwand. Kurz darauf erklang die Türglocke, sie hörte seine Stimme, und ihr klopfte das Herz bis zum Hals.
»La Belle Amézou?«
Erschrocken drehte sie sich nach der wispernden Stimme um.
»Verzeihen Sie, Belle Amézou, Farron, Delikatessenhändler. Sie erinnern sich an mich? Ich hatte die Ehre, Sie vor kurzem in meinem Geschäft begrüßen zu können. Ich ... mir kam zu Ohren, dass Sie über eine besondere Gabe verfügen, Mademoiselle.« Er blinzelte sie unterwürfig an. Vor Schreck stockte Amélie der Atem, als der Fürst jetzt gleichzeitig mit dem Buchhändler auf sie zukam. Als er sie bemerkte, blieb er wie angewurzelt stehen. Farron jedoch, mit dem Rücken zu ihm, stammelte weiter: »Ihr Name, Belle Amézou, allein er ist so bezaubernd, so anbetungswürdig. Man spricht von Ihnen nur voller Bewunderung. Bitte erweisen Sie mir die Ehre ... Ich habe Sie wiedererkannt, auf Ihrem Etikett wiedererkannt. Ich dachte mir, Sie, La Belle Amézou, und ich, wir ...«
Er knickte im rechten Knie ein, und es sah aus, als wollte er niedersinken. Dabei rutschte eine jener berüchtigten Pariser Ansichtskarten aus seiner Manteltasche, die eine unter ihrem Pelz nackte Dame zeigte, der zu Füßen ein Herr in Frackjacke, doch ohne Beinkleider kniete und sich die Peitsche über den Rücken ziehen ließ.
Der Fürst erbleichte.

Und mit einem Mal wurde Amélie bewusst, dass es etwas anderes war, über ihre Rolle als La Belle Amézou zu hören, als zu sehen, wie es ihr tatsächlich ergehen konnte. Noch dazu hier, in aller Öffentlichkeit. Jetzt würde sich erweisen, wie weit seine Toleranz ging. Schon fror sie unter seinem Blick.
Der Buchhändler, dem die Szene peinlich war, kletterte hastig eine Leiter hinauf, um sich mal weit nach links, mal weit nach rechts nach Büchern zu recken. Noch immer schaute der Fürst sie so fassungslos, so kühl an, dass man glauben konnte, er wäre imstande, sie mit seinem Blick ans Ende der Welt zu verbannen.
Farron, der von alldem nichts mitbekam, fragte nun: »Würde es Ihnen etwas ausmachen, mir die Ehre eines Besuchs zu erweisen, Belle Amézou? Um … sagen wir, ein Geschäft abzumachen?«
Fürst Baranowskij wandte sich ab. Amélie lief es heiß und kalt über den Rücken. Sie schwankte zwischen Wut und Verzweiflung. Am liebsten hätte sie gleichzeitig Farron und den Fürsten geohrfeigt und sich dann ohne zu zögern in den nächstbesten Zug gesetzt.
Eine einzige Geste von ihm hatte genügt. Deutlicher hätte er kaum zeigen können, wie sehr sein Vertrauen in sie erschüttert war.
Sie lassen mich also doch im Stich, dachte Amélie verzweifelt. Sie glauben mir also doch nicht.
Sie war so verletzt, dass sie laut, sodass jeder es hören konnte, sagte: »Aber gerne, Monsieur Farron. Sie werden einen Empfang geben, und ich werde mir etwas Besonderes ausdenken.«
»Mademoiselle, man kann Sie nur lieben. Ich danke Ihnen.«

Amélie ließ ihn nicht weiterreden. Sie eilte, ohne auf Lydia zu warten, aus der Buchhandlung und wischte die Tränen fort, die ihr über die Wangen liefen.
War dies Césars Fluch? Oder gar der eines anderen Mannes, der zu Hause in Reims auf sie wartete?
Seltsamerweise ließ der Gedanke an Papillon Amélies Selbstbewusstsein wieder wachsen. Entschlossen zu retten, was zu retten war, betrat sie trotzig eines der besseren Weißwarengeschäfte, wo sie mehrere Dutzend Strumpfbänder mit zarten Spitzen und seidenen Bändern bestellte. Diese sollten nach ihrer Vorstellung verfeinert werden, doch dafür sei absolute Diskretion nötig. Lieber Fürst, dachte sie grimmig, auch wenn es Sie erschüttert, mit ansehen zu müssen, wie ich als La Belle Amézou umworben werde, so kalt hätten Sie mich nicht anblicken dürfen. So wie Sie mich warten ließen, werde ich jetzt Ihre Geduld auf die Probe stellen. Jetzt werde ich Sie peinigen und so lange mein Spiel mit der Welt spielen, bis Sie mir wirklich glauben oder mich aufgeben.

An einem der nächsten Nachmittage fuhr Amélie mit Marja ins Krankenhaus, um die junge Frau zu besuchen, die Nikolaj Lassonowitsch erfolgreich von der Ovarialzyste befreit hatte.
Anschließend fuhr Marja zum Tschernyschew'schen Palais zurück, während Amélie in einem Café nacheinander zwei Herren traf, um sie zu prüfen, ob sie für eine Handelsvertretung ihres Hauses in Frage kämen. Bei beiden war dies leider nicht der Fall. Der eine war zu behäbig, der andere verstand nicht genug von Champagner. Danach suchte sie Farron auf.
César war gerade damit beschäftigt, ein Regal mit Senfglä-

sern aus Dijon aufzufüllen. Er bemerkte sie nicht, sodass Amélie Zeit hatte, ihm dabei zuzusehen. Und wegen ihm hast du so schlecht geträumt, dachte sie bei sich. Warum bloß? Er füllt Senf auf wie ein schlichter Angestellter und wird wohl kaum eines der Gläser nach dir werfen, um dich für deinen Restaurantbesuch mit Lassonowitsch zu bestrafen. Als er sich umdrehte, fiel ihr auf, wie mitgenommen er aussah. Und ihr kam es so vor, als wäre etwas in ihm erloschen. Dennoch zeigte er, wie sehr er sich freute, sie zu sehen.
»Amélie, du hier? Du kommst wegen Farron, nicht wahr? Wie schade, dass ich nicht an seiner Stelle bin.«
»Ich komme, um ein Geschäft mit ihm zu machen, César. Was erhofft sich dein Patron denn sonst?«
»Mein Gott, Amélie, er würde am liebsten mit dir tanzen, so wie auf deinem Flaschenetikett. Auch ich habe dich darauf erkannt. Ein Kunde brachte uns vor kurzem eine von deinen leeren Flaschen und fragte, ob wir noch mehr davon auf Lager hätten. Mein Patron musste verneinen, beeilte sich aber zu versprechen, die Angelegenheit persönlich in die Hand zu nehmen. Ich muss sagen, ich bin beeindruckt. Du bist eine richtig tüchtige Geschäftsfrau. Dein Bruder wäre zu alldem nie fähig gewesen. Und dazu gehörte wohl auch dein Restaurantbesuch, oder? Sag, dass es so ist, sonst ...«
»Sonst? Was sonst, César?«
Sie sah, wie in seinen Augen die alte Eifersucht aufblitzte, doch ebenso plötzlich auch wieder erlosch.
Er senkte den Blick und fragte leise: »Der Herr auf dem Etikett – gibt es ein Vorbild für ihn?«
»César, begrab endlich das Kätzchen, dem du am liebsten ein Halsband überstreifen würdest.«

César nickte matt und murmelte: »Schon gut, Amélie. Ich bedränge dich nicht. Es würde mich hier nur meine Stellung kosten. Aber Monsieur Farron wird begeistert sein, dich zu sehen. Komm.«
Er brachte sie in die Geschäftsräume im hinteren Teil des Hauses. Tatsächlich sprang Farron sofort hinter dem Stehpult hervor, an dem er einen Stapel Rechnungen prüfte.
»Mademoiselle, wie schön, Sie zu sehen. Ich hätte nie zu hoffen gewagt, dass Sie so schnell Ihrem Versprechen nachkommen. Ich danke Ihnen. Welch eine Ehre!«
»Monsieur Farron, ich habe die Idee für ein kleines Fest.«
Verblüfft hielt er inne, näherte sich ihr und streckte seine Arme nach ihr aus.
»Ein Fest zu ... zweit. Natürlich. Das ist besser als ein Empfang. Befehlen Sie mir, Belle Amézou, ich tue alles, was Sie begehren.«
»Gut, Monsieur. Dann rufen Sie bitte Monsieur Mallinguot herbei.«
»Warum? Wieso meinen Sie, dass er dabei sein soll? Ma belle ... ich tue ja alles, aber ...« Bevor er noch aussprechen konnte, pfiff Amélie nach Jungenart so laut, dass Farron zusammenzuckte. » Mademoiselle. Wie können Sie ...?«
César erschien und schaute überrascht von einem zum anderen. Verschwörerisch blinzelte Amélie ihm zu.
»Lieber Monsieur Mallinguot, wir planen ein Fest. Es soll dem Hause Monsieur Farrons dienen – und unserem Champagner. Was, denken Sie, ist der beste Ort, um das zu tun, was ich vorhabe?« Sie zog César und Farron an sich und erzählte ihnen leise von ihrer Idee mit den Strumpfbändern. »Honni soit qui mal y pense – ein

Schuft, der Schlechtes dabei denkt.« Sie lächelte verschmitzt.
»Mademoiselle, Sie sind uns Männern überlegen«, meinte Farron beeindruckt, dann küsste er Amélies Hand und sagte mit belegter Stimme: »Nie, Mademoiselle, niemals werde ich in Ihnen jemand anderen sehen können als La Belle Amézou, auch wenn Sie die beeindruckendste Geschäftsfrau sind, die ich das Vergnügen hatte kennen lernen zu dürfen.«
Auch César verbeugte sich und erklärte: »Ich kenne Mademoiselle Duharnais aus meinen Jugendjahren, Monsieur Farron. Und ich gestehe, ich bin stolz auf sie.«
»Wie ich Sie beneide. Erzählen Sie mir später mehr. Jetzt gilt es zu organisieren. Ich werde mir genau überlegen, welcher Ort der beste ist für Ihre, unsere Überraschung.«
Nach dem Abschied fragte sie César leise: »Farron liebt Geschäfte, nicht wahr, César?«
»Ja, und er schläft mit dem Geldsack als Kopfkissen.«
Da wusste sie, dass sie Farron richtig eingeschätzt hatte. Das Verlangen nach ihr würde er stillen, indem er ihren Champagner bestellte und Kopeke für Kopeke, Rubel für Rubel reicher werden würde.
Noch auf dem Heimweg dachte Amélie an ihre Idee mit den Strumpfbändern. Einer musste daran glauben, nämlich Monsieur Guillaume Farron. Stellvertretend für alle Verehrer von La Belle Amézou würde er Erfolg in der Sache haben, nämlich was das Geschäft betraf, und doch würde ihm nichts anderes bleiben als ewiger unstillbarer Durst.
Ich bestimme, Monsieur Farron.
Und ich bestimme auch unser Spiel, hören Sie, Durchlaucht?

Als sie am späten Nachmittag zurückkehrte, war ein Strauß Vergissmeinnicht eingetroffen. Der Fürst bat sie um Verzeihung für sein Verhalten. Aber dass er diesen Delikatessenhändler hündisch vor ihr habe betteln sehen, habe einfach sein Gefühl von Anstand beleidigt. Ob sie ihn wiedersehen, anhören wolle?
Amélie dachte an ihre Idee mit den Strumpfbändern und daran, dass sie Lust hatte, ihn weiter zu prüfen, und schrieb ihm zurück, sie wolle ihn gerne wiedersehen, doch möge er warten, bis das Fest im Namen Guillaume Farrons vorüber sei. Bis dahin habe sie viel zu tun.
Gut eine Woche später meldete ihr Marja einen Herrn, der dringend um ein Gespräch bitte.
»Ein hübscher Herr, doch scheint er mir sehr nervös zu sein«, fügte Marja hinzu. Der Herr, der daraufhin Amélies Salon betrat, war César. Er trug trotz wärmerer Temperaturen zwei Jacken übereinander und um den Hals einen Wollschal.
»César, du fieberst. Deine Augen glänzen.«
»Ich habe Gelbsucht, Amélie.« Er schob die Ärmel seiner Jacke hoch. Horden blassroter Tupfen bedeckten seine Haut. »Und dann sind diese Flecken wiedergekommen. Weißt du, was das ist, Amélie?«
»Nein, César.«
»Berühr mich besser nicht. Deine Hände würden nur den Tod herauslesen. Ich habe mich ... angesteckt, so wie viele andere auch. Es ist Syphilis.«
»Armer César.« Sie nahm ihn in die Arme. Er weinte, traurig und wütend zugleich. »Bis es keinen Tropfen Wein mehr auf Erden gibt, César«, tröstete sie ihn. »Wir werden unsere Liebe nie vergessen, hörst du? Wir waren noch so jung. Denk an die Stunden im Wald.«

»Amélie, ich werde sterben.«
»Unsinn. Du wirst einen Arzt aufsuchen. Dr. Lassonowitsch, du sahst ihn mit mir an jenem Abend, wird mir einen Spezialisten nennen und dann ...«
»Nein, Amélie. Ich habe mich bereits untersuchen lassen. Es gibt kein Heilmittel. Aber ich muss dir noch etwas sagen. Ich habe nie verwinden können, dass du deine erste Nacht mit diesem Paragrafenritter verbringen musstest. Immer hatte ich geglaubt, dich zurückerobern, dich von ihm befreien zu können. Kannst du dir vorstellen, dass ich meine Krankheit wie eine Strafe für meine Gedanken empfinde?« Sein Kopf sank auf die Brust hinab, und er atmete schwer. »Weißt du, was mir am meisten wehtut? Zu wissen, dass du eines Tages jemand anders lieben könntest.«
Amélie schwieg. Niemals würde sie ihm die Wahrheit sagen. Diesen Schmerz würde sie ihm ersparen.
»César, ich bringe dich nach Hause.«
Verzagt hob er den Kopf und schaute sie traurig an.
»Nach Hause? Ich habe kein Zuhause mehr. Mein zukünftiges Zuhause ist der Sarg.« Er setzte mehrmals an, um tief einzuatmen. »Aber Farron, Amélie, Farron ist verrückt. Er spricht nur noch von deinem Strumpfbandfest und sucht nach dem besten Platz in der Stadt. Am liebsten würde er im Winterpalast feiern. Er wittert das Geld. Er könnte endlich seinem Geschäft den Ruhm verschaffen, der ihm seiner Meinung nach gebührt. Er schmückt sich mit dir. Ach, Amélie, du kennst die Männer nicht. Du opferst dich im guten Glauben, damit deinem Leben einen Sinn zu geben. Doch du bist zu ehrgeizig – und zu naiv. Wärst du nur damals bei mir geblieben. Nun habe ich Angst um dich.«
»César, um mich brauchst du dir keine Sorgen zu machen.

Ich weiß, was ich tue. Ich bin nicht naiv. Und ich weiß, was ich will. Du aber brauchst Hilfe. Daher werde ich mit Dr. Lassonowitsch sprechen und dafür sorgen, dass du nach Frankreich zurückkehrst und in ein anständiges Hospital in Paris kommst, wo man sich ja bekanntlich mit dieser Krankheit besonders gut auskennt. Hab keine Angst, ich trage alle Kosten. Aber gib nicht auf, mein Ritter aus Burgund.« Sie umarmte ihn noch einmal und küsste ihn auf die Stirn. »Gib nicht auf, César.«

Gemeinsam sanken sie zu Boden, wo sie sich lange umschlungen hielten und jeder für sich an die gemeinsame Vergangenheit dachte. Als sie sich wieder anschauten, sah jeder in den Augen des anderen Tränen schillern. César küsste Amélie auf die Wange, sie streichelte über seine Lippen. Endlich lächelten sie.

»Vielleicht ist ja wirklich noch nicht alles vorbei«, sagte César leise.

»Ja, das hoffe ich«, erwiderte Amélie.

Frei und weit war die Stadt geworden. Licht in überwältigender Fülle überschwemmte Peters des Großen zu Stein gewordenen Traum, schimmernd weißes Licht, das mit jedem Tag mehr das Dunkel der Nächte vertrieb. Fliederbüsche blühten üppig und verströmten süßen Duft, die der sanft gewordene Wind durch die Straßen trieb.

Die Fassaden der Paläste längs der Newa spiegelten sich im tiefen Blau des Flusses, und die Sonne schien sich jeden Tag ein Stück stärker dagegen zu sträuben, am Horizont unterzugehen. Farron hatte Plakate in die Schaufenster gehängt, der Stadtzeitung Stoff für einen Artikel über die Geschichte seiner Familie und den Duharnais-Champagner gegeben und Einladungen zum Champagnerfest

als Auftakt der Weißen Nächte verschickt, die von Ende Mai bis Ende Juli jeder Nacht nur eine einzige dämmerige Stunde erlauben würden.
Alles war vorbereitet. Und Amélie entschied, dass dieses Fest vorerst ihr letztes in St. Petersburg sein würde.
Sie stand am Petrowskij-Kai am Nordufer der Newa und genoss den Blick – zur Rechten die Admiralität, zur Linken das kleine Haus des großen Zaren.
St. Petersburg war in der Tat eine einzigartige Stadt, denn sie hatte ihr mehr geschenkt, als sie zu hoffen gewagt hatte. So zog sie eine Münze aus der Tasche und warf sie in die Fluten der Newa, in der Hoffnung, dieser starke Strom würde ihr Geschenk annehmen und sie eines Tages wieder zurück nach St. Petersburg rufen. Anschließend bestieg sie die Kutsche und wies Walodja an, an einem der Fliederbüsche im Sommergarten zu halten und ihr dabei zu helfen, eine fünfblättrige Blüte zu finden. Eine solche müsse man essen, damit einem das Glück beistehe, hatte Marja ihr geraten. Und da Amélie nicht wusste, wie das Fest verlaufen würde, konnte das Befolgen eines solchen Ratschlags nicht schaden.
Die fünfblättrige Fliederblüte, die sie fanden, schmeckte süß, was Amélie als gutes Omen empfand.
»Aber ist es das auch wirklich, Walodja?«, fragte sie nach einer Weile skeptisch.
Der zuckte mit den Schultern und meinte nur: »Alles geschieht, wie es soll. Ich glaube nicht an Omen. Besser gesagt, nicht mehr. Aber der Garten ist schön, nicht wahr?« Er zeigte in die Runde und erzählte, dass einst Peter der Große ihn angelegt habe. »Minzen, Zedern aus dem Ural, Berberitzen aus Danzig, schwedische Apfelbäume, Zypressen und Johannissträucher – alles da.«

»Walodja, Sie sind ein Melancholiker.«
»Das ist doch schön. Melancholiker stören nicht. Ab und zu trinken sie ein Gläschen, und schon geht es ihnen wieder gut.«

Sie fuhren nach Zarskoje Selo. Vor nicht allzu langer Zeit hatte sie hier im Palais der Tschernyschews mit dem Fürsten getanzt, jetzt war sie gekommen, um ihren geschäftlichen Höhepunkt als Amélie Suzanne Duharnais zu feiern.
Vor einem hohen schmiedeeisernen Tor standen Wachen in dunkelroter Uniform mit blauen Streifen und goldenen Schulterklappen. Sie salutierten und gaben den Weg durch die schweren Flügeltüren frei.
Die breite Auffahrt führte zu einem blassgelben Schloss, an dessen Rundtürmen Efeu emporkroch. Säulen säumten das Portal, Erker und Balkone deuteten darauf hin, dass der Besitzer dieses Kleinods Wert auf wohnlichen Komfort gelegt hatte. Im weit auslaufenden Park verteilten sich japanische Pavillons, die über und über mit Blumengirlanden aus Mimosen, Orchideen und Rosen geschmückt waren. Halb im Schatten mächtiger Eichen stand jedoch ein riesiges weißes Zelt mit runden Tischen und Stühlen unter weißen Hussen. Rote Rosenkelche in silbernen Schalen schmückten den Damast. Silberbesteck und zartes weißes Porzellan waren perfekt ausgerichtet. Bedienstete standen wartend in einer Reihe neben dem Zelt. Guillaume Farron eilte ihr entgegen.
»Ich hoffe, ich habe Ihnen nicht zu viel versprochen – ein Zelt in einem privaten Garten. Gefällt es Ihnen, Mademoiselle?«

»Sehr, es gefällt mir sehr, Monsieur Farron. Wem gehört dieses Schloss?«

»Ich weiß es nicht, Mademoiselle. Solche Schlösser können sich aber nur großfürstliche Familien leisten. Doch wie dem auch sei, es steht zum Verkauf. Ich konnte es für heute Nacht dank der Vermittlung eines Petersburger Maklers günstig mieten.«

»Gut. Wollen wir dann also unsere Strumpfband-Affäre beginnen?«

»Mit dem größten Vergnügen!«

Er bot ihr den Arm, und sie stiegen die breiten Stufen zur Terrasse hinauf und betraten einen lichtdurchfluteten Salon mit Empiresesseln, die mit blassblauem Atlas bezogen waren.

»Soll ich den Champagner holen lassen?«

»Ich bitte darum, Monsieur.«

Farron kam mit zwei Dienstmädchen zurück, von denen jede eine Kiste mit sechs Flaschen trug. Amélie setzte sich und probierte aus, wie man am geschicktesten ein Strumpfband mit seinen zarten Spitzen so um den Hals einer Champagnerflasche legte, dass es einerseits verführerisch aussah, andererseits der kleine, mit Goldfaden gestickte Doppeladler des Zaren und das winzige blau-weiß-rote Fähnchen Frankreichs zur Geltung kamen. Um nicht allzu lange die sorgfältig bestickten Strumpfbänder zu strapazieren, nahm sie schließlich ein Bündel schmaler Seidenbänder aus ihrer Tasche und band sie als Schleife um Strumpfband und Flaschenhals.

»Apart, Mademoiselle! Wie unglaublich apart!« Farron klatschte in die Hände. »Wenn ich mir das so anschaue, bitte gestatten Sie mir zu sagen: Ich hätte nie geglaubt, dass aus Stoff und Glas so etwas verführerisch Erotisches entstehen könnte.«

Das weißliche Licht, die violetten Schatten der Bäume, der rosige Dunst am Himmel wurden Zeugen einer wahrhaft rauschhaften Champagnernacht. In den japanischen Pavillons machten sich einige beschwipste Damen daran, ihre Strumpfbänder gegen Amélies neue auszutauschen, wobei sich ihr Kichern und Lachen mit dem Gesang der Nachtigallen vermischte. Angeheiterte Herren streiften das Strumpfband über ihre Zylinder, andere wiederum stopften es sich in die Hosentasche, als würden sie darauf warten, es jemandem ihrer Zuneigung in einem geeigneteren Moment zum Spielen zu geben.
Alles war so, wie es sein sollte. Man aß und trank, plauderte und tanzte, flirtete und wandelte im illuminierten Park umher. Es lag am Zauber dieser weißen Nacht, der Amélie das Gefühl gab, dass das, was hier um sie herum geschah, so unwirklich war wie ein Traum. Und so nahm sie, während sie tanzte, den hellen Schemen kaum wahr, der sich ihr langsam näherte. Erst als der Schemen eine Stimme bekam und sie fragte: »Madame, gestatten Sie mir diesen Tanz?«, schreckte sie so sehr zusammen, dass ihr Tänzer einen Schrei ausstieß, weil ihr das Blut aus dem Gesicht wich.
»Monsieur«, stammelte sie, während Papillon sich knapp verbeugte und sie in den Arm nahm.
»Warum erschrecken Sie so? Sie sind doch meine Frau, Madame. Ich bin nur gekommen, um Sie endlich zurückzuholen.«
Er machte einen Tanzschritt, doch Amélies Beine waren wie gelähmt. Es rauschte in ihren Ohren, Stimmen raun-

ten, flüsterten hektisch und schrill. Der Melodiefluss der Musik schien plötzlich aufzuquellen, durcheinander zu strudeln. Immer weiter, leerer wurde die Tanzfläche, doch von den Tischen ringsherum blendeten dutzende, hunderte von Augenpaaren.

»Du bist meine Frau, Amélie«, sagte Papillon noch einmal. Und es klang so betont plump wie entsetzlich vertraulich. Amélie schaute ihn an. Langsam erwachte sie aus ihrer Starre. Mit jedem Wort gewann ihre Stimme an Festigkeit. »Sie haben sich ja geschminkt, mein Herr. Da, weiße Schminke auf Ihrer Haut. Weißes Puder im Haar. Für wen haben Sie sich so schön gemacht?«

»Für dich, Amélie. Nur für dich.«

»Nein, Monsieur. Nein, nicht für mich.«

»Sondern?«

»Und Ihre Augenbrauen – Sie haben sie sogar geschwärzt.« Er schwieg. »Dazu tragen Sie teuerste Seide, und Ihr Parfüm riecht nach Moschus und Zibet.« Schweigend sahen sie sich an. »Gehen Sie, Monsieur. Und beleidigen Sie mich nicht länger.«

Papillon sah über ihren Kopf hinweg und rief, sich nach allen Seiten umdrehend: »Aber sie ist meine Frau! Und jetzt schickt sie mich fort! Meine eigene Frau!«

Er machte wieder einen Tanzschritt, schob sie von der Stelle, doch ihr Körper fühlte sich an wie der einer Mumie, die aus ihrem Grab gezerrt wurde.

Im Zelt war es fast still.

Die Musiker im Park aber spielten einen Offenbach'schen Cancan. Man hörte eine Dame auflachen.

Es ist absurd, wie absurd das alles ist, dachte Amélie. La Belle Amézou und Mademoiselle Duharnais werden gerade in aller Öffentlichkeit der Lüge überführt. Damit ist

alles aus. Alles war umsonst. Die Reise, die Anstrengungen, ihr Spiel, ihr Ehrgeiz.
»Sie haben mein Leben zerstört, Monsieur«, sagte sie wütend.
»Ich habe dein Weingut gerettet«, erwiderte er ruhig.
»Sie? Nein, ich war es. Alles habe ich dafür getan. Nur dafür habe ich mich Ihnen ...«
»Was alles hast du getan?«, fragte er so höhnisch wie laut. Die Blicke der Gäste krochen förmlich auf Amélie zu. Sie schnappte nach Luft, die Enge, die Not fühlend. »Soll ich allen erzählen, was du getan hast? Nein, das tu ich nicht, Amélie.«
»Sie können gar nicht tanzen, Monsieur«, meinte sie hilflos.
»Ach«, entgegnete Papillon sehr ruhig, sehr kalt. »Ich will Ihnen was sagen, ma belle: Sie sind eine verdammte Hure. Also kommen Sie jetzt.«
Amélie taumelte zurück. Fassungslos wisperte sie: »Nein, das bin ich nicht.«
»Ja, das ist wahr!«, rief eine Amélie bekannte Stimme über alle Köpfe hinweg, der sich auch andere anschlossen. »Ja, das ist wahr! Sie ist keine! Schämen Sie sich. Und lassen Sie sie los.«
Doch Papillon war völlig unbeeindruckt. Er tat, als würde er die Stimmen nicht hören, und zischte stattdessen: »Hier, dein Ehering, Amélie. Du hast ihn zu Hause vergessen.«
»Sie sind ein Sadist, Monsieur«, murmelte sie fassungslos, nahm den Ring und drehte ihn hin und her. Irgendetwas muss ich tun, dachte sie hektisch. Irgendetwas. Da hörte sie hastig herbeieilende Schritte – César. Er schwitzte, war bleich, und unter seinen trüben Augen lagen tiefe Schatten.

»Ich habe alles mitgehört«, sagte er. »Nun weiß ich, dass ich mich nicht täuschte. Ich sah Sie gestern auf dem Newski spazieren, Papillon. Und einmal standen Sie sogar vor unserem Schaufenster.«
»César, du kennst ihn?«
»Natürlich, ich wollte doch wissen, wen du geheiratet hast. Er aber weiß nicht, wer ich bin.«
»Monsieur Mallinguot, wieso gehen Sie spazieren, wenn Sie krank sind?«, rief Farron, der zwischenzeitlich ebenfalls ins Zelt gekommen war.
»Ich hatte keinen Frieden mehr, Monsieur Farron«, murmelte César. »Ihr Fest ... es ließ mir alles keine Ruhe. Sie sehen, mein Instinkt war richtig. Lassen Sie mich.«
»Zum Henker mit Ihnen! Gehen Sie nach Hause!«
»Nein, Monsieur«, rief Amélie aufgewühlt, worauf César nur gewartet zu haben schien, denn schneller, als es auch im Nachhinein für alle Gäste nachvollziehbar war, stürzte er auf Papillon zu, der jetzt allein in der Mitte der Tanzfläche stand.
»Du hast mir mein Mädchen genommen. Sterben sollst du, verfluchter Greis!«
Er zog seine Hand aus der Tasche, und ein Stilett blitzte auf. Sie rangen miteinander, bis ein einziger disharmonischer Akkord der Szene ein Ende setzte. In Papillons Ächzen und Césars Keuchen mischte sich der Aufschrei der Gäste, als beide zu Boden stürzten.
»Nicht, César!«, rief Amélie. »Nicht, César. Um Gottes willen!«
Sie riss an seinem Hemd und hörte, wie Papillon aufstöhnte.
»Dieser Mörder!«, rief er. »Aber er wird es büßen.«
»Nein, büßen müssen Sie«, keuchte César, und auf einmal

war er so schwach, dass er sich an Amélie festhalten musste. »Mein Leben ist sowieso zu Ende.«
Lassonowitsch, der herbeigeeilt war, besah sich die Stichwunde, die unterhalb von Papillons linker Schulter einen roten Fleck auf seinem hellen Anzug gebildet hatte. »Lassen Sie sich helfen. Ihre Wunde, Monsieur Papillon, muss genäht werden. Ich bringe Sie in ein Krankenhaus. Sie dagegen, Monsieur Mallinguot, brauchen andere Medizin. Sehe ich das richtig?«
César nickte nur. Lassonowitsch zückte ein Fläschchen Laudanum und flößte beiden einige Tropfen ein.
Amélie fühlte, wie der Ring zwischen ihren Fingern brannte, ihre Haut zu verätzen schien. Nervös ließ sie ihn zwischen ihren Händen hin und her wandern und musste sich beherrschen, ihn nicht einfach von sich zu schleudern. Nur mühsam gelang es ihr, die innere Ruhe wiederzufinden.
Du darfst jetzt nicht davonlaufen wie ein kleines Mädchen, mahnte sie sich. Du darfst nicht zeigen, wie gedemütigt du dich fühlst. Denk an das, was dir wichtig ist. Ist es Papillon? Nein. Es ist dein Weingut. Also kämpfe, oder es ist alles umsonst, was du getan hast, und du hättest nicht nur gegen Papillon verloren, sondern auch als Champenoise.
»Dr. Lassonowitsch!«, rief sie, »bitte warten Sie einen Moment. Ich möchte Ihnen etwas erklären, ja, Ihnen allen etwas erklären.« Sie trat in die Mitte der Tanzfläche und schaute fest in die vielen bekannten und unbekannten Gesichter.
»Verehrte Gäste, ich bin Ihnen eine Erklärung schuldig. Ich kam zu Ihnen nach St. Petersburg, um für unseren Champagner zu werben. Ich lernte Ihre Stadt, diesen zu Stein gewordenen Traum Peters des Großen kennen. Ich

habe sie zu lieben gelernt, bewundere ihre Schönheit. Doch ich respektiere sie auch. Das, was ich zu geben hatte, wurde mir allerdings vielfach selbst zuteil. Man beschenkte mich mit dem schönen Namen La Belle Amézou, und ich durfte es erleben, umworben zu werden. Und manchem von Ihnen habe ich mit meinen Händen helfen können. Die Gabe, mit den Händen lesen zu können, ist selten, sie wird vererbt, und ich verstehe gut, dass diese Gunst zu allerhand lebhaften Fantasien führte. Doch die, die mich kennen, wissen, dass La Belle Amézou, zu der ich gemacht wurde, ein harmloses Spiel spielte – so schillernd, wie die Farben dieser Nacht sind, so war ihr Spiel und gleichfalls so luftig.
Eines allerdings musste ich Ihnen allen vorenthalten, einen Teil meiner Wahrheit. Ich wurde in jungen Jahren mit Monsieur Christian Henri Papillon aus Reims verheiratet, um das Gut der Familie zu erhalten. Es war keine Liebesheirat, und Sie, Monsieur Papillon, werden es nicht leugnen. Hier in St. Petersburg mit seinem besonderen Flair genoss ich das erste Mal in meinem Leben die Freiheit, so sein zu können, wie es mir gefiel. Und die Freiheit, so handeln zu können, wie es mir gefiel. Ich lernte diese schöne Leichtigkeit des Lebens schätzen und wollte sie nicht gefährden. Monsieur Papillon, seien wir ehrlich, Sie passen in meiner Heimat nicht zu der Geschichte meiner Familie und hier in St. Petersburg nicht zu dem Flair dieses Ortes, den ich so liebe. Verzeihen Sie mir die Laune, jung sein zu wollen – dabei dachte ich nur daran, die Tradition unseres Hauses aufrechtzuerhalten.«
Die Tschernyschews, Lydia, Rumjanzew, Farron, Lassonowitsch und Besberedkow applaudierten begeistert. Amélie fiel ein Stein vom Herzen. Sie schaute kurz zu Pa-

pillon und Cesár, winkte Farron zu sich und sagte, man möge allen, wirklich allen, rasch ein frisches Glas Champagner reichen. Sie wartete einen Moment, bis auch César und Papillon ein perlendes Champagnerglas in der Hand hielten. Dann fuhr sie fort:
»Sie mögen mir verzeihen, mon cher Monsieur Papillon, doch ich werte diesen Abend trotz Ihres heftigen Auftritts als gelungen. Ich habe gelernt, dass es besondere Kräfte gibt, die unserem Denken überlegen sind. Lassen Sie mich Ihnen etwas gestehen. Kurz nach meiner Ankunft begegnete ich einem Gottesnarren. Das, was er mir sagte, gab mir lange Zeit ein Rätsel auf. ›Das, was sie mit Mühen erntet, ist Gold. Ihren Lohn dafür findet sie in unserer Dunkelheit – wenn sie zu sehen beginnt. Erst dann findet sie das Weiß der Unschuld wieder. Und die Kraft zu leben.‹ Ich hoffe, er behält Recht. Ich bitte Sie alle, das Glas zu heben. Lassen Sie uns die Nacht genießen, lassen Sie uns an das Gute und Schöne denken. Trinken wir auf die Hoffnung, auf das Leben!«
Gut hast du das gemacht, sagte sie zu sich und trank das Glas in einem Zug leer. Du hast dir nicht anmerken lassen, dass du in Wahrheit das Laken der Unschuld für schmutzig hältst und dir keineswegs so sicher bist, dass alles gut wird.
Bedienstete kamen, um Lassonowitsch dabei zu helfen, die beiden Kontrahenten nach draußen zu geleiten. Doch kurz bevor sie gingen, rief Papillon böse: »Ich glaube dir kein einziges Wort, Amélie.«
»Aber ich glaube dir«, sagte César. »Nimm mich mit nach Paris. Vergiss mich nicht.«
»Nein, ich vergesse dich nicht, César. Morgen besuche ich dich.«

»Mich nicht, Amélie? Bin ich dir noch nicht einmal ein Tausendstel meines Kapitaleinsatzes wert?«
»Monsieur Papillon, über Geld spreche ich mit Ihnen nicht mehr in der Öffentlichkeit.«
»Aber über unsere Ehe.«
»Unser Ehevertrag trägt zwar Stempel und Siegel, aber, Monsieur, unsere Ehe hat noch nicht einmal den Segen der Kirche.«
»Deine Moral, Amélie, ist pervers.«
Lautes Gemurmel erhob sich, Beschimpfungen waren zu hören. Erst jetzt wandte sich Papillon zum Gehen. Guillaume Farron aber verbeugte sich vor Amélie und küsste ihr die Hand.
»Er hat Sie beleidigt. Und die Kirche dazu. Also ist er pervers.«
»Danke, Monsieur Farron.«
»Mademoiselle!«, rief Madame Tschernyschew. »Der Fürst!«
Gefasst und scheinbar ruhig betrat Fürst Alexander Baranowskij das Zelt.
»Ich habe alles gesehen und gehört.«
»Das ist sehr beschämend für mich.«
»Ja. Und ich bedaure es, Madame.«
»Dann gehört Ihnen das Schloss?«
»Ja, Madame.«
Einen Moment lang sahen sie einander ernst an.
»Dann sollte ich jetzt wohl gehen und Ihnen das Fest überlassen, Durchlaucht … «
»Nun, Ihre Weinberge rufen nach Ihnen, Madame. Das verstehe ich, schließlich ist es Zeit, die Reben zurückzuschneiden, nicht wahr?«
»Ja, Durchlaucht. Ihre Ironie trifft den Kern. Sie kennen

sich gut aus. Ich weiß, Sie werden mir wahrscheinlich nie verzeihen.«
Er sah sie an, und es kam ihr vor, als ob er in ihr forschen würde, um nach einer Wahrheit zu suchen, die er besser verstehen konnte als das, was er gehört hatte.
Ihren Champagner mochte sie gerettet haben, doch ihre Liebe nicht. Mit verzweifeltem Mut und ohne darüber nachzudenken, was sie tat, nahm sie den Ehering, zog ein Strumpfband hindurch, band beides mit einer Seidenschleife um den Stiel eines Champagnerglases und hob es in die Höhe.
»Auf St. Petersburg! Auf das Leben! Auf das, was wir lieben!«
Sie trank das Glas in einem Zug leer und warf es über die Schulter. Papillons Ring klirrte gegen die Scherben und blieb in einer winzigen Champagnerlache liegen.
Amélie fing Fürst Baranowskijs Blick auf, und sie erkannte, wie verletzt er war.
Er trat auf sie zu und sagte leise: »Verzeihen Sie mir, wenn ich gehe, Madame. Dieser Abend gebührt Ihnen und Ihrem Erfolg. Ich wünsche Ihnen alles Gute.«
Sie fühlte die Kühle seiner Aura, die sein Herz wie einen Kokon verbarg, und ergriff seine Hand.
»Gehen Sie nicht, Durchlaucht. Bitte bleiben Sie.«
Er wies auf die Scherben. »Es ist ein wenig zu viel zerbrochen, nicht wahr?« Dann verbeugte er sich und ging.

In den Stunden ihrer Abschiedsbesuche wehten Schauer weißer Blütenblätter durch die Straßen. Es war, als ob warmer Schnee ihr Herz unter sich begraben würde. Am Tag ihrer Abreise legte Amélie einen Strauß aus Zypressenzweigen, Rosenknospen und weißen Freesien auf den kalten Granit der Alexandersäule als Ausdruck ihres Schmerzes, ihrer Herzensangst und Unschuld.

Die Windmühle von Verzenay flirrte in der Hitze der Luft. Seit Wochen trocknete Wind die Erde aus. Es war so heiß und so still wie schon seit Jahren nicht mehr.
Amélie saß barfuß im Schatten eines Baums und ruhte sich aus. Seit ihrer Ankunft vor mehr als einer Woche war sie täglich nach Sonnenaufgang mit ihrer Familie und einigen Helfern in die Weinberge gegangen, um überschüssige Triebe zurückzuschneiden. Hippolyte verfolgte mit glücklichen Augen jeden ihrer Schritte von seinem Platz unter den Bäumen aus. Frühmorgens sangen noch die Lerchen am wolkenlosen Himmel. Erst wenn sie schwiegen, war die dumpfe Lautlosigkeit der Landschaft zu spüren. Manchmal stimmte der eine oder andere Helfer ein Lied an, doch es verebbte nach kurzer Zeit, weil die Kehlen rau wurden und schmerzten. Selbst das Vieh in Gehegen und auf Weiden wurde unter der Hitze still.
Jérôme Patrique Duharnais war hager geworden, doch noch immer arbeitete er mit beharrlichem Eifer. Jetzt, da Amélie wieder da war, zeigte er seine Freude und seinen Stolz. Nicht nur er, sondern alle wussten nun, dass es nach Jahren der Sorge endlich mit dem Champagnerhaus Duharnais aufwärts ging. Mit frischer Begeisterung ging jeder Einzelne seiner Arbeit nach, auch wenn er schwitzte, unter ständigem Durst und schweren Beinen litt. Sogar die alte Jeanne schien verjüngt und wehrte sich standhaft dagegen, tagsüber, wenn alle in den Weinbergen waren, al-

lein auf dem Hof zu bleiben. Sie ließ es sich nicht nehmen, das von Marie-Hermine Poiret vorbereitete kalte Fleisch, Brot, Obst, Käse, Pasteten und Wein in Körbe zu packen, mittags auf den Leiterwagen zu steigen und mit hinaus in die Weinberge zu fahren.
Champagne, mein Land, meine Heimat, dachte Amélie bewegt. Für dich habe ich in St. Petersburg gekämpft. Nun tut es gut, wieder bei dir zu sein. Und wenn ich die Augen schließe, ist mir, als würde ich schon heute die Süße der Trauben riechen, die dein Boden nährt.
»Die Hitze tut meinen Lungen gut«, hörte Amélie ihren Großvater rufen. Er kam langsam auf sie zu. »Du wirst keine spitzen Kastanien mehr in mir finden.« Er lachte und klopfte sich auf die Brust. »Siehst du? Ich huste nicht mehr.«
Sie richtete sich auf und legte wie damals ihre Hände auf seine Brust. In der Tat, er atmete freier und kräftiger als vor Jahren, die eine Ewigkeit zurückzuliegen schienen.
»Das stimmt, Großvater, ich fühle nichts. Du bist zäh wie ein alter Rebstock«, meinte Amélie belustigt. »Nein, noch zäher.«
»Ja, alle Duharnais sind zäh«, entgegnete er eigensinnig. Schwer senkte er seinen Arm auf ihre Schulter. »Und du hast es wieder bewiesen. Ich bin stolz auf dich.«
»Ich werde Onkel Jean-Noël das Geld zurückzahlen können.«
»Das ist gut. Mach dich nur von dieser schwächlichen Chevillon-Sippe frei, denn du bist eine echte Duharnais.«
»Ja. Und ich möchte die Scheidung, Großvater.«
Der Alte schüttelte den Kopf. »Das geht nicht, nicht jetzt. Gerade jetzt beginnen sich unsere Kassen aufzufüllen,

da können wir das Ansehen unseres Hauses nicht schädigen.«
»Großvater, ich kann mit diesem Menschen weder Tisch noch Bett länger teilen«, sagte Amélie. »Meine Geduld ist am Ende. Viel zu lang habe ich alles ertragen. Er reiste mir nach. Er demütigte mich in der Gesellschaft. Er ist es, der das Ansehen unseres Hauses schädigte.« Schweigend sah er zu Boden. Er tut so, als ob ich ihm die Balken eines Märtyrerkreuzes auf die Schultern packen würde, dachte sie erbost und fügte hinzu: »Egal, was du sagst, ich werde allein entscheiden.«
»Du musst wissen, was du tust. Schau dir die Weinberge an. Den Reben tut die Hitze gut. Je stärker die Sonne scheint, desto süßer werden die Trauben. Wir werden, wenn Gott es zulässt, eine reiche Ernte haben, Trauben von allerbester Qualität bekommen.«
»Ich weiß, Großvater. Jetzt geh und lass mich allein.«
»Denke an ...«
»An das Gut. Natürlich denke ich an das Gut, Großvater. Aber ich opfere mich nicht noch einmal. Geh und lass mich allein.«
Sie schrie beinahe, und er schüttelte fassungslos den Kopf. »Ich lasse mich von niemandem verstoßen, auch nicht von dir. Noch herrsche ich, Amélie.«
»Verstoßen? Herrschen?« Ihre Stimme überschlug sich. »Ich bin es, die verstoßen wurde! Ich! Hörst du? Ich! Du aber willst uns immer noch beherrschen. Du bist ein Tyrann, Großvater, der seine Sklaven braucht, um sich wohl zu fühlen.«
Wütend rannte sie davon.
Sie hörte ihren Großvater über die Rebzeilen brüllen, sodass die Helfer erschrocken die Köpfe reckten. Doch sie

lief weiter zu ihrer Mutter, der sie von dem Vorfall berichtete.
»Amélie, du hast mir noch nicht alles erzählt. Wer hat dich verstoßen? Ist es ein Mann? Hast du dich also doch verliebt?«
Amélie hielt dem forschenden Blick ihrer Mutter nicht stand und senkte die Augen. Als sie ihr wieder ins Gesicht sehen konnte, begann sie zu weinen.
»Was heult sie da?«, schrie der Alte und kam wütend näher.
»Lass Amélie in Frieden. Sie ist meine Tochter, und du wirst dich nach dem, was sie für uns alle getan hat, jetzt zurückhalten!«, fauchte Marthe und wedelte drohend mit der Rebschere.
Mürrisch blieb der Alte auf seinem Fleck. »Es darf jetzt keine Scheidung geben. Wartet, bis ich tot bin.«
»Dann stirb doch endlich«, sagte Marthe leise, sodass nur Amélie sie hören konnte. Dann legte sie ihre Arme um ihre Tochter. »In wen hast du dich denn dort in St. Petersburg verliebt?«
In kurzen Worten erzählte ihr Amélie nun die Geschichte mit dem Fürsten.
»Ein Fürst«, wiederholte Marthe und wurde bleich. »Vergiss ihn, Amélie, vergiss ihn. Du weißt doch, wer du bist.«
»Ich kann ihn nicht vergessen. Es war Liebe vom ersten Augenblick an. Und ich habe sie verspielt. Er muss glauben, ich habe mit ihm mein schlimmstes Spiel getrieben. Eine Madame, die sich als Mademoiselle ausgibt.« Sie lachte bitter auf.
»Du wolltest ihn nicht verlieren«, seufzte Marthe, »ihn nicht verschrecken. Ich verstehe dich.«
Nach einer Pause sagte Amélie: »Er wirkte manchmal kühl und ein wenig melancholisch.«

»Vielleicht, weil er es ernst mit dir meinte und seine Gefühle schützen wollte.«
»Du glaubst, er hatte Angst davor, noch einmal verletzt und enttäuscht zu werden? Schließlich ließ ihn sein Vater im Stich, weil ihm das Spiel wichtiger war als die Familie. Und seine Mutter zog es vor, lieber zu sterben als für ihn, ihren Sohn, zu leben.«
»Wenn das stimmt, dann gräm dich nicht weiter und vergiss ihn.«
»Mutter?«
»Ja, Amélie?«
»Ich werde mit Papillon sprechen und ihn um die Scheidung bitten.«
Marthe seufzte tief auf. Einen Moment lang schwieg sie, dann sagte sie erschöpft:
»Tu das, mein Kind, es ist das Beste für dich. Dem Geschäft wird es nicht schaden, und um das Gerede der Leute hier in Reims kümmere dich nicht. Den Fürsten aber lass ruhen. Er wird dir als Erinnerung bleiben, bittersüß, doch schön. Das ist unser Leben, Amélie. Wir Frauen leben von Träumen und Wünschen, die nie aufhören, weil sie sich nie erfüllen.«

Als Amélie Tage später das Tuchgeschäft ihres Onkels betrat, um ihm die geliehene Summe zurückzuzahlen, hörte sie die laute Stimme Papillons. Sie blieb hinter der halb geöffneten Salontür stehen und lauschte.
»Sie ist meine Frau, Monsieur Chevillon, und ich werde niemals in eine Scheidung einwilligen.«
»Sie sagten doch, Sie hätten den Verdacht, meine Nichte hätte Ehebruch begangen?«
»Das würde wohl jeder Ehemann vermuten, wenn ihn

seine Ehefrau über fast zwei Monate hinweg allein lässt, oder etwa nicht?«

»Sie misstrauen Ihrer Ehefrau und wollen trotzdem die Ehe fortführen?«

»Natürlich. Ich verehre meine Frau. Sie ist jung, schön, man scheint sie in St. Petersburg begehrt zu haben. Ich darf wohl mit Recht stolz auf sie sein. Aber das alles ist fast nebensächlich. Das Wichtigste ist, ich verzeihe ihr.«

»Sie verzeihen ihr?«

»Nun, Sie scheinen ahnungslos zu sein, Monsieur Chevillon. Die ganze Familie Duharnais scheint ahnungslos zu sein. Doch auch das ist mir egal. Die Hauptsache ist, wir entfachen keinen Skandal.«

»Sie meinen Amélies Spiel als La Belle Amézou, ich verstehe«, entgegnete nun ihr Onkel kühl.

»Verehrter Monsieur Chevillon, Sie sind doch ein Mann von Welt. Sagen wir, Sie kennen den bunten Kosmos der Lüste. Sind Sie nicht regelmäßig auswärts? Mit bestimmten Absichten?«

»Was unterstellen Sie mir?«

»Nur das, was wahr ist, Monsieur. Sagen wir, Reims ist eine zu kleine Stadt für das, was Sie begehren. Und Ihre Nichte scheint aus dem gleichen Holz wie Sie geschnitzt zu sein. Sie wird Ihnen in St. Petersburg auf ihre eigentümliche, weibliche Art nachgeeifert haben. La Belle Amézou, der Name spricht doch für sich. Er ist natürlich der Kosename einer besonders raffinierten Kokotte. Noch halte ich die Familie Duharnais für ahnungslos, in beiden Fällen. Oder sollte ich mich irren, und Sie stecken alle unter einer Decke?«

»Sie sind unverschämt, Monsieur.«

»Sie leugnen Ihr seltsames Tun in Paris, Ihre Nichte, die

meine Gattin ist, leugnet ihr sündiges Tun in St. Petersburg. Ja, glauben Sie, ich sei blind? Aber ich verzeihe ihr, und darum werde ich, wie ich schon sagte, einer Scheidung niemals zustimmen.«

»Mit anderen Worten, nun, da das Champagnerhaus berühmt zu werden beginnt, wollen Sie an Glanz und Gewinn teilhaben. Ist es nicht so, Monsieur Papillon? Dafür ist Ihnen meine Nichte gut genug. Ich denke, wir haben Sie verstanden.«

Es wurde still. Amélie hörte, wie jemand heftig atmete. Bodendielen knarrten. Sie hielt es nicht mehr aus und trat durch die Tür. Im Salon saßen ihr Onkel und Papillon – und aus einem Sessel erhob sich ihr Großvater. Als er ihrer gewahr wurde, errötete er, ob aus Wut oder Scham, wusste sie nicht.

Papillon erhob sich ebenfalls.

»Ich will die Scheidung, sofort«, sagte sie hart.

Der Alte sah abwechselnd sie und Papillon an. Papillon blickte von ihr zum Alten und zurück und begann schließlich leise zu lachen. Er lachte immer lauter, und als er sich zurücklehnte, um Luft zu holen, griff der Alte zu einem Glas Wasser, das auf dem Tisch stand, und schüttete es ihm hasserfüllt ins Gesicht.

Auf der Stelle trat Schweigen ein. Papillon riss die Augen auf und schaute in den Wandspiegel, der über einer Biedermeierkommode ihm gegenüber hing. Die anderen starrten auf sein Gesicht, in dem schwärzliche Rinnsale von den Augenbrauen über seine weiß geschminkten Wangen zum Kinn flossen, Tropfen bildeten und seine weiße Halsbinde beschmutzten. Er wischte sich über die Stirn, und zurück blieben grauschwarze Schlieren.

Da lachte der Alte höhnisch und meinte, nun sei es wohl

aus mit all der eitlen Maskerade. Daraufhin begann Papillon mühsam zu hecheln, griff an sein Herz, verdrehte die Augen und sackte stöhnend in die Knie.

Die Hitze hielt unbarmherzig an. Schon versiegten die ersten Brunnen, Vieh und Menschen litten weiterhin. Doch wie Amélie frohlockten alle Winzer. Die Sonne sorgte dafür, dass sie bald eine Ernte würden einbringen können, die alle vorherigen dieses Jahrhunderts übertrumpfen würde – wenn, ja, wenn der Weingott Bacchus ihnen beistand und es keinen Hagelschlag gab.
Aus St. Petersburg schrieb Dr. Lassonowitsch, er habe César in die Obhut eines Kollegen gegeben, der dringend davon abrate, ihn reisen zu lassen. Man unterziehe ihn einer konsequenten Quecksilberkur und hoffe darauf, dass er stark genug sei, die Krankheit zu überwinden. Es tat Amélie weh, César allein in St. Petersburg zurückgelassen zu haben, doch sie vertraute Lassonowitsch.
Papillon hingegen, der nach seinem Herzanfall noch immer im Krankenhaus in Reims lag, widerstand dem Tod, weil er Amélie nicht freigeben wollte. Er habe eine Jungfrau geheiratet, um deren Besitz zu erhalten, und er werde mit ihr über seinen Tod hinweg vermählt bleiben.
Amélie ließ sich davon nicht beirren. Sie stieg mit Kellermeister Gilbert Rabelais in die Weinkeller, füllte Fässer um, überwachte die zweite Gärung, nahm die Remuage vor, das tägliche Drehen und Rütteln der Flaschen im Pupitre, damit der Hefetrub, der zu Boden gesunken war, sich am Korken absetzte. Jeden Tag eine Achteldrehung. Mit Rabelais ging sie später daran, die Flaschen im Eisbad zu degorgieren und den Weinverlust mit einer Dosage wieder aufzufüllen.

Gab es etwas Schöneres, als im Aromanebel dieses wunderbaren Champagners zu leben? Ihr erging es wie den Dichtern, die den Champagner rühmten. Jedes Glas, das sie verkostete, linderte ihren Schmerz. Zugleich aber bestärkte es ihre Hoffnung, den Mann, den sie liebte, wiederzusehen. Hatte sie nicht eine Münze in die Newa geworfen? Sie würde zurückkommen in die Stadt ihres Traums. Nie würde sie Fürst Alexander Baranowskij vergessen. Nie.

Eines Nachmittags, als sie von ihrer Arbeit in ihrem Reimser Kreidestollen zurückkehrte, überraschte sie ihr Großvater mit der Nachricht, es habe sich heute ein Herr aus St. Petersburg bei ihm vorgestellt, der erfahren habe, dass das Haus Duharnais einen Champagneragenten suche. Er heiße Frédéric Berlin und habe ein Empfehlungsschreiben von Monsieur Tschernyschew vorgewiesen. Gewinnend sei er aufgetreten, und man habe sich sogar gut unterhalten. Von ihm wisse er nun, dass Peter der Große 1717 Reims auf seiner Reise nach Spa gestreift habe, wohin ihn seine Ärzte geschickt hatten, damit er sich von den Folgen seiner Völlerei erhole. Und dass berühmte Franzosen St. Petersburg aufgebaut hätten, sei ihm auch neu gewesen. Morgen komme Monsieur Berlin wieder, um sich auch ihr, Amélie, bekannt zu machen.

Mit Rührung las Amélie den Brief von Monsieur Tschernyschew. Er könne Berlin mit bestem Gewissen empfehlen, schrieb dieser, und er hoffe, es gehe ihr gut. Im Herbst nach der Weinlese besuche er sie mit seinem »Täubchen« Marischka.

Am nächsten Tag besuchte Amélie Papillon im Krankenhaus. Er erinnerte sie an ihre eheliche Treuepflicht und beschwor sie, seinen Namen weiterzutragen, wenn er

eines Tages sterbe. Ihr grauste vor seiner Eitelkeit. Beherzt nahm sie daraufhin die Auflösung ihrer Wohnung in Reims in Angriff. Wenig später legte sie einen Blumenstrauß am Grab ihres Bruders Fabien nieder, gedachte seiner und bat ihn in Gedanken um seinen Beistand bei ihrem Einsatz für das Weingut.
Um ihrer aufgewühlten Verfassung Herr zu werden, suchte sie die Kathedrale zur Lieben Frau von Reims auf. Dort ging sie zur Beichte und betete. Langsam verklang ihr seelischer Schmerz, und die Lasten, die auf ihr ruhten, erschienen ihr leichter. Sie würde tun, was sie tun konnte. Und was sie nicht tun konnte, würde sie mit Gleichmut hinnehmen.

Seit Tagen wirbelten nun schon Staub und Sand über das Straßenpflaster. Das Gras vertrocknete, selbst die Unkräuter begannen zu welken. Teiche, in denen sonst Gänse schwammen, hatte sich in morastige Sümpfe verwandelt. Matt hing das Blattwerk der Bäume herab. Es herrschte große Wassernot, immer mehr Brunnen versiegten, Leiterwagen mit Wassertanks zogen zwischen der Vesle und den Höfen und Feldern hin und her. Kinder, Alte und Waschfrauen badeten im Fluss. Und die Winzer freuten sich weiterhin. Amélie dachte mit Genugtuung an die Wurzeln der Reben, die tief ins Erdreich vordringen konnten, um Zeiten wie diese zu überstehen. Zäh war sie, die Rebe, widerstandsfähig und genügsam. Und der Kreideboden der Champagne war so zuverlässig fruchtbar wie tiefgründig.
Am nächsten Tag erschien Monsieur Berlin. Er war mittelgroß, hatte kleine Füße und einen runden Kopf, sprach schnell, lachte oft und war sehr höflich. Zudem war er flink

im Rechnen, kannte die Welt und wirkte seriös. Eine gute Mischung, fand Amélie und schloss mit ihm einen Vertrag, für ein Jahr, auf Probe. Am späten Vormittag fuhr sie mit ihm nach Reims und zeigte ihm die kilometerlangen, spitzbogigen Kalkstollen, in denen die kostbaren Vorräte der Champenois-Winzer lagerten.

Frédéric Berlin war beeindruckt. Kellermeister Rabelais gesellte sich dazu, und schon bald entwickelte sich ein lebhaftes Gespräch darüber, wie man künftige Cuvées zusammenstellen könnte. Auch spekulierte man darüber, wie sich bestimmte Jahrgänge entwickeln, sie Nase und Gaumen bezirzen würden. Entfaltete sich da ein Aroma, das an Wildrose, Apfel oder eher Haselnuss erinnerte? Und dann das Bukett. Würde es frisch gemähtem Gras, deftigem Burgunder, zartem Biskuit oder Karamell ähneln?

Amélie war von dem Gespräch sehr angetan und vergaß darüber die Zeit. Erst beim Abschied fiel Monsieur Berlin ein, dass Madame Tschernyschew ihn beauftragt habe, ihr etwas zurückzugeben, das sie in St. Petersburg verloren habe. Er kramte in seiner Ledertasche nach einem Schächtelchen, in dem ihr Ehering und ein Ring mit einer Perle lagen, die von Rubinen eingefasst war. Amélie erschrak. Es war, als ob diese beiden Ringe Gut und Böse, Schön und Hässlich, Liebe und Hass, Hoffnung und Verbitterung verkörpern würden. Noch immer meinte sie an Papillons Ring Glasscherben kleben zu sehen. Bemüht, die Fassung zu bewahren, starrte sie auf den goldenen Ring mit der Perle und hauchte schließlich: »Ich habe aber nur einen Ring verloren.«

»Das hat man mir auch berichtet«, bestätigte Berlin und musterte sie neugierig.

»Wer fand ihn?«, fragte sie tonlos.

»Madame Tschernyschew gab mir nur das Päckchen. Sie sagte, man habe beide Ringe dicht beieinander gefunden, und sie sei sich nicht sicher, welcher Ihnen gehöre.«

Man fand? Man? Wer, ein Dienstbote? Oder waren es Sie, Fürst Baranowskij?, fragte sich Amélie mit klopfendem Herzen. Sieben kleine Rubine, die so geschliffen waren, dass sie wie Rosenknospen aussahen. Sieben Blüten, die sagen könnten: Ich liebe dich. Sie griff nach dem Perlenring und streifte ihn über ihren linken Ringfinger.

»Er ist schön, nicht wahr?«

»Sie haben einen guten Geschmack, Madame.«

Um den Ring besser bewundern zu können, hielt sie ihre Hand schräg vor das Sonnenlicht. Dabei fiel ein kleiner Schatten auf ihre Augen.

»Er steht Ihnen ausgezeichnet, Madame«, meinte Berlin anerkennend. »Wie für Sie geschaffen.«

Wie im Traum schob sie daraufhin das Schächtelchen mit ihrem Ehering auf ein Holzregal zwischen Öllampe, Schnüre und Kerzenstumpen. Höflich verabschiedete sich Berlin von ihr, doch sie nahm es kaum noch wahr. Es rauschte in ihrem Kopf. Der Fürst hatte sie nicht aufgegeben. Als hätte das matte Weiß der Perle ihr den Weg gewiesen, betrat Amélie kurz darauf ein Modegeschäft. Sie fand ein Kleid mit Valenciennesspitzen an Dekolleté und Ärmeln, aus feinem Leinen und schneeweiß. Es fühlte sich kühl und leicht an. Sie ließ sich kurze Spitzenhandschuhe und einen Strohhut mit Seidenblüten dazu geben, zahlte und wanderte verliebt über den Stadtrand hinaus, unter sich die Kreidestollen mit ihrem Champagnerschatz.

In der Nähe eines Eichenhains ließ ein Schäfer seine kleine Herde weiden. Ab und zu knackte Holz und blökte ein

Schaf. Ein Eichelhäher krächzte. Dann war es wieder still. Still und heiß.

Amélie folgte dem Pfad hügelaufwärts und gelangte an einen Unterstand. Sie setzte sich auf die schmale Bank neben dem Eingang und genoss die weite Aussicht. Flirrende Luftschlangen züngelten über den Dächern der Stadt, dem Flusslauf und den welligen Rebreihen. Sie streifte ihre Schuhe ab, lehnte sich zurück und träumte von der Sehnsucht seiner Augen und berührte in Gedanken seinen Körper.

Langsam schlummerte sie in der Hitze ein. Als der Hund des Schäfers bellte, wachte sie auf – und sah Monsieur Berlin und Fürst Baranowskij plaudernd den Hügel aufwärts gehen. Sie erschrak so sehr, dass sie aufsprang und in den Unterstand flüchtete. Ihr Herz schlug so laut, dass sie glaubte, die Bretterwände könnten seine Schläge widerhallen lassen. Dann näherten sich leise Schritte. Sie kniff die Augen zusammen und hörte den Fürsten leise lachen.

»Sie sind bezaubernd, Madame«, sagte er. »Zwar barfuß, aber dafür tragen Sie Handschuhe.«

Er zog den Kopf ein und trat durch den niedrigen Eingang. Atemlos sah sie ihn an. Es war, als ob er mit jedem Schritt neu in ihr Leben treten würde – wie ein Souverän, der über allem stand, das ihr Leben bis zu dieser Sekunde ausgemacht hatte. Und sie fühlte diesen glücklichen Strom, der erst wie ein goldener Wirbel in ihrem Bauch herumkreiselte, dann höher stieg und ihr Herz mit Glück erfüllte.

»Sie haben mir verziehen, mein Geschenk angenommen. Ich danke Ihnen«, sagte er schlicht. »Ich bin gekommen, um Ihnen zu sagen, dass ich Sie liebe, vom ersten Augenblick unserer Begegnung an geliebt habe.«

Amélie streckte ihm ihre Hände entgegen: »Ich habe Sie nicht vergessen können, Durchlaucht«, hauchte sie.
Er nahm ihre Hände. »Nach dem Fest machte ich mir große Vorwürfe, weil ich Sie einfach gehen ließ. Doch ich war so verletzt, so schockiert. Ich brauchte Zeit, um Sie zu verstehen.«
»Es begann damit, dass es Sie abstieß, als Sie sahen, wie Farron an mich herantrat, nicht wahr?«
»Ja, Madame. Sie konnten nicht wissen, dass er zwar ein seriöser Geschäftsmann, aber ein labiler Mensch von äußerst zweifelhaftem Ruf ist.«
»Und Sie glaubten, ich entspräche dem Bild, das manche sich von La Belle Amézou machten?«
»Ich fürchtete es. Deshalb bot ich Farron über einen Makler unser ehemaliges Sommerschloss an. Ich wollte Sie sehen, Ihnen zuschauen, wie Sie auf der Bühne als La Belle Amézou auftreten. Verzeihen Sie mir, es war mein Fehler, dass ich allzu genau herausfinden wollte, wo die Geschäftsfrau endet und La Belle Amézou beginnt. Dann kam Ihr Gatte, und Sie traten auf und hielten eine Rede, die den schönen Eindruck, den ich von Ihnen bei unserem Essen gewonnen hatte, noch bestärkte. Ich freute mich, doch der Schock darüber, dass Sie für mich vergeben sind, war einfach zu groß. Ich liebte Sie doch bereits.«
»Sie schickten Monsieur Berlin vor …«
»Sie sind verheiratet, Madame. Konnte ich sicher sein, dass Sie mich anhören würden?« Er kniete vor ihr nieder und sah zu ihr auf. »Können Sie mir verzeihen?«
»Ja, wenn Sie mir auch verzeihen, Durchlaucht.«
»Ja, Madame. Ich werde Ihnen helfen und um Sie kämpfen, so wie Sie um Ihren Besitz.« Er erhob sich und küsste ihre Hand.

Amélie lächelte und sagte: »Dann möchte ich Ihnen jetzt zeigen, wofür ich in den letzten Jahren gekämpft habe.«

Die alte Jeanne sah sie als Erste. Wie sonst nur an Festtagen trug sie ihre Haube, ein schwarzes seidenes Brusttuch und ihr bestes Kleid. Dieses hatte sie allerdings bis über die Knie hochgeschlagen, denn sie saß auf einem Schemel im Hof und wusch ihre schmutzigen Beine in einer Zinnschüssel. Eine Katze strich um sie herum, miaute, und die Alte brabbelte Tröstendes. Ja, sie werde sie nicht verhungern lassen. Die Menschen hätten kein Herz mehr für Tiere. Ja, sie sehe doch, wie es leide, das kleine hungrige Katzenherz. Dann blickte sie auf, denn der Hofhund, der bislang im Schatten gelegen hatte, trottete schwanzwedelnd an der Katze vorbei auf Amélie und Fürst Baranowskij zu.
Sie waren die Strecke von Reims her zu Fuß gegangen. Nur so könne er ein Gefühl für das Land bekommen, hatte der Fürst gemeint und die ganze Zeit den Sonnenschirm über ihren Köpfen gehalten, während Amélie ihm ihre Familiengeschichte erzählte.
Jeanne, einen Fuß in der Waschschüssel, den anderen daneben, erhob sich und knickste devot.
»Sie tragen bei dieser Hitze eine Haube?«, fragte der Fürst belustigt.
»Sonst nie«, stammelte die Alte und wurde puterrot im Gesicht. »Nur heute. Für ...« Hilfe suchend sah sie Amélie an.
»Für Fürst Baranowskij, nicht wahr, Jeanne? Unser Kellermeister hat wohl schon geplaudert?«
»Ja, ja, nur deshalb.« Sie beugte sich vor, holte tief Luft und rief mit schriller Stimme: »Er ist da! Nun kommt schon, der Fürst ist da!« Dann sank sie auf den Schemel zurück,

schielte von unten herauf und murmelte: »Viel schöner als der auf der Briefmarke, viel schöner.«
Amélies Großvater und ihre Mutter eilten die Treppe hinunter, nur ihr Vater blieb in seinem Rollstuhl auf dem Absatz.
Rabelais aber stand verlegen am Kellereingang und drehte seine flache Mütze zwischen den Händen.
Höflich, ein wenig reserviert begrüßte der Fürst die Familie und entschuldigte sich für sein plötzliches Erscheinen.
Amélie tauschte unablässig Blicke mit ihrer Mutter, die derart überrascht war, dass sie kaum zu sprechen wagte. Ihrem Vater aber traten Tränen in die Augen, so unverhohlen teilte er ihr Glück.
Ihr Großvater dagegen stand so aufrecht und stolz da, als hätte er den Fürsten längst erwartet. Allein seine Haltung bewies, wie geehrt er sich als Duharnais-père fühlte, von einem leibhaftigen Fürsten aufgesucht zu werden. Er war stolz auf sein Weingut und, wie Amélie spürte, auf sie, die Enkelin, die ihm einen solchen Triumph bescherte. Amélie war sich gewiss, dass, hätte sie jetzt von Scheidung gesprochen, auch ihr Großvater endlich zugestimmt hätte. Doch noch musste sie sich gedulden.
Erst am Abend nach dem Essen bat der Fürst ihren Vater um ein kurzes Gespräch. Er schob ihn im Rollstuhl hinaus über den Hof, in den Schatten der alten Kastanie, und setzte sich neben ihn. Amélie wagte kaum zu atmen. Sie blickte zu ihrer Mutter, die um Jahre verjüngt aussah, so als wäre sie es, die sich frisch verliebt hätte.
»Ich liebe ihn«, sagte Amélie.
»Seinetwegen also willst du dich scheiden lassen«, brummte ihr Großvater, ohne widerspenstig zu klingen.
»Du wirst mich nicht abhalten können, Großvater.«

»Er liebt dich, Amélie, das sehe ich«, sagte Marthe leise und warf dem Alten einen drohenden Blick zu.
»Ich bin alt, aber nicht blind. Vielleicht sollte ich ja noch einmal mit einem Glas Wasser an ein bestimmtes Krankenbett treten?«
»Großvater, ich will nicht, dass du dem Ruf unseres Hauses schadest. Ich möchte nur eines – übergib mir das Weingut mit allen Rechten und Pflichten, bevor es zu spät ist.«
Überrascht riss der Alte die Augen auf.
»Du bist verliebt, aber denkst in diesem Augenblick daran, mich aufs Altenteil zu setzen?«
»Ja, ich möchte das Gut allein führen, und du sollst ausruhen und unseren Erfolg genießen.«
»Mit anderen Worten, du willst den Tyrannen morden.« Er blinzelte und schob das Kinn vor. »Das willst du mir also antun?«
»Ja, Großvater, das will ich. Ich bin eine Duharnais, weißt du das nicht?«
Sie erhob sich, küsste ihn auf die Stirn und ging dem Fürsten und ihrem Vater entgegen. Der Alte schwankte zwischen Lachen und Weinen. Schließlich sagte er: »Ja, sie ist eine Duharnais. Von meinem Blut. Und sie wird bekommen, was sie sich wünscht. Fürst Baranowskij, ich verspreche Ihnen, meine Amélie ist so fein und edel wie eine Prinzessin.« Dann wandte er sich Marthe zu. »Was haben wir da für einen kraftvollen Wurzelstock in unserem Haus, he?«
»Wir haben sie alle unterschätzt, Jérôme.«
»Ihr, ich nicht.«
»Gut. Aber sind wir uns jetzt das erste Mal in unserem Leben einig?«
»Es scheint so.«

Tag für Tag kam Fürst Baranowskij nun zum Arbeiten in die Reben. Amélie sah ihn Pfosten einschlagen, Ruten ziehen, Triebe stutzen, Unkraut jäten, ja, sogar pflügen, und sie fragte sich, wo seine Begeisterung endete und seine Erschöpfung begann. War er wirklich so zufrieden, wie es manchmal schien? Oder spielte er ihr nur vor, Zufriedenheit zu empfinden, wenn er auf einem Gut, das nicht das seine war, hart arbeitete? Als Mann des Verstandes, der Vernunft? Als Petersburger?

Mit der Liebe, die sie in ihrem Herzen fühlte, versuchte Amélie gegen ihre Befürchtungen anzugehen. Jeden Abend, wenn Fürst Alexander Baranowskij mit hochgekrempelten Hosen in klobigen Stiefeln zurück nach Reims marschierte, sah sie ihm lange nach. Man hätte ihn für einen einfachen Landmann halten können. Einen Landmann, der eine melancholische Ruhe in sich trug und Schweiß auf Brust und Kreuz liebte, als wäre er ein Büßer. Wie gern wäre sie ihm jedes Mal hinterhergelaufen, um ihn zurückzuholen. Und mit jedem Morgen, an dem er wiederkam und seine Arbeit aufnahm, stieg Amélies Anspannung, ihre Furcht, heute könnte er aufgeben und sagen, er sei der ungewohnten Arbeit überdrüssig geworden.

So hoffte sie und betete, er möge sie nicht enttäuschen, und freute sich im Stillen, wenn sie glaubte, er wüchse trotz all ihrer Furcht mehr und mehr in das Leben der Champagne hinein. Zusätzlich zu ihren üblichen Aufgaben vertiefte sie sich in die wirtschaftliche Führung des Guts, ließ sich von ihrem Großvater einweisen und bereitete alles für die rechtliche Übernahme des Weinguts vor. Nun, da die Zukunft des Hauses viel versprechend aussah, war ihr Großvater nachgiebig geworden.

César als mittellosen Burgundischen hatte er abgelehnt, ein Fürst Baranowskij aber schmeichelte ihm.

In ihren freien Stunden wanderten Amélie und der Fürst an Fluss und Weinbergen entlang, oder sie fuhren über die Montagnes de Reims und die Marne bis nach Epernay und besuchten andere Winzer, plauderten mit ihnen und besprachen das Erlebte. Manchmal saßen sie auch nur einfach nebeneinander und schwiegen. Bei aller offen gezeigten Zuneigung wahrte der Fürst Distanz, die süß und spannend zugleich war.

Der Alte merkte es wohl und genoss es, dass der Fürst ihm Aufmerksamkeit schenkte. Es bereitete ihm daher Freude, ihm Geschichten darüber zu erzählen, welche Mühen und Plagen einen Winzer heimsuchen konnten.

An einem Freitagabend gut zwei Wochen nach Baranowskijs Eintreffen fand man wieder einmal zusammen. Marthe und Hippolyte waren zu den Poirets gegangen, um den sechzigsten Geburtstag des Bauern zu feiern. Der Alte hatte es vorgezogen, zu Hause zu bleiben, um mit dem Fürsten zu plaudern. Man sah es ihm ohne Grollen nach. So genoss er die gute Stimmung und begann zu erzählen.

Am meisten ergötze es ihn, dass der von Napoleon angezettelte Krieg dafür gesorgt habe, dass die ehemaligen Feinde es gewesen seien, die Frankreich reich gemacht hätten. Zunächst habe es allerdings ganz anders ausgesehen. Im November 1815 hätten nämlich Friedensverträge Frankreich dazu verpflichtet, innerhalb von nur drei Jahren siebenhundertfünfzig Millionen Francs an Kriegskosten zu zahlen. Das Volk habe damals beim Anblick der Geldkarren geweint, die täglich in der Pariser Vivienne-Straße aufgefüllt wurden. Säckeweise sei das Geld über

die Grenze gegangen. Doch es sei alles anders gekommen. Die Alliierten, die ja auch in die Champagne eingefallen waren, hatten Geschmack an dem gefunden, was in den Kellern der Winzer lag. Allein Monsieur Moët in Epernay sei um gut sechshunderttausend Flaschen beraubt worden. Was für ein Verlust! Und später – Gewinne über Gewinne.
Der Fürst fragte ihn, ob er wisse, dass ein Urenkel des von Peter dem Großen geadelten Demidow, einem Büchsenschmied, sich im Vatikan den Titel eines Grafen von San Bonato verschafft, eine Cousine Napoleons III. geheiratet und in der Gironde den Grundstein für das Kaviar-Geschäft gelegt habe? Frankreich und Russland seien enger miteinander verflochten, als viele glaubten. So habe Katharina die Große Denis Diderot quer durch Europa gehetzt, um kostbare Gemäldesammlungen für die spätere Eremitage aufzukaufen. Falconet habe das Reiterstandbild Peters des Großen an der Newa und August Montferrand die Alexandersäule als Zeichen des Sieges der Russen über Napoleon errichtet. Und an der Petersburger Hofbühne würden französische Ballettmeister unterrichten, und Adel und gehobenes Bürgertum würden noch immer Französisch sprechen.
»Und auf dem Friedhof der St.-Katharinen-Kirche in St. Petersburg liegt ein Franzose begraben, der emigrierte, um an der Seite der russischen Armee gegen Napoleon zu kämpfen – Marschall Maureau«, meinte der Fürst abschließend. »Er starb, nachdem er bei Dresden ein Bein verlor.«
»Ah, erst verlor er sein Herz, dann sein Bein und schließlich sein Leben für den Feind seines Vaterlands«, fügte der Alte grimmig hinzu. »Die einen sagen: ›Welch Verrä-

ter‹, die anderen: ›Welch ein Held‹.« Nach einer Pause fuhr er fort: »In unserer Familie kämpfte Maurice Duharnais in der napoleonischen Zeit gegen Russland. Er trat früh der Grande Armée bei, überlebte 1812 die furchtbare Schlacht bei dem Dorf Borodino kurz vor Moskau, wo fünfzigtausend Franzosen innerhalb weniger Stunden fielen oder verwundet wurden. Maurice überlebte auch die Kämpfe beim Rückzug, bei Krasnoje, Polozk und Borissow. Schließlich war er einer der wenigen, die den Kugeln der russischen Artillerie entgingen, als die ehemals Grande Armée im November die Beresina überqueren wollte. Ihre Behelfsbrücken brachen immer wieder unter dem Feuer zusammen, und nur wenige erreichten das Ufer. Dann flüchtete Napoleon, ließ den Rest seiner Armee im Stich. Maurice fand wieder nach Hause, die Alliierten dicht auf den Fersen. Im Februar 1814 schlugen die Russen, Preußen und Österreicher ihr Lager in Epernay auf. Im März feierte Maurice Napoleons letzten großen Sieg gegen Saint-Priest, einen Offizier, der ebenfalls die Fronten gewechselt hatte. Irgendwo müsste Maurice Aufzeichnungen hinterlassen haben. Vielleicht findest du sie eines Tages, Amélie. Sie sehen, Fürst Baranowskij, wir sind aus gutem Holz. Wir sind echte Duharnais, zäh, hartnäckig, mit leidenschaftlichem Herzen.«
»Das kann nicht jeder von sich sagen«, erwiderte der Fürst.
»Ja. Aber nun lass gut sein, Großvater. Geh und ruh dich aus.«
Der Alte erhob sich seufzend. »Das wird wohl das Beste sein. Was sagen übrigens deine Hände?«
Amélie strich ihm über Kopf, Schultern und Brust.
»Nur, dass du sehr müde bist.«

Er nickte. »Das bin ich auch, und heute Abend ganz besonders. Gehst du morgen in den Stollen, Amélie?«
»Ja, ich werde unserem neuen Lehrling zusehen, wie er Flaschen verkorkt.«
»Gut, gut. Er soll nur sorgfältig sein, wenn er danach den Drahtkorb anbringt. Die meisten geben schon auf, wenn sie sich einmal den Finger blutig stechen.«
Endlich ging der Alte zu Bett.

Die Nacht war mit samtenem Dunkel eingezogen. Hier und da glommen Glühwürmchen und streuten diamantene Funken hinein. Grillen zirpten, und in lautlosem Zickzack schossen Fledermäuse über den Hof. Eine Weile hingen Amélie und der Fürst ihren Gedanken nach. Noch immer war es sehr warm, und Amélie hätte am liebsten nackt im weichen Regenwasser gebadet, wenn denn das Fass neben dem Schuppen voll gewesen wäre. Und dann hätte sie diesen Mann, der jetzt so seltsam angespannt neben ihr saß, berührt.
Mit betonter Förmlichkeit fragte sie ihn: »Trinken Sie noch ein Glas Champagner mit mir, Durchlaucht?«
»Ich danke, nein, Madame«, entgegnete er höflich.
Wieder schwiegen sie. Nach einer Weile sagte Amélie: »Sie sind ein asketischer Mann, nicht wahr? Sie spielen nicht, Sie rauchen nicht, Sie trinken nicht.«
»Warum sollte ich?«
»Es sind Genüsse, die zum Leben gehören.«
»Es sind Laster, die das Leben zerstören.« Und nach einer weiteren Pause meinte er: »Ich sollte aufbrechen. Es ist spät.«
»Ich begleite Sie ein Stück. Haben Sie etwas dagegen?«
»Nein, selbstverständlich nicht.«

Schweigend gingen sie über den Hof. Vor der Gabelung auf dem Weg nach Cormontreuil in Richtung Reims blieb Amélie stehen. Der Fürst machte noch ein paar Schritte, dann drehte er sich nach ihr um.

»In St. Petersburg kam es mir immer so vor, als würden Sie mir davonfliegen wie eine Möwe«, sagte Amélie.

»Und hier?«

»Sind Sie neben mir und doch nicht bei mir.«

Er kam zu ihr zurück und lächelte sie an. »Ich bin bei Ihnen. Und ich fliege Ihnen auch nicht davon.« Er schaute ihr tief in die Augen. »Schon jetzt kommt es mir so vor, als wäre ich hier verwurzelt.«

»Warum tun Sie mir dann so weh?«

»Tue ich das?«

»Sie sagten, Sie lieben mich, Durchlaucht. Doch Sie arbeiten wie jemand, der die Prüfung zum Champenois ablegen will.«

»Ich arbeite, um Ihre Heimat besser kennen zu lernen. Trauen Sie etwa meinen Gefühlen nicht?« Er nahm ihre Hände, und sie fühlte seine verhaltene Leidenschaft. »Ich liebe Sie. Man sagt, man hat dort seine Wurzeln, wo man liebt. Also bin ich bei Ihnen verwurzelt. Und ich möchte mit Ihnen ein Leben aufbauen.« Er schwieg einen Moment. »Wenn Sie denn eines Tages frei sind, Madame.«

»Das werde ich nie sein«, sagte Amélie nach einer kurzen Pause und zog ihn übermütig über die Straße, dem nahe gelegenen Wäldchen zu. Atemlos machten sie auf einer Lichtung Halt, die von Buchen umgeben war. Keuchend standen sie einander gegenüber. »Ich werde nie frei sein. Nie!«

»Dieser Papillon will sich nicht scheiden lassen?«, entgegnete der Fürst nun mit gespielter Empörung.

Amélie trat dicht an ihn heran. »Nein, Durchlaucht«, flüsterte sie, »er verzeiht La Belle Amézou ihr sündhaftes Spiel. Es gibt keine Scheidung.« Sie schwieg einen Moment und legte ihre Hände auf seine Schultern. »Es sei denn, er findet den Beweis für einen Ehebruch, Durchlaucht.«

Er zog sie an sich. »Sie brauchen also einen nachweisbaren Grund, Madame Papillon?«

»Ja, Durchlaucht.«

»Wissen Sie, dass ich mir Ihre Hände noch nie genau angesehen habe?« Zärtlich streifte er ihre Spitzenhandschuhe ab und küsste jeden einzelnen Finger. Sie schlang ihre Arme um seinen Hals, stellte sich auf die Zehenspitzen und schmiegte sich an ihn. Zärtlich küsste er sie. Sie erwiderte seinen Kuss. Ihre Hände fuhren unter sein Hemd und fühlten die Hitze seines Körpers. Er küsste ihren Hals, ihr Ohr. Sein Mund erregte sie, sodass sie leise aufstöhnte. Sie beugte sich zurück, sah die Sterne über sich und fühlte seine starken Arme, die sie auf den warmen Waldboden legten.

Er betrachtete sie voller Bewunderung, zog ihre Kämme aus dem Haar, breitete es aus, küsste ihre Stirn, ihre Schläfen, ihren Mund, öffnete langsam Knopf für Knopf ihres weißen Kleides und zog sein Hemd über den Kopf. Ihr stockte der Atem beim Anblick seines schönen Körpers. Sie strich mit den Fingerspitzen über seine breiten Schultern und seine Brust. Seine Haut war glatt, und er roch wunderbar, so als hätte die Sonne Holz und Erde auf seiner Haut getrocknet. Sie setzte sich auf.

»Was sagen Ihnen Ihre Hände, Madame?«, fragte er zärtlich.

»Sie sagen mir, dass Sie sich kasteien, Durchlaucht. Sie

rauchen nicht, Sie spielen nicht, aber ich werde Sie verführen.« Amélie zog eine kleine Flasche Champagner aus ihrer Leinentasche, entkorkte sie und tupfte Tropfen auf ihren Handrücken. Zart nahm er sie mit den Lippen auf und schaute sie fasziniert an.

»Es schmeckt, Madame.«

Sie tupfte Tropfen auf seinen Arm und küsste sie zärtlich fort. Nun griff er nach der Champagnerflasche, trank und kühlte seinen Gaumen. Als er sie daraufhin küsste und die Kühle seiner Zunge und Lippen sie zum Glühen brachte, vibrierte sie vor Verlangen.

»Sie verleiten mich, Madame«, flüsterte er und nahm es hin, dass sie ihn rücklings auf den Boden drückte. Er schlang seine Arme um sie, rollte sich mit ihr herum, liebkoste ihre Brüste.

»Wir brauchen einen Scheidungsgrund, Durchlaucht«, hauchte Amélie. »Würden Sie mich bitte lieben, Fürst Baranowskij?«

Er küsste sie innig.

»Immer und ewig, ma belle. Hier und jetzt aber lassen Sie uns nur voneinander kosten.«

Sie schauten sich lange an. Amélie wurde heiß und kalt zugleich.

»Nur kosten, Amélie«, wiederholte er flüsternd und näherte sich ihrem Mund.

»Nein, Alexander«, hauchte sie, »liebe mich.«

»Später, Amélie.«

Er zog lange Champagnerstreifen von ihren Brüsten und ihrem Bauch zu ihren Schenkeln und brachte sie mit heißen Küssen zu Höhepunkten, wie sie sie noch nie erlebt hatte.

Als der Morgen dämmerte, liebte Alexander sie so, wie

Amélie es sich gewünscht hatte. Die Leidenschaft und Kraft, die ihre Hände gespürt hatten, brachen nun aus ihm hervor. Es war, als ob einzig ihr Pulsschlag miteinander sprechen, den Rhythmus ihrer Körper bestimmen würde. Sie lauschten ineinander, sogen den Duft des anderen ein, erfüllten einander mit so viel Liebe, so viel Glück, dass sie sich fühlten, als wären sie neu erschaffen.

Wenige Tage später willigte Papillon in die Scheidung ein. Der Fürst hatte zunächst mit dessen Ärzten gesprochen, die beurteilen konnten, ob ihr Patient einer solchen überraschenden Wende im Leben seiner Frau gewachsen war. Man stufte ihn als genesungsbedürftig, doch keineswegs sterbenskrank ein und bereitete Papillon sorgfältig auf das Gespräch vor. Später meinte Alexander Baranowskij, allein der russischen Galauniform seines Vaters und den brillantenbesetzten Orden seiner Vorfahren sei es zu verdanken gewesen, dass Papillon sein Gesuch als Schmeichelei und nicht als Angriff verstanden habe.
Amélie war so glücklich wie nie zuvor in ihrem Leben. Der Gottesnarr hatte Recht behalten, sie hatte die Unschuld wiederbekommen – und neue Kraft zum Leben.

Bald darauf nahm Amélie ihren Fürsten an die Hand und zeigte ihm die alten Kalkstollen. Sie blieben mal hier, mal dort stehen, um ein Fass, einen bestimmten Jahrgang zu probieren. Sie plauderten, Amélie beantwortete ungeduldig seine Fragen und schmiegte sich immer wieder an ihn, ließ sich von ihm küssen und streicheln und konnte bald zwischen dem Geschmack seiner Küsse und dem Aroma ihrer Weine kaum noch unterscheiden.
Am Ende eines der ältesten Stollen, dessen spitzbogige

Decke am niedrigsten war, setzten sie sich auf alte Kisten, auf denen Stroh und Pferdedecken lagen, vor ihnen beidseitig auf Balken die schweren Eichenfässer mit ihrem kostbaren Inhalt. Kerzen flackerten und gaukelten Wärme vor. Eigentlich hätte sie frieren müssen, doch Amélie glühte, als trüge sie die Hitze des Sommers in sich. Sie presste sich an Alexander und genoss es zu spüren, dass er bereit war, sie auf der Stelle zu lieben. Sie zog ihn an den Schultern zu sich. Er schob ihr Kleid hoch und nahm sie mit ruhiger Kraft. Trotz der Kühle war ihnen heiß, doch sie merkten es nicht. Das Stroh raschelte unter ihnen, und die Schatten der Kerzen flackerten unruhig an der gewölbten Decke.
Als sie wieder zu Atem gekommen waren, stand Amélie auf und schob das Stroh zusammen. Dabei entdeckte sie einen länglichen Abdruck unten in der Wand.
»Was ist das?«, fragte Alexander.
»Ein Donnerkeil«, antwortete sie und kniete nieder, um ihn genauer zu betrachten. »Es sind die Kalkgehäuse ausgestorbener Tintenfische. Vor Millionen von Jahren war die Champagne völlig vom Meer bedeckt. Eigentlich ernähren sich unsere Rebwurzeln von den Schalen winziger Meerestierchen.«
Sie betrachteten den versteinerten Tintenfisch genauer und fuhren mit den Fingern über seinen Abdruck. Der Fürst pochte gegen die Wand. Da es hohl klang, drückt er kraftvoll dagegen, woraufhin sich eine Kalkplatte vertikal herumdrehte. Sie gab eine Nische frei, die Amélie mit einer Kerze ausleuchtete.
Das, was sie anschließend aus dem Versteck herauszog, war eine in geöltes Leder eingeschlagene schmiedeeiserne Schatulle. Ihre Hand tastete noch einmal in die Öffnung

hinein und holte einige Gegenstände heraus, die ebenfalls in Leder eingewickelt waren. Sie packten den Fund in einen Korb und verließen den Stollen.

Im Schatten einer Linde lasen Amélie und Alexander wenig später die Liebesbriefe von Marie Duharnais, der Schwester von Maurice, und dem russischen Offizier Jeremias Poppow – Briefe voller Sehnsucht, poetischer Beschwörungen und sinnlicher Lust. Sie hatten einander selbst dann noch geschrieben, als Marie ihren Cousin, den tüchtigen Weinbauern Henri Duharnais, geheiratet hatte und Poppow sich als Landarbeiter in der Champagne durchschlug. Trotz der Angst, ihr Verhältnis könnte entdeckt werden, trafen sie sich mehrmals. 1822 wurde Marie schwanger. Sie wusste, dass es ein Kind ihrer Liebe war. Poppow beschwor sie, mit ihm zurück nach Russland zu gehen. Doch Marie wollte ihre Heimat, das Weingut nicht verlassen, woraufhin Poppow sich von ihr und selbst seinem Kind lossagte.

Das Kind, das im Jahr darauf auf die Welt kam, wurde auf den Namen Jérôme Patrique Duharnais getauft. Marie Duharnais hatte ihren eigenen Bruder, den tapferen Kämpfer der Grande Armée, mit einem Liebes-Scharmützel hintergangen, das ihm die größte Niederlage seines Lebens bescherte. Maurice Duharnais erfuhr erst am Ende seines Lebens davon, doch da war es zu spät, Marie zu bestrafen. Henri Duharnais dagegen erzog seinen Sohn mit harter Hand, da er in ihm seinen legitimen Nachfahren sah, der den Fortbestand des Hauses zu sichern hatte.

Liebesbriefe und Kriegsbeute hatte Marie nach dem Tod ihres Mannes hier im Stollen verborgen. Darunter fanden sich zwei Tabatieren mit Buketts aus Türkisen und Diamanten, eine Karavelle mit Barockperlen, Smaragden und

Rubinen, ein vergoldetes Osterei aus opakweißem Glas und eine Hand voll Leinwand, die bis zum September 1812 in den Häusern reicher Moskowiter gehangen hatte.

Am Ende seines Lebens zu erfahren, wessen Kind er war, raubte dem Alten fast den Verstand. Er schämte sich, sank in sich zusammen. Es tröstete ihn auch wenig, dass Alexander meinte, die meisten trügen, ohne es zu wissen, halb Europa in sich. Der Vater seiner Mutter sei ein italienischer Baumeister gewesen, und väterlicherseits flössen bestimmt auch ein paar Tropfen Franzosenblut in seinen Adern. Es vertiefe seine Sympathie für ihn, hatte der Alte höflich entgegnet, doch er klang hilflos. Er brauche Ruhe, viel Ruhe, hatte er noch gemeint und sich auf die Wiese zurückgezogen. Dort legte er sich auf eine Liege, deckte sich mit einem Baumwolltuch zu und guckte in die Sterne.

Alexander fuhr mit Amélie in der Kutsche hinunter zur Vesle, die in dieser Nacht ruhig und versonnen den vollen Mond widerspiegelte. Vor einer Reihe hoher Weiden schaukelte eine kleine weiße Gondel auf dem Wasser.
»Auf diesen Moment habe ich gewartet, Amélie«, sagte Alexander. »Sie traf erst gestern aus St. Petersburg ein. Jahrelang schwamm sie auf der Newa, den Kanälen, der Moika und Fontanka. Ich möchte sie als Erinnerung für uns beide hier behalten und dich fragen, ob es dir gefallen würde, wenn ich dir dieses Schloss bauen würde.« Er zeigte auf ein kleines Modell eines Schlosses, das auf der Sitzbank der Gondel stand. »Ist es nicht standesgemäß für dein Champagnerhaus und für dich?«
Sie küsste ihn zärtlich. Dann stiegen sie in die Gondel, stießen sich vom Ufer ab und ließen sich treiben.